NACHTSPIEL

THRILLER

CATHERINE SHEPHERD

1. Auflage 2017

Lektorat: Gisa Marehn
Korrektorat: SW Korrekturen e.U. / Mirjam Samira Volgmann

Covergestaltung: Alex Saskalidis
Covermotiv: © Stephen Carroll / Trevillion Images

Druck: CPI Books GmbH, Birkstraße 10, 25917 Leck

www.catherine-shepherd.com
kontakt@catherine-shepherd.com

ISBN: 978-3-944676-09-8

TITEL VON CATHERINE SHEPHERD

Zons-Thriller:

1. Der Puzzlemörder von Zons (Kafel Verlag April 2012)
2. Erntezeit (Kafel Verlag März 2013)
3. Kalter Zwilling (Kafel Verlag Dezember 2013)
4. Auf den Flügeln der Angst (Kafel Verlag August 2014)
5. Tiefschwarze Melodie (Kafel Verlag Mai 2015)
6. Seelenblind (Kafel Verlag April 2016)
7. Tränentod (Kafel Verlag April 2017)

Laura Kern-Thriller:

1. Krähenmutter (Piper Verlag Oktober 2016)
2. Engelsschlaf (Kafel Verlag Juli 2017)

Julia Schwarz-Thriller:

1. Mooresschwärze (Kafel Verlag Oktober 2016)
2. Nachtspiel (Kafel Verlag November 2017)

Übersetzungen:

1. Fatal Puzzle - Zons Crime (Titel der deutschen Originalausgabe: Der Puzzlemörder von Zons, AmazonCrossing Januar 2015)
2. The Reaper of Zons - Zons Crime (Titel der deutschen Originalausgabe: Erntezeit, AmazonCrossing Februar 2016)

Ich habe keine Angst vor dem Tod, nur vor der Nacht ...

Elmar Kupke, deutscher Aphoristiker

PROLOG

Wiederkehrende Träume besitzen etwas Rätselhaftes. Oft wollen sie uns Dinge mitteilen, die wir tagsüber verdrängen, an die wir uns keinesfalls erinnern möchten. Doch das menschliche Gehirn lässt sich nicht einfach abschalten. Wir beherrschen unseren Verstand, solange wir wach sind, aber sobald wir schlafen, sind wir unseren Albträumen schutzlos ausgeliefert.

Wer sollte darüber besser Bescheid wissen als Julia Schwarz? Sie träumte seit Jahren immer wieder diesen einen Traum, von dem sie genau wusste, dass er nicht real war. Trotzdem zog er sie jedes Mal tiefer in einen Strudel aus Emotionen hinein, denen auch ihr Verstand als Rechtsmedizinerin nichts entgegenzusetzen hatte.

Genauso erging es ihr in dieser Nacht. Julia wälzte sich unruhig in ihrem Bett und kämpfte gegen die furchtbaren Bilder an. Doch ihr Unterbewusstsein katapultierte sie unerbittlich zurück in die Vergangenheit, zurück in jene Nacht in Michaels Zimmer.

»Bist du noch wach?« Leise öffnete sie die Tür und schlich sich hinein. Ihre nackten Zehen gruben sich in den flauschigen Teppich. Sie liebte dieses Gefühl und ahnte nicht, dass sie es das letzte Mal verspürte. Nie wieder würde sie barfuß und mit einem Lächeln auf den Lippen in diesem Zimmer stehen.

»Was machst du da?«, fragte sie ihren kleinen Bruder und zog ihm mit einem Ruck die Bettdecke weg.

»Lass das«, fauchte er und sprang auf. Ein Heft fiel zu Boden und Julia hob es neugierig auf.

»Du lernst noch?« Sie wunderte sich. Seit wann interessierte sich ihr Bruder mehr als nötig für die Schule? Ihr Blick flog über ein paar Mathematikaufgaben.

»Gib das sofort wieder her!« Michaels Gesicht schimmerte hochrot im Schein der Nachttischlampe. Zornig funkelte er Julia an.

»Schon gut«, murmelte sie beschwichtigend und gab ihm das Heft zurück.

»Ich hatte heute Ärger in der Schule und habe vergessen, für die Klausur morgen zu lernen«, erklärte Michael und legte sich wieder hin.

Julia runzelte die Stirn und kletterte zu ihrem Bruder ins Bett.

»Soll ich dich abfragen?« Sie zog die warme Decke über den Körper ihres Bruders. Der Zwölfjährige war relativ groß und kräftig. Trotzdem kuschelte er sich an sie wie ein kleiner Junge.

»Okay«, murmelte Michael dankbar und sank tief in sein Kissen, die Bettdecke bis zum Kinn hochgezogen.

Julia drückte ihm einen Kuss auf die Wange. Alles wirkte so realistisch, als ob es tatsächlich in diesem Moment passieren würde. Doch zugleich wusste sie, dass sie nur träumte. Einen Traum, der ihr heilig war. Denn er verkörperte die letzten Stunden mit ihrem Bruder. Die letzte Nacht, die sie mit ihm zusammen verbracht hatte.

Unruhig drehte sie sich auf der Matratze. Nun begann der unangenehme Teil. Jener, den sie am liebsten auslöschen oder wenigstens überspringen wollte. Julia spannte die

Muskeln an, versuchte, den Traum zurückzuspulen, um wieder an die Stelle zu gelangen, an der sie Michael spüren konnte. Seine warme Haut und das Leben, das in seinen Adern pulsierte.

Nur noch einen Augenblick, flehte sie stumm. *Bitte komm zurück zu mir.*

Doch der Traum ließ sich nicht steuern. Unbarmherzig schritt er voran wie ein trauriger Kinofilm auf der großen Leinwand. Die Bilder rissen Julia mit sich und erzeugten einen unvorstellbaren Schmerz, der sich so echt anfühlte, dass ihr beinahe die Luft wegblieb. Ihre Lider flatterten. Sie versuchte aufzuwachen, wollte diesem Albtraum einfach nur entkommen. Doch sie war gefangen in der düsteren Vision. Sie sah die Männer der Kriminalpolizei und die Tränen ihrer Mutter. Hörte den verzweifelten Schrei ihres Vaters und ihr eigenes Herz, das erst aufhörte zu schlagen und dann nur noch hohl pochte. Ein Organ, das sie am Leben erhielt, obwohl sie eigentlich innerlich tot war. Genauso wie Michael, den sie für immer verloren hatte. Sie irrte durch die verstörenden Bilder, die unaufhörlich auf sie einströmten und die sie nicht ausblenden konnte.

Fünfzehn Jahre war es her, dass ihr kleiner Bruder missbraucht und ermordet worden war, von einem Täter, der bis heute frei herumlief. Noch immer hatte Julia mit Michaels Tod nicht abgeschlossen. Sie war längst eine erwachsene Frau, stand mitten im Leben und hatte eigentlich alles unter Kontrolle. Nur ihre Träume nicht. Julias Lider zuckten wild, trotzdem schaffte sie es nicht, aufzuwachen. Sie sah den weißen Kindersarg, der in die Erde gelassen wurde. Wie in Trance schwebte sie über den Friedhof, einen Ort, der ihr früher völlig fremd gewesen war. Sie spürte den Tod. Seine kalten, langen Finger, die nach ihr griffen und ihr Herz in einen Brocken aus scharfkantigem Eis verwandelten. Den Tod, der von jenem Tag an ihr ständiger Begleiter wurde. Sie konnte einfach nicht akzeptieren, dass es nichts gab, womit sich der Täter überführen ließ. Es handelte sich schließlich nicht um ein Phantom, sondern um einen Menschen, der das getan hatte, und Menschen hinterließen Spuren.

Michaels Tod gab letztendlich den Ausschlag für Julias Berufswahl. Heute war sie Rechtsmedizinerin. Ihr konnte niemand so schnell etwas vormachen. Sie war gut in ihrem Job, sogar sehr gut. Kaum ein Detail entging ihren Augen und ihrem scharfen Verstand. Doch in der Nacht, wenn sie von Michael träumte, entglitten ihr die Fäden. Dann war sie nicht mehr als ein sechzehnjähriges hilfloses und völlig verzweifeltes Mädchen.

Endlich sprang der Traum in den nächsten Abschnitt. Was jetzt kam, war surreal. Ein Ausdruck ihrer Ängste, die sich mithilfe von Visionen Gehör verschafften. Das Geschehen mündete jedes Mal in dieselbe Sequenz. Sie beruhigte sich ein wenig. Ihr Unterbewusstsein kannte den Ablauf. Gleich endete der Traum. Anschließend würde sie die letzten Stunden bis zum Morgen in völliger Leere verbringen.

Aber zunächst hielt der Albtraum noch weitere Schrecken für sie bereit. Julia sah sich selbst, wie sie in ihrem Bett lag. Dann stand sie auf, um hinüber in Michaels leeres Zimmer zu gehen. Sie war verstört und in tiefer Trauer. Weinend legte sie sich in Michaels Bett und schlief ein. Bis dahin verlief der Traum ruhig, doch plötzlich hörte sie ein Geräusch. Ein Klappern direkt vor dem Fenster. Julia schlug die Augen auf. Ein kalter Luftzug strömte herein und kroch unter die Bettdecke. Das Fenster stand offen. Sie fröstelte. Der Mond schien hell. Eine dunkle Silhouette hob sich im Fensterrahmen ab, der Umriss eines Mannes. Obwohl sie seine Augen nicht sah, wusste sie, dass er sie finster anstarrte. Julia war unfähig, sich zu rühren. Sie schloss die Lider in der Hoffnung, dass der Mann einfach verschwinden würde. Doch das tat er nicht. Als sie die Augen ganz langsam wieder öffnete, stand er unverändert da. Stumm lag sie in Michaels

Bett und fragte sich, was er wollte. Noch immer regte er sich keinen Millimeter. Sein Blick fesselte sie. Dann fiel ihr ein, dass er gar nicht real sein konnte. Michaels Zimmer lag im Obergeschoss. Wie sollte er hier heraufgekommen sein? Sie redete sich ein, dass er lediglich ein weiterer eingebildeter Teil ihres Albtraums war. Eine gruselige Vision vom schwarzen Mann, der nachts durch die Fenster kletterte, als Schatten an den Häuserwänden entlangkroch und Schlafende zu Tode erschreckte. Er lebte nur durch ihre Angst, war nicht mehr als ein Schatten, dem ihre Fantasie Leben einhauchte. Tapfer schluckte sie und betrachtete den Mann, der sich plötzlich bewegte und durchs Fenster hereinstieg.

Nicht real, nicht real, redete sie sich zu und schlang die Arme um den Oberkörper. Er blieb neben dem Bett stehen. Sie konnte seinen Atem hören. Er pfiff durch die Nasenlöcher. Julias Puls flatterte wie ein gejagter Vogel. Sie schlug die Augen nieder und wartete auf den Tod. Sie spürte die körperliche Präsenz des Unbekannten. Er lauerte auf den richtigen Augenblick. Julia schloss mit ihrem Leben ab.

Doch der Tod kam nicht. Julia kniff die Augen fest zusammen. Die Arme über der Brust gekreuzt, krallten sich ihre Fingernägel tief in ihre Oberarme.

Dann, nach einer schieren Ewigkeit, sagte der Mann etwas. Seine tiefe Stimme kratzte an ihrem Ohr: »Vergiss mich ganz schnell wieder oder ich werde dich holen.«

Sie schlug die Augen auf. Der Mann war weg.

1

Kim Wiesinger hielt die Waffe fest in der Hand, beide Arme nach vorn gestreckt. Ihre Bewegungen liefen völlig automatisch ab. Sie hatte es Tausende Male trainiert. Ihre Muskeln spannten sich an. Schweißperlen rannen ihr über die Stirn. Die Hitze hatte nichts mit den Außentemperaturen zu tun, die bereits herbstlich waren. Ihre Ausrüstung, insbesondere die dicke kugelsichere Schutzweste, brachte Kim zum Schwitzen. Natürlich trug auch die Anspannung dazu bei. Der Einsatz dauerte schon einige Stunden an.

Sie befanden sich vor der dritten Wohnung, die an diesem Tag durchsucht wurde. Niemand wusste, ob der Gesuchte anwesend und womöglich bewaffnet war. Der Fall war eine große Nummer. Wenn sie Glück hatten, dann setzten sie heute einen der größten Drogenbosse in Bonn fest. Doch noch fehlten die Beweise, jedenfalls solche, die den Mann auf Jahre hinter Gitter bringen würden. Kim Wiesinger ermittelte mit ihren Kollegen seit Monaten. Endlich schlug ihr Team in einer konzentrierten Aktion zu. Die Wohnungen der wichtigsten Mittelsmänner wurden durchkämmt, sämtliche Unterlagen und Computer sichergestellt und zur Untersuchung in ein Labor mit ausgewiesenen Experten gebracht. Kims Blut brodelte erhitzt. Jagdfieber nannten es die Kollegen und meinten damit das pulsierende Gefühl, das sich wie eine Droge in den Blutbahnen ausbreitete und die Nerven in Hochspannung versetzte. Sie waren so dicht dran. Kim konnte spüren, dass sie sich nur noch wenige Schritte vor der Ziellinie befanden. Sie wollte, dass diese Aktion ein voller Erfolg wurde. Sie brauchte diesen Volltreffer. Um sich selbst gut zu fühlen, um diesem Mann endlich das Handwerk zu legen und um diese schlechte Welt ein kleines Stückchen besser zu machen. Schlechte Welt, das hatte ihr Vater immer gesagt. Sogar auf dem Totenbett waren es seine letzten Worte: *Pass auf dich auf, mein Mädchen. Das da draußen ist eine schlechte Welt.*

Dann war er gestorben. Einfach so, mit gerade einmal vierundfünfzig Jahren und absolut unwürdig für einen Polizisten. Jedenfalls hatte er selbst es so empfunden. Wäre es nach ihm gegangen, hätte er sich einen Kugelhagel ausgesucht. Vielleicht sogar in einer solchen Aktion wie heute. Das wäre ideal für ihn gewesen. Stattdessen hatte ein bösartiger Tumor in der Lunge seinem Dasein innerhalb weniger Wochen ein qualvolles Ende beschert. Einen Abgang mit Schmerzen, Verwirrung und Wut. Ihr Vater war so wütend auf sein Schicksal gewesen, dass er nicht einmal versucht hatte, mit einer Chemotherapie dagegen anzukämpfen. Der Tumor hatte sich als nicht operabel erwiesen, die Chancen für eine Heilung standen denkbar schlecht. Trotzdem, Kim hätte es an seiner Stelle probiert. Sie hätte nicht einfach aufgegeben und ihr Leben einem hungrigen Haufen Krebszellen geschenkt, der sich wie ein Parasit in ihren Organen ausbreitete. Doch ihr Vater hatte das nicht gewollt. Das lag nicht nur an den schrecklichen Nebenwirkungen, die eine Chemotherapie mit sich bringen konnte. Er wollte nicht sämtliche Haare verlieren und als dürres Knochengerippe mit dünner, bleicher Haut enden. Er wollte aber vor allem keine Hoffnung schüren. Auf Gesundung zu hoffen, hätte ihm so viel Frustration und Enttäuschung bereitet, dass er es lieber gleich bleiben ließ.

Kim seufzte und schüttelte die Gedanken ab. Sie musste sich konzentrieren. Schließlich wollte sie nicht im Kugelhagel enden. Sie umklammerte die Dienstwaffe und nickte einem Kollegen zu. Der brach die Tür auf und sie stürmten hinein.

»Gesichert«, rief der Polizist, der die Tür eingetreten hatte, und lief durch den Flur ins nächste Zimmer.

Kim nahm sich eine schmale Tür zur Linken vor. Das Bad. Ein kleiner schmutziger Raum, der nach Fäkalien stank. Und nach etwas anderem. Ihr Magen verwandelte sich unwillkürlich in einen Felsbrocken. Sie hielt die Luft an. Rechter Hand befand sich die Toilette. Ein beflecktes Porzellanobjekt ohne Brille. Darüber ein Spiegelschrank. Geradeaus stand die Badewanne, halb verdeckt von einem schimmligen Plastikvorhang. Sie bemerkte einen Schatten dahinter und zuckte zusammen. Mit drei Schritten und dem Finger am Abzug näherte sie sich und riss mit einem Ruck den Vorhang zur Seite.

Der Anblick und der Gestank ließen sie rückwärts taumeln. Aufgerissene, himmelwärts gerichtete Augen starrten leer und stumpf ins Nichts. Im ersten Moment war sie nicht sicher, ob sie das Gesicht eines Mannes oder einer Frau vor sich hatte. Die Haut war vom Wasser aufgequollen und dunkel angelaufen. Erst als Kims Blick hinunter zur Brust glitt und die langen, zu einem Zopf zusammengebundenen Haare erfasste, wurde ihr klar, dass in der Badewanne eine tote Frau lag.

»Du liebe Güte«, stieß sie aus. »Wir brauchen sofort die Spurensicherung.«

»Die Wohnung ist gesichert«, rief ein Kollege, der ihre Worte offenbar nicht gehört hatte, und betrat das Badezimmer. Als seine Augen die Badewanne und deren Inhalt registrierten, veränderte sich seine Miene.

»Himmel. Was ist das?« Der durchtrainierte Polizist im Kampfanzug wurde eine Spur blasser.

»Eine weibliche Leiche«, antwortete Kim überflüssigerweise.

Ihr Kollege, der Leiter eines Sonderkommandos, hatte mit Sicherheit schon oft mit dem Tod zu tun gehabt und brauchte keine Erklärungen. Das Einzige, was ihn offenbar irritierte, war der Umstand, dass sie eigentlich hinter Beweisen – also Drogen, Geld oder Waffen – her waren. Leichen hingegen hatten sie nicht erwartet.

»Wir brauchen sofort die Spurensicherung«, wiederholte Kim deshalb. Vielleicht war diese tote Frau der Sargnagel, der dem gesuchten Drogenboss zum Verhängnis wurde. Wenn er sie getötet hatte, dann war er fällig.

Vorsichtig und bedacht darauf, keine Spuren zu kontaminieren, zogen sie sich aus dem Bad zurück. Dabei warf Kim einen letzten Blick auf die Tote. Sie schätzte ihr Alter auf höchstens fünfunddreißig. Im Bauchnabel des Opfers steckte ein glitzernder Piercingring. Die Nägel an Händen und Füßen waren in grellem Pink lackiert. Vielleicht handelte es sich um eine Prostituierte. Darauf ließen zumindest auch die auffällige Reizwäsche und die kitschig blinkenden High Heels vor der Badewanne schließen. Auf dem hinteren Badewannenrand stand ein halb volles Champagnerglas. Wären da nicht die fast schwarzen Würgemale am Hals des Opfers gewesen, hätte man denken können, die Frau wäre im Suff in der Badewanne ertrunken.

»Jörg. Da bist du ja schon.« Sie begrüßte ihren Kollegen von der Spurensicherung, einen Mann mittleren Alters mit schütterem Haar und randloser Brille auf der ein wenig zu lang geratenen, dünnen Nase.

»Das Opfer liegt in der Badewanne. Kannst du mir so schnell wie möglich deine Ergebnisse liefern? Wir müssen wissen, wer die Tote ist und ob unser Mann vielleicht dahintersteckt. Auf den ersten Blick sieht es nach Mord aus.«

Jörg nickte. »Geht klar. Ich werde mich beeilen. Wie sieht es mit unserem Essen heute Abend aus? Bist du bis dahin mit der Aktion durch? Scheint ja was Größeres zu sein.« Er lächelte verlegen. Sein Blick hielt ihre Augen fest.

Das Essen? Richtig. Sie waren heute Abend verabredet. Das hatte Kim völlig vergessen. Betreten strich sie sich über den Hals.

»Na ja. Es könnte schon länger dauern«, murmelte sie leise.

»Wollen wir auf morgen verschieben?« Jörg klang ein wenig enttäuscht.

Kim atmete auf und nickte eilig. Sie hatte überhaupt nicht mehr daran gedacht. Außerdem stand ihr heute Nacht noch etwas anderes bevor. Eine private Angelegenheit, die sich nicht länger aufschieben ließ. Eine Sache, die seit Jahren in ihr arbeitete und die sie endlich zu Ende bringen musste. Etwas, worauf ihr Vater stolz gewesen wäre. Ein Vorhaben, das nichts rückgängig, aber dafür die Welt ein bisschen gerechter machen könnte. All die vergeblichen Hoffnungen, der Schmerz und der Verlust würden zwar nicht vergessen, doch zumindest gelindert werden. Das Pulsieren ihres Blutes verwandelte sich in ein Hämmern. Da war es wieder, das Jagdfieber. Deshalb war sie so angespannt. Sie hatte eine Rechnung zu begleichen. Heute Nacht.

2

Julia Schwarz befand sich ganz in ihrem Element. Das hatte nichts mit der kalten Atmosphäre des Obduktionssaals zu tun, die sie nicht allzu sehr mochte, sondern vielmehr mit der vor ihr liegenden Aufgabe. Sie hatte sich der Rechtsmedizin verschrieben und ging ehrgeizig jede neue Herausforderung an. Julia schaltete das Diktiergerät ein und begann routiniert mit der Autopsie. Zunächst stand die äußere Leichenschau an. Sie arbeitete sich dabei stets von oben nach unten vor. Sie betrachtete das zerzauste Haar der Toten und suchte die Kopfhaut nach Verletzungen ab. Währenddessen sprach sie die Befunde ins Diktiergerät: »Weiblich, Körpergewicht sechsundfünfzig Kilogramm, Körpergröße einhundertzweiundsiebzig Zentimeter, Leichenflecken noch nicht voll ausgeprägt, massenhaft punktförmige Einblutungen in der Mundschleimhaut und in den Augenbindehäuten.« Julia stoppte. Die Befunde passten zu den Würgemalen am Hals des Opfers. Die junge Frau war erdrosselt worden. Und nicht nur das. Ihr Blick wanderte nach unten. Abwehrspuren an den Armen und massive Hämatome an den Oberschenkeln deuteten auf eine brutale

Vergewaltigung hin. Sie sah auf. Emanuel hielt eine Schale mit Instrumenten in der Hand.

»Du kannst schon mit dem Schädel anfangen.« Julia betrachtete ihren Assistenten, der sich immer noch nicht richtig eingelebt hatte. Zwar war er inzwischen seit mehreren Monaten in der forensischen Pathologie am Institut für Rechtsmedizin in Köln tätig, aber an den grausamen Anblick von Gewaltopfern hatte er sich noch nicht gewöhnt. Sein großer Adamsapfel hüpfte auffällig häufig hoch und runter.

»Sie war noch so jung«, krächzte er heiser und stellte die Instrumente ab.

Im Gegensatz zu Emanuel konnte Julia ihre Emotionen während der Arbeit weitestgehend abschalten. Sie war im Laufe der Jahre in gewisser Art und Weise abgestumpft. Wenn eine Leiche bei ihr im Obduktionssaal landete, dann betrachtete sie den toten Körper rein medizinisch. Das Schicksal und die Tatsache, dass vor ihr ein Mensch lag, der ein Individuum gewesen war, das gewaltsam aus dem Leben gerissen wurde, blendete sie fast komplett aus. Das musste sie tun, sonst konnte sie ihren Job nicht richtig ausführen. Gerade nach der letzten Nacht und dem erneuten Traum von Michael brauchte sie ihre Arbeit. An Fakten konnten sie sich festhalten und dadurch den Schmerz vergessen. Die Anatomie eines Körpers war zuverlässig und vorhersehbar. Ihre Arbeit war eine Wissenschaft, die strengen Richtlinien und einem vorgegebenen Ablauf folgte. Das beruhigte Julia. Natürlich war ihr das Schicksal dieser jungen Frau, die bleich und zerbrechlich auf dem Obduktionstisch lag, nicht vollkommen egal. Das Mädchen war gerade einmal einundzwanzig Jahre alt geworden. Eine Studentin, die auf der Toilette der Universität überfallen, vergewaltigt und erdrosselt worden war. Ein Mensch, der sein Leben noch vor sich gehabt hätte. Genau wie ihr Bruder Michael, fuhr es ihr durch den Kopf, und sie schüttelte sich.

»Das Einzige, was wir jetzt noch für sie tun können, ist,

ihren Mörder aufzuspüren«, sagte sie zu Emanuel und warf ihm einen mitfühlenden Blick zu. »Wir können sie nicht zurückholen. Aber wir können dafür sorgen, dass ihr und ihrer Familie Gerechtigkeit widerfährt.« Sie hob die Hand des Mädchens hoch und deutete auf die Fingernägel. »Sieh dir das an. Ich wette, dass wir unter ihren Nägeln Hautpartikel, vielleicht sogar Blut des Täters finden. Sie hat sich heftig gewehrt und ihn gekratzt.«

Emanuel nickte stumm. Er schien nicht wirklich überzeugt.

»Ich frage mich nur, wie Menschen zu so etwas imstande sind. Sie war jung und schön und …«

»Daran darfst du nicht denken. Das musst du ausblenden. Konzentriere dich auf den Organismus, auf die reine Anatomie, und achte auf die Spuren, die du finden könntest.«

Julia nahm ein Vergrößerungsglas zur Hand und betrachtete die Scham der jungen Frau.

»Gib mir bitte den Kamm und die Pinzette.« Sie kämmte das Schamhaar aus.

»Volltreffer«, sagte sie zufrieden und griff zur Pinzette, mit der sie ein Haar aus dem Kamm zog, das viel dunkler als alle anderen war. Sie analysierte es mit zusammengekniffenen Augen. Die Haarwurzel war intakt.

»Das muss vom Täter stammen. Wenn er schon einmal polizeilich registriert wurde, dann haben wir ihn.« Julia lächelte und steckte das Haar in eine Asservatentüte.

»Das bringst du am besten sofort ins Labor.«

Julia blickte ihrem Assistenten hinterher. Emanuel war ein sehr kompetenter Mitarbeiter. Sie schätzte seine sensible Art, aber bald würde er diese im Beruf ablegen müssen, wenn er klarkommen wollte.

Ihre Gedanken gingen zurück zur letzten Nacht. Plötzlich spürte Julia die Müdigkeit, die ihr schwer in den Knochen steckte. In den zurückliegenden Wochen hatte sie wieder häufiger von ihrem kleinen Bruder geträumt, der mit zwölf

Jahren von einem unbekannten Täter missbraucht und getötet worden war. In der letzten Nacht hatte sie Michaels Stimme so deutlich gehört wie schon lange nicht mehr. Es war unheimlich realistisch gewesen. Julia schüttelte die Erinnerung ab. *Konzentration*, sagte sie zu sich selbst und begann mit der Öffnung der Leiche. Ihr Skalpell vollzog einen tiefen Schnitt an der Vorderseite des Körpers. Eine rote Linie erstreckte sich von der Schulter bis zum unteren Ende des Sternums, das auch als Brustbein bezeichnet wurde. Sie wiederholte die Prozedur auf der anderen Hälfte und führte das Skalpell dann von der Mittellinie des Abdomens bis zum Schamhügel. Mit einer Rippenschere öffnete sie den Brustkorb und legte Herz und Lungen frei. Gerade als sie zur Knopfschere griff, um das Herz aufzuschneiden, schwang die Tür auf.

»Kannst du dir bitte die Säge schnappen und jetzt mit dem Schädel beginnen?«, fragte sie, ohne aufzublicken.

»Ich fürchte, davon würde mir übel werden.«

Julia hielt inne. Das war nicht ihr Assistent Emanuel.

»Was machst du denn so früh hier? Ich stecke mitten in der Obduktion und kann dir noch nicht viel über die Tote berichten.« Julia sah Kriminalkommissar Florian Kessler überrascht an.

Dieser grinste. »Ich dachte, du könntest einen Kaffee vertragen.« Er hob zwei Becher in die Höhe.

»Oh. Danke. Das ist nett von dir.« Julia legte die Knopfschere zur Seite, zog die Gummihandschuhe aus und bedeutete Florian, ihr ins Büro zu folgen.

Dort griff sie nach einem Becher. »Das tut gut.« Sie schluckte und schloss genussvoll die Augen.

»Wie lange bist du schon hier? Du siehst müde aus.« Florian musterte sie und Julia senkte schnell den Blick. Es fehlte noch, dass ausgerechnet Florian ihr den nächtlichen Albtraum ansah. Sie wollte weder darüber reden noch daran erinnert werden. Zügig stürzte sie den Kaffee hinunter, der viel zu heiß war und ihr fast die Zunge verbrannte. Ohne auf Florians Frage einzugehen, berichtete sie ihm von den bisherigen Obduktionsergebnissen.

»Die Analyse des nicht zur Leiche gehörenden Schamhaares müsste in ein paar Stunden vorliegen, dann kannst du die DNS durch deine Datenbanken jagen und vielleicht hast du sogar einen Treffer.«

Florian schwieg.

Julia redete hastig weiter. »Das Opfer hat sich heftig gewehrt. Ein paar Fingernägel sind abgebrochen, unter den anderen haben wir Hautpartikel gefunden. Ihr Kopf wurde gegen eine harte Fläche geschleudert. Vermutlich gegen eine Wand in der Toilette, in der sie überfallen wurde. Frakturen gibt es keine, dafür am ganzen Körper Hämatome.« Sie blickte auf und fühlte sich unter Florians intensivem Blick zunehmend unwohl. Er schien direkt in ihr Innerstes zu schauen. »Ja, also …«, hob sie erneut an. »Der Täter hat wahrscheinlich dunkles Haar. Vielleicht hilft dir das ja schon ein bisschen weiter.«

»Du solltest dir mehr Erholung gönnen«, sagte Florian, als hätte er Julia überhaupt nicht zugehört. »Du brauchst definitiv mehr Schlaf. Viel Kaffee wird auf Dauer nicht helfen.«

»Oh, ich habe genug geschlafen, nur schlecht geträumt.« Julia biss sich augenblicklich auf die Zunge. Das hatte sie gar nicht offenbaren wollen. Sie ärgerte sich. Florian hatte dieses Talent, Menschen zum Reden zu bringen. Während sie sich gerne an Fakten hielt, konnte er sich gut in andere Menschen hineinversetzen und ihre Empfindungen nachvollziehen. Wütend auf sich selbst stellte sie den Becher ab und lief zurück in den Autopsiesaal, wo sie die Handschuhe wieder überzog und mit der Knopfschere das Herz aufschnitt. Dann griff sie zu einer Edelstahlkelle und schöpfte das Blut ab.

»Das können wir auf Gifte untersuchen«, murmelte sie und verschloss das Gefäß, in das sie die rote Flüssigkeit gegeben hatte. Sie stellte es auf einem Tablett ab, das bereits voller Gewebeproben war und im Anschluss ins kriminaltechnische Labor gehen würde. Als Nächstes schaltete Julia den Luftfilter ein, der an der Decke über dem Autopsietisch eingebaut war und dafür sorgte, dass gefährliche Keime aufgesaugt wurden. Der Luftstrom summte leise über ihrem Kopf. Sie ignorierte Florian, der gerade wieder den Saal betrat, und öffnete konzentriert die Lunge der Toten.

»Keine Auffälligkeiten«, sagte sie nach einer Weile.

»Jetzt fällt mir ein, warum du heute so schlecht drauf bist.«

Julia hielt inne und sah Florian neugierig an.

»Du warst gestern bei deinen Eltern. Kein Wunder, dass du danach schlecht geschlafen hast.« Florians Blick durchlöcherte sie noch immer. Doch nun, wo er ihr eine Erklärung für die schlimme Nacht lieferte, empfand sie es gar nicht mehr als unangenehm. Ganz im Gegenteil. Wie so oft in letzter Zeit stellte sie zu ihrem eigenen Entsetzen fest, dass sie den Kriminalkommissar, mit dem sie inzwischen seit vier Jahren zusammenarbeitete, ziemlich attraktiv fand. Seine blauen Augen hatten eine gefährliche Tiefe. Sie schluckte.

»Das Geschenk steht immer noch auf Michaels Platz«, sagte sie und nahm sich den Bauchraum vor.

»Nicht im Ernst.«

Sie spürte Florians überraschten Blick auf sich. Julia konzentrierte sich mit aller Gewalt auf den Magen. Der Inhalt würde Aufschluss über die letzte Mahlzeit des Opfers geben und auch bei der Feststellung des Todeszeitpunktes helfen. Sie setzte zu einem tiefen Schnitt an. Unverdautes Fleisch kam zum Vorschein.

»Hannelore kommt einfach nicht darüber hinweg. Obwohl Michaels Tod fünfzehn Jahre her ist, tut sie weiterhin so, als hätte sich die Polizei geirrt, und er käme jederzeit zur Tür herein, um sein Geburtstagsgeschenk abzuholen.« *Dabei wäre er heute bereits siebenundzwanzig und würde sich sicher nicht mit einem Spielzeugauto abgeben*, fügte sie still hinzu.

Julias Mutter kam nicht zur Ruhe. Die Besuche bei ihren Eltern waren immer auf dieselbe Weise schmerzhaft. In dem Haus, in dem sich seit Michaels Tod so gut wie nichts verändert hatte, fanden sich Schock und Trauer in jeder noch so kleinen Ritze.

»Und wann will sie das Paket endlich wegstellen? Michaels letzter Geburtstag ist Wochen her.«

Julia zuckte mit den Achseln. »Mein Vater hat mich gebeten, nicht danach zu fragen.«

Ja, so war es immer. Ulrich Schwarz, der ausgleichende Diplomat, stets um den Hausfrieden bemüht. Julia liebte ihren Vater, aber sie fand es falsch, dass er Hannelore nicht von ihren Ritualen abbrachte. So würden sie beide für ewig in der schrecklichen Vergangenheit feststecken. Sie mussten zu guter Letzt loslassen. Sonst gab es keine lebenswerte Zukunft.

Julia legte die restlichen Organe nacheinander auf die Waage, entnahm ein paar Gewebeproben und platzierte sie anschließend wieder in der offenen Körperhöhle.

»Ich könnte bei deinen Eltern einbrechen und das Geschenk mitnehmen«, bot Florian an.

»Untersteh dich. Sonst denkt meine Mutter tatsächlich noch, dass Michael es geholt hat.« Sie sah auf und lächelte. Auch das war etwas, was nur Florian schaffen konnte.

Plötzlich wurde sein Gesicht wieder ernst. »Ich muss gleich mit den Eltern der jungen Frau sprechen. Gibt es irgendetwas, womit ich sie beruhigen kann?«

Julia sah die Tote lange an. Dann schüttelte sie den Kopf.

»Ich fürchte nein.« Ihre Augen hefteten sich auf Florian. »Sie ist weder schnell gestorben noch kann ich behaupten, sie hätte nicht gelitten.« Julias Finger deuteten auf die zahlreichen fleckigen Schwellungen der Haut. »Sie hat ihren Tod aber nicht einfach hingenommen. Sie hat sich gewehrt bis zum allerletzten Atemzug.« Julia seufzte. »Vielleicht ist das etwas, was du ihren Eltern sagen kannst. Sie hat gekämpft und dem Mistkerl zumindest ein paar tiefe, schmerzhafte Kratzer beigefügt.« Sie hob die rechte Hand der Toten hoch und zeigte auf die abgebrochenen Nägel. »Und außerdem haben wir mit Sicherheit brauchbare DNS sichergestellt. Damit steigen die Chancen, dass wir den Täter schnappen können.«

Florian nickte stumm und mit leerem Blick.

»Wir sehen uns, sobald du den Bericht fertig hast«, erwiderte er und verließ den Saal.

3

In der Nacht war alles anders. Gold glänzte nicht mehr. Bunte Farben verwandelten sich in eine Mischung aus düsteren Grautönen. Die Temperaturen sanken. Ein kalter Herbstwind blies Kim Wiesinger ins Gesicht. Sie fröstelte und bekam eine Gänsehaut. Es war ein guter Tag gewesen, von der toten Prostituierten in der Badewanne einmal abgesehen. Sie hatten ein Lager voller Drogen entdeckt und Fingerabdrücke des Drogenbosses gesichert. Er war endgültig fällig. Eine europaweite Fahndung lief. Früher oder später würden sie ihn erwischen, und dann war er geliefert.

Sie witterte eine Spur. Eine Fährte, hinter der sie jahrzehntelang her war. Vielleicht noch nicht ganz so lange als Polizistin, aber bereits als Teenager hatte sie sich ausgemalt, wie es sein würde. Wie es sich anfühlen würde, die Hände um den Hals des Mistkerls zu legen und zuzudrücken. Ihm dabei in die Augen zu schauen. Zu sehen, wie das Licht in seinen Pupillen dem dunklen Nichts wich. Zu spüren, wie das ganze hässliche Leben aus dem Monster herausströmte, und zu wissen, dass sie diesen Bastard für immer aus der Welt auslöschte. Alles, was von ihm übrig bliebe, wären

Fleisch und Knochen, die unter der Erde verrotten würden, bis die Würmer sich satt gefressen hatten.

Nicht dass Kim sonst Mordfantasien nachhinge. Sie war für eine Polizistin recht lebensfroh und optimistisch. Konnte den grausigen Alltag meist gut ertragen. Aber das war auch nichts Persönliches. Ihre Aktion heute Nacht hingegen, die war persönlich, sehr persönlich sogar. Kim presste sich an die raue Baumrinde und beobachtete das Fenster. Im Zimmer brannte Licht. Er war da. Wie immer um diese Uhrzeit. Sie beschattete ihn seit Langem. Vor allem in der Nacht. Wochentags musste sie schließlich arbeiten. Doch an den Wochenenden und regelmäßig ab achtzehn Uhr spionierte sie das Monster aus. Zuerst war sie sich gar nicht sicher gewesen, ob sie den Richtigen hatte. Aber nach und nach waren die dunklen Geheimnisse der Bestie zum Vorschein gekommen. Das Licht ging aus. Endlich.

Kim Wiesinger wusste, was nun kam. Sie sprang hinter dem Baum hervor und rannte auf Zehenspitzen zum Auto. Sie stieg ein, steckte den Schlüssel ins Zündschloss, startete den Motor jedoch noch nicht. Er sollte ihren Wagen auf keinen Fall hören. Er würde früh genug merken, dass sie ihm auf den Fersen war. Wie er wohl reagierte, wenn er der Tatsache gewahr wurde, dass sie die Rollen getauscht hatten? Jetzt war er der Gejagte, das Opfer, und sie die Jägerin.

Da kam er aus der Haustür und ging zu seinem verbeulten Ford, einem Pick-up mit großer Ladefläche. Die brauchte er und sie wusste inzwischen auch wofür.

Der Ford setzte sich in Bewegung und Kim wartete noch mehrere Sekunden. Dann startete sie den Motor und fuhr mit erheblichem Abstand hinterher. Sie musste ihn nicht mehr verfolgen, da ihr längst bekannt war, wo er hinwollte. Im Wald würde sie die Scheinwerfer ausschalten müssen. Kim fürchtete sich im Dunkeln. Selbst mit der Waffe in der Hand. Die Schatten lebten. Sie blieben nie gleich, sondern verwandelten sich aus harmlosen Formen in gefräßige Monster. Das hatte sie schon als kleines Mädchen festgestellt. Vielleicht könnte sie diese Überzeugung heute Nacht ablegen. Immerhin gäbe es bald ein Monster weniger. Automatisch ließ sie die Hand zur Waffe gleiten. Natürlich war es nicht ihre Dienstwaffe. Sie war schließlich nicht dumm. In der Nähe des Kölner Hauptbahnhofs hatte sie sich eine nicht registrierte Waffe desselben Kalibers besorgt. Damit würde sie also gut treffen können. Sie hatte einen Plan. Am Ende würde es so aussehen, als ob die Waffe ihm gehörte und sie in Notwehr gehandelt hätte. Vielleicht nahm sie ihn auch einfach nur fest, aber das hing von seinem Verhalten ab. Sie brauchte handfeste Beweise, die ihn für immer ins Gefängnis brachten. Fand sie die nicht, hatte sie keine andere Wahl. Der Ford fuhr von der asphaltierten Straße ab. Kim Wiesinger schaltete die Scheinwerfer aus und bog ebenfalls auf den schmalen Weg ein, der in der Dunkelheit kaum zu erkennen war. Das Auto holperte über den sandigen Untergrund, der von Kuhlen durchlöchert und mit spitzen Steinen übersät war. Sie folgte dem Ford bis tief in den Wald hinein. Die einsame Gegend war trotz ihrer Nähe zur Stadt ideal, um die abscheulichsten Fantasien auszuleben. Sie fixierte ihren Blick auf die Rückleuchten des Wagens, der weit vor ihr fuhr und dessen Lichter immer wieder von Bäumen verdeckt wurden. Als es länger dunkel blieb und sie das rote Leuchten nicht mehr sah, wurde sie für einen Moment unsicher. Hatte das Monster sie etwa bemerkt? Ihr Herz schlug schneller, pumpte das Blut in rasendem Tempo durch ihre Adern und bereitete jede ihrer Fasern auf eine mögliche Flucht vor. Sie nahm den Fuß vom Gas und starrte nervös in die Dunkelheit. Dann tauchten die roten Lichter wieder auf. Kim stieß erleichtert die Luft aus. Es war nicht mehr weit. Sie beschloss, auf Nummer sicher zu gehen und den Rest der Strecke zu Fuß zurückzulegen. Sie stellte den Wagen zwischen zwei Bäumen ab und stieg aus. Trotz der herbstlichen Nachtfeuchte raschelten die Blätter unter ihren Füßen.

Das hatte sie nicht bedacht. Eigentlich hatte sie quer durch das Unterholz marschieren wollen. Das wäre viel kürzer und wahrscheinlich auch sicherer, als dem Pfad zu folgen. Aber der Herbst folgte seinen eigenen Gesetzen. Sie musste das raschelnde Laub meiden, wenn er sie nicht meilenweit im Voraus hören sollte.

Kim beschloss, auf dem Weg zu bleiben. Sie kam gut voran, immer die roten Rückleuchten des Fords im Blick. Irgendwann war es dunkel. Das Monster hatte sein Ziel erreicht. Ihre Sohlen sanken ein wenig in den matschigen Waldboden ein. Sie hatte sich extra Wanderschuhe besorgt, damit sie im Notfall schneller wegkam und nicht auf dem glitschigen Untergrund ausrutschte. Wenn sie nicht mehr kämpfen konnte, blieb nur noch die Flucht. Die Schuhe waren gut, bis auf die Tatsache, dass sie an den Knöcheln scheuerten. Den Schmerz ignorierte Kim. Dafür hatte sie jetzt keine Zeit. Es gab Schlimmeres.

Endlich entdeckte sie den Ford wieder. Sie schlich sich langsam näher. Die Motorhaube dampfte in der kalten Nachtluft. Die Hütte lag im Dunkeln und wirkte vollkommen anders als am Tag. Sie erhob sich als kantiger, bedrohlicher Holzklotz vor Kim. *Mach, was du gelernt hast!*, sagte sie im Stillen zu sich und lief weiter. Vorbei an dem Ford, an den Baumstämmen, die vor dem Haus lagerten, und an einigen verrosteten Eisenstangen, die vielleicht einmal als Absperrung oder Geländer gedient hatten. Dann war sie an der Hütte angelangt.

Es gab nur ein Fenster und die Sicht nach drinnen war überwiegend von einem dicken schwarzen Vorhang verdeckt. Als sie zuletzt die Hütte durchsucht hatte, wollte sie eigentlich Beweise sicherstellen. Aber sie hatte keine gefunden. Das Monster war klug und vorsichtig. Es hatte sein Werkzeug stets bei sich. Doch das machte nichts. Kim Wiesinger wusste, wer dieser Mann war. Sie spähte seitlich durchs Fenster ins Innere. Unvermittelt knackte es hinter ihr, und sie fuhr zusammen. Verdammt. War er nicht hineingegangen? Sie ging in die Hocke und versuchte, gegen die aufkeimende Panik anzukämpfen. *Du bist eine hervorragend ausgebildete Polizistin. Du hast eine Waffe. Im Schießen bist du gut, sehr gut sogar. Du brauchst dich nicht zu fürchten, nur weil es dunkel ist.*

Dann sah sie es und machte sich noch ein ganzes Stückchen kleiner.

Das rote Glimmen schwebte nur wenige Meter von ihr entfernt. Kim unterließ das Atmen. Erstarrt hockte sie an der Holzwand und wagte nicht, sich zu rühren. Das Monster stand direkt vor ihr und rauchte seelenruhig eine Zigarette. Er hatte sie offenbar nicht bemerkt. Die Zigarette leuchtete auf und verlosch wieder. Sie schloss die Augen und betete, dass er endlich fertig wurde. Sie wollte ihn in der Hütte haben. Draußen war es zu riskant. Es war dunkel, und er hatte die Chance, zu flüchten. Im Wald und dazu noch mitten in der Nacht würde er sie mit Leichtigkeit abhängen. Dann müsste sie bis zum nächsten Morgen warten, um seine Fährte erneut aufzunehmen. Das jedoch war ausgeschlossen. Sie musste pünktlich zum Dienst erscheinen und konnte nicht einfach fehlen.

Also wartete sie. Irgendwann ging das Glimmen aus. Sie spitzte die Ohren, doch der Wald verschlang die Geräusche des Monsters. Stattdessen rauschten die Herbstblätter über ihrem Kopf.

Sie erhob sich und zuckte sogleich zurück. Das Glimmen hatte sich nur verlagert. Er stand nicht mehr unmittelbar vor ihr, sondern war offensichtlich ein paar Meter weiter zur Hausecke gegangen. Als die Zigarette unerwartet wieder direkt vor ihr auftauchte, bekam Kim fast einen Herzinfarkt. Aber dann begriff sie, dass das wohl nur eine Sinnestäuschung gewesen war. Bei ihrer Anspannung war das nicht verwunderlich. Sie atmete erleichtert Luft auf und starrte eine Weile in die Dunkelheit. Nachdem die Zigarette endgültig zu glimmen aufgehört hatte, beschloss sie, noch einmal ins Innere der Hütte zu blicken. Der Vorhang bot durch einen schmalen Spalt Einblick. Das Licht war eingeschaltet und das Monster saß auf einem hölzernen Schaukelstuhl, die Augen geschlossen, ein Jagdgewehr in der Hand. Es wippte langsam vor und zurück. Die Glühbirne über ihm lieferte spärliches Licht.

Kim mochte Jagdhütten nicht. Sie hasste tote Tiere an der Wand. Kaum erblickte sie ein aufgehängtes Hirschgeweih, stellte sie sich vor, wie das Tier zu Tode gekommen war. Viele Jäger töteten aus reiner Mordlust. Alles andere waren vorgeschobene Gründe. Diesen ganzen Jagdkram fand sie einfach nur krank, auch wenn ihr durchaus bewusst war, dass das Jagen von Tieren bei Überpopulationen notwendig war.

Diese Hütte war anders, nüchtern und pragmatisch eingerichtet. Es hingen keine ausgestopften Tiere an den Wänden, die aus gläsernen, stumpfen Augen ins Nichts starrten. *Kein Wunder*, dachte Kim. *Das Monster war ja auch nicht hier, um Tiere zu jagen.*

Der Mann hielt die Augen immer noch geschlossen. Das war ihre Chance. Jetzt oder nie. Kampf oder Flucht. Sie richtete sich auf und machte sich nicht die Mühe, die Tür vorsichtig zu öffnen. Sie nahm Anlauf und trat das Schloss ein. Krachend schlug die Tür auf und der Mann im Stuhl öffnete die Augen. Sie sah die Mordlust darin glühen. Und noch etwas anderes. Irritiert registrierte Kim, dass es sich keineswegs um Überraschung handelte. Nein, er schien auf sie gewartet zu haben. In seinen Augen glitzerte das Verlangen. Kein Verlangen, wie es üblicherweise ein Mann für eine Frau empfand. Es war eine dunkle Gier, die in seinem Blick lag. Kim richtete die Waffe auf das Monster. Ihr Finger befand sich am Abzug. Er zuckte nervös.

»Ich bin Kim Wiesinger«, sagte sie mit fester Stimme. Sie überspielte die Angst, die sie beim Anblick des Mannes spürte.

Der saß immer noch da wie zuvor, schaukelte und hielt

das Gewehr in der Hand. Nur dass er jetzt die Augen geöffnet hatte und Kim anstarrte.

»Ich weiß«, antwortete er und zog die Lippen zu einem gehässigen Grinsen auseinander.

Dieser Typ ist eiskalt, fuhr es Kim durch den Kopf. Er musste doch wenigstens so etwas wie Beunruhigung empfinden. Schließlich hielt sie eine geladene Pistole auf seinen Kopf gerichtet. Aber diese Tatsache schien ihn nicht sonderlich zu beeindrucken.

»Steh auf, du verdammtes Arschloch!« Kims Stimme zitterte plötzlich. Auf einmal kamen all die Emotionen hoch, die sie so lange mit sich herumgetragen und versteckt hatte. *Steh auf!*, dachte sie. *Verdammt noch mal, steh auf.*

Aber der Mann schaukelte weiter. Er betrachtete sie mit diesem gierigen Blick, der eine ungeahnte Übelkeit in Kim auslöste. Sollte sie einfach abdrücken? Ohne dass er sie angriff?

»Steh auf«, sagte sie noch einmal. Sie brauchte sein Geständnis. »Hol einen Zettel und einen Stift.« Ihr Finger lag kraftlos auf dem Abzug. Und dann ging plötzlich alles ganz schnell.

Das Monster bewegte ruckartig den Arm. Zuerst begriff Kim überhaupt nichts. Erst viel zu spät erkannte sie das Tuch und die Angelsehne, die er sich um das Handgelenk gewickelt hatte. Ein nahezu unsichtbarer Faden, der nach oben zur Decke führte. Für den Bruchteil einer Sekunde flackerte das Licht der Glühbirne. Kim blickte hoch und entdeckte den Eimer über ihrem Kopf. Ein verrostetes Ding, das sonst in der Ecke gestanden hatte. Was zum Teufel sollte das?

Hämisch grinsend ließ das Monster die Angelsehne los und der Eimer krachte auf sie herunter.

Es war zu spät, um zur Seite zu springen. Kims Finger spannte sich, doch noch bevor sie abdrücken konnte, traf der Eimer ihren Schädel. Ein blitzender Schmerz breitete sich sternförmig in ihrem Kopf aus. Die Umgebung versank in gleißendem Licht. Ihr Kopf schlug unter dem Gewicht zur Seite. Es knackte grässlich. Ihre Beine gaben nach. Sie sackte zusammen. Ein paar Steine rollten über den Boden, und ihr wurde schlagartig klar, dass sie aus dem Eimer kamen. Das Monster hatte das Behältnis mit ihnen beschwert. Das Licht wurde von Dunkelheit verdrängt. Ein schwarzer Kreis breitete sich von der Mitte ihrer Pupillen aus und verhängte ihr Sichtfeld mit einem dunklen Vorhang. Das Letzte, was Kim sah, war das Monster, das über ihr stand. Sie war ihm in die Falle gegangen.

4

Julia schlug die Augen auf. Trotzdem stoppte der Albtraum nicht. Nach wie vor hörte sie Michael weinen. Mit donnerndem Herzen fuhr sie hoch und lauschte. Müdigkeit waberte durch ihren Kopf, in dem die Stimme ihres Bruders nachhallte. Julia wusste für eine Sekunde nicht, ob sie wach war oder träumte. Dann schob sie die Bettdecke zur Seite. Die aufgestaute kuschelige Wärme wich der kühlen Nachtluft, die dafür sorgte, dass Julia plötzlich hellwach war. Sie blinzelte und erkannte einige Konturen ihres Schlafzimmers. Sie hatte keine Ahnung, wie spät es war. Sie lauschte, die Stimme war weg. Endlich. Sie seufzte und ließ sich zurück aufs Kissen fallen.

Was war bloß mit ihr los? Warum verfolgten sie diese unheimlichen Träume jetzt fast in jeder Nacht? Lag das an dem Geschenk, das noch immer im Haus ihrer Eltern auf Michaels Platz stand? Sie hatte keine Antwort. Das behagte ihr gar nicht. Es gab für alles eine rationale Erklärung. Seit Michaels Tod versteckte sie sich hinter Fleiß und Geschäftigkeit, schloss ihre Gefühle sorgfältig weg und hoffte, dass die Trauer sich irgendwann von selbst auflösen würde. Doch momentan war es schlimmer als je zuvor. Das konnte nicht nur an ihrer Mutter Hannelore liegen. Sie benahm sich im Grunde wie immer. Julia hatte in den letzten Jahren weit mehr als einen bedrückenden Besuch ihres Elternhauses hinter sich gebracht. Jede dieser Zusammenkünfte war verstörend gewesen, trotzdem lösten sie sonst nicht gleich solche realistischen Albträume aus. Julia überlegte. Sie hatte zurzeit auch keinen vergleichbaren Fall auf dem Tisch. Vor ein paar Jahren gab es eine Serie von Mordfällen, in der Kinder betroffen waren. Das hatte sie sehr mitgenommen. Aber im Institut war es im Augenblick vergleichsweise ruhig. Nicht dass die zu obduzierenden Toten ausgehen würden. Aufklärungsbedürftige Todesfälle gab es nach wie vor. Jedoch trieb derzeit zumindest kein Serienkiller sein Unwesen.

»Bitte nicht!«

Julia erstarrte. Nach einigen Atemzügen knipste sie die Nachttischlampe an. Verdammt. Da war es wieder. Michael. Seine weinende Stimme. Sein Flehen. Woher kamen die Töne? Sie sprang auf, lief ins Wohnzimmer und schaltete das Licht ein. Ihr Blick huschte über die Couch, den Tisch, den Fernseher und die Bücherregale. Alles sah aus wie immer. Sie ließ die Schultern sinken und machte einen Schritt. Dabei blieben ihre Blicke am Fenster hängen. Erst jetzt fiel Julia auf, wie kalt es war. Das Fenster war angekippt. Draußen hörte sie das lang gezogene Miauen einer Katze. War es das, was sie gehört hatte? Irritiert knallte sie das Fenster zu und drehte den Griff. Endlich herrschte Stille. Julia blickte auf die Uhr. Es war fünf Uhr morgens. Zu früh, um aufzustehen. Aber auch zu spät, um noch einmal einzuschlafen. Sie kannte dieses Phänomen. Wenn sie sich wieder ins Bett legte, würde sie sich die nächsten zwei Stunden schlaflos herumwälzen.

Also beschloss sie, ins Institut zu fahren. Den Bericht über das Vergewaltigungsopfer hatte Julia am Tag zuvor nicht mehr fertiggestellt. Es hatte einen weiteren Mord gegeben, der mit Priorität behandelt werden musste. Sie ging ins Bad und nahm eine Dusche. Der warme, gleichmäßige Wasserstrahl löste die Verspannungen in ihrem Nacken. Nach zehn Minuten stand sie am Waschbecken, putzte sich die Zähne und betrachtete sich im Spiegel. Die schwarzen Haare klebten nass am Kopf. Sie sah blass aus. Unter ihren Augen hatten sich dunkle Ränder breitgemacht, die sie sogar ohne Brille erkennen konnte. Julia griff zum Föhn und brachte ihren Pagenschnitt in Form. Dann setzte sie die schwarze Hornbrille auf, die sie viel ernster aussehen ließ, als sie eigentlich war, und schlüpfte in eine ebenso schwarze Hose. Julia machte sich nicht viel aus Mode. In der Regel trug sie Kombinationen aus Schwarz und Weiß. Sie sah auch keinen großen Sinn darin, sich täglich herauszuputzen. Schließlich hatte sie in ihrem Beruf keinen Kundenkontakt. Die meisten Menschen, mit denen sie zu tun hatte, waren tot, und deshalb kam es auf deren Geschmack auch nicht mehr an. Julia knöpfte rasch eine schneeweiße Bluse zu, die ihre schmale Taille betonte. Dann machte sie sich mit leerem Magen auf den Weg.

Das Institut lag nicht weit von ihrer Wohnung entfernt. Makabererweise befand sich gleich dahinter ein Friedhof. Julia parkte den Wagen und ging durch einen Nebeneingang, der direkt zu den Autopsiesälen führte, und zu ihrem Büro. Sie legte ihre Sachen ab und fuhr den Computer hoch. Während sie darauf wartete, einen Blick in ihre E-Mails werfen zu können, bemerkte sie einen Lichtschein. Mit gerunzelter Stirn trat sie hinaus in den Flur und sah durch das milchige Glas im oberen Teil der Tür, dass in einem der Obduktionsräume Licht brannte. Sie fragte sich, ob sie vergessen hatte, es auszustellen. Verwarf diesen Gedanken jedoch. Selbst wenn es so gewesen wäre, hätte der Sicherheitsdienst es später ausgeschaltet. Sie hörte ein Geräusch und wunderte sich. Wer war außer ihr so früh im Institut? Julia ging zu der Tür und riss sie auf.

Was sie sah, nahm ihr den Atem.

Ihr Assistent Emanuel beugte sich tief über das Vergewaltigungsopfer, das eigentlich in einer Box im Kühlraum liegen sollte. Die Obduktion war abgeschlossen, auch wenn der Bericht noch nicht fertig war. Julia hatte keine Worte für die intime Geste, mit der Emanuel die Haare des Mädchens berührte. Als er sie bemerkte, fuhr er erschrocken herum.

»Du meine Güte, Julia. Was machst du so früh hier?«

»Das könnte ich dich ebenfalls fragen«, erwiderte sie und betrat schockiert den Raum, der nach Formaldehyd und Desinfektionsmitteln roch.

»Ich habe den Bericht von Luise Schenk fertiggestellt. Die Laborbefunde sind schon da. Ich habe die Ergebnisse bereits eingefügt. Du musst eigentlich nur noch einmal darüber schauen.« Emanuel ließ die Tote los. Er trug keine Handschuhe. An seinen Fingern hing Schaum. Julia nahm einen blumigen Geruch von Shampoo wahr. Sie musterte ihren Assistenten, dessen Wangen rot glühten. Was um Himmels willen machte er da? Seit wann wuschen Rechtsmediziner ihren Toten die Haare mit Shampoo? Warum nannte er das Vergewaltigungsopfer beim Namen und was in aller Welt tat er mitten in der Nacht im Institut? Emanuel senkte den Blick.

»Die Sache hat mir keine Ruhe gelassen. Sie war noch so jung, und ich wollte, dass die Polizei so schnell wie möglich den Bericht erhält. Leider ist die DNS des Täters in keiner Datenbank registriert.« Emanuel nuschelte den letzten Satz. Seine Stimme klang belegt.

Julia war zwar schockiert, doch ihr Gehirn funktionierte einwandfrei. Nekrophilie kam nicht infrage, das wäre ihr mit Sicherheit aufgefallen. Menschen mit solchen Neigungen genossen den Anblick von Toten. Emanuel tat das anscheinend nicht. Im Bruchteil weniger Sekunden rechnete sie eins und eins zusammen. Ihr Assistent musste irgendwie persönlich betroffen sein. Das merkwürdige Verhalten ließ keinen anderen Schluss zu.

»Du kanntest das Opfer?«, fragte sie und deutete auf das Shampoo an seinen Händen.

Emanuel sah Julia verblüfft an. Er nickte mechanisch.

»Sie hat in unserer Straße gewohnt. Ich habe ihr vor ein paar Jahren Nachhilfe bei den Hausaufgaben gegeben. Naturwissenschaften waren nicht ihr Ding. Ihr Haar war so zerzaust und noch voller Blut. Ich wollte nicht, dass sie so schmutzig in der Kühlbox liegt.«

»Warum hast du mir das nicht gesagt? Du hättest der Obduktion nicht beiwohnen müssen. Außerdem hätte der Bestatter diesen Job erledigt.«

»Ich ...« Er hob die Schultern und setzte eine betroffene Miene auf. »Ich musste einfach dabei sein.«

Julia starrte Emanuel an. Im ersten Moment wollte sie ihn belehren, ihm erklären, dass sein Verhalten unprofessionell sei und dass er lernen müsse, die Emotionen vor dem Obduktionssaal abzulegen. Darüber hinaus verfälschte er möglicherweise die Untersuchungsergebnisse. Doch sie verkniff sich diese Kommentare. Emanuel wusste das alles selbst. Im Übrigen konnte sie seine Beweggründe irgendwo nachvollziehen, auch wenn ihr im Traum nicht eingefallen wäre, einer Leiche die Haare zu waschen. Sie hätte ebenso sicherstellen wollen, dass bei der Autopsie nichts schiefging und jede noch so kleine Spur zum Täter offengelegt wurde. Immerhin wurde ihr jetzt klar, warum Emanuel es nicht fertiggebracht hatte, Luise Schenks Schädeldecke zu öffnen.

»Das tut mir ehrlich leid für dich«, sagte sie sanft.

»Sie war ein nettes Mädchen. Ich ...« Emanuels Stimme versagte. Er schluckte, wobei sein großer Adamsapfel auffällig hüpfte. »Ich muss das nächste Mal eine andere Strecke zum Haus meiner Eltern nehmen. Normalerweise fahre ich bei Luise vorbei. Ich habe sie oft im Garten gesehen. Das letzte Mal erst vor ein paar Wochen. Sie hat mir zugewinkt und ich ...« Er stockte und sah Julia an. In seinen Augen stand tiefe Trauer.

Julia wusste, was er meinte. Der Mensch vermied von Natur aus den Schmerz. Sie dachte an Michael und daran, dass sie jeder Besuch bei ihren Eltern qualvoll an seinen Verlust erinnerte.

»Mit der Zeit wird es besser«, log sie und legte ihrem Assistenten eine Hand auf die Schulter. Das war eine seltene Geste. Normalerweise hielt sich Julia mit Gefühlsbekundungen und Berührungen zurück. Im Laufe der Zeit hatte sie gelernt, dass eine gewisse Distanz zu anderen Menschen auf Dauer weniger Risiken barg. Diese Haltung und natürlich ihr Beruf als Rechtsmedizinerin hatten ihr im Institut den Ruf als Eislady eingebracht. Sie mochte diese Bezeichnung nicht. Denn auch, wenn sie nach außen hin kühl wirkte, so sah es in ihrem Innersten doch ganz anders aus.

»Am besten, du wäschst der Toten jetzt die Haare aus und bringst sie zurück in den Kühlraum. Ich sehe mir in der Zwischenzeit deinen Bericht an.« Sie warf Emanuel einen durchdringenden Blick zu. »Und versprich mir, dass du so etwas nie wieder tust.« Sie deutete auf das Shampoo. Emanuel nickte reumütig.

Julia machte kehrt und ging zurück in ihr Büro. Der Computer war inzwischen hochgefahren. Sie checkte kurz ihre E-Mails und überflog dann Emanuels Bericht. Er hatte sich in der Tat viel Mühe gegeben. Sie musste nicht viele Änderungen vornehmen. Die Polizei verfügte über umfangreiche Datenbanken. Vielleicht konnten dort Hinweise auf Luise Schenks Mörder und Vergewaltiger gefunden werden. In den meisten Fällen stammte der Täter aus dem näheren Umfeld des Opfers. Nachbarn, Kommilitonen und Lehrkräfte der Universität würden als Nächstes von der Kriminalpolizei unter die Lupe genommen werden. Bei der Vielzahl von Spuren und dem unkontrollierten, beinahe stümperhaften Vorgehen des Täters war Julia sich sicher, schon in wenigen Tagen eine Erfolgsmeldung zu erhalten. Das Klingeln ihres Handys riss sie aus den Gedanken.

»Schwarz hier«, meldete sie sich, wobei sie den Blick nicht vom Bildschirm abwandte.

»Julia. Wir haben einen neuen Mordfall. Kannst du bitte schnell vorbeikommen?« Florian klang bedrückt.

»Selbstverständlich. Ist es schlimm? Du hörst dich ziemlich niedergeschlagen an.«

»Es ist eine Kollegin.« Florian hörte sich an wie ein Roboter, dem die Batterien ausgingen. Seine Worte krochen gedehnt und ohne jede Betonung durch die Leitung. Er gab Julia die Adresse durch und legte dann auf.

Schon wieder eine Tote, die nicht fremd war, und zudem jemand, der eine Lücke im Umfeld der Polizei hinterlassen würde. Julia seufzte. Natürlich riss jeder Mord ein Loch in das Leben der Hinterbliebenen. Aber diese Menschen kannten die Ermittler in der Regel nicht. Sie sahen, was geschehen war, ohne das Fehlen des Opfers im eigenen Alltag zu bemerken. Erst Emanuel, jetzt Florian. Julia schüttelte den Kopf. Eine ermordete Polizeibeamtin würde automatisch einen Riesenwirbel nach sich ziehen. Sie stand auf und griff nach ihrer Handtasche.

»Der Bericht ist fertig. Du kannst ihn abgeben«, rief sie Emanuel durch die offene Tür zu, ohne noch einmal den Obduktionssaal zu betreten. Mit kleinen schnellen Schritten huschte sie durch den Flur zum Ausgang. Julia hatte es eilig.

5

Florian Kessler betrachtete den leblosen Körper der Polizistin, der in den Kofferraum ihres eigenen Kleinwagens gestopft worden war. Noch vor ein paar Tagen war er ihr in einem Imbiss begegnet, in dem es zur Mittagszeit von Polizisten nur so wimmelte. Er hatte sie nicht näher gekannt, aber allein die Tatsache, dass sie eine Kollegin war, ließ ihn frösteln. Wer auch immer in der Lage war, eine Polizistin zu töten, er musste eiskalt und berechnend sein oder er kannte den Beruf seines Opfers nicht. Nach Florians Einschätzung handelte es sich um einen Täter, der genau wusste, was er tat. Kim Wiesinger war nicht einfach ermordet worden. Jemand hatte sie brutal zum Schweigen gebracht. Ihr Mund war mit Paketband verklebt, ihre Augen standen weit offen. Florian beugte sich hinunter und fixierte ihre Pupillen, als könnte er so das letzte Bild, das sich auf Kims Netzhaut gebrannt hatte, zum Vorschein bringen. Doch die graublauen Augen waren stumpf. Der Glanz des Lebens für immer erloschen. An Kims Händen fanden sich Brandmale, die von Zigaretten stammen mussten. Einige Fingernägel fehlten. Beim Anblick der blutigen Nagelbetten zuckte Florian zusammen. Der Mörder hatte sein Opfer gefoltert. Florian versuchte, sich in die junge Frau hineinzuversetzen. Was hatte sie gesehen oder gewusst? Warum musste sie sterben? Er betrachtete nachdenklich ihre Kleidung. Dunkle Jeans, dunkler Rollkragenpullover und Wanderschuhe. Als er sie im Imbiss getroffen hatte, sah sie ganz anders aus. Sie war viel femininer gekleidet. Als Kriminalbeamtin trug sie keine Uniform, sondern zivile Alltagskleidung.

Florian schloss die Augen und beschwor das Bild der noch lebenden Kim Wiesinger herauf. Sie hatte attraktiv ausgesehen, ein Baumwollkleid und Leggings mit Stiefeln getragen. Dazu ein Armband und eine auffällige Kette. Florian öffnete die Augen. Der Schmuck war jetzt weg. Sie sah aus wie jemand, der unsichtbar bleiben wollte. Vielleicht sogar wie jemand auf der Jagd. Er kniff die Augen zusammen. Das kurze blonde Haar war zerzaust. Eine blutige Wunde klaffte auf dem Schädel. Er bemerkte ein paar feine Linien, die ein Muster auf Kims Handrücken bildeten. Sein erster Gedanke war, dass diese von Handschuhen stammten. Irgendwie erinnerte ihn Kim Wiesingers Aufzug an einen Einbrecher. Es fehlte nur die Maske vor ihrem Gesicht. Darin konnte Florian jedoch auf Anhieb keinerlei Verletzungen entdecken. Warum trug sie diese Klamotten? Er schloss abermals die Augen, so, als könnte er dadurch eine Antwort auf seine Frage erhalten. Florian konnte Tatorte lesen wie kein anderer aus seinem Team. Das Fach Psychologie hatte ihn schon an der Polizeihochschule besonders interessiert, weil er wissen wollte, wie die Menschen tickten. Er wollte verstehen, weshalb bestimmte Personen Gefallen an Gewalt fanden und andere wiederum nicht. Doch dies hier war kein Tatort. Sein Bauchgefühl, aber auch die Lage des Leichnams und die Folterspuren sagten ihm, dass Kim Wiesinger nicht im Kofferraum dieses Kleinwagens ihren letzten Atemzug getan hatte. Sie war an einem anderen Ort gestorben. Bloß an welchem?

»Guten Morgen, Florian. Ist sie das?«

Florian drehte sich um und blickte in ein vertrautes Gesicht. Julia Schwarz, die noch viel blasser wirkte als am Vortag, nestelte an ihren Gummihandschuhen, die braunen Augen bereits konzentriert auf die tote Polizistin gerichtet. Die milchig weiße, fast durchsichtig schimmernde Haut der attraktiven Rechtsmedizinerin, durch die er sogar schwach einzelne Äderchen an Hals und Schläfe sehen konnte, verliehen der toughen Frau eine unglaubliche Verletzlichkeit. Florian kannte Julia besser als die meisten seiner Kollegen, für die die Rechtsmedizinerin eher unnahbar schien. Er hingegen wusste, dass sie unter der kühlen Schale eine sensible und einfühlsame Frau war, die eine düstere Tragödie in ihrer Vergangenheit durchlebt hatte. Er hatte keine Ahnung, was ihn an Julia tatsächlich faszinierte, denn sie passte nicht in sein übliches Frauenschema. Er musste sie einfach anstarren. Diese Ernsthaftigkeit, mit der sie sich an die Arbeit machte. Dieser Blick, vor dem sich nichts verbergen ließ, und die scharfe Intelligenz, die aus ihren Augen sprühte, zogen ihn auf eine unheimliche Art und Weise an. Vielleicht war es auch die Distanz, die Julia stets zu anderen Menschen aufbaute. Bei jeder anderen Frau hatte er es leicht. Er spürte bereits im ersten Moment, ob sein Gegenüber ihn attraktiv fand oder nicht. Bei Julia hingegen versagte sein Bauchgefühl. Manchmal sah sie ihn länger an als gewöhnlich, doch in ihren Augen lag eine unergründliche Tiefe. Florian wusste nicht, woran er bei ihr war.

»Wie lange bist du schon hier?« Julia stupste Florian an, der sich ertappt fühlte und verlegen den Blick senkte.

»Was?«

Sie wiederholte ihre Frage.

»Vielleicht seit einer halben Stunde. Ich habe dich sofort angerufen, als klar war, dass es sich um eine Kollegin handelt.« Er rieb sich den Nacken und ließ augenblicklich die Hand sinken, als ihm seine Verlegenheitsgeste auffiel. »Ich wollte, dass du sie am Fundort siehst. Jemand hat sie in den

Kofferraum hineingepfercht. Wer immer es war, er ist extrem brutal vorgegangen. Er scheint echt wütend auf Kim Wiesinger gewesen zu sein.«

Julia neigte den Kopf ein wenig zur Seite. »Sie wurde mit einer glühenden Zigarette gequält. Die Wunde auf dem Kopf wurde ihr mit einem kräftigen Schlag zugefügt. Ich schaue mir die Wundränder bei der Autopsie genauer an. Vielleicht kann ich die Waffe ermitteln. Es sieht jedenfalls nicht nach einem Hammer oder Baseballschläger aus.« Sie deutete mit dem Finger auf den blutigen kreisförmigen Abdruck. »Ich tippe auf etwas Hartes, vermutlich Metall, ein Gegenstand, der gebogen ist.«

Florian runzelte die Stirn und ging im Kopf mögliche Waffen durch.

»Da fällt mir höchstens ein Säbel oder ein Samuraischwert ein.«

Julia schüttelte den Kopf. »Nein, es war ein stumpfer Gegenstand. Siehst du diesen Spalt? Er ist nicht besonders tief, dafür recht breit. Eine scharfe Schneide wäre tiefer eingedrungen und hätte vielleicht sogar den Schädelknochen gespalten. Außerdem wäre die Wunde sehr viel schmaler. Ich tippe auf eine Schaufel oder etwas in der Art.«

»Und die Todesursache?«

»Kann ich noch nicht sagen. Aber wir können sie schon einmal aus dem Kofferraum nehmen.«

Florian winkte zwei Kollegen herbei, die Kim Wiesinger vorsichtig heraushoben und auf eine am Boden ausgebreitete Plastikfolie legten.

Die Tote hatte gekrümmt und mit angezogenen Beinen im Kofferraum gelegen, fast wie ein Embryo. Erst jetzt, wo ihre Glieder ausgestreckt lagen, sah er, dass der gesamte Oberkörper blutverschmiert war.

»Sie wurde erstochen«, erklärte Julia und deutete auf ein Loch im Pullover. »Sieht aus wie ein gezielter Stich direkt ins Herz.«

»Das klingt, als wäre sie hingerichtet worden.«

»Sie ist jedenfalls sehr schnell gestorben.«

Florian dachte nach. Zunächst wurde sie gefoltert und dann sofort getötet. Das passte nicht zusammen. Normalerweise ließen sich Täter, die ihr Opfer folterten, auch mit dem Töten Zeit. Einige belebten ihr Opfer sogar wieder, um den Todeskampf ein weiteres Mal miterleben zu können. Folterung mit anschließend zügiger Tötung erinnerte ihn an die Vorgehensweise der Mafia oder an Kriegsverbrecher. Sobald sie die gesuchten Informationen aus ihrem Opfer herausgepresst hatten, war es wertlos und die Tötung nicht mehr als die Beseitigung eines Zeugen.

»Kannst du den Todeszeitpunkt schon schätzen?«

Julia zog die Stirn kraus. »Die Leichenstarre ist noch nicht voll ausgeprägt. Auf Anhieb würde ich auf heute Nacht tippen. Genauer kann ich es dir erst nach der Obduktion sagen.«

»Das heißt also, wir müssen herausfinden, was Kim Wiesinger in der Nacht getan hat.« *Und warum sie wie ein verdammter Einbrecher angezogen war*, fügte er in Gedanken hinzu.

»Wenn du willst, kann ich mich sofort an die Autopsie machen«, erklärte Julia und signalisierte den beiden Männern, die die Tote aus dem Wagen gehoben hatten, dass sie die Leiche abtransportieren konnten.

»Das wäre prima«, erwiderte Florian. »Ich schaue mich zunächst in Kim Wiesingers Wohnung um.«

6

Florian verdrehte die Augen. Martin Saathoff kam im Schneckentempo die Treppenstufen heraufgekrochen. Obwohl er ihn noch gar nicht sehen konnte, hörte er sein kräftiges Schnaufen. Seit dem letzten Fall hatte man ihm Saathoff als festen Partner zugeteilt. Sein alter Partner war zwischenzeitlich ins Drogendezernat versetzt worden. Florian war sich immer noch nicht im Klaren darüber, ob er das gut oder schlecht finden sollte. Saathoff war ein übergewichtiger und vor allem mürrischer Fünfzigjähriger mit ungepflegtem Schnauzbart und ungekämmten Haaren. Seine äußere Erscheinung entsprach dem genauen Gegenteil von Florian. Er trainierte in seiner Freizeit Triathlon und war in ausgezeichneter Form, weshalb es ihm auch überhaupt nichts ausgemacht hatte, im Sprint vier Etagen zu erklimmen. Saathoff hatte wahrscheinlich zum letzten Mal in der Schulzeit Sport getrieben. Ein Walross hätte ihm kaum Konkurrenz machen können. Endlich wälzte er sich die restlichen Stufen herauf. Anna Schubert von der Spurensicherung schlich hinter ihm her. Als sie Florians Blick bemerkte, grinste sie spöttisch.

Florian bemühte sich, seine Mimik unter Kontrolle zu

bringen. Alles andere wäre Mobbing gleichgekommen. Auch wenn Saathoff mürrisch und unsportlich war, er war jetzt sein Partner und an Erfahrung in komplexen Mordfällen hatte er einiges vorzuweisen. Also sah Florian geduldig zu, bis Saathof die Wohnung erreicht hatte und atemlos neben ihm stehen blieb, um Anna den Vortritt zu lassen.

Die Wohnung war nicht besonders groß. Kim Wiesinger hatte allein gelebt. Sie betraten den kurzen Flur, der nicht mehr als fünf Quadratmeter maß, und begaben sich zuerst ins Wohnzimmer. Eine weiße Ledercouch mit einem modernen Tisch, ein mittelgroßer Flatscreen, ein Regal mit Büchern und ein paar Bildern füllten den kleinen Raum aus. Außerdem fielen Florian noch die vielen Topfpflanzen auf, mit denen Kim Wiesinger sich umgeben hatte. Sie besaß offenkundig einen grünen Daumen. Die Orchideen blühten, die Blattpflanzen leuchteten in einem tiefen, satten Grün. Florian betrachtete Kims Reich und versuchte zu ergründen, was für ein Mensch sie gewesen sein mochte. Eine gut aussehende Blondine Mitte dreißig, die allein lebte. Er rieb sich nachdenklich das Kinn. Hatte sie keinen Freund? Er ging zum Regal und begutachtete die Fotos. Ein paar Aufnahmen stammten aus der Kindheit, weitere aus diversen Urlauben, auf denen Kim jedoch meist mit anderen Frauen zu sehen war. Einen Lebensgefährten konnte Florian auf Anhieb nicht ausmachen. Seine Augen wanderten durch das Zimmer. Alles schien seine Ordnung zu haben. Es deutete nichts auf einen Kampf oder eine gewaltsame Entführung aus der Wohnung hin.

Florian ging ins Schlafzimmer. Es war modern eingerichtet mit einem breiten Bett, einem großen Kleiderschrank mit Spiegeltüren und einem Schreibtisch mit Computer und etlichen Papierstapeln darauf. Florian nahm sich den Schreibtisch vor. Offensichtlich hatte Kim sich Arbeit mit nach Hause genommen. Sie war also eine ehrgeizige Polizeibeamtin gewesen.

»An welchem Fall hat sie zuletzt gearbeitet?«, fragte er an Saathoff gerichtet.

Der hatte den Kleiderschrank geöffnet und durchwühlte mit behandschuhten Fingern Kim Wiesingers Wäsche.

»Die war an einer großen Sache dran. Da gab es gestern diese Razzia, mit der sie einen Bonner Drogenboss hochgehen lassen wollten. Die Fahndung ist in vollem Gange. Außerdem haben sie eine Tote gefunden in einer Wohnung, die auf einen seiner vielen Fake-Namen gemietet war. Wenn die gefundenen Spuren ihn des Mordes überführen, wandert der Kerl lebenslänglich in den Bau.«

Florian nahm das oberste Blatt von einem Papierstapel zur Hand, eine Skizze mit etlichen rot eingekreisten Wörtern und Pfeilen, die kreuz und quer über die Seite verliefen. Es handelte sich um eine Darstellung von Namen, Berufen und Verbindungen. Kim Wiesinger hatte die wesentlichen Köpfe des Drogenhändlerringes aufgezeichnet.

»Vielleicht war der Mord ja eine Racheaktion dieses Drogenbosses. Die haben so viele Handlanger, dass sie selbst aus dem Untergrund oder dem Knast heraus locker Mordaufträge erteilen können. Sagtest du nicht, dass der Mord an ihr einer Hinrichtung glich?« Saathoff ging schnaufend in die Knie und widmete sich den unteren Schubladen des Kleiderschrankes.

»Ich weiß nicht«, erwiderte Florian. »Warum hat man sie dann vorher gefoltert?« Er gesellte sich zu seinem Partner und musterte Kims Kleidung. Helle, leuchtende Farben, Röcke, Kleider, figurbetonte Blusen und Shirts. Nichts ähnelte dem Outfit, das sie zuletzt getragen hatte, auch nur annähernd.

»Möglicherweise gibt es ja weitere Hintermänner, die unentdeckt bleiben wollen. Die haben sie gequält, um herauszufinden, ob sie auf der Liste der Polizei stehen.« Saathoff erhob sich schnaufend und nahm sich einen Beistelltisch vor.

»Dann hätten sie aber auch Kims Partner umbringen müssen.«

»Was redet ihr da für einen Schwachsinn?«

Florian fuhr überrascht herum. Ein großer, muskelbepackter Mann stand im Türrahmen. Er sah aus wie ein Profiboxer, nur die geröteten Augen passten nicht ins Bild.

»Mark Tide. Ich bin ...« Sein Blick erstarrte für eine Sekunde. »Ich war Kims Partner.« Er kam herein, schüttelte Florian die Hand, anschließend begrüßte er Martin Saathoff.

»Es tut mir sehr leid, was mit Kim passiert ist«, sagte Florian. »Wissen Sie, was Ihre Partnerin gestern Abend vorhatte?«

Der große Mann rieb sich die Augen. Trotzdem konnte er nicht verhindern, dass ihm eine Träne über die Wange lief.

»Scheiße. Nein.« Er donnerte die Faust gegen den Türrahmen. »Ich denke an nichts anderes mehr. Wir haben uns eigentlich immer alles erzählt.«

Florian zog eine Augenbraue in die Höhe.

»Nein. So ist es nicht. Ich bin verheiratet. Glücklich. Wir waren Freunde. Ich kann mir das überhaupt nicht erklären.« Mark Tide schüttelte traurig den Kopf. »Ich dachte, hier in ihrer Wohnung würde ich eine Antwort finden.«

»Bisher haben wir keinen Anhaltspunkt gefunden. Wann haben Sie Kim denn zuletzt gesehen?« Florian ging zurück zum Schreibtisch und arbeitete sich weiter durch den Papierstapel.

»Es war kurz nach sieben. Das weiß ich genau, weil ich meine Kinder ins Bett bringen musste. Wir waren nach den Durchsuchungen ziemlich platt. Kim wollte nach Hause, duschen und dann schlafen gehen.«

»Und wo haben Sie Ihre Partnerin verabschiedet?«

»Im Büro. Wir haben noch schnell den Einsatzbericht geschrieben. Warum?«

»Sie haben also nicht gesehen, dass sie nach Hause gefahren ist?«

Mark Tide senkte den Blick. Die Verzweiflung war ihm anzusehen.

»Nein. Wie gesagt, wir waren kaputt und wollten Feierabend machen. Als ich ging, saß Kim noch vor dem PC im Büro. Sie hat später noch einmal auf meinem Handy angerufen, aber keine Nachricht hinterlassen. Ich habe zu der Zeit gerade meine Kinder ins Bett gebracht und das Klingeln nicht gehört.« Er schluckte gequält. »Leider habe ich nicht mehr aufs Telefon geschaut und ihren Anruf erst heute Morgen entdeckt.«

Florian sah Mark Tide mitleidig an. Er spürte die Schuldgefühle, die schwer auf den Schultern des Mannes lasteten. Die Wahrheit hallte in Florians Ohren. Nicht Kim war es gewesen, die dringend nach Hause wollte, sondern Mark Tide hatte es eilig gehabt, zu seiner Familie zu kommen. Wäre er geblieben oder hätte wenigstens ihren Anruf entgegengenommen, vielleicht hätte er Kims schreckliches Schicksal abwenden können.

»Was hat sie denn sonst so nach Feierabend gemacht?« Florian musste unbedingt mehr über das Opfer erfahren. Bisher konnte er Kims Wesen kaum greifen.

»Sie war viel im Fitnesscenter. Ansonsten hat sie oft noch an unseren Fällen gearbeitet.« Tide nickte in Richtung Schreibtisch. »Ohne sie hätten wir keine Beweise gegen den Drogenboss gehabt. Kim hat entdeckt, dass er unter verschiedenen Decknamen mehrere Wohnungen in Bonn gemietet hat.«

»Hatte sie einen Freund?«

Mark Tide hob die Schultern. »Kim? Nein. Sie war eine Einzelgängerin. Sie hat sich auf niemanden wirklich eingelassen.«

»Aber sie war doch eine sehr attraktive Frau«, bemerkte Florian.

»Sie ist ... sie war jung und wollte Karriere machen, bevor

sie sich an jemanden bindet. Sie hatte ab und an was am Laufen, aber immer nur für ein paar Nächte.«

»Was ist mit ihren Eltern?«

»Die sind tot. Der Vater ist an Krebs gestorben und die Mutter ein halbes Jahr später. Sie ist wohl nicht über den Tod ihres Ehemannes hinweggekommen.«

Florian nickte nachdenklich. Kim Wiesinger hatte also beide Elternteile recht früh verloren. Vermutlich lebte sie deswegen eher zurückgezogen und konzentrierte sich auf ihren Job. Das war ein häufiges Phänomen. Der Mensch brauchte das Gefühl, sein Leben unter Kontrolle zu haben. Gerade der Verlust von Familienmitgliedern war ein tiefer Einschnitt in die Gefühlswelt. Der Tod war nicht kontrollierbar. Genauso wenig wie die Entwicklung von menschlichen Beziehungen. Kim hatte sich wahrscheinlich deshalb in ihre Arbeit gestürzt. Das gab ihr ein wenig Kontrolle zurück. Trotzdem lieferte diese Annahme immer noch keine Antwort auf die Frage, was die junge Kriminalbeamtin gestern Abend getan hatte und wie sie ihrem Mörder begegnet war.

»Ich wäre gerne bei den Ermittlungen dabei. Das bin ich Kim schuldig.« Mark Tide sah Florian bittend an. Doch der schüttelte schnell den Kopf.

»Das tut mir leid. Sie sind persönlich betroffen. Das wäre eher hinderlich für die Ermittlungsarbeit. Außerdem fällt der Fall in unseren Zuständigkeitsbereich. Sie haben in Bonn sicher auch noch etliche Fälle auf dem Tisch, oder?« Florian hatte mit dieser Bitte gerechnet. Sie war absolut verständlich, jedoch nicht zu erfüllen. Kim Wiesinger war in Köln ermordet worden und damit lag der Fall bei ihm. Selbst wenn er gewollt hätte, wäre das Hinzuziehen eines Beamten aus Bonn ein schwieriges Unterfangen. Florian kannte die Ansichten seines Chefs nur zu gut. Es gab Regeln, und diese waren dazu da, um eingehalten zu werden.

Offenkundig schienen seine Argumente bei Mark Tide anzukommen. Vielleicht hatte er einen Vorgesetzten mit ähnlichen Vorstellungen. Der Hüne blickte betroffen drein und nickte langsam.

»Warum hat Kim sich eigentlich keine Wohnung in Bonn gesucht? Leben Sie nicht auch dort, in unmittelbarer Nähe zum Polizeirevier?« Florian verstand nicht, aus welchem Grund Kim freiwillig jeden Tag in eine andere Stadt pendelte.

»Sie hat mir mal erzählt, dass sie in ihrer Freizeit nicht zufällig auf einen Gangster stoßen wollte, den sie bereits verfolgt hatte«, sagte Mark mit gerunzelter Stirn. Er schien die Zielrichtung von Florians Frage nicht zu begreifen. Dieser wusste jedoch ganz genau, worauf er hinauswollte. Da war es, eines der vielen fehlenden Puzzleteile, die sich am Ende zu einem kompletten Bild vom Charakter des Opfers zusammensetzen würden. Weshalb also lebte Kim nicht in der Stadt, in der sie arbeitete? Mark Tide hatte die Antwort gegeben. Sie wollte keinem Gangster über den Weg laufen oder anders gesagt: Sie hatte Angst.

Florian betrachtete den übervollen Schreibtisch. Die Unterlagen und den Computer würde er eingehender untersuchen müssen. Sein Blick glitt zum Bett. Wo würde eine Polizistin, die extrem ehrgeizig und zudem Einzelgängerin war, etwas Wichtiges verstecken? Kim Wiesinger war eine vorsichtige und vermutlich ängstliche Frau. Wo verbarg sie ihre Geheimnisse?

Florian ging vor dem Kopfende des Bettes in die Knie. Seine Finger tasteten die Unterseite des Lattenrostes ab. Er berührte einen eingeklemmten Gegenstand. Endlich hatte er einen Kontakt zu dem Opfer. Es hatte eine Weile gedauert, aber jetzt war Florian so weit. Er konnte sich in die junge Polizistin hineinversetzen. Langsam zog er seinen Fund hervor, ein Pistolenmagazin. Florian zog die Augenbrauen hoch. Die Patronen gehörten nicht zur Standardausstattung der Polizei. Warum zum Teufel versteckte eine Kriminalbeamtin illegale Munition unter ihrem Bett?

7

»Sie haben ihn.« Emanuel stürmte in den Obduktionssaal. In seinen Augen leuchtete eine gewisse Zufriedenheit.

»Wen?« Julia sah auf und wischte sich mit dem Ärmel ein paar Schweißperlen von der Stirn.

»Na, den Typen, der Luise Schenk vergewaltigt und ermordet hat. Es war ein Austauschstudent aus Amerika. Deshalb konnten sie seine DNS nicht in der Datenbank des Bundeskriminalamtes finden. Aber seine Fingerabdrücke haben ihn verraten. Er wurde in seiner Heimat schon einmal der Vergewaltigung verdächtigt. Es gab jedoch keine ausreichenden Beweise, aber seine Daten blieben trotzdem im System gespeichert.« Emanuels Gesicht wurde ernst. »Schade, dass er jetzt bei uns verurteilt wird. In seiner Heimat hätte ihn die Todesstrafe erwartet.«

»Emanuel!« Julia zischte ihn entsetzt an.

»Ach, komm schon, Julia, du weißt, wie ich es meine. Der Kerl hat die Hölle verdient.«

Julia rollte mit den Augen. Sie wollte etwas erwidern, aber ihr Handy klingelte. Hannelores Nummer blinkte auf dem Display.

»Mama, wie geht es dir?«, fragte Julia und wunderte sich gleichzeitig über den Anruf. Vormittags meldete sich ihre Mutter eigentlich nie. Ein Seufzer drang an Julias Ohr, sodass ihr Puls augenblicklich in die Höhe schoss.

»Ist was passiert?« Sie drückte das Handy so fest ans Ohr, dass es schmerzte.

»Nein. Ja. Ich ... also, es ist nichts Schlimmes. Dein Vater ist die Gartentreppe hinuntergestürzt und muss operiert werden.«

Julia hörte die Worte, ohne deren Inhalt zu verstehen. Ihr Gehirn ratterte und brauchte mehrere Momente, bis die Information ankam.

»Was?«

»Er ist auf den Ellenbogen gefallen und hat sich die Speiche gebrochen. Du kennst ja deinen Vater. Er ist immer so gedankenverloren, hat nicht auf den Weg geachtet, und dann ist es passiert.«

»Wo bist du jetzt?«, fragte Julia. Die Schockwellen beruhigten sich langsam. Ein Bruch im Unterarm war zwar schmerzhaft, aber mit Sicherheit völlig ungefährlich.

»Zu Hause. Der Krankenwagen hat deinen Vater mitgenommen. Ich durfte nicht mit und sollte mir ein Taxi nehmen. Aber ich ...« Wieder drang ein Seufzer durch die Leitung. »Ich glaube nicht, dass ich das alleine schaffe.«

»Schon gut, Mama. Ich hole dich ab. Wir fahren zusammen.« Sie legte auf und wandte sich an Emanuel. »Könntest du mit der Obduktion fortfahren? Ich habe achtzehn kreisförmige Brandwunden gefunden, die Kim Wiesinger ziemlich sicher mit einer brennenden Zigarette zugefügt worden sind. Drei Fingernägel wurden herausgerissen. Hinzu kommt die Kopfverletzung. Ich habe Metallreste in der Wunde nachgewiesen, weiß aber bisher nicht, welche Waffe verwendet worden ist. Vermutlich handelt es sich um einen schweren, abgerundeten Gegenstand. Von der Wundform her könnte es ein Eimer oder etwas in der Art gewesen sein. Ansonsten wurde das Opfer an Handgelenken und Knöcheln gefesselt. Der Tod ist unmittelbar nach dem Stich ins Herz eingetreten. Nach meiner Einschätzung war die Mordwaffe ein scharfes Messer mit glatter Klinge von fünfzehn Zentimetern Länge. Der Todeszeitpunkt liegt irgendwann zwischen zwei und fünf Uhr in der Nacht. Wir müssen aber für die endgültige Prognose noch auf die Laboruntersuchungen warten.« Julia zog die Gummihandschuhe aus und warf sie auf einen Tisch. »Und sieh dir bitte die Fasern unter ihren Fingernägeln an. An ihren Schuhsohlen hängt ganz viel Erde und auch Reste von Laubblättern. Sie war womöglich im Wald unterwegs. Vielleicht können wir anhand der Bodenanalyse herausfinden, wo sich Kim Wiesinger zuletzt aufgehalten hat. Ich muss jetzt los. Ruf mich an, wenn irgendetwas ist.« An der Tür drehte sie sich noch einmal um. »Ich bin übrigens froh, dass Luise Schenks Mörder so schnell gefasst werden konnte. Du kannst jetzt bestimmt besser mit dem Fall abschließen.« Julia lächelte und trat in den Flur hinaus.

Eine halbe Stunde später parkte sie vor dem verklinkerten Reihenhaus ihrer Eltern, das sich in einem typisch uniformen Wohngebiet befand, in dem alle Häuser gleich aussahen. Der Wagen ihres Vaters stand vor der Haustür, wie immer in perfektem Zustand. Ulrich Schwarz verbrachte jeden Sonntagvormittag damit, den Lack von Hand zu polieren. Die Bürsten einer Waschanlage hatten keine Chance, je in Berührung mit dem Wagen ihres Vaters zu kommen. Kaum war Julia ausgestiegen, ging die Haustür auf. Hannelore erwartete sie mit bleichem Gesicht und zusammengekniffenen Lippen. Ihre langen schwarzen Haare lagen geschmeidig über den schmalen Schultern. Sie hatte trotz des schweren Schicksalsschlages immer noch etwas von einem jungen Mädchen. Äußerlich war Julia eine jüngere Kopie ihrer Mutter, wenn man von dem kürzeren Haarschnitt einmal absah. Aber was das Innere oder den Charakter anging, da hatte Julia wenige Ähnlichkeiten zu Hannelore aufzuweisen. Ihre Mutter war ängstlich, steckte schnell den Kopf in den Sand und hatte keinen großen Lebenswillen mehr. Julia hingegen war eine Kämpfernatur. Sie nahm das Schicksal nicht einfach so hin. Selbst wenn sie es nicht abwenden konnte, so versuchte sie es zumindest. Und falls das nicht ging, dann sorgte sie dafür, dass im Nachgang die Dinge richtiggestellt wurden. Auch deshalb war sie Rechtsmedizinerin geworden.

»Hallo, Mama.« Sie drückte Hannelore einen Kuss auf die Wange und trat ein. »Viel Zeit habe ich leider nicht. Ich habe noch einen dringenden Fall auf dem Tisch. Eine Polizistin wurde ermordet.«

Hannelore warf ihr einen missbilligenden Blick zu. Julia wusste, was ihrer Mutter durch den Kopf ging. *Warum gibst du dich mit den Toten ab? Hatten wir davon nicht schon genug in unserer Familie? Kümmere dich doch lieber um die Lebenden.* Aber Hannelore sprach diese Gedanken nicht aus. Zumindest heute nicht. Denn der Unfall von Julias Vater hatte Vorrang. Die Sorgenfalten standen Hannelore tief eingegraben auf ihrer Stirn.

»Ich habe gerade noch einmal im Krankenhaus angerufen. Die Operation ist in einer Stunde beendet.«

Julia runzelte die Stirn. Für einen harmlosen Bruch dauerte der Eingriff ziemlich lange. Aber sie wollte ihre Mutter nicht beunruhigen und schwieg deshalb dazu.

»Vater ist auf der Gartentreppe ausgerutscht?«, fragte sie, um das Thema zu wechseln, und schritt durch das Wohnzimmer zur Terrassentür. Dabei entging ihr nicht, dass Michaels Geburtstagsgeschenk noch immer auf dem Esstisch lag. Auch dazu sagte sie nichts.

»Ja, er wollte den Schlauch und noch ein paar andere Dinge ins Gartenhaus bringen. Es wird ja bald Herbst. Alles soll seine Ordnung haben.«

Julia öffnete die Tür und trat ins Freie. Der Schuppen befand sich am Ende des langen, schmalen Gartens. Da sie an einem Hang wohnten, fiel das Grundstück zum Ende hin ab. Julia ging durch den Garten und blieb vor der Treppe stehen. Es handelte sich um genau fünf Stufen, die Ulrich Schwarz zum Verhängnis geworden waren. Der Gartenschlauch lag unterhalb der Treppe, daneben eine Harke und eine kleine Schaufel. Auf zwei Treppenstufen sah Julia Blut. Sie blickte ihre Mutter an, die neben ihr angekommen war.

»Wie gesagt, er hat mal wieder geträumt und nicht auf den Boden gesehen. Er ist gefallen und mit voller Wucht aufgeschlagen. Dein Vater vergisst, dass er keine Dreißig mehr ist.« Hannelore schüttelte missbilligend den Kopf.

Julia sah etwas aufblitzen und nahm die erste Stufe nach unten.

»Was ist denn das?«, fragte sie und hob ein kleines Matchboxauto vom Rand der zweiten Stufe auf.

»Oh, das ist Michaels Auto.«

»Jetzt sag nicht, dass es die ganzen Jahre dort gelegen hat.« Julia drehte das verwitterte Spielzeug herum.

Hannelore senkte den Blick. »Du weißt doch, dass ich nichts verändert habe.« Sie klang wütend und verletzt.

»Mama. Bitte. Das Auto auf der Treppe liegen zu lassen, ist gefährlich. Ein Wunder, dass bisher nichts passiert ist. Du hättest ebenso stürzen können.«

»Der Wind muss es auf die Treppe geblasen haben. Eigentlich liegt das Auto sonst immer daneben im Gras.« Hannelores Stimme bebte.

»Schon gut. Mama. Lass uns ins Krankenhaus fahren.« Julia stellte das Spielzeugauto neben die Treppe und brachte dann den Gartenschlauch sowie die anderen Geräte in den Schuppen. Es war sinnlos, mit Hannelore zu streiten. Niemand konnte sie zwingen, mit Michaels Tod abzuschließen. Sie musste es von selbst wollen. Alles andere war zwecklos. Das zumindest hatte Julia in den vergangenen Jahren gelernt.

Auf dem Weg ins Krankenhaus schwieg Hannelore

beharrlich, und so hing Julia ihren eigenen Gedanken nach. Sie kreisten um die tote Polizistin. Julia fragte sich zum hundertsten Male, wie sich diese große, gut ausgebildete Frau überrumpeln lassen konnte. Normalerweise erkannte sie den Ablauf eines Gewaltverbrechens recht schnell. Blutspuren und Verletzungen zeigten ziemlich genau auf, wie ein Mensch gestorben war. Doch bei Kim Wiesinger passte der erste Teil nicht ins Bild. Wie hatte die Polizistin in eine derartige Situation geraten können? Alles deutete darauf hin, dass sie nach Dienstschluss durch einen Laubwald gelaufen war, denn an ihren Schuhen fanden sich Reste von Blättern und Erde. Und das offenbar unbewaffnet, denn die Dienstwaffe hatte die Kriminalpolizei in ihrer Wohnung sichergestellt. Julia hatte keinen Alkohol oder Drogen in Kims Blut gefunden. Sie musste also im Vollbesitz ihrer geistigen Kräfte gewesen sein. Trotzdem hatte das Opfer in jener Nacht anscheinend jeglichen Schutzmechanismus ausgeschaltet. In der Wohnung wurden weder Anzeichen für ein gewaltsames Eindringen noch irgendwelche Kampfspuren entdeckt. Auch Julias Obduktion hatte gezeigt, dass es am Körper des Opfers keinerlei Abwehrspuren gab, wenn man von den Einschnitten der Fesseln an Fuß- und Handgelenken absah. Demnach hatte Kim Wiesinger ihre Wohnung offenbar freiwillig verlassen. Julia war sicher, dass die erste Wunde, die dem Opfer zugefügt wurde, jene am Kopf war. Die Tiefe der Verletzung und der massive Blutaustritt ließen darauf schließen, dass Kim Wiesinger von diesem Schlag ohnmächtig geworden war. Doch wie der oder vielleicht sogar die Täter es geschafft hatten, der Polizistin diese Verletzung zuzufügen, war Julia noch unklar. Die Wunde klaffte am vorderen Teil des Schädels. Jemand hatte demzufolge vor der Frau gestanden und sie mit einem schweren Metallgegenstand niedergeschlagen. Das wiederum bedeutete, dass Kim Wiesinger den Täter gesehen hatte. Aber warum hatte sie sich dann nicht gewehrt? Julia fiel beim besten Willen kein Grund dafür ein.

Sie seufzte und fuhr auf den Parkplatz des Krankenhauses.

»Hoffentlich hat dein Vater die Operation gut überstanden«, flüsterte Hannelore und bekreuzigte sich.

»Bestimmt.« Julia versuchte, beruhigend zu klingen, obwohl sie ihrer Mutter am liebsten Vorwürfe gemacht hätte. Denn würden nicht überall im Haus und im Garten Michaels Sachen herumliegen, wäre ihr Vater auch nicht gestürzt. Doch sie schluckte ihren Unmut hinunter und half ihrer Mutter aus dem Auto. Sie passierten die Eingangstür, die sich automatisch öffnete. Rechts an der Wand befanden sich Tafeln mit den Namen der Stationen und der Chefärzte. Julias Blick streifte das Hinweisschild *Psychologische Beratungsstelle*.

»Hast du eigentlich schon einmal darüber nachgedacht, dir professionelle Hilfe zu holen?« Der Satz war raus, ohne dass Julia es gewollt hatte. Schnell biss sie sich auf die Unterlippe und wagte nicht, ihre Mutter anzusehen. Sie beschleunigte ihre Schritte und steuerte zügig auf die Anmeldung zu.

Hannelore, die sich bei Julia untergehakt hatte, stieß einen scharfen Zischlaut aus. »Glaubst du, so eine Therapie kann mir meinen Jungen zurückbringen? Du hörst dich an wie dein Vater.«

Julia schluckte überrascht. Diese Information war ihr neu. Bisher hatte Ulrich Schwarz sie immer nur gebeten, Hannelore in Ruhe zu lassen. Dass er selbst bereits eine Therapie vorgeschlagen haben könnte, war Julia gar nicht in den Sinn gekommen.

»Das weiß ich doch. Aber vielleicht kann es den Schmerz lindern«, sagte sie sanft.

Hannelore blieb stehen und sah Julia an. »Niemand kann einer Mutter den Schmerz über ein verlorenes Kind nehmen.« In ihren Augen glitzerte es. Dann fuhr Hannelore unerwartet zärtlich mit den Fingern durch Julias Haar. »Du bist alles, was mir geblieben ist. Du und die Erinnerung an Michael.« Ihre Lippen verzogen sich zu einem sehnsüchtigen Lächeln und Julia verschlug es die Sprache. Sie konnte sich nicht erinnern, wann Hannelore sie das letzte Mal so angesehen hatte. Seit Michaels Tod fühlte sie sich eher wie ein Geist, denn für ihre Mutter zählte nur noch ihr kleiner Bruder. Ihr ganzes Leben war komplett danach ausgerichtet, und Julia kam es oft so vor, als gäbe es für sie gar keinen Platz mehr. Aber dieser Augenblick strafte sie Lügen. Für den Bruchteil einer Sekunde spürte Julia Hannelores Liebe, die eine angenehme Wärme in ihrem Brustkorb entfachte. Doch sie hatte gelernt, vorsichtig zu sein. Viel zu häufig schon hatte Hannelores unablässiges Kreisen um Michael sie tief verletzt.

»Wahrscheinlich hast du recht«, sagte sie deshalb schnell und zog ihre Mutter weiter. Die Frau hinter der Glasscheibe an der Anmeldung brauchte eine schiere Ewigkeit, bis sie die Station und das Zimmer von Ulrich Schwarz ermittelt hatte. Als sie endlich vor der richtigen Tür standen, wurde Julia unruhig.

»Wie geht es ihm?«, fragte sie den Arzt, der gerade aus dem Krankenzimmer kam.

»Ziemlich gut. Er sollte heute noch zur Überwachung hierbleiben, aber ich gehe davon aus, dass er morgen bereits wieder nach Hause kann.« Der Arzt lächelte und ließ Julia und ihre Mutter hinein.

Ulrich Schwarz lag im Bett. Sein rechter Arm ruhte in einem dicken Verband. Gut, dass der Arzt so positiv vom Behandlungsverlauf gesprochen hatte, denn Julias Vater sah bleicher aus als die kalkweiße Krankenhauswand hinter ihm. Als er Julia erblickte, zwinkerte er ihr zu. Damit konnte er seinen Zustand jedoch nicht verbergen. Ulrich Schwarz, der Julia immer wie ein Fels in der Brandung vorgekommen war, schien deutlich angeschlagen.

»Geht es dir wirklich gut?« Julia drückte ihm einen Kuss

auf die kühle, klamme Haut und kam nicht umhin, ihren Vater sorgenvoll von oben bis unten zu mustern.

Er nickte. »Ich bin noch ein wenig lahmgelegt von den Schmerz- und Betäubungsmitteln. Aber der Arzt sagt, in ein paar Wochen ist der Arm wieder wie neu.« Er setzte ein schiefes Lächeln auf, eines, das den Vorfall offensichtlich herunterspielen sollte. Doch es verfehlte seine Wirkung, denn Hannelore, die sich die ganze Zeit beherrscht hatte, verlor die Kontrolle und schluchzte heftig. Dicke Tränen rollten über ihre Wangen.

»Ich habe mir solche Sorgen gemacht. Warum hast du auch nicht auf den Weg geachtet? Es hätte weiß Gott was passieren können.« Ihre Stimme zitterte. Ulrich Schwarz zog sie mit der gesunden Hand zu sich heran.

»Es ist alles gut. Du musst dir keine Sorgen machen, Schatz.«

»Brauchst du irgendetwas?«, fragte Julia.

Ulrich Schwarz ließ Hannelore los und blickte Julia an. »Wann bringst du deinen neuen Freund eigentlich mal mit nach Hause?«

Der Themenwechsel überraschte Julia. »Von wem sprichst du?« Im ersten Moment hatte sie tatsächlich keine Ahnung, worauf ihr Vater hinauswollte.

Der grinste wissend. »Ich meine den jungen Mann, der dich das letzte Mal, als du bei uns warst, angerufen hat. Du warst anschließend so schnell weg. Da dachte ich mir, dieser Kollege muss ziemlich wichtig für dich sein.«

Julia konnte nicht verhindern, dass sie rot anlief. Empört machte sie einen Schritt zurück. »Ich habe keinen Freund. Florian ist von der Kripo. Er nimmt mich regelmäßig zu Tatorten mit. Deshalb haben wir viel miteinander zu tun.« Sie hörte ihre eigene Stimme wie aus weiter Ferne und ärgerte sich darüber, dass sie sich so ausführlich vor ihrem Vater rechtfertigte. Sie war damals froh über Florians Anruf gewesen, weil sie so der negativen Stimmung in ihrem Elternhaus hatte entkommen können. Aber das durfte sie jetzt natürlich nicht erzählen.

Die Pupillen ihres Vaters hielten sie fest. Ein merkwürdiger Ausdruck lag in ihnen. Das Schweigen, das sich plötzlich ausbreitete, führte dazu, dass Julia sich irgendwie ertappt fühlte. Sie sah Florian vor sich und war auf einmal unsicher, ob es wirklich nur an der Arbeit lag, dass sie sich so gerne mit ihm traf.

»Dann habe ich mich wohl geirrt«, sagte Ulrich Schwarz ruhig, doch an seinen Augen erkannte Julia, dass er keinesfalls überzeugt war. Immerhin tat er ihr den Gefallen und bohrte nicht weiter nach. Stattdessen antwortete er auf ihre ursprüngliche Frage: »Nein. Danke. Ich brauche nichts. Es war schön, dass ihr beide da wart.«

Julia atmete erleichtert auf. Genau dieses Verhalten schätzte sie an ihrem Vater. Er war Diplomat. Durch und durch.

8

Zuvor, am frühen Morgen

Herbert Hoffmann drückte wiederholt auf den Knopf. Verdammt. Das Schrottteil funktionierte nicht richtig. Er hatte nicht an die hohe Luftfeuchtigkeit gedacht, die im Badezimmer entstand. Gut, das war kein Wunder. Der Mensch neigte dazu, die Dinge vorwiegend aus der eigenen Perspektive zu sehen. In seinem Badezimmer wurde es nie so feucht. Er war schließlich auch ein Mann. Männer brauchten irgendetwas zwischen zwei und fünf Minuten zum Duschen. Er stöhnte und versuchte erneut, der Kamera ein Bild zu entlocken. Sein Monitor blieb schwarz. Nicht einmal Streifen oder irgendein anderes Lebenszeichen waren erkennbar. Warum zum Teufel machte sie auch nie das Fenster auf? Und weshalb dauerte ihre Dusche immer mindestens zwanzig Minuten? Er schnaufte genervt und warf die Fernbedienung der Kamera wütend auf das fleckige Sofa.

Anfangs kannte seine Begeisterung keine Grenzen. Er erlebte ungeahnte Höhepunkte, und das in seinem Alter. Es war unglaublich. Er fühlte sich wie ein junger Gott, obwohl er bald sechzig wurde. Allein der Gedanke an die Kamera reichte aus, um ihn so aufzuheizen, dass er glaubte, in seiner Hose befände sich Stahl. Doch dann hatte die Kamera Probleme mit der Feuchtigkeit bekommen. Zunächst gab es nur ein paar Aussetzer. Er war so fixiert auf sein neues Spielzeug, dass ihn das nicht weiter störte. Auch mit Unterbrechungen boten die Livebilder tausendmal mehr Unterhaltung als irgendein abgehalfterter Porno. Aber seit ein paar Tagen setzte die Technik ständig aus. Er brauchte mitunter Stunden, bis er das Gerät erneut in Gang bekam. Erst vor drei Tagen hatte es so lange gedauert, dass seine neu errungene Männlichkeit wieder in sich zusammenfiel. Als er endlich ein Bild hatte, war sie längst fertig mit Duschen. Eine nackte Fliesenwand starrte ihn an und dann lief gar nichts mehr. Er fühlte sich nicht mehr wie ein junger Gott, sondern so, wie er war. Ein neunundfünfzigjähriger, leicht übergewichtiger Mann, dessen Frau vor Jahren das Weite gesucht hatte und der seitdem unter einem erheblichen Mangel an Zuneigung litt. Seine Suche nach Ersatz hatte ihn irgendwann ins Internet geführt, und nach ein paar gescheiterten Treffen war er zu Pornoseiten übergegangen. Dort kam er wenigstens zum Zug. Alles andere war ihm einfach zu anstrengend. Vor ein paar Wochen dann stolperte er in einem Forum über das Thema Spionagetechnologie, und sofort hatte er die Kamera angeschafft.

Gestern war er den ganzen Tag unterwegs, schaute erst bei seinen erwachsenen Kindern vorbei und tat danach einen Laden auf, der seine technische Ausrüstung überprüfen sollte. Zunächst ging er davon aus, dass die Fernbedienung nicht mehr in Ordnung war. Aber schließlich kam der Experte zu dem Schluss, dass Herberts Kamera nicht für Nassräume konzipiert war.

Nichtsdestotrotz hatte er sich für heute Morgen extra den Wecker gestellt. Seine Nachbarin lief wie ein Uhrwerk. Jeden Morgen um halb sieben stieg sie mit ihrem göttlichen Körper unter die Dusche. Schon um kurz nach sechs konnte er nur noch an sie denken. Erfreut stellte er fest, dass die Technik wieder funktionierte. Zumindest sah er ein paar helle Streifen auf dem dunklen Bildschirm. Das war nicht ungewöhnlich, denn um diese Uhrzeit war es noch dunkel. Er interpretierte es als positives Zeichen. Sobald das Licht anging, würde er auch ein Bild haben.

Dann aber hatte die verdammte Kamera zehn Minuten vor dem Schauspiel schlappgemacht. Zum Teufel. Wie sollte er jetzt bloß auf seine Kosten kommen?

Er hatte bereits ein paarmal darüber nachgedacht, einfach rüberzugehen und sich zu nehmen, was er wollte. In dem Forum, in dem er sich seit Neuestem umsah, gab es viele Tipps dazu. Er hielt natürlich nichts von Gewalt. Aber er hatte gelernt, dass es viele Frauen mochten, wenn es ein wenig härter zur Sache ging. Die Tür würde sie ihm in jedem Fall öffnen. Sie kannten sich ganz gut. Er besaß ihren Wohnungsschlüssel, inzwischen schon seit Jahren, und sobald sie unterwegs war oder Hilfe benötigte, ging er ihr bereitwillig zur Hand. So war es auch ein Kinderspiel gewesen, die Kamera im Badezimmer anzubringen. Sie klebte nicht sichtbar in der Ritze zwischen den beiden Spiegelschränken. Immer wenn er bei ihr klingelte, lächelte sie. Er hatte stets Mühe, seine Augen unter Kontrolle zu bringen. Ihr Dekolleté lockte ihn jedes Mal verheißungsvoll. Kleine straffe Brüste, deren Nippel sich keck unter dem T-Shirt abzeichneten. Er wusste, dass sie nur selten Männerbesuch bekam. Sie brauchte es dringend. Da war er sich absolut sicher. Der strenge Zug um ihren Mund sprach Bände. Sie musste sich mindestens so einsam fühlen wie er. Eigentlich wäre es unter diesen Umständen naheliegend, sich näherzukommen. Aber er befürchtete, sie war zu jung und zu prüde für solche Gedanken. Wieder seufzte er. Gerade heute Morgen gelüstete es ihn so sehr, einen Blick auf seine sexy Nachbarin zu werfen. Er fluchte, ging in die Küche und goss sich lauwarmen Kaffee ein. Der erste Schluck schmeckte erbärmlich. Am liebsten hätte er ihn ausgespuckt, doch er schluckte das bittere Gebräu hinunter. Seine Lust ließ nach.

Der Ladenbesitzer hatte ihm jedenfalls eine neue Kamera verkauft. Die wollte er heute oder morgen im Schlafzimmer installieren. Er betrachtete das winzige Gerät, das an der Wand nahezu unsichtbar werden würde. Ihr Schlafzimmer kannte er. Sie besaß ein großes Bett und einen praktischen Schrank, dessen komplette Front aus Spiegeltüren bestand. Daher wäre es im Grunde genommen fast egal, wo er die Kamera platzierte. Er würde beinahe von jeder Seite perfekte Sicht auf ihr Bett erhalten, selbst wenn die Kamera nur das Spiegelbild filmte. Seine Fantasie regte sich. Das Schlafzimmer eröffnete ihm ganz neue Perspektiven. Dort würde sie sich ausziehen. Er könnte beobachten, wie ihre Brüste hüpften, sobald sie das T-Shirt über den Kopf zog. Schnell schüttete er Kaffee in sich hinein. In diesem Zustand konnte er nicht gut nachdenken. Verdammt, wenn er endlich wieder Spaß haben wollte, dann musste er seinen Trieb in den Griff bekommen. Doch schon erschien das nächste Bild in seinem Kopf. Sie lag mit gespreizten Beinen nackt auf dem Bett und verwöhnte sich selbst. Seine Hand glitt automatisch in die Hose. Als seine Finger zupackten, grunzte er vor Lust. Er wusste, dass dieser Laut widerlich war. Aber es törnte ihn an. *Die Schöne und das Biest* kam ihm in den Sinn. Er rieb schneller. Kaffee konnte ihn jetzt nicht mehr von seiner Lust abbringen. Er sah sie vor sich. Die engen dunklen Klamotten, die sie in letzter Zeit häufiger trug. Er hatte sie ein paarmal durch den Türspion beobachtet. Wie sie im Dunkeln aus der Wohnung schlich. Immer schneller wurden seine Bewegungen, und er stellte sich vor, wie sie den schwarzen Rollkragenpullover hochschob. Ihre straffen Brüste kamen zum Vorschein. Er griff imaginär nach ihnen. Nahm sie in seine groben Hände und drückte genussvoll zu. Ihr spitzer Schrei störte ihn nicht. Er drehte ihre Brustwarzen zwischen seinen

Fingern so lange, bis sie ihn anflehte, aufzuhören. In Gedanken grinste er. Er würde aufhören, aber nur an dieser Stelle. Entschlossen warf er sie auf das Bett, zerrte ihr die Hose herunter und drang kraftvoll in sie ein. Ihre Schreie waren Musik in seinen Ohren. Er kam. Und wie. Ein Vulkan war nichts dagegen.

Egal, ob die verdammte Kamera funktionierte oder nicht. Er musste sie jetzt sehen. Schwer atmend stapfte er zu seiner Wohnungstür und riss sie auf. Dann klingelte er an der Tür gegenüber. Zwischen seinen Beinen pochte es heiß. Niemand öffnete. Er drückte noch einmal auf die Klingel. Mit aller Kraft. Er wollte sie sofort sehen. Sein Blick glitt zum Türschloss. Er stutzte. Das hatte er noch gar nicht bemerkt. Seine Augen weiteten sich. Was zum Teufel machte ein Polizeisiegel auf ihrer Tür?

9

Dunkel und rau erhob sich der Kölner Dom vor Julias Augen, wie eine Mahnung an die Menschen, die keinen Glauben finden konnten. An Menschen wie sie, denn Julia hatte seit dem Tod ihres Bruders mit Gott abgeschlossen. Seitdem hatte sie nie wieder einen Gottesdienst besucht. Selbst nicht zu Weihnachten, wo sich die meisten Familien auf ihren Glauben besannen, auch wenn sie den Rest des Jahres das Beten vernachlässigten.

Florian hatte Julia vor ungefähr dreißig Minuten angerufen und zu einem Leichenfund hinter dem Hauptbahnhof gebeten. Sie hatte sich sofort auf den Weg gemacht und sich mühsam durch den Verkehr bewegt, der am Nachmittag die Straßen verstopfte und ein zügiges Fortkommen unmöglich machte. Nach einer gefühlten Ewigkeit war sie endlich im Herzen Kölns angekommen, während Emanuel immer noch mit der Obduktion der toten Polizistin beschäftigt war.

Die Polizei hatte die Gleise weiträumig abgesperrt und damit einen Stau der Regionalzüge verursacht, den die Bahn am heutigen Tag aller Voraussicht nach nicht mehr aufholen konnte. Die vielen Pendler, die täglich nach Köln zur Arbeit und wieder zurückfuhren, würden es ihnen nicht danken.

Rechts und links der Gleise verteilten sich Müll, zersplitterte Flaschen, halb verrottete Verpackungen und schmutzige Kleidungsstücke. Obdachlose und Junkies trieben sich oft in dieser Gegend herum. Der Hauptbahnhof wirkte wie ein Magnet für diese Klientel, die hier sämtliche ihrer Bedürfnisse befriedigen konnte. Drogen und Alkohol für den eigenen Konsum sowie Prostitution oder Hehlerei zur Finanzierung derselben. Ein Teufelskreis, der für viele Betroffene früher oder später mit dem totalen Absturz, manchmal sogar tödlich endete. Julia kannte die ausgemergelten Körper von Drogensüchtigen, deren Organe nach und nach versagten. Der Tote vor ihr entsprach allerdings nicht diesem Bild. Das Einzige, was auf eine Sucht hindeutete, war das Fixerbesteck, bestehend aus einer Spritze, einem schwarz angelaufenen Löffel und einem Feuerzeug direkt neben den abgetrennten Beinen des Mannes. Der Anblick war grausam. Julia musste unweigerlich schlucken. Ihre Augen wanderten weiter zum Kopf des Mannes, der einsam auf der anderen Seite des Gleises lag.

»Und du glaubst wirklich, dass das Kim Wiesingers Mörder ist?« Julia starrte zweifelnd auf den zerteilten Leichnam hinab und fragte sich gleichzeitig, wann sie zuletzt so viel Zerstörung gesehen hatte.

Florian nickte. »Denkst du, es war Selbstmord?« Er hockte neben dem Kopf der Leiche, der sich gut einen Meter vom Rumpf entfernt befand.

Julia zuckte mit den Schultern und beugte sich über den Leichnam. Ihr Hirn ratterte. Stück für Stück analysierte sie, was sie sah.

»Keine Fesseln. Das deutet auf einen Suizid hin.« Sie zeigte auf das Fixerbesteck. »Sollte er sich allerdings gerade einen Schuss gesetzt haben, ist es ebenso denkbar, dass er unabsichtlich ins Gleisbett geraten ist.«

»Dann war es also auch kein Mord?«

Julia hob den Kopf. »Das kann ich leider noch nicht

ausschließen. Selbst wenn der Mann vollkommen high war, braucht es schon eine gute Portion Zufall, so auf dem Bahngleis zu landen, dass der Kopf durch einen Zug exakt vom Rumpf getrennt wird.« Sie blickte Florian in die Augen. »Warum glaubst du, dass dieser Tote Kim Wiesingers Mörder ist?«

Florian grinste. »Ich gebe zu, dass die Neugier mir keine Ruhe gelassen hat. Du hast so lange hierher gebraucht, da konnte ich nicht tatenlos herumstehen.« Er zog eine Asservatentüte mit einem Foto hervor und reichte es Julia. »Das steckte in seiner Hemdtasche.«

Julia blinzelte ungläubig und sprang auf. Der Anblick der weinenden Frau ging wie ein elektrischer Schlag durch ihren Körper.

»Das ist ...« Sie brachte den Satz nicht zu Ende, denn ihre Augen klebten an den Brandmalen und am Blick des Opfers, in dem unerträgliche Qualen lagen.

»Kim Wiesinger«, ergänzte Florian und trat neben Julia. »Das muss kurz vor ihrem Tod gewesen sein.« Julia drehte das Foto um. In roten Ziffern prangten das Datum und die Uhrzeit auf dem Papier. Drei Uhr fünfzig. Das entsprach ungefähr den bisherigen Ergebnissen der Obduktion.

»Doch wie kommt ein Drogenabhängiger an diese Aufnahme?« Julia war fassungslos. Sollte dieser Mann tatsächlich der Mörder einer erstklassig ausgebildeten Kriminalbeamtin sein?

»Ich kann es mir auch nicht erklären, aber er muss sie zuletzt gesehen haben. Wie sonst sollte er an dieses Foto gelangt sein? Es hat ja nicht zufällig auf der Straße gelegen. Außerdem gibt es noch ein weiteres Indiz.« Florian hüpfte zurück über das Gleis und nahm eine Perspektive ein, die Julia bis dahin nicht untersucht hatte. Er nickte kurz und sie folgte schweigend.

»Dein Assistent war so nett, mir die wichtigsten Ergebnisse der Autopsie per E-Mail zusammenzufassen. Ich schätze, diese Klinge dort misst knapp fünfzehn Zentimeter, und sie ist glatt.«

Julia beugte sich hinunter und schob die Brille zurecht. »Das könnte die Tatwaffe sein. Habt ihr schon Fingerabdrücke genommen?«

Florian schüttelte den Kopf. »Ich wollte nicht, dass hier etwas verändert wird, bis du den Leichnam gesehen hast. Aber sobald du fertig bist, ist die Spurensicherung dran.«

»Auf den ersten Blick kann ich keine Einstiche an den Armen erkennen. Vielleicht war der Tote auch gar kein Junkie, sondern ein Dealer«, stellte Julia fest und betrachtete nachdenklich das Fixerbesteck, das gegen ihre These sprach. Es konnte natürlich auch zufällig dort neben den Gleisen liegen. »Ich befürchte, ich muss erst die Obduktion durchführen, bevor ich dir Näheres sagen kann. Wenn dieser Kerl Kim Wiesinger auf dem Gewissen hat, dann werden wir es wahrscheinlich innerhalb der nächsten zwei oder drei Tage wissen.« Sie richtete sich wieder auf. »Was sagt denn dein Bauchgefühl?« Julia wusste, dass Florian bereits eine Theorie entwickelt hatte. Das tat er immer.

»Kim Wiesinger war an der Überführung eines einflussreichen Drogenbosses beteiligt. Ich könnte mir gut vorstellen, dass er den Mord an ihr in Auftrag gegeben hat. Egal, ob dieser Tote ein Dealer oder ein Junkie war, er scheint aus dem Milieu zu stammen, und möglicherweise hatte er mit dem *General* zu tun.«

»Dem *General*?«

»Ja, das ist der Spitzname von Igor Petrow, dem Drogenboss, hinter dem Kim Wiesinger her war.«

»Ich dachte, der ist untergetaucht.«

Florian nickte. »Es wird europaweit nach ihm gefahndet. Vielleicht wusste Kim irgendetwas oder hat etwas herausgefunden, was ihren Tod bedeutete.«

»Und was ist mit ihrem Partner, müsste der dann nicht ebenfalls auf der Todesliste stehen?«

»Dir kann man wirklich nichts vormachen.« Florians blaue Augen blitzten. »Mark Tide wusste nicht besonders viel über Kim. Auch wenn er selbst in dieser Hinsicht ganz anderer Meinung ist. Kim hat ihm viel Arbeit abgenommen, während er zu Hause bei seiner Familie war. Ich bin mir ziemlich sicher, dass sie irgendetwas Entscheidendes herausgefunden hat. Dafür spricht die Folter, der sie ausgesetzt wurde. Ich vermute, sie hat im Alleingang versucht, den *General* ausfindig zu machen, und wahrscheinlich hat sie ihn sogar gefunden.«

»Aber warum sollte sie ohne ihren Partner oder Verstärkung gegen einen Drogenboss vorgehen? Sie wusste doch, dass der Kerl gefährlich ist. Das ergibt irgendwie keinen Sinn.« Julia konnte sich einfach nicht vorstellen, dass Kim Wiesinger derart leichtsinnig gehandelt haben sollte.

Florian zog wissend die Augenbrauen hoch. »Ich denke, es ist so abgelaufen: Mark Tide ist am Tatabend nach Hause gefahren, während seine Partnerin noch vor dem Computer saß. Im Laufe des Abends hat sie etwas entdeckt und Mark Tide angerufen. Der ist jedoch nicht ans Telefon gegangen und dann ist sie alleine losgezogen. Das war ihr Todesurteil.«

»Warum sollte er Kims Anruf nicht entgegengenommen haben?« Julia schluckte.

»Er hat gerade seine Kinder ins Bett gebracht, das Klingeln nicht gehört und erst am nächsten Morgen auf sein Handy gesehen. Da war Kim Wiesinger bereits tot.«

»Das ist ja schrecklich.«

Florian nickte. »Ja, es erklärt, warum Mark Tide so am Boden zerstört ist. Er wollte die Ermittlungen begleiten. Aber unter diesen Umständen geht das natürlich nicht. Er ist persönlich betroffen.«

Julia starrte gedankenverloren auf die Leiche. Die Obduktion würde dauern. Der Körper war von der Eisenbahn schlimm zugerichtet worden und dadurch waren wahrscheinlich wichtige Spuren verloren gegangen. Julia musste sehr gründlich arbeiten, wenn sie nichts übersehen wollte. Vielleicht hatten sie Glück und es fanden sich DNS-Spuren von Kim Wiesinger an dem toten Mann. Ein Haar oder ein winziger Blutfleck würden ausreichen, um Florians Theorie zu untermauern. Trotzdem kam ihr die Sache irgendwie zu simpel vor. Das war nur ein subjektives Empfinden, das auf keinerlei Fakten beruhte. Aber dass sie Kims Mörder in so kurzer Zeit aufgefunden haben sollten, schien merkwürdig.

»Dieser Fall ist fast zu einfach, oder?« Florians Augen lagen auf Julia. Wie so oft hatte sie das Gefühl, er könne in ihr lesen wie in einem Buch.

»Das habe ich auch gerade gedacht«, erwiderte sie lächelnd.

»Eine Sache ist da noch, die mir Rätsel aufgibt. Wir haben illegale Munition in Kim Wiesingers Wohnung gefunden.« Florian zuckte mit den Schultern. »Vielleicht hat das gar nichts mit ihrem Tod zu tun. Trotzdem brauche ich eine Antwort darauf.«

»Illegale Munition bei einer Polizeibeamtin? Und habt ihr auch die Waffe dazu gefunden?«

Florian schüttelte den Kopf. »Nein, das ist ja das Merkwürdige. Wir haben nur ihre Dienstwaffe sichergestellt.«

»Möglicherweise hatte sie ja gar keine unregistrierte Pistole. Das passt doch auch überhaupt nicht zu einer Polizeibeamtin, oder?«

»Das stimmt zwar, trotzdem werde ich das Gefühl nicht los, dass da mehr dahintersteckt.« Er ging wieder in die Hocke und rieb sich nachdenklich den Nacken. »Kann ich jetzt die Leute von der Spurensicherung ranlassen oder brauchst du noch Zeit?«

Julia ließ den Anblick der Leichenteile noch einmal auf sich wirken. Dabei musterte sie den Toten systematisch von oben nach unten. Der Kopf, der neben den Gleisen lag, war kahl rasiert. Er wies, bis auf die Tatsache, dass er gewaltsam vom Rumpf getrennt worden war, keine relevanten Verletzungen auf. Dasselbe galt für den restlichen Teil des Körpers. Julia nahm sich die abgetrennten Beine vor und schob erst das rechte, dann das linke Hosenbein über dem Fuß ein Stückchen hoch. Der Tote war blond, um die dreißig Jahre alt, die Behaarung an den Waden dünn. Julia hockte sich hin, ein dunkler Punkt oberhalb des Knöchels erregte ihre Aufmerksamkeit. Obwohl es mitten am Tag war, zog sie eine kleine Taschenlampe hervor.

»Ich denke, hier haben wir die Einstichwunde von der Kanüle.«

Florian sah sich die Stelle an. »Spritzt man sich Drogen nicht normalerweise in den Arm?«

»Nicht, wenn man die Einstichstellen kaschieren will. Ich werde mir das später noch einmal genauer ansehen.« Julia erhob sich und wandte sich dem Rumpf zu. »Hilf mir mal. Ich wette, sein Ausweis steckt in der Gesäßtasche.« Florian hob den Körper leicht an und gab dabei acht, sich nicht mit Blut zu besudeln. Julia bückte sich und fischte triumphierend ein Portemonnaie aus der Hosentasche.

»Sergei Bugarow«, sagte sie, als sie einen Ausweis herausgezogen hatte, und drückte Florian das Dokument in die Hand.

»Ich wäre dann fertig. Die Spurensicherung kann loslegen.«

Florian winkte Anna Schubert heran, die ein wenig abseits in voller Montur wartete. Bei jedem ihrer Schritte knisterte der weiße Plastikanzug, der sie beinahe in eine Astronautin verwandelte. Anna Schubert, Leiterin der Spurensicherung, befand sich kurz vor der Pensionierung. Die jahrzehntelange Erfahrung stand ihr ins Gesicht geschrieben. Feine Linien durchzogen die gebräunte Haut der hageren Frau.

»Ich habe einen Kollegen losgeschickt, der die Aufzeichnungen der Bahnhofskameras besorgen soll. Ich weiß nicht, ob uns das weiterhilft, denn wir sind hier auf den Gleisen und ziemlich weit weg vom Gebäude. Vielleicht sehen wir trotzdem etwas. Falls der Mann aus dem Hauptausgang kam, wissen wir wenigstens, ob er alleine oder in Begleitung war.« Schubert rümpfte die Nase beim Anblick der zerteilten Leiche. »Der arme Lokführer. Was denken sich diese Leute eigentlich dabei? Können die sich nicht irgendeinen Keller suchen, den goldenen Schuss setzen und von mir aus noch eine Packung Schlaftabletten einwerfen? Warum müssen sie nur immer Unschuldige in ihre morbiden Pläne hineinziehen.« Sie bückte sich und sammelte das Fixerbesteck ein. »Sorry, dass ich mich so aufrege. Aber der Cousin meines Mannes ist oder vielmehr war Lokführer. Seitdem er eine Frau überfahren hat, kann er nicht mehr arbeiten. Fünf Jahre psychologische Behandlung, und inzwischen ist er nicht einmal mehr in der Lage, das Haus zu verlassen. Obwohl die Frau einen Abschiedsbrief hinterlassen hat und sich zweifelsfrei das Leben nehmen wollte, gibt er sich nach wie vor die Schuld an ihrem Tod. Er hat die Notbremse gezogen und in jeglicher Hinsicht richtig reagiert, aber der Zug hat sie gnadenlos überrollt und auf der Stelle getötet.«

»Du gehst also von einem Suizid aus?«, fragte Florian.

Anna Schubert nickte. »Drogen, keine Fesseln, keine Abwehrspuren, keine Fußspuren, die auf einen Kampf oder Ähnliches schließen lassen. Auf den ersten Blick sieht es auch nicht wie ein Unfall aus.« Sie schüttelte heftig den Kopf. »Wer legt sich schon kerzengerade über die Schienen? Meiner Ansicht nach nur jemand, der sich den Tod wünscht und sichergehen will, dass es klappt.«

»Vielleicht war der Mann vollkommen zugedröhnt«, warf Julia ein.

Schubert dachte einen Augenblick nach. »Kann sein, aber dann hätte er doch sicher schief oder irgendwie gekrümmt dagelegen. Seine Körperlänge spricht dafür, dass er gerade ausgestreckt über beiden Gleisen gelegen hat, als der Zug kam. Nein, ich kann mir nicht vorstellen, dass es ein Unfall war.«

»Doch warum bringt er erst Kim Wiesinger um und anschließend sich selbst?«, fragte Florian.

»Vielleicht kannten sich die beiden. Dann wäre es eine Beziehungstat. Ihr könnt den Leichnam gleich ins Institut bringen lassen. Nach der Obduktion wissen wir mehr.«

»Mach das. Ich durchleuchte das Umfeld von Sergei Bugarow. Melde dich bitte, Julia, sobald du etwas Wichtiges herausfindest.«

10

»Ich bin ziemlich kaputt. Kann ich Feierabend machen?«

Julia sah auf, in Emanuels rot unterlaufene Augen. Sein Gesicht war aschfahl. Im flackernden Licht der Neonröhren wirkten seine Wangen eingefallen.

»Ja, geh ruhig. Es ist schon spät«, sagte Julia und rieb sich den Nacken.

Emanuel zögerte. »Nur, wenn es dir wirklich nichts ausmacht. Ansonsten helfe ich dir bei den Akten.«

Julia lächelte. »Ich komme klar. Hauptsache, du bist morgen wieder fit. Wir haben ein toughes Programm vor uns.« Tatsächlich war es so, dass mit dem Herbst Gewaltdelikte und Todesfälle zugenommen hatten. Nicht nur Wohnungseinbrüche hatten Hochkonjunktur, auch die Anzahl der Morde und unnatürlichen Todesfälle schnellte in dieser Jahreszeit in die Höhe. Ob das am abnehmenden Licht lag? Brachte der Herbst mit seiner Dunkelheit das Böse in den Menschen zum Vorschein? Nachdenklich blätterte Julia durch Kim Wiesingers Akte. Sie hatten den ganzen restlichen Tag damit zugebracht, den Gegenstand zu identifizieren, der die grässliche Kopfwunde verursacht haben könnte. Neben

Julia stand ein Eimer aus Zinkblech, den Emanuel im Baumarkt besorgt hatte, nachdem die Laboranalyse der Metallpartikel auf Kims Schädel abgeschlossen war. Der Fuß des Eimers passte exakt zur in einem Bogen verlaufenden Wundform. Zum tausendsten Male fragte Julia sich, wie genau solch ein Eimer auf Kim Wiesingers Schädel gelandet sein konnte.

»Also dann bis morgen«, rief Emanuel und verschwand durch die Tür.

Julia sah nicht mehr auf. Sie war viel zu sehr in die Arbeit vertieft. Noch einmal maß sie den Winkel, mit dem der Eimer auf den vorderen Teil des Schädelknochens aufgetroffen war. Der Angreifer musste ein Riese gewesen sein. Ein Mann von mindestens eins neunzig. Mit nach oben gestreckten Armen erreichte ein Täter dieser Größe eine Höhe von ungefähr zwei Meter vierzig. Oder hatte der Angreifer oberhalb der Polizistin gestanden, möglicherweise auf einer Treppe oder auf einem Stuhl? Julia schüttelte stumm den Kopf. Nein, so konnte es nicht abgelaufen sein. Julia kannte den Aufprallwinkel. Der Eimer war fast senkrecht aufgetroffen.

Sie stellte den Eimer auf die Waage. Das Gewicht reichte nicht aus, um eine derartig schwere Verletzung zu verursachen. Der Aufprall musste so stark gewesen sein, dass sie sofort ohnmächtig wurde. Verdammt. Wieder starrte sie ihre Zeichnung an, die sie von dem möglichen Tathergang angefertigt hatte. Wenn Kims Mörder einen Eimer in den Händen hielt, warum zum Teufel hatte sie nicht einfach auf ihn geschossen? *Weil ihre Dienstwaffe zu Hause lag*, flüsterte eine Stimme in Julias Kopf. Sie stöhnte. *Richtig.* Wiesinger hatte unbewaffnet ihre Wohnung verlassen. Trotzdem, sie hätte den Angreifer abwehren können. Ein Mann mit den Armen in der Luft bot eine beachtliche Angriffsfläche. Ein Tritt in den Magen oder den Solarplexus legte jeden noch so kräftigen Hünen auf der Stelle lahm. Eine Kriminalbeamtin war für solche Situationen ausgebildet. Warum also hatte sie sich nicht gewehrt? Oder gab es mehrere Täter, die sie womöglich festgehalten hatten? Aber dann hätte Julia sicherlich Druckspuren an den Armen entdeckt. Sie starrte auf den Eimer. Plötzlich kam ihr ein neuer Gedanke. Schnell griff Julia zum Telefon und wählte Florians Nummer.

»Kessler.« Seine Stimme klang rau.

»Sorry. Habe ich dich geweckt?« Julias Blick huschte zur Uhr. Es war kurz vor zehn und bereits stockdunkel.

Florian räusperte sich. »Nein. Ich wühle mich nur gerade durch Kim Wiesingers Dokumente. Du kannst dir nicht vorstellen, wie akribisch sie ihre Fälle bearbeitet hat. Leider weiß ich immer noch nicht, wohin sie in der Nacht ihres Todes gegangen ist und warum.«

»Die Bodenanalyse dürfte noch eine Weile dauern. Aber sie könnte uns wertvolle Hinweise liefern. Ich habe soeben herausgefunden, wie Kim k. o. geschlagen worden sein könnte. Es war vermutlich eine Falle.«

»Eine Falle? Wie meinst du das?«

»Ein Zinkeimer, der hoch über ihrem Kopf angebracht war, ist auf ihren Schädel gekracht und hat sie sofort ausgeknockt. Der Eimer war wahrscheinlich mit etwas Schwerem gefüllt. Sand oder Wasser hätten wir auf dem Leichnam gefunden. Vielleicht waren es ein paar Steine. Ich werde den Hergang morgen von der Kriminaltechnik nachstellen lassen. Aber ich bin mir ziemlich sicher, dass es so abgelaufen ist. Das ist auch der Grund für die fehlenden Abwehrspuren. Sie wurde überrascht. Sie hatte gar keine Chance zur Gegenwehr.«

»Wow. Das erklärt so einiges. Hat die Obduktion sonst noch Neues ergeben?«

»Nichts weiter. Wir haben aber auch noch nicht alle Ergebnisse. Ich lasse derzeit das Muster der Folterspuren analysieren. Wenn es wirklich jemand von der Drogenmafia war, dann finden wir womöglich Parallelen zu anderen Fällen. Ich könnte mir vorstellen, dass der *General*, wie du

Igor Petrow so schön genannt hast, immer denselben Folterknecht beschäftigt. Hast du inzwischen eine Verbindung zwischen ihm und Sergei Bugarow herstellen können?«

»Nur indirekt. Bugarow hat mit Drogen gehandelt und er ist im Umgang mit seinen Mitmenschen nicht gerade zimperlich gewesen. War mehrfach wegen Körperverletzung angeklagt. Er könnte unser Mann sein. Wann obduzierst du ihn?«

Julia gähnte. »Das wollte ich gleich morgen machen. Habt ihr schon Ergebnisse zu seinen Fingerabdrücken oder DNS-Spuren?«

»Leider nein. Vor morgen wird das nichts mehr.« Florian machte eine kleine Pause. »Hast du Lust auf ein Bier?«

Julia schwieg. Eigentlich wollte sie die Unterlagen noch einmal durchgehen.

»Komm schon. Es ist spät. Du solltest Feierabend machen. Treffen wir uns bei mir? Mein Kühlschrank ist randvoll mit Kölsch.«

»Na schön. Ich bin sowieso ziemlich erledigt.« Julia legte auf und fuhr den Computer herunter. Dann schnappte sie die Handtasche und begab sich zu ihrem Auto. Wie jeden Tag verließ sie das Institut durch einen Nebeneingang, der unweit von ihrem Büro zum Parkplatz führte. Draußen blies Julia kühler Nachtwind ins Gesicht. Normalerweise hätte er ihre Müdigkeit wenigstens für ein paar Minuten weggefegt, aber die letzte durchlöcherte Nacht und der lange Arbeitstag forderten ihren Tribut. Sie gähnte und dachte voller Vorfreude an ein kühles Kölsch. Julia würde sich bei Florian ein Bier gönnen und anschließend nach Hause fahren. Mehr Alkohol war eh nicht drin. Sie wollte weder ihren Führerschein loswerden noch am nächsten Morgen mit einem Brummschädel aufwachen. Zügig lenkte sie ihre Schritte über den spärlich beleuchteten Parkplatz zu ihrem Auto, einem alten Golf, den sie seit Jahren durch ein neues Gefährt ersetzen wollte. Bisher war sie einfach nicht dazu gekommen. Müde zuckte sie mit den Achseln. Was sollte es – solange ihr

Fahrzeug nicht den Geist aufgab, war es immer noch gut genug. Die Bäume säuselten hoch über ihr. Ein paar Blätter segelten durch die Luft. Julia fröstelte, öffnete eilig die Tür und seufzte zufrieden, als sie endlich im Auto saß. Eigentlich hatte sie keine präferierte Jahreszeit. Sie konnte auch Herbst und Winter Vorteile abgewinnen. Im Herbst roch die Luft so gut, die tiefe Sonne zauberte die schönsten Farbtupfer in die Landschaft. Und im Winter, wenn es schneite, wirkte die Welt wie verzaubert. Aber der kalte Herbstwind, der im Freien durch jede Faser ihrer Kleidung drang, der konnte ihr gestohlen bleiben. Sie schüttelte sich, startete den Motor und drehte die Heizung auf. Es dauerte ein wenig, bis die Luft warm wurde und ihre kalten Fingerspitzen erreichte. Das Gebläse dröhnte und klapperte, aber Julia war das im Moment egal. Sie gab Gas. Eine rote Ampel stoppte sie nach nicht einmal dreihundert Metern. Die Müdigkeit waberte durch ihre Glieder und lullte sie zusammen mit dem warmen Luftstrom aus der Heizung ein. Am liebsten wäre sie sofort ins Bett gegangen. Ihre Lider wurden schwer.

Als es hinter ihr hupte, stellte sie fest, dass die Ampel längst grün war. Sie gähnte erneut und trat aufs Gas. Das Radio war eingeschaltet, empfing aber keine Musik. Jemand redete ununterbrochen. Die Stimme drang kaum hörbar an ihr Ohr. Irgendetwas daran war ihr vertraut. Sie wunderte sich kurz über den merkwürdigen Sender, konzentrierte sich dann jedoch auf die Fahrbahn. Nach einer Weile drehte Julia die Lautstärke ein wenig auf. Der Empfang war schlecht. Auf einmal rauschte es so stark, dass sie gar nichts mehr verstand. Die Stimme übertönte das Geräusch nur unregelmäßig. Julia hörte bloß halb hin, die nächste Ampel sprang gerade auf Gelb. Es dauerte weitere fünfzig Meter, bis sie hellhörig wurde und abrupt auf die Bremse trat. Hinter ihr hupte es empört. Sie stellte die Lautstärke noch höher und erhaschte ein Wimmern. Ein Weinen, das sie auch in der letzten Nacht gehört hatte und das sie an ihren verstorbenen Bruder erinnerte. Verdammt. Sie fummelte weiter am Schalter, drehte ihn bis zum Anschlag und hielt sich blitzartig die Ohren zu, als das Rauschen zu einem sirenenartigen Geheul anschwoll. Schnell schaltete sie das Radio aus. Was war nur mit ihr los? Hinter ihr hupte es wie verrückt. Als sie nicht reagierte, rauschte der Wagen an ihr vorbei. In dem geöffneten Fenster sah sie einen Stinkefinger, der sich wütend in die Luft reckte. Fluchend steuerte Julia das Auto an den Straßenrand und stoppte. Sie starrte einen Moment auf das Radio und versuchte zu begreifen, was sie da gerade gehört hatte. Einen weinenden Michael? Aus ihrem Autoradio? Verdammt, stand sie kurz davor, den Verstand zu verlieren?

In Julias Gehörgängen hatte sich Michaels Stimme wie ein nie verhallendes Echo festgesetzt. Vorsichtig stellte sie das Radio wieder an. Zuerst leise. Es rauschte. Sie drehte lauter. Nichts. Kein Weinen mehr. Irritiert schaltete sie einen anderen Sender ein. Glasklar dröhnte ein Popsong aus den Achtzigern aus den Lautsprechern. Julia sprang zurück zum ursprünglichen Sender. Rauschen. Sonst nichts. Sie war ganz offensichtlich überarbeitet. Bildete sich Dinge ein, die nicht existierten. Es fröstelte sie. Ihre Nackenhärchen hatten sich aufgestellt. Ihr Puls raste.

Du musst unbedingt schlafen! Das war der einzig vernünftige Gedanke, der neben Michaels Stimme in ihrem Kopf rumorte. Sie brauchte frische Luft. Schnell kurbelte sie das Fenster herunter und stellte die Heizung aus. Sofort ging es ihr besser. Sie atmete tief durch, schob die schwarze Hornbrille den Nasenrücken hinauf und setzte ihre Fahrt fort. Es waren vielleicht fünf Minuten bis zu Florians Wohnung. Er wohnte in einem modernen Appartementhaus, hinter dem sich eine großzügige Sportanlage befand. Florian brauchte den Sport wie die Luft zum Atmen. Julia bewunderte ihn für die Disziplin, die er jeden Tag aufbrachte. Im Gegensatz zu ihm endete ihr Tag meist auf der Couch in ihrem Wohnzimmer. Florian hingegen brachte die Kraft auf, noch trainieren zu gehen. Er war leidenschaftlicher Triathlet, und das sah man ihm auch an.

Julia parkte das Auto und klingelte. Der Türöffner surrte. Sie verzichtete auf den Fahrstuhl. Sie hasste diese Dinger. Für Julia waren es muffige Blechkästen, die an wackligen Seilen schaukelten und ein merkwürdiges Ziehen in ihrer Bauchgegend erzeugten. Die Vorstellung, dass ihr Leben im wahrsten Sinne des Wortes an einem oder in diesem Fall an mehreren Fäden hing, war ihr zutiefst zuwider. Sie war ein Mensch, der nicht gern die Kontrolle abgab und sich ungern in Abhängigkeiten brachte. Vielleicht war sie auch deshalb Rechtsmedizinerin geworden. Nicht nur wegen Michaels Tod, der bis heute nicht aufgeklärt war, sondern auch aufgrund der Kontrolle, die sie in ihrem Beruf ausüben konnte. Tote Körper waren berechenbar, ihre Anatomie immer gleich. Tote diskutierten nicht, sie weinten nicht und ihnen konnte zudem auch nichts mehr genommen werden.

Sie stieg die Treppen hinauf und versuchte dabei, ihren Atem in den Griff zu bekommen. Florian wohnte im fünften Stock. Um nichts in der Welt wollte sie prustend und nach Luft schnappend bei ihm ankommen. Es war nicht so, dass sie Florian beeindrucken wollte. Doch ihre Unsportlichkeit musste auch nicht unnötig zutage treten. Julia verlangsamte das Tempo. Als sie endlich vor seiner Wohnung stand, ging ihr Atem erträglich. Trotzdem erntete sie einen kritischen Blick.

»Geht es dir gut? Du wirkst so gehetzt.« Florian trat beiseite und winkte Julia herein.

»Alles bestens. Danke«, erwiderte sie und schlängelte sich an ihm vorbei durch den schmalen Flur. Der Tisch vor der Couch im Wohnzimmer war über und über mit Unterlagen bedeckt. Neben dem Fenster befand sich eine Pinnwand, auf der Fotos von Kim Wiesinger und ihrem vermutlichen Mörder angebracht waren.

»Hast du dein Büro nach Hause verlegt?«

Die Antwort kam nicht unmittelbar. In der Küche klapperte es. Julia hörte, wie der Kühlschrank zuknallte. Kurz darauf erschien Florian mit zwei Kölsch in der Hand.

»Ich wollte das morgen mit Saathoff durchgehen. Die Sachen nehme ich wieder mit ins Büro.« Er reichte Julia eine Flasche.

»Möchtest du lieber ein Glas?« Auf seinen Wangenknochen breitete sich eine feine Röte aus, die Julia dazu veranlasste, sofort einen Schluck zu trinken.

»Nein. Danke. Wie macht sich dein neuer Partner so?«

Florian zuckte mit der Schulter und ließ sich lässig auf die Couch fallen. »Weiß ich noch nicht genau. Er kommt die Treppen jedenfalls erheblich langsamer hoch als du.« Er grinste und führte die Flasche an den Mund. Dabei ließ er Julia nicht aus den Augen.

Ein paar Sekunden hielt sie seinem Blick stand. Dann drehte sie sich um und betrachtete die Fotos an der Pinnwand. Sie war es gewohnt, in tote, leblose Gesichter zu sehen. Die schmerzvollen, verzweifelten Augen von Kim Wiesinger erfüllten sie mit Grauen. Sie hatte dieses Foto aus Bugarows Hemdtasche jetzt schon oft angesehen, und trotzdem kam sie damit kaum klar.

»Nein. Im Ernst. Ich glaube, Saathoff ist okay. Er ist zwar irgendwie kauzig, hat dafür aber sehr viel Erfahrung. Wir liegen auf einer Wellenlänge.«

»Hält er auch Sergei Bugarow für Kims Mörder?«

Florian nickte. »Wir haben sein Umfeld abgeklappert. Er hat mit Drogen gehandelt. Es ist also gut möglich, dass er Kim Wiesinger im Auftrag des *Generals* getötet hat. Morgen geht es weiter. Ich habe mir seine Kontoverbindungen herausgesucht, weil ich wissen möchte, ob er irgendwelche Schulden hatte.«

Julias Gedanken schweiften ab. Der Alkohol machte sich bemerkbar. Sie war nicht viel gewohnt. Ihr Geist torkelte zurück zu jenem Punkt auf dem Weg zu Florian, an dem sie

Michaels Stimme aus ihrem Autoradio zu hören geglaubt hatte.

»Stehst du in letzter Zeit irgendwie besonders unter Stress?«

Julia hörte die Frage nicht. Stattdessen starrte sie in Kim Wiesingers Augen und fragte sich unwillkürlich, ob Michael seinen Mörder auf die gleiche Weise angesehen hatte. Sie schluckte. Plötzlich ahnte sie, dass Michaels Angst um einiges schlimmer gewesen sein musste. Er war schließlich erst zwölf Jahre alt gewesen und Kim eine ausgebildete Polizistin mit Erfahrung in Gewaltsituationen.

»Geht es dir gut?« Florians Stimme war auf einmal unmittelbar hinter ihr. Sie spürte seinen warmen Atem im Nacken und fuhr überrascht herum.

»Was?«

»Wow. Du hast mir gar nicht mehr zugehört, oder?« Florian musterte sie sorgenvoll. »Du bist in letzter Zeit häufig so abwesend. Als ob deine Gedanken ständig um irgendein Problem kreisen würden.«

»Oh.« Julia senkte den Blick. »Es ist nichts. Ich bin nur müde.« Sie nahm einen großen Schluck aus der Flasche. »Vielleicht ist es besser, wenn ich jetzt gehe.«

Florian stand wie ein Fels vor ihr und blockierte den Weg. »Erst erzählst du mir, was los ist.« Er legte seine Hände auf Julias Schultern.

Die plötzliche Nähe zwischen ihnen ließ ihr die Hitze ins Gesicht schießen. Florians Berührung löste ein warmes Kribbeln in ihr aus. Unwillkürlich musste sie an Valentin, ihren Exfreund, denken. Sie waren jetzt seit über einem halben Jahr getrennt. Er hatte sie betrogen, und Julia konnte ihm diesen Fehltritt einfach nicht verzeihen. Sie hatte es versucht, beinahe ein ganzes Jahr lang. Doch der Stachel saß zu tief. Das Vertrauen war dahin. Sobald Valentin abends länger weggeblieben oder auf Dienstreise war, malte sie sich die schlimmsten Dinge aus. Irgendwann erkannte sie, dass es endgültig vorbei war. Es nützte nichts, an den schönen Momenten der Beziehung festzuhalten, denn die Erinnerungen waren vergiftet. Dabei hatte sie Valentins Nähe immer sehr genossen. Etwas an Florians Berührung erinnerte sie daran. Julia senkte den Blick.

»He. Du kannst mit mir sprechen. Ist es wegen Kim Wiesinger? Geht dir ihr Tod nahe?«

Julia schüttelte den Kopf. Sie brachte plötzlich keinen Ton heraus.

»Setz dich.« Florian führte sie zur Couch.

Julia spürte seinen Blick auf sich. Krampfhaft überlegte sie, was sie sagen sollte. Sie konnte ihm doch schlecht erzählen, dass sie Stimmen hörte. Er würde denken, sie wäre verrückt geworden. Sie stieß einen Seufzer aus. Verdammt. Vielleicht stand sie ja wirklich kurz davor, den Verstand zu verlieren.

»Es geht um deinen Bruder, richtig?« Florian rückte zu ihr auf.

»Ich träume in letzter Zeit häufig von ihm und deshalb fühle ich mich am nächsten Morgen wie gerädert. Das ist schon alles.« Julia rutschte ein Stückchen zur Seite, um den Abstand zu Florian wieder zu vergrößern.

»Was sind das für Träume? Spricht er mit dir oder wiederholen sich bestimmte Sequenzen?«

»Beides. Ich träume von ihm, als er noch gelebt hat. Aber ich höre neuerdings auch seine Stimme, wenn ich wach bin. Er weint ...« Sie stockte. Mehr wollte sie Florian nicht erzählen.

»Du solltest dich erholen. Mal richtig ausschlafen. Du weißt schon, dass zu viel Stress die Ursache dafür sein kann, oder? Du stehst von morgens bis abends unter Strom, schläfst nicht mehr als fünf oder sechs Stunden. Das kann auf Dauer niemand verkraften.«

Julia seufzte. »Wahrscheinlich hast du recht. Ich bin schon auf der Fahrt hierher sehr müde gewesen.«

Florian hob seine Bierflasche. »Lass uns auf einen gemütlichen Abend anstoßen.« Er rutschte dichter an Julia heran und legte den Arm um ihre Schulter.

Einem ersten Impuls folgend wollte Julia von Florian wegrücken. Doch seine Berührung hatte etwas Tröstliches. Sie ließ sich ein wenig dagegen sinken. Sie saßen eine Weile da, ohne dass einer von ihnen ein weiteres Wort sagte. Julia gefielen die Stille und die Geborgenheit.

»Du bist eine außergewöhnliche Frau«, flüsterte Florian.

Sie waren einander so nah, dass Julia der Atem stockte. Sie spürte seine Muskeln, die warme Haut und seinen herben Duft. Seine Lippen berührten fast ihre Stirn. Eine Sekunde lang dachte sie darüber nach, ihn zu küssen. Aber sie wollte diesen wunderbaren Moment nicht zerstören. Also lehnte sie sich noch mehr an ihn und genoss seine Nähe.

»Ich mache uns Musik an«, murmelte Florian etwas später. Er stand auf und schaltete die Stereoanlage ein. Ein langsames, fast melancholisches Lied erfüllte das Wohnzimmer.

»Erzähle mir ein wenig mehr über dich«, bat Florian.

Julia dachte nach. Wo sollte sie bloß anfangen?

»Was genau möchtest du denn wissen?«

»Was ist zum Beispiel deine Lieblingsfarbe?«

Julia kicherte. »Rot. Das ist wohl fast bei allen Mädchen so.« Sie wartete, bis Florian sich wieder zu ihr gesetzt hatte. Das Blau seiner Augen schimmerte wie ein tiefer Sommersee. »Lass mich raten«, flüsterte sie und bemerkte, dass ihre Stimme ganz heiser klang. »Deine Lieblingsfarbe ist Blau.«

11

Julias Wecker klingelte. Sie erwachte mit einem Lächeln auf den Lippen. Endlich hatte sie eine ganze Nacht durchgeschlafen. Das Beste war, dass sie scheinbar nichts geträumt hatte. Julia streckte sich genüsslich. Sofort kam ihr Florian in den Sinn. Sie lächelte nach wie vor. Immer noch spürte sie seinen muskulösen Arm um ihre Schultern. Sie konnte sich gar nicht erinnern, wann sie sich das letzte Mal so wohlgefühlt hatte. Sie beschwor sein attraktives Gesicht herauf und fragte sich, ob sie in Florian verliebt war. Am Abend hatten sie sich noch lange unterhalten. Julia war es beinahe so vorgekommen, als würde sie Florian schon Ewigkeiten kennen.

Gut gelaunt machte sie sich fertig. Dann ging sie in die Küche und kochte Kaffee. Dazu aß sie entgegen ihrer sonstigen Angewohnheit ein wenig Müsli. Julia fühlte sich energiegeladen. Das blieb auch so, als sie im Institut für Rechtsmedizin ankam. Sie schwebte regelrecht über den Gang.

»Hast du den Obduktionsbericht zu Kim Wiesinger gestern nicht mehr fertig gemacht?«, fragte Emanuel, als Julia den Autopsiesaal betrat.

»Nein, das mache ich gleich. Kannst du Sergei Bugarow für die Obduktion vorbereiten?«

»Klar.« Emanuel legte den Kopf schräg. »Hast du im Lotto gewonnen oder warum bist du so gut drauf?«

Statt zu antworten, grinste Julia nur und wandte sich ab. Sie verließ den Saal, um in ihr Büro zu gehen. Die Unterlagen zu Kim Wiesinger befanden sich unverändert auf ihrem Schreibtisch, genauso wie der Zinkeimer. Julia wählte die Nummer der Kriminaltechnik und bat die Kollegen, ihre Theorie zu prüfen. Sie musste wissen, ob ein beschwerter Zinkeimer ursächlich für die hässliche Wunde an Kim Wiesingers Schädel sein konnte.

An ihrer Bürotür klopfte es. Ein rundlicher Mann mit schütterem Haar und Brille schob sich in den Türspalt.

»Sie hatten diese Akten hier angefordert?«

Julia sah verdutzt auf.

»Sie wollten sich doch alle Fälle ansehen, in denen die Opfer mit Zigaretten gebrandmarkt wurden. Ich habe die letzten zehn Jahre durchgesehen und fünf relevante Tötungsdelikte gefunden. Tut mir leid, dass ich so einfach hier hereinplatze, aber ich dachte, es ist wichtig und ich bringe die Akten direkt vorbei. Mein Name ist Stefan Möbius. Ich arbeite in der Verwaltung.«

»Ach ja. Kommen Sie herein.« Julia schob ein paar Unterlagen beiseite, damit Möbius die Akten ablegen konnte.

»Wenn ich richtig informiert bin, haben Sie an der Leiche von Kim Wiesinger achtzehn Brandmale gefunden. Außerdem wurden ihr drei Fingernägel herausgerissen.« Der Mann nahm die ersten drei Akten vom Stapel. »Diese Fälle sind sehr ähnlich, allerdings über fünf Jahre her.« Er schlug den obersten Hefter auf und blätterte die erste Seite um.

Julia erfasste die Fotos in Sekundenschnelle. Männliche Leiche, Anfang dreißig, eingeschlagener Schädel, Hämatome am Oberkörper und etliche Brandmale an beiden Unterarmen.

»Das ist Luigi Travento, ein Angehöriger der italienischen Mafia. Eine verfeindete Gruppe hat ihn regelrecht zu Tode gefoltert, nachdem er den Sohn ihres Anführers erschossen hatte.« Möbius klappte die Akte zu und griff zur nächsten. »Anna Brosch geriet in die Hände eines perversen Frauenschänders. Sie war sein drittes und letztes Opfer. Der Täter hatte seine Foltermethoden von Mal zu Mal verschärft. Ihr Körper ist nicht nur durch zahlreiche Brandmale gezeichnet, ihr wurden sämtliche Fuß- und Fingernägel gezogen.«

Julia nahm ein Foto aus der Hülle. »Ich erinnere mich an diesen Fall. Das war eine der ersten Obduktionen, bei denen ich assistiert hatte.« Sie steckte das Foto zurück. »Diese Frau ist langsam und qualvoll gestorben. Kurz vor Eintritt des Todes ließ der Täter vom Opfer ab, wartete, bis ein Erholungseffekt eintrat, und strangulierte sie dann erneut. Er wiederholte diesen Vorgang so oft, bis die Frau starb.« Damit passte die Tat ebenso wenig ins Bild wie der Tod von Luigi Travento. Außerdem handelte es sich bei Anna Broschs Mörder um einen Einzeltäter, der immer noch in Haft saß und den Rest seines Lebens dort verbringen würde. Er kam also nicht in Betracht. Doch auch bei Luigi Travento war der Tod hinausgezögert worden. Kim Wiesinger hingegen starb innerhalb kürzester Zeit durch einen gezielten Stich ins Herz. Die Anordnung der Brandmale erwies keinerlei Ähnlichkeiten. Gespannt wartete sie auf die nächste Akte.

Die Ganzkörperaufnahme eines älteren Mannes kam zum Vorschein.

»Dieser Mann starb zügig durch einen Stich direkt ins Herz. Zuvor wurde er mit einer brennenden Zigarette gequält. Allerdings fehlen die Verstümmelungen an den Fingerkuppen.«

Julia betrachtete die Brandzeichen, die sich vorwiegend an den Unterarmen befanden. Das Muster, wenn man es überhaupt so nennen wollte, verlief völlig anders als bei Kim Wiesinger. Der Täter hatte seinem Opfer die Zigarette immer wieder auf dieselbe Stelle gedrückt. Der linke Unterarm wies ein Brandmal von der Größe einer Zwei-Euro-Münze auf. Die Wunde ging so tief, dass in der Mitte der Knochen hervorschien.

»Und der Täter läuft noch frei herum?«, fragte sie nachdenklich.

»Ja, er konnte nie ermittelt werden. Allerdings hatte das Opfer Beziehungen zur Drogenwelt. Manfred Häuser war Besitzer eines Bordells und hat dem einen oder anderen Besucher gegen ein üppiges Entgelt Drogen beschafft. Der *General* wird im Untersuchungsbericht der Kripo zumindest erwähnt. Es war ihm jedoch nichts nachzuweisen.«

»Und die letzten beiden Fälle?«

Stefan Möbius legte die Akte ab und nahm die noch ungeöffneten zur Hand. »Die habe ich eigentlich nur der Vollständigkeit halber mitgebracht. Das eine Opfer, eine fünfunddreißigjährige Frau, starb durch einen Messerstich ins Herz. Die Tatwaffe hatte eine fünfzehn Zentimeter lange Klinge. Allerdings fehlen Folterspuren wie Verbrennungen und die Finger- und Fußnägel sind unversehrt. Bei der anderen Leiche ist es umgekehrt. Der Mann wurde gefoltert, wobei die Spuren nach meiner Einschätzung denen von Kim Wiesinger ähneln. Aber er starb durch einen Kopfschuss.«

»Gab es Verbindungen zur Drogenszene?«

Möbius schüttelte den Kopf. »Nein. Der erste Fall war eine Beziehungstat, und der Mann wurde Opfer von Wohnungseinbrechern, die den Code zu seinem Safe aus ihm herausgepresst haben. Er hat die Zahlenkombination offenbar irgendwann verraten, das war sein Todesurteil.«

Julia betrachtete die Fotos und legte sie zurück. Es stimmte, was Möbius sagte. Die Frau starb zwar durch eine ähnliche Tatwaffe, das war allerdings zu wenig, um einen Zusammenhang zum Mord an Kim Wiesinger zu vermuten. Gleiches galt für letzteren Fall.

»Kann ich mir die Akte von diesem Bordellbetreiber noch genauer ansehen?«, fragte sie.

»Selbstverständlich. Ich lasse Ihnen alle Akten hier, und Sie geben mir einfach Bescheid, wenn ich sie wieder abholen kann.« Möbius verabschiedete sich mit einem freundlichen Lächeln.

Julia schlug die Akte des Falls Häuser auf und betrachtete aufmerksam die Wunde am Unterarm. Dann richtete sie den Blick auf die Handgelenke, die sichtbare Fesselmale aufwiesen. Am hinteren Teil des Schädels prangte eine große Platzwunde. Dem Bericht nach war sie von einem hammerähnlichen Gegenstand verursacht worden. Der Leichnam wurde wie der von Kim Wiesinger in einem Kofferraum aufgefunden. Julia biss sich nachdenklich auf die Unterlippe. Es gab Unterschiede, aber auch etliche Übereinstimmungen zwischen beiden Fällen. Sie suchte in den Unterlagen nach dem Ort, wo der Wagen abgestellt worden war. Der lag gute zehn Kilometer von Kims Fundort entfernt. Julia war unsicher. Sprachen die Spuren nun für oder gegen den *General* und seine Handlanger als Beteiligte im Vorgang Wiesinger? Sie notierte Pro und Kontra stichpunktartig auf einem separaten Blatt und schüttelte schließlich entschieden den Kopf. Nein, die Tathergänge waren einfach zu unterschiedlich. Sie klappte die Akte zu und konzentrierte sich stattdessen auf den Entwurf von Kim Wiesingers Obduktionsbericht.

Emanuel hatte ihre begonnene Arbeit ordentlich fortgeführt. Julia überflog die zahlreichen Fotografien, die Kims Blessuren im Detail wiedergaben. Anschließend ergänzte sie ihre Theorie zur Entstehung der Kopfwunde. Hier und da änderte sie Kleinigkeiten an Emanuels Darstellung. Im Großen und Ganzen war der Bericht fertig. Inzwischen lagen auch die Ergebnisse der Bodenanalyse vor. Kim Wiesinger war mit den Schuhen, die sie trug, in einem Laubwald unterwegs gewesen. Allerdings ließ sich das Gebiet nicht genauer eingrenzen. Julia überprüfte ihre E-Mails. Es gab keine neuen Nachrichten. Sie beschloss, mit der Obduktion von Sergei Bugarow zu beginnen.

An der Tür zum Autopsiesaal hielt sie an. Emanuel war gerade damit beschäftigt, Fotos zu machen. Hochkonzentriert hielt er die Kamera über den abgetrennten Kopf und verzog dabei das Gesicht. Sein Unbehagen war greifbar. Als er Julia bemerkte, änderte sich seine Miene schlagartig.

»Wir können sofort anfangen. Die Beine und den Rumpf habe ich bereits fotografiert.« Seine Augen wanderten erneut zu dem abgetrennten Kopf. »Ich habe noch nie einen Selbstmörder obduziert und dann noch in diesem Zustand.« Er schüttelte sich. »Wenn ich mir nur vorstelle, mich auf die Gleise zu legen und auf einen Zug zu warten ... Ich hätte das nicht ausgehalten.«

Julia zog ihren Kittel über und Gummihandschuhe an. Bevor sie an den Leichnam trat, setzte sie noch einen Mundschutz auf. »Du darfst nicht vorschnell urteilen, denn wir wissen bisher nicht, ob es tatsächlich Selbstmord war.«

»Aber Handgelenke oder Knöchel weisen keinerlei Fesselmale auf. Ich konnte auch sonst keine Abwehrverletzungen entdecken. Alles deutet darauf hin, dass er sich selbst aufs Bahngleis gelegt hat.«

Julia nickte anerkennend. Emanuel war ein guter Assistent und er würde sicher bald einen hervorragenden Rechtsmediziner abgeben. Der Ekel, den er offensichtlich empfand, schien sein Analysevermögen nicht zu beeinträchtigen.

»Hast du den Einstich gesehen?«, fragte sie und wartete gespannt auf Emanuels Reaktion.

Der ließ die Kamera sinken. »Ja, am linken Knöchel. Sieht für mich aus, als wollte er seinen Drogenkonsum vertuschen. Den Junkie sieht man ihm jedenfalls nicht an.« Er legte den Finger kurz ans Kinn und griff sich dann an die Stirn. »Wenn er high war, könnte er auch aus Versehen auf dem Bahngleis gelandet sein. In diesem Fall war es vielleicht gar kein Selbstmord, sondern ein Unfall.« Er stockte und seine Augen weiteten sich. »Oder glaubst du, dass er umgebracht wurde? Hat ihn möglicherweise jemand mit Drogen oder Medikamenten ruhiggestellt und anschließend auf die Schienen gelegt?«

Julia lächelte beeindruckt. »Das werden wir wohl jetzt herausfinden müssen. Sobald du mit den Fotos fertig bist, sollten wir Blut abnehmen und neben den anderen Tests auch ein Langzeitdrogenscreening durchführen. Dann wissen wir, ob er vielleicht am Tag seines Todes zum ersten Mal mit Drogen in Kontakt gekommen ist.« Julia betrachtete den Einstich und runzelte die Stirn. »Wenn er Rechtshänder war, ist es jedenfalls merkwürdig, dass er sich die Spritze an der Außenseite der linken Wade gesetzt hat.« Sie vollführte einen Bogen mit der rechten Hand in Richtung des linken Beines. »Selbst im Sitzen wäre es leichter gewesen, den rechten Unterschenkel zu nehmen.« Sie wandte sich ab und ging zu dem Tisch, auf dem sich die Kleidung des Toten befand.

»Ich wollte mir seine Schuhsohlen ansehen. Vielleicht finden wir darunter dieselbe Erde wie an Kim Wiesingers Schuhen.« Sie nahm ein paar Proben und legte sie in eine Schale für das kriminaltechnische Labor. Dann begannen sie die Obduktion nach Standardprotokoll. Obwohl sie zügig vorankamen, erschwerten die abgetrennten Körperteile die Tätigkeit. Das zerfetzte Gewebe musste gründlich betrachtet und geprüft werden.

Als Julia und Emanuel endlich fertig waren, kündigte die Uhr über der Tür bereits den Abend an. Es war unmöglich, festzustellen, ob Sergei Bugarow Selbstmord begangen hatte oder nicht. Es sprach zwar einiges dafür, aber sicher war Julia sich nicht. Sie mussten die Analyse der Blutwerte und die Ergebnisse des Drogenscreenings abwarten. Wenn Bugarow nicht gegen seinen Willen durch Medikamente oder eine

Überdosis sediert wurde, deutete das eher auf Selbstmord oder einen Unfall.

Sie hatten zudem an Bugarows Kleidung ein kurzes blondes Haar gefunden, das von Kim Wiesinger stammen könnte. Es befand sich bereits im Labor. Auch hier würden sie vermutlich zwei oder drei Tage auf Ergebnisse warten müssen, doch nach Julias erster Einschätzung handelte es sich um das Haar der ermordeten Polizistin. Erschöpft fuhr sie sich mit dem Unterarm über die Stirn. Wenn das Haar passte, dann hatten sie ziemliche Gewissheit darüber, dass Sergei Bugarow der Mörder von Kim Wiesinger war.

»Soll ich dich nach Hause bringen?«, fragte sie Emanuel, der seinen Schutzkittel ausgezogen hatte.

»Das wäre wirklich nett.« Er freute sich über Julias Angebot. »Zum Ausgleich besorge ich uns morgen früh Croissants vom Bäcker.«

»Das musst du nicht«, wehrte Julia ab und griff nach ihrer Tasche. Plötzlich hatte sie es eilig, nach Hause zu kommen. Sie sehnte sich nach einer heißen Dusche und ihrer Couch.

»Eine Sache verstehe ich nicht«, sagte Emanuel, als sie im Wagen saßen. »Warum ermordet der Typ eine Polizistin und bringt sich dann um? Wäre es nicht naheliegender gewesen, sich einfach aus dem Staub zu machen?«

»Vielleicht hat er im Nachhinein ein schlechtes Gewissen bekommen«, mutmaßte Julia. Sie schaltete das Autoradio an und stellte zufrieden fest, dass weder Rauschen noch irgendwelche Stimmen, sondern völlig normale Musik aus den Lautsprechern drang.

»Ich weiß nicht. Er hat Kim Wiesinger ganz schön zugesetzt. Der Typ hat sie eiskalt gefoltert. Ich kann nicht glauben, dass ihn plötzlich sein Gewissen geplagt haben soll.«

Julia stoppte vor Emanuels Wohnblock.

»Da hast du recht. Ich könnte mir gut vorstellen, dass er sich nach dem Mord einen Schuss gesetzt hat und dann völlig high auf den Bahngleisen gelandet ist. Florian Kessler wird bestimmt bald herausfinden, wie sich die Sache zugetragen hat. Er ist ein guter Polizist und unsere Obduktionsergebnisse werden ihm sicher helfen.«

Emanuel nickte, anschließend stieg er aus und bedankte sich bei Julia. Kurz darauf war er im Hauseingang verschwunden.

Julia drückte aufs Gaspedal. Bis zu ihrer Wohnung war es nicht mehr weit. Sie drehte die Musik lauter und entspannte sich. Ihre Gedanken flogen zurück zum gestrigen Abend. Wieder musste sie lächeln. Auch dann noch, als sie vor ihrer Wohnung stand und die Tür aufschloss. Julia stellte ihre Tasche ab, schloss die Tür hinter sich und lief schnurstracks ins Badezimmer. Sie brauchte dringend eine heiße Dusche. Ihre Muskeln waren vom vielen Stehen verspannt und außerdem wollte sie den Gestank des Todes loswerden. So nannte sie insgeheim den eigentümlichen Geruch im Obduktionssaal, ein süßliches, strenges Gemisch, an das man sich nie so richtig gewöhnte.

Sie ließ ihre Kleidung einfach auf die Fliesen sinken und stieg unter die Dusche. Zufrieden seufzte sie und genoss den warmen Strom, der ihre Verspannungen lockerte. Erst nach fünfzehn Minuten brachte sie es fertig, den Wasserhahn zuzudrehen. Sie hätte noch Ewigkeiten unter dem angenehmen warmen Regen verbringen können. Aber die Haut an ihren Fingern war bereits aufgeweicht und sie wollte es nicht übertreiben. Julia griff nach einem flauschigen Frotteehandtuch und wickelte sich ein. Durstig lief sie in die Küche und trank ein Glas Wasser. Sie machte sich nicht die Mühe, erst eine Flasche zu holen, sondern nahm direkt das Wasser aus dem Hahn. Dann ging sie ins Wohnzimmer und schaltete den Fernseher ein. Die Nachrichten brachten die üblichen Bilder. Das Leben schien nur noch aus Katastrophen zu bestehen. Hungrige übergroße Kinderaugen huschten über den Bildschirm. Der Kontinent Afrika war nicht in der Lage, seine Kinder zu ernähren. Die Welt sah tatenlos zu. Der

Moderator ging mit ausdrucksloser Miene zum nächsten Thema über. Einem Manager, der in einen Korruptionsskandal verwickelt war. Die Nachrichten reihten sich aneinander, bis schließlich ein Sprecher in viel zu engem Jackett die Wetteraussichten herunterbetete. Das Wetter interessierte Julia nicht. Im künstlichen Klima des rechtsmedizinischen Institutes reduzierte es sich zur Nebensächlichkeit. Sie wollte sich gerade abwenden, als ihr Blick an etwas Metallischem auf dem Wohnzimmertisch hängen blieb. Julia klappte der Mund auf. Sie starrte auf den Gegenstand, der ihr nicht gehörte, an den sie sich jedoch nur zu gut erinnerte. Ungläubig blinzelte sie. Ihre Nerven waren überreizt. Sie schloss die Augen, atmete tief ein und hoffte, dass das Ding verschwinden würde. Vorsichtig sah sie wieder hin. Verflucht. Michaels Auto war keine Einbildung. Es lag auf ihrem Wohnzimmertisch.

Julia spürte, dass ihr Puls zu rasen begann. Wie, verdammt, kam dieses Auto hierher? Dasselbe Auto, über das ihr Vater gestolpert war. Ein Gegenstand, der offensichtlich Unglück brachte. Sie huschte zum Tisch und tippte es mit der Fingerspitze an. Die Berührung war harmlos. Allerdings wischte sie auch die letzten Zweifel weg. Julia bildete sich nichts ein. Dieses Auto war echt. Jemand war in ihrer Wohnung gewesen. Plötzlich kam alles in ihr wieder hoch. Dieser Traum von Michael, mit dem fremden Mann an seinem Bett, sein Weinen mitten in der Nacht und aus ihrem Autoradio. Julia stürzte aus dem Wohnzimmer in den Flur und suchte das Handy. Panisch wählte sie Florians Nummer.

Als er abhob, redete sie sofort los: »Michaels Spielzeugauto liegt hier. Jemand war in meiner Wohnung. Bitte komm so schnell du kannst her.«

12

Herbert Hoffmann ärgerte sich. Er starrte zum tausendsten Mal durch den Türspion, ohne dass sich in der Nachbarwohnung etwas tat. Er hatte sich bisher nicht getraut, das Polizeisiegel an Kim Wiesingers Wohnungstür zu lösen. Aber warum eigentlich? Was sollte es schon bedeuten? Sie war Polizistin. Wahrscheinlich wollte sie mit diesem lächerlichen Aufkleber Einbrecher abhalten. Andere Leute brachten Attrappen an, die wie Alarmanlagen aussahen. Er sollte sich davon jedenfalls nicht an der Nase herumführen lassen. Herbert presste das Auge gegen den Spion. Seit einem Tag hatte er seine Nachbarin nicht mehr gesehen. Er war nicht sicher, ob sie da war oder nicht. Er hätte die neue Kamera sofort installieren sollen, dann wäre er jetzt klüger und müsste den Tag nicht im Flur verbringen. Vielleicht sollte er einfach klingeln? Oder machte er sich damit verdächtig? Würde sie seine Gelüste womöglich durchschauen und ihm am Ende den Schlüssel zu ihrer Wohnung abnehmen?

Verdrossen marschierte er ins Schlafzimmer und fischte einen von Kims gebrauchten Slips aus einer Schachtel. Die hatte er sich vor ein paar Wochen besorgt. Langsam brauchte er Nachschub. Er legte sich aufs Bett und betrachtete das schwarze Spitzengewebe. In seinem Kopf waberte Restalkohol der letzten Nacht. Er hatte einen regelrechten Filmriss. Vielleicht hatte er Kim ja gestern Abend nach Hause kommen sehen und konnte sich einfach nur nicht daran erinnern. Er wusste nicht einmal, wie er eigentlich ins Bett gekommen war. Herbert schloss die Augen. Ihre duftende Unterhose legte er auf Mund und Nase. Seine Hände wanderten in seinen Schoß. Er rieb fest über die Hose. Verdammt, er musste sich erinnern. Hatte er seine Fantasie womöglich wahr gemacht und sich Kim vorgenommen? War das der Grund, warum er sie heute Morgen noch nicht gesehen hatte? Oder stimmte das gar nicht, und er hatte schlicht nicht mitbekommen, wie sie zum Dienst gegangen war? Sein Alkoholkonsum hatte in letzter Zeit bedenkliche Ausmaße angenommen. Nicht nur das, am Bahnhof hatte er sich ein paar Pillen besorgt. *O Mann*, das Zeug hatte ihn aus den Schuhen gehauen. Wie in einem Hardcore-Film war er über seine Nachbarin hergefallen, hatte sie gefesselt und an ihr herumgespielt – genau so, wie er es in einem Video aus diesem Internetforum gesehen hatte. Frauen mochten so etwas. Sie litten gerne. Je härter, desto besser. Herbert grinste und öffnete den Reißverschluss. Hatte er es wirklich getan oder nur geträumt? Die Erinnerung fühlte sich jedenfalls real an und verdammt scharf. Scharf. So scharf wie Kims Kurven. Ihre spitzen Möpse, so klein und fest, dass er sich stundenlang an ihnen festkrallen wollte. Herbert liebte diese schlanke blonde Wildkatze, die sich offenbar mit niemandem länger einließ. Er kannte den Grund. Keines dieser Milchgesichter ahnte auch nur, was sie tatsächlich brauchte. Sein Gedächtnis ließ ihn zwar im Stich, seine Männlichkeit jedoch nicht. *Gut so.* Er stöhnte wollüstig. Unvermittelt beschloss er, das Polizeisiegel zu ignorieren und hinüberzugehen. Er brauchte einen neuen Slip und wollte endlich die Ersatzkamera anbringen. Herbert rappelte sich hoch, holte den

Karton mit seinem neuen Spielzeug. Sicherheitshalber warf er zuerst wieder einen Blick durch den Türspion. Ihm stockte der Atem. Er strich sich ungläubig über die Augen. Vor Kims Wohnungstür stand jemand. Ein Mann.

Verdammt, hatte sie etwa schon wieder einen Neuen an der Angel? Er biss sich schmerzhaft auf die Unterlippe. Diese blöde Schlampe. Er verzog die Augen zu schmalen Schlitzen und öffnete leise die Tür. Den Kerl wollte er sehen. Doch als der sich umdrehte, drückte er die Tür erschrocken zu. Der Fremde schien ihn nicht bemerkt zu haben. Herbert beobachtete, wie sich die Wohnungstür seiner Nachbarin öffnete und der Mann im Inneren der Wohnung verschwand.

Zornig wandte er sich um und schleuderte das Paket auf den Boden. Das würde sie bereuen. Herbert fluchte, ging zum Kühlschrank und griff nach einem Bier.

13

»Florian, jetzt glaube mir doch. Ich habe dieses Auto nicht mitgenommen.« Julias panische Stimmung war der Wut gewichen. Florian schien ihr nicht zu glauben. Er stand mit einer Taschenlampe in der Hand im Türrahmen und überprüfte das Schloss.

»Ich kann keine Einbruchsspuren entdecken. Hast du ein Fenster offen gelassen?«

»Nein. Ich wohne im Erdgeschoss. Das würde ich niemals vergessen.« Sie stockte und rief sich die letzte Nacht ins Gedächtnis. »Wobei das Wohnzimmerfenster angekippt war. Ich dachte, ich hätte es geschlossen.«

»He. Es wird sich schon eine Erklärung finden.« Florian betrachtete Julia und ergriff ihre Hand.

»Schon okay.« Sie zog ihre Hand weg. »Ich frage mich nur, was in letzter Zeit mit mir los ist. Ich bilde mir Dinge ein, die nicht da sind. Zum Beispiel Michaels Stimme. Sie weckt mich mitten in der Nacht auf oder verfolgt mich über mein Autoradio. Sobald ich der Sache nachgehe, ist die Stimme verschwunden. Aber dieses verdammte Spielzeugauto ist keine Einbildung. Wie ist es nur in meine Wohnung gekommen? Es ist dasselbe Auto, über das mein Vater auf der

Gartentreppe gestolpert ist. Ich habe es bei meinen Eltern nicht einmal angerührt. Langsam glaube ich, verrückt zu werden.« Sie atmete tief durch und schüttelte den Kopf. »Nein. So war es gar nicht. Ich habe es sehr wohl in der Hand gehabt. Aber ich habe es garantiert nicht eingesteckt.« Sie blickte Florian an und überlegte, ob sie die nächste Frage überhaupt stellen sollte. Sie beschloss, dass es inzwischen egal war, wie er über sie dachte.

»Ist dir denn in letzter Zeit eine Veränderung an mir aufgefallen? Ich meine, benehme ich mich irgendwie merkwürdig oder wirke ich konfus oder so etwas in der Art?«

Florian sah sie prüfend an. »Nein, Julia. Ich glaube, du bist einfach nur gestresst. Schlafmangel kann zu solchen Erscheinungen führen. Du bist nicht verrückt.« Er zog sie einen Moment an sich und führte sie anschließend zur Couch. »Setz dich erst einmal. Ich hole dir was zu trinken.« Florian verschwand in der Küche.

Julia schlang die Arme um ihren Oberkörper und sah zu Michaels Auto. Ein Zittern überlief sie. Krampfhaft versuchte sie, sich in allen Einzelheiten an den Besuch bei ihrer Mutter zu erinnern. Doch je mehr sie sich bemühte, desto schwammiger wurden die Bilder, die durch ihren Geist flogen. Eine Sekunde lang wünschte sie sich, dass Michaels Stimme genau jetzt durch ihre Wohnung hallte, damit Florian sie hören könnte. Dann würde er ihr glauben, dass etwas ganz und gar nicht stimmte. Sie schlief in letzter Zeit nicht besonders viel, da hatte er recht. Aber sie war sich ziemlich sicher, dass zu wenig Schlaf nicht die Ursache für ihr Problem war.

Florian kam mit einem Glas Wasser aus der Küche zurück und setzte sich neben sie. Er wartete, bis sie ein paar Schlucke getrunken hatte.

»Also, vielleicht fangen wir noch einmal ganz von vorne an. Du warst bei deiner Mutter, bist mit ihr in den Garten gegangen und hast auf der Treppe zum Schuppen Michaels Spielzeugauto entdeckt. Hast du es in die Hand genommen?«

Julia nickte zögerlich.

»Und dann – hast du es wieder auf den Boden gestellt?«

Sie wusste es nicht.

»Ich glaube nicht, dass du es wieder auf die Treppe gestellt hast«, fuhr Florian fort. »Das passt nicht zu dir. Schließlich war dein Vater gerade darauf ausgerutscht und im Krankenhaus gelandet. Du hast es bestimmt irgendwo abgelegt, wo niemand darüber stolpern kann.«

»Ich kann mich nicht erinnern.«

»Weißt du denn noch, ob du das Auto in der Hand hattest, als du mit deiner Mutter zum Krankenhaus aufgebrochen bist?«

Julia durchforstete ihr Gedächtnis. Das blaue Auto war verschwunden. Sie schaffte es einfach nicht, den Vorgang zu rekonstruieren. Sie hatte das Auto in der Hand gehabt. Sie wusste, dass sie sich über ihre Mutter geärgert hatte, die seit Michaels Tod überall seine Sachen unverändert liegen ließ. Aber sie hatte keine Ahnung mehr, wo sie das Spielzeugauto hingelegt hatte.

»Ich habe eine Idee«, sagte Florian und drückte Julia sein Handy in die Hand. »Rufe deine Eltern an und frage sie.«

Julia zögerte. »Es ist mitten in der Nacht. Ich will sie jetzt nicht wecken. Sie regen sich bestimmt auf und denken, dass etwas Schlimmes passiert ist.«

Florian schüttelte den Kopf. »Ruf sie an. Ich möchte dieses Problem jetzt aus der Welt haben, damit du heute Nacht Schlaf findest.«

Julia wählte die Nummer ihre Eltern. Es klingelte, doch niemand hob ab. Sie wartete, bis der Anrufbeantworter anging, anschließend legte sie auf.

»Sie schlafen wahrscheinlich schon.«

Florian erhob sich. »Dann lass uns hinfahren.«

»Du willst sie aus dem Bett klingeln?« Julia ignorierte die Hand, die Florian ihr anbot.

»Ich will vor allem, dass es dir gut geht. Deine Eltern werden dir gerne helfen.«

Julia blieb stur. »Das kann ich nicht machen. Sie werden sich zu Tode erschrecken ... Mir geht es auch schon wieder besser.« Trotzig verschränkte sie die Arme vor der Brust.

Florian hockte sich vor sie. Seine plötzliche Nähe verunsicherte Julia. Er griff nach ihren Händen und lockerte ihren Griff. Dann sah er sie mit sorgenvollem Blick an.

»Du hast mich in Panik angerufen. Du denkst, du leidest unter Wahnvorstellungen. Ich glaube das nicht. Lass uns die Sache klären, und ich verspreche dir, dass du heute Nacht schläfst wie ein Baby.«

Julia schob stumm die Unterlippe vor.

»Entweder du kommst mit oder ich fahre alleine und frage sie.« Florian erhob sich wieder. In seinem Blick konnte Julia erkennen, dass er es ernst meinte.

»Also gut«, murmelte sie und stand auf. Dreißig Minuten später hielten sie vor dem Reihenhaus von Julias Eltern. Sie sah hoch zu den Fenstern in der oberen Etage, die allesamt im Dunkeln lagen.

»Sie schlafen«, flüsterte sie und wäre am liebsten wieder umgekehrt. Aber Florian würde keine Ruhe geben. Also stieg sie aus und schloss die Wagentür. Vor der Stufe zum Eingang blieb sie unschlüssig stehen.

»Wir könnten doch auch bis morgen warten.«

Florian schüttelte energisch den Kopf. »Ich kenne dich. Morgen kommt eine Autopsie oder irgendetwas anderes dazwischen. Los jetzt, klingle endlich.«

Florian schob sie ein Stück voran. Zögerlich drückte Julia den Klingelknopf. Es klingelte so laut, dass sie unwillkürlich zusammenzuckte. Im Haus tat sich nichts. Sie wartete einen Moment.

»Siehst du, sie schlafen ganz tief. Lass uns morgen früh wiederkommen.« Erleichtert machte Julia auf dem Absatz kehrt. Der Schatten ihrer eigenen Silhouette ließ sie stehen bleiben. Im Flur war Licht angegangen und sie konnte Schritte vernehmen.

»Mist«, fluchte sie leise und rang die Hände.

Der Schlüssel drehte sich im Schloss und gleich darauf erschien das verschlafene Gesicht ihres Vaters in der Türöffnung.

»Julia? Was machst du denn hier?« Sein Blick glitt zu Florian. »Wer ist das?«

»Das ist Florian Kessler, der Kriminalkommissar, mit dem ich des Öfteren zusammenarbeite. Tut mir unheimlich leid, Papa, dass ich euch geweckt habe. Aber ich muss euch ganz dringend etwas fragen.« Sie hielt ihm das Spielzeugauto vor die Nase. Ulrich Schwarz betrachtete verdutzt erst das Auto und dann Julia. Schließlich bat er: »Kommt rein.«

»Ulrich? Liebling? Wer ist denn da?« Hannelore Schwarz' dünne, vom Schlaf heisere Stimme kam aus dem Obergeschoss. Kurz darauf waren ihre Schritte auf den Holzstufen der Treppe zu hören.

»Es ist nichts. Julia ist hier«, rief Julias Vater. »Und ihr Kollege«, fügte er leise hinzu.

»Du meine Güte, Julia?« Die Schritte wurden schneller. »Ist etwas passiert?« Hannelore erreichte den unteren Treppenabsatz und zurrte an dem Gürtel ihres Bademantels, den sie eilig übergeworfen hatte.

»Nein, eigentlich nicht.« Julia fühlte sich plötzlich wie ein Teenager, der über die Stränge geschlagen hatte und jetzt zu Kreuze kriechen musste. Hatte sie denn auf einmal ihr Leben nicht mehr im Griff und musste mitten in der Nacht bei ihren Eltern aufkreuzen?

»Bei mir wurde eingebrochen«, begann sie so sachlich wie möglich. »Jemand hat Michaels Auto auf meinen Wohnzimmertisch gelegt.« Sie geriet ins Stocken. Über die Stimmen und ihre Albträume wollte sie nicht reden.

»Das habe ich schon überall gesucht«, stieß Hannelore aus. Sie schien das Spielzeugauto in Julias Hand erst jetzt zu bemerken. Ihre Augen verengten sich. Während sie eben noch ein wenig gebeugt und müde dagestanden hatte, ging nun ein Ruck durch ihren Körper, und sie entriss Julia das Auto.

»Gott sei Dank. Du hast es gefunden. Ich muss es in deiner Wohnung verloren haben, als ich den Kühlschrank aufgefüllt habe.«

Julia starrte ihre Mutter an. Langsam begriff sie, was geschehen war.

»Warum hast du meinen Kühlschrank aufgefüllt?«

»Hast du denn meine Nachricht nicht gelesen? Ich habe sie dir aufs Handy geschickt«, berichtete Hannelore irritiert.

Ulrich Schwarz mischte sich ein. »Du hast so überarbeitet und blass gewirkt, als du mich gestern mit deiner Mutter im Krankenhaus besucht hast. Da wollten wir dir etwas Gutes tun und haben für dich eingekauft. Dein Kühlschrank war ja fast leer. Du musst besser auf dich achtgeben.«

Julia ließ sich auf der Couch im Wohnzimmer nieder. Sie hatte mit allen möglichen Erklärungen gerechnet. Auf diese Variante wäre sie jedoch im Leben nicht gekommen. Aus den Augenwinkeln bemerkte sie Florians Blick, der zu sagen schien: *Habe ich dir doch gleich gesagt, dass es eine ganz simple Erklärung gibt.*

»Hätte ich bloß angerufen.« Hannelores Lippen bebten. Sie setzte sich zu Julia und legte den Arm um ihre Schulter. »Ich wollte dich doch nicht bei der Arbeit stören, deshalb habe ich nur eine Nachricht geschrieben. Wenn ich gewusst hätte, dass du dir Sorgen machst ...« Sie schüttelte den Kopf. »Das tut mir wirklich leid.«

In Julias Kopf arbeitete es. War die Erklärung tatsächlich so simpel?

»Aber warum hast du Michaels Auto auf meinen Wohnzimmertisch gelegt?«

Hannelore dachte nach. »Ich weiß es auch nicht mehr so genau. Wir haben den Kühlschrank aufgefüllt und dann habe ich die Kissen auf deiner Couch aufgeschüttelt. Dabei muss es mir irgendwie aus der Tasche gefallen sein. Ich habe mich die ganze Zeit gefragt, wo ich es hingelegt haben könnte. Eigentlich wollte ich es in Michaels Zimmer bringen, damit niemand mehr darüber stolpert.« Sie senkte den Blick.

Plötzliches Schweigen legte sich wie ein schweres Tuch über alle Beteiligten.

»Tut mir leid für die nächtliche Störung. Ich wollte euch nicht aus dem Schlaf reißen. Wahrscheinlich bin ich tatsächlich überarbeitet.« Julia sah Florian an. »Wir sollten jetzt fahren, damit meine Eltern weiterschlafen können.«

14

»Danke, dass du diese dämliche Geschichte aus der Welt geschafft hast.« Obwohl Julia eigentlich erleichtert sein sollte, fühlte sie sich schrecklich. Wie hatte sie nur dermaßen überreagieren können? Ausgerechnet sie, die von ihren Kollegen am rechtsmedizinischen Institut auch *Eislady* genannt wurde, hatte ihre Nerven nicht mehr im Griff.

»Ich habe das gerne gemacht«, sagte Florian. Er stellte den Motor aus, lehnte sich zu ihr herüber und drückte ihr einen Kuss auf die Wange. »Du solltest jetzt schlafen gehen. Morgen sieht die Welt wieder anders aus.«

Julia nickte und stieg aus dem Wagen.

»Und du bist ganz und gar nicht verrückt«, rief Florian ihr hinterher.

Der kalte Herbstwind fuhr mit eisigen Fingern durch ihre Haare. Die Luft war kristallklar, beinahe schon wie im Winter. Inzwischen war es fast Mitternacht. Als Julia die Haustür öffnete, hörte sie, wie Florian den Motor startete. Sie drehte sich kurz um, winkte und sah, wie er davonfuhr. Dann ging sie in ihre Wohnung, legte sich auf das Bett und schlief vor Erschöpfung ein.

Stunden später, sie hatte keine Ahnung, wie viel Uhr es war, schreckte sie hoch. Sie schlug die Augen auf und registrierte eine Bewegung neben ihrem Bett. Als sie genauer hinsah, verschmolz ein menschlicher Schatten mit der Dunkelheit ihres Schlafzimmers und verschwand. Es war mucksmäuschenstill. Julia erhob sich, streifte die Kleidung ab, die sie noch gar nicht ausgezogen hatte, und schlüpfte in ihr Nachthemd. Sie blickte sich prüfend um, kroch ins Bett und fiel in einen oberflächlichen Schlaf, in dem sie sich unruhig hin und her wälzte. Ihr Verstand verarbeitete die Erlebnisse des Tages. Immer wieder stand sie in ihrem Wohnzimmer und durchlebte den Schock, als sie Michaels Auto entdeckt hatte. Der Traum riss sie in einen bodenlosen Abgrund. Das bekannte Schema spulte sich wieder und wieder von vorn ab. Michael in der Nacht, als er noch lebte. Michael auf dem Weg zur Schule. Seine belegte Stimme, als er sie darum bat, ihn nachmittags nach Hause zu begleiten. Ihre lächerliche Ausrede, die die Katastrophe ins Rollen brachte, nur weil sie den Tag lieber mit ihrer besten Freundin verbringen wollte. Und dann die Nacht nach Michaels Beerdigung, in der sie in sein Bett kroch, um ihm noch einmal so nah wie möglich zu sein. Weil sie einfach nicht wahrhaben wollte, dass er weg war. Dass ihr kleiner Bruder nie wiederkommen würde. Dass sie einen Teil der Schuld an dem Unglück trug, das ihn heimgesucht hatte.

Schweißgebadet öffnete sie die Augen und wusste nicht, ob sie immer noch träumte oder wach war. Gleich neben ihrem Bett erhob sich ein schwarzer Schatten, die Silhouette eines Mannes. Finster, riesig und bedrohlich. *Nicht real, nicht real,* flüsterte sie stumm und wischte die aufkommende Angst mit aller Macht beiseite. Benommen zog sie die Bettdecke bis zum Kinn. Dann verschmolz das Schattenmonster abermals mit der Umgebung. Wahrscheinlich war es nie da gewesen. Die Ärztin in ihr übernahm das Kommando. Julia wusste, dass Schlafstörungen unmittelbar zu Halluzinationen, sogar zu Wahnvorstellungen führen konnten. Schon ein paar Tage mit zu wenig Schlaf reichten aus. Und sie hatte in den letzten Nächten nur dürftig geschlafen. Kein Wunder also, dass sie sich Dinge einbildete und ihr Nervenkostüm zum Zerreißen gespannt war.

Michaels Weinen klang durch die Stille ihrer Wohnung. Julia reagierte nicht. Sie drehte sich um und kniff die Augen fest zusammen. *Du träumst nur. Alles ist gut.* Sie zog die Decke bis übers Ohr und ignorierte die Geräusche, die einfach nicht da sein konnten. Tatsächlich gelang es ihr, den Albtraum abzuschütteln. Selbst die kratzige Stimme ganz dicht an ihrem Ohr brachte sie nicht aus der Ruhe. Erst als plötzlich ein Licht anging, fuhr sie hoch. Michael stand im Türrahmen. Ihr Herz setzte einen Schlag aus, und dieses Mal konnte sie es nicht verhindern, dass die Panik wie eine Rakete durch ihre Adern schoss und von ihr Besitz ergriff. Zitternd saß sie im Bett und starrte auf ihren Bruder, der wie ein Geist ein Stückchen über dem Boden schwebte und sie unverwandt ansah.

»Michael?«, krächzte sie. Ihr Herz klopfte bis zum Hals. Ungläubig schloss sie die Augen und zählte bis drei. Als sie wieder zur Tür sah, war er verschwunden. Sie fluchte und durchsuchte die Schublade ihres Nachttisches nach Schlaftabletten. Du bist nicht verrückt, nur vollkommen überdreht. Das wird sich ab sofort ändern! Entschlossen würgte sie eine Tablette ohne Wasser hinunter und sank zurück auf das Kissen. Nachdem sie fünf Minuten die Zimmerdecke angestarrt hatte, schlief sie wieder ein. Als sie kurz darauf die Lider noch einmal ein wenig öffnete, nahm sie schlaftrunken den Schatten wieder wahr. Er löste sich von der Wand. Julia ignorierte ihn und schloss die Augen.

15

Florian spulte die Aufnahme zurück. »Das gibt es doch gar nicht«, murmelte er und vergrößerte einen Ausschnitt, auf dem zwei Personen nebeneinanderher gingen.

»Sind die denn wirklich zusammen unterwegs?« Saathoff zwirbelte an seinem Schnauzer und kroch dabei fast in den Computerbildschirm.

Florian wiederholte die Sequenz noch einmal. Das Video zeigte Sergei Bugarow und einen Unbekannten auf dem Vorplatz des Kölner Hauptbahnhofes. Leider waren die beiden Männer nur von hinten zu sehen. Kurz bevor sie aus dem Bild verschwanden, drehte der Unbekannte den Kopf zu Bugarow. Es sah so aus, als würde er etwas sagen.

»Schade, dass die Bahnhofsaufnahmen so pixelig sind. Haben wir Bugarow eigentlich auch auf Überwachungsvideos vom Bahngleis?«

Saathoff schüttelte den Kopf. »Nein, die Kollegen haben das geprüft. Mehr als diese kurze Aufnahme haben wir nicht. Bugarow hat sich außerhalb der Reichweite der Kameras auf die Schienen gelegt. Er kann auf allen möglichen Wegen dort hingekommen sein.«

Florian seufzte. Saathoff hatte recht. Der Kölner Hauptbahnhof war verwinkelt und unübersichtlich. Es gab zwar Kameras, die deckten aber nicht alle Bereiche ab. Ganz im Gegenteil, der Großteil des Bahnhofsgeländes wurde nicht erfasst. Florian breitete einen Lageplan des Bahnhofes aus und zeichnete mit einem roten Filzstift mehrere Routen ein. Bugarow konnte jede davon genommen haben, ohne auch nur auf einem einzigen Überwachungsvideo aufzutauchen. Florian stieß einen frustrierten Seufzer aus. Immerhin hatten sie jetzt ein Indiz dafür, dass Sergei Bugarow nicht allein unterwegs war. Aber was bedeutete das? Hatte er sich selbst auf die Schienen gelegt oder nicht? Hatte der Unbekannte ihn vielleicht irgendwie dazu gezwungen? Stirnrunzelnd blätterte er abermals den vorläufigen Autopsiebericht durch. Es gab keinerlei Anzeichen für fremde Gewalteinwirkung.

»Verdammt. Das ergibt doch alles keinen Sinn«, fluchte er lauter als gewollt. »Erst foltert er eine Polizistin und dann bringt er sich um? Die Geschichte stinkt ganz gewaltig. Da ist irgendwas faul.« Florian legte den Plan vom Bahnhof weg und ließ noch einmal die Aufnahme der Überwachungskamera ablaufen. Er stoppte genau in dem Moment, als das Profil des Unbekannten sichtbar wurde, und machte einen Screenshot. Auch wenn es nur eine Seitenansicht war, vielleicht gelang es ihnen, diesen Mann zu identifizieren. »Unsere Kollegen aus der Recherche sollen auf den Überwachungsvideos nach Bugarows Begleiter suchen. Wir müssen herausfinden, wer das ist.«

Saathoff warf Florian einen verdutzten Blick zu. »Ich denke, du siehst Gespenster. Möglicherweise sind die beiden nur zufällig ein Stück nebeneinander gelaufen. Alles deutet doch darauf hin, dass Sergei Bugarow Kim Wiesinger getötet hat und sich anschließend – absichtlich oder nicht – auf die Schienen gelegt hat. Wir haben die Mordwaffe mit seinen Fingerabdrücken und dem Blut des Opfers. Er hatte ein Foto von Kim Wiesinger bei sich, auf dem sie noch lebt, und außerdem hat Julia Schwarz an ihm ein Haar gefunden, das mit hoher Wahrscheinlichkeit ebenfalls von Kim Wiesinger stammt. Mir fällt ehrlich gesagt nicht ein, warum ein weiterer Täter involviert sein sollte.«

Florian kratzte sich nachdenklich die Wange. »Ich habe einfach ein merkwürdiges Gefühl. Ich kann es nicht erklären.« Er suchte nach den richtigen Worten und presste die Lippen zusammen. »Wenn ich eine Polizistin foltere, weil ich dringend Informationen von ihr benötige, begehe ich doch anschließend keinen Selbstmord. Dann könnte ich mich besser gleich umbringen, oder?«

Martin Saathoff wiegte den Kopf hin und her. »Es kann auch ein Unfall gewesen sein. Vielleicht wollte er seine Mordtat feiern, hat sich einen Schuss Heroin gesetzt und ist dabei unter die Räder gekommen.«

»Ich weiß nicht ...«, sagte Florian zweifelnd. »Ich habe irgendwie das Gefühl, da steckt mehr dahinter.«

»Vielleicht sollten wir Kims Unterlagen, die sie zu Hause auf ihrem Schreibtisch hatte, noch einmal durchgehen«, schlug Saathoff vor. »Könnte doch sein, dass wir den Namen Bugarow übersehen haben.«

Florian schüttelte den Kopf. »Das kann ich mir nicht vorstellen. Ich habe jede einzelne Seite zwei Mal gründlich geprüft. Aber gut, ein dritter Durchgang kann nicht schaden.«

»Dann sollten wir die Rollen tauschen. Ich gehe die Unterlagen durch und du schaust dich noch einmal in Bugarows Wohnung um.« Saathoff griff nach einem Blatt Papier. »Hier ist die Liste der nächsten Verwandten und engsten Freunde. Ich habe bisher mit Bugarows Mutter und seinem Bruder gesprochen. Die hatten keine Ahnung, was er getrieben hat. Haben ihn beide seit über zwei Jahren nicht mehr gesehen.«

Florian nahm die Liste an sich. »Ich kümmere mich

darum.« Er sprang auf, schnappte seine Jacke und verließ das Büro.

Als er im Auto saß, wählte er Julias Nummer. Den ganzen Morgen brannte es ihm schon unter den Nägeln. Er wollte wissen, wie es ihr ging.

»Julia Schwarz, Rechtsmedizinisches Institut.« Ihre Stimme klang abwesend und verriet ihm, dass sie beschäftigt war und nicht aufs Display geschaut hatte.

»Wie geht es dir?«, fragte er und steuerte gleichzeitig seinen Wagen vom Parkplatz.

»Gut«, erwiderte Julia knapp. »Ich habe gerade die Blutergebnisse von Sergei Bugarow aus dem Labor bekommen.«

Florian hielt gespannt den Atem an und lauschte.

»Das Langzeitdrogenscreening ist eindeutig. Bugarow hat nicht nur mit Drogen gehandelt, sondern selbst regelmäßig welche konsumiert. In seinem Blut war darüber hinaus zum Zeitpunkt des Todes eine ausreichende Menge vorhanden, um vollkommen high zu sein. Die Dosis war aber keinesfalls tödlich. Da die meisten Injektionen über dem linken Knöchel ausgeführt wurden, gehe ich davon aus, dass er sich die Drogen gezielt zugeführt hat und seine Sucht außerdem vertuschen wollte.«

»Das heißt also, ein Mord wird unwahrscheinlicher«, schloss Florian und seufzte, denn ihm erschien Bugarows Tod nach wie vor merkwürdig.

»Es gibt keine Abwehrspuren. Nichts deutet darauf hin, dass ihm die Spritze gegen seinen Willen gesetzt wurde. Alles sieht ehrlich gesagt nach Suizid oder einem Unfall aus.«

»Warum nimmt sich ein brutaler Killer nach dem Mord an einer Polizistin das Leben?« Auch an einen Unfall konnte Florian genauso wenig glauben. Plötzlich hatte er eine Idee. »Weißt du was? Ich bin gerade auf dem Weg zu Bugarows Wohnung. Wie wäre es, wenn du mitkommst? Du hast seine Leiche obduziert, vielleicht fällt dir irgendetwas auf, dem du bisher keine Bedeutung beigemessen hast.« Florian gab Julia die Adresse durch und legte auf.

Sein Herz schlug schneller als vorher, und er fragte sich verdutzt, woran das lag. Er kannte die Antwort: Er freute sich darauf, Julia zu sehen. Sein Bedürfnis nach ihrer Nähe wuchs seit ein paar Tagen unaufhörlich. Florian konnte sich die neue Anziehungskraft nicht erklären. Julia war für ihn wie eine gute Freundin, die einzige Frau, mit der er reden konnte und die überhaupt nicht in sein Beuteschema passte. Doch das Klopfen in seiner Brust strafte ihn Lügen. Julia war zwar nicht der Typ Frau, auf den er normalerweise abfuhr, aber sie zog ihn an. Florian fühlte sich viel zu jung, um sich fest zu binden. Seine Bekanntschaften endeten gewöhnlich nach ein paar Tagen, höchstens ein paar Wochen. Julia indes verwirrte ihn zunehmend. Er biss sich auf die Unterlippe, als er an den gestrigen Abend dachte und den Moment, als er sie auf die Wange küsste. Es hatte ihn ein Höchstmaß an Beherrschung gekostet, sie nicht auf den Mund zu küssen. Noch immer brannten seine Lippen vor Sehnsucht. Der Duft ihrer schwarzen Haare lag verführerisch in seiner Nase. Seine Gedanken kreisten um die toughe Frau, die im Augenblick so zerbrechlich schien. Ihre Ängste weckten einen Beschützerinstinkt in ihm, den er in dieser Intensität gar nicht kannte.

Das Navigationssystem unterbrach seine Gedanken an Julia.

»Ihr Ziel liegt auf der rechten Straßenseite.«

Florian trat heftig auf die Bremse und riss das Steuer herum. Er schaffte es gerade so in eine Parklücke. Bugarows Wohnung befand sich im Stadtteil Köln-Chorweiler in einem heruntergekommenen Plattenbau. Florian stieg aus und bemerkte eine Ansammlung von jungen Männern, die in diesem Moment einem kleinen Mädchen mit Rucksack hinterherpfiffen. Das Kind rannte davon und die Männer nahmen die nächsten Opfer ins Visier. Florian blieb stehen und wartete, bis die beiden Mädchen einen sicheren Abstand zu den Jugendlichen erreicht hatten. Die Gegend galt nicht als die beste. Armut und Hoffnungslosigkeit prägten das Bild. Dementsprechend hoch war die Kriminalität. Ganze Straßenzüge wirkten verwahrlost. Müll lag auf dem Asphalt, den Bürgersteigen und grauen Rasenflächen. Dazwischen spielten Kinder. Mütter schoben ihre Kinderwagen. Jugendliche hingen in ihren Gangs ab.

Florian fand rasch den richtigen Hauseingang. Die mit Paketband behelfsmäßig reparierte Glastür schlug im Takt des Herbstwindes gegen den Türrahmen. Rechts und links des Eingangs parkten alte Fahrräder, die meisten nicht abgeschlossen. Florian ging an den Briefkästen vorbei, nahm die Treppe bis in die oberste Etage. Zufrieden erreichte er Bugarows Wohnung im fünfzehnten Geschoss. Sein Puls hämmerte kräftig, aber nicht übermäßig schnell. Er stand gut im Training. Florian hatte einen Schlüssel dabei und öffnete gerade die Wohnungstür, als sein Handy klingelte.

»Kessler, Kriminalpolizei«, meldete er sich.

»Wir haben die Kontobewegungen von Sergei Bugarow überprüft. Dort sind keine Verbindungen zu Igor Petrow ersichtlich.«

Florian bedankte sich bei der Kollegin und legte auf. Damit hatte er gerechnet. Der *General* zahlte in der Regel bar. Außerdem verwischte die gesamte Drogenszene meist gekonnt die Spuren des Geldes. Es gab zahlreiche Methoden, dies zu tun.

Er betrat die Küche und setzte sich an den Tisch. Dann versuchte er, die Atmosphäre in sich aufzunehmen. Wie fühlte man sich nach der Folterung einer jungen Frau? Hatten Sergei die Schreie seines Opfers angetörnt? Hatte er vielleicht so etwas wie Mitleid empfunden? Oder hatte er seine Macht genossen? Florian holte das Foto von Kim Wiesinger aus seiner Tasche. Nachdenklich betrachtete er das angstverzerrte Gesicht und anschließend die Umgebung. Wo war dieses Foto entstanden? Kim saß vor einer dunklen Wand. Der Hintergrund war unscharf. Florian stand auf und inspizierte die restlichen Räume der karg eingerichteten Wohnung. Im Wohnzimmer befanden sich eine Couch und ein Fernseher, der Tisch fehlte. Das Schlafzimmer bestand nur aus einem Metallbett von knapp einem Meter Breite, einem Kleiderständer und einem kleinen Nachttisch. Für einen Schrank hatte offenbar das Geld nicht gereicht. Weder im Schlaf- noch im Wohnzimmer gab es eine dunkle Wand. Das Bad war hell gefliest. Ein Keller gehörte nicht zu der Wohnung, in der Sergei Bugarow seit zwei Jahren gelebt hatte. Er besaß einen deutschen Pass, war in Köln geboren worden. Seine Mutter, eine Deutsche, hatte Sergeis Vater in den Neunzigern geheiratet. Der Vater war vor mehr als zehn Jahren spurlos verschwunden. Bugarow hatte noch einen jüngeren Bruder, ansonsten keine weiteren Verwandten, jedenfalls nicht in Deutschland. Er hatte sich mit Jobs als Türsteher in diversen Diskotheken und Nachtklubs über Wasser gehalten. Im Übrigen hatten sie kaum Informationen über ihn beschaffen können. Florian kam es so vor, als hätte er es mit einem Phantom zu tun. An den Wänden hingen keine Bilder. In der ganzen Wohnung gab es nicht ein persönliches Foto oder wenigstens eine Topfpflanze. Alles wirkte unpersönlich und irgendwie provisorisch.

Florian starrte erneut auf das Foto von Kim Wiesinger. Warum hatte Sergei sie umgebracht? Für Geld? Ein anderes Motiv wollte ihm nicht einfallen. Es gab keinerlei nachgewiesene Verbindungen zwischen ihm und Kim Wiesinger. Florian vermutete, dass Bugarow von jemandem zur Folterung und zum Mord an Kim Wiesinger beauftragt worden war. Von jemandem, der ein Motiv haben musste. Das Gesicht des immer noch flüchtigen Igor Petrow huschte durch seinen Kopf. War der sogenannte *General* der Auftraggeber? Und wenn ja, was hatte Kim Wiesinger verdammt noch einmal über ihn gewusst, was sie zum Ziel eines Auftragskillers gemacht hatte?

An der Tür klingelte es. Das musste Julia sein. Florian öffnete und sah sofort, wie blass Julia aussah. Eigentlich hatte er gehofft, es ginge ihr nach der letzten Nacht besser. Er war so froh gewesen, als sich herausgestellt hatte, dass Michaels Spielzeugauto auf völlig harmlose Weise auf ihrem Couchtisch gelandet war. Doch Julia hatte offenkundig trotzdem nicht viel geschlafen. Er beschloss, das Thema nicht anzusprechen. Stattdessen hauchte er ihr einen Kuss auf die Wange und hielt dabei ihre Hand ein paar Sekunden länger als nötig.

»Komm«, sagte er und ließ ihr den Vortritt. »Die Spurensicherung war bereits hier. Allerdings haben sie nichts gefunden, was Bugarow mit Kim Wiesinger oder dem *General* in Verbindung bringen könnte. Schau dich um, und sag mir, was du denkst.«

Julia marschierte zielstrebig ins Wohnzimmer. Sie blickte sich kurz um, wechselte dann zum Schlafzimmer und musterte eine Weile das Bett. Mit der behandschuhten Rechten öffnete sie die Schublade des Nachttisches.

»Das untermauert die Ergebnisse des Drogentests«, sagte sie und deutete auf eine Spritze und ein Feuerzeug. »Tut mir echt leid, dass die Obduktion keine weiteren Hinweise zutage befördert hat. Unter Bugarows Fingernägeln befanden sich übrigens keine Hautpartikel von Kim.« Sie blickte sich erneut um und ging dann ins Badezimmer. Julia zog den fleckigen Duschvorhang beiseite.

»In seiner Wohnung hat er Kim Wiesinger jedenfalls nicht getötet«, informierte Florian, der Julia gefolgt war und über ihre Schulter auf die Dusche sah.

»Gibt es einen Keller?«, fragte Julia.

Florian schüttelte den Kopf. »Wir haben bisher keine Ahnung, wo er Kim festgehalten und getötet haben könnte. Aber ich habe eine neue Entdeckung auf den Überwachungsvideos vom Bahnhof gemacht.« Er zeigte Julia das

Foto von Bugarows mutmaßlichem Begleiter. »Leider wissen wir nicht, wer das ist.«

Julia nahm ihm das Bild aus der Hand und ging damit zu dem kleinen Fenster.

»Das Foto ist nicht besonders scharf.« Julia verharrte einen Moment und Florian bewunderte ihr Profil. Das schwarze Haar bildete einen starken Kontrast zu ihrer blassen Haut. Ihr Gesicht wirkte fast wie Porzellan.

»Der Mann kommt mir bekannt vor. Mir fällt nur nicht ein, woher«, murmelte Julia und beugte sich plötzlich ein Stück vor. »Was ist das denn?« Ihre schmalen Finger fuhren über eine Fuge unterhalb des Fensters. Sie klopfte gegen die Fliesen. »Dahinter ist ein Hohlraum.«

»Was?« Florian kam näher und ging in die Knie. Die Fugen zwischen einigen Fliesen waren gerissen. Und eine Fliese war locker.

»Warte«, sagte er und zog sein Taschenmesser hervor. Er hebelte so lange an der Fliese, bis sie sich löste.

»Du bist ein Genie, Julia!«

Hinter der Fliese kam ein Hohlraum zum Vorschein, in dem ein Geldstapel lag. Oben auf lag ein Zettel mit einer krakeligen Notiz. Florian konnte ein paar Zahlen entziffern.

»Das könnte ein Datum sein. Sieht aus wie der elfte Juli.«

Julia nahm ihm den Zettel aus der Hand. »Mmh. Vielleicht. Unten steht jedenfalls ein *G*.«

Florian betrachtete den Buchstaben, der für ihn eher wie ein T mit halbem Dach aussah. »Ich kann kein *G* erkennen.«

»Das sind kyrillische Buchstaben. Unterzeichnet ist mit einem *G* und darüber steht *по договоренности*, das bedeutet *wie vereinbart*.«

»Woher weißt du das?« Florian zog erstaunt die Augenbrauen hoch.

Julia lächelte. »Ich hatte einen Russischkurs im Studium. Ich fand die Sprache sehr interessant. Keine Angst. Viel mehr als ein paar Worte kann ich nicht mehr. Das ist schon ziemlich lange her.«

Florian war baff. Julia überraschte ihn immer wieder. Konzentriert zählte er die Geldscheine. »Das sind ungefähr zehntausend Euro. Eine Menge Geld.«

»Ja, und wenn das G für den *General* steht, dann hast du endlich eine Verbindung. Was meinst du, könnte der Mann, der Bugarow im Bahnhof begleitet hat, möglicherweise ein Handlanger des *Generals* sein?«

In Florians Kopf ratterte es. Fieberhaft versuchte er, sich einen Reim auf die Fakten zu machen.

»Fangen wir noch einmal von vorne an. Kim Wiesinger hat etwas über den *General* herausgefunden. Etwas, was so wichtig war, dass sie ohne auf ihren Partner zu warten mitten in der Nacht losgezogen ist. Doch der *General* oder vielmehr seine Leute haben sie geschnappt, die Information aus ihr herausgepresst und sie anschließend getötet.« Florian deutete auf das Geldbündel. »Nehmen wir an, Sergei Bugarow hat für den *General* gearbeitet und die Drecksarbeit erledigt.« Florian nickte zur Badezimmertür. »Die ganze Wohnung spricht für einen Menschen, der nicht sonderlich emotional war. Bugarow war als Schläger bekannt und konnte Geld sicherlich immer gut gebrauchen. Er war also die perfekte Besetzung.« Florian schwieg für einen Augenblick und kratzte sich am Kinn. »Er tötet Kim Wiesinger, stopft sie in den Kofferraum ihres Wagens und stellt das Fahrzeug, ohne Spuren zu hinterlassen, auf einem Parkplatz ab. Wahrscheinlich war er gar nicht allein. Das wäre ein typisches Vorgehen der Drogen-Mafia.« Er tippte auf das Foto in Julias Hand. »Dieser Mann wäre dann ebenfalls verantwortlich für Kims Tod. Die beiden ziehen nach dem Mord los und wollen sich ein paar Drogen gönnen. Sie besorgen sich das Zeug von einem Kumpel im Hauptbahnhof. Anschließend geht irgendetwas schief. Bugarow landet besinnungslos auf den Gleisen, wird vom nächsten Zug in Stücke gerissen und sein Begleiter verschwindet.« Florian stoppte und suchte nach Worten. Nach einigen Atemzügen fuhr er fort: »Aber warum stirbt Bugarow? Wenn sie wirklich zu zweit waren, hätte sein Begleiter ihm doch sicherlich geholfen. Das passt nicht richtig zusammen.«

»Womöglich war der Unbekannte auf das Geld aus. Für zehntausend Euro würde so mancher Gauner einen Mord begehen. Es wäre doch auch denkbar, dass Bugarow seinen Begleiter um die Zeche geprellt hat.«

Florian nickte verhalten. »Das wäre ein Motiv. Trotzdem haben wir immer noch nicht herausgefunden, welches Geheimnis Kim Wiesinger aufgedeckt hat.«

Julia neigte den Kopf ein wenig zur Seite. Auf ihrer Stirn erschien eine schmale Falte. »Du hattest doch selbst schon vermutet, dass sie höchstwahrscheinlich den Aufenthaltsort des *Generals* ausfindig gemacht hat.«

»Das stimmt, aber in ihren Unterlagen habe ich nichts dazu gefunden. Vielleicht bin ich diesbezüglich auch auf dem Holzweg.«

»Lass uns doch in die Wohnung von Kim Wiesinger fahren. Bestenfalls fällt uns etwas auf, was bisher übersehen wurde«, schlug Julia vor.

Florian wog das Geldbündel in seiner Hand, als wäre es ein Goldklumpen, dessen Wert er bemessen wollte. »Ja, einen Versuch ist es wert.« Sein Blick ging zu dem Hohlraum hinter der Fliese. »Wie ich dich kenne, findest du wahrscheinlich tatsächlich noch etwas.« Er grinste. »Hier ist der Schlüssel. Du fährst schon mal vor. Ich bringe die Geldscheine schnell ins Labor. Die sollen prüfen, ob sich darauf Fingerabdrücke vom *General* befinden.«

16

Okay, sie war also doch nur eine dämliche Schlampe, die sich von jedem dahergekommenen Idioten rumkriegen ließ. Herbert Hoffmann stürzte das nächste Bier hinunter und hoffte, dass es seine Wut und Enttäuschung gleich mit hinunterspülte. Noch immer hatte er das Bild des Mannes vor Augen, der einfach so in Kims Wohnung marschiert war. So, als wohnte er dort. Als gehörte Kim ihm. Als wäre sie sein Eigentum. Herbert verschluckte sich bei diesem Gedanken und musste heftig husten. Bierspritzer verteilten sich nicht nur auf seinem Hemd und der Hose, sondern auch auf dem Küchenfußboden, an Wänden und Schränken. Verdammt. Diese Schlampe brachte ihn noch ins Grab. Es konnte doch nicht sein, dass er sich ihretwegen komplett betrank. Was war nur aus ihm geworden? Er tippte auf eine Taste seines Laptops. Der schwarze Bildschirm erwachte zum Leben und präsentierte eine Blondine – in eindeutiger Pose. Neben ihr stand ein Mann, dessen Bauchmuskeln sich beeindruckend als Sixpack abzeichneten. Herberts Finger wanderten prüfend über die Speckschwarten, die aus seiner Hose quollen. Für einen Moment kam er sich selbst abstoßend vor, schob diesen Gedanken jedoch blitzartig beiseite. Es kam ja nicht nur auf das Sixpack an.

Nach einer Weile hielt Herbert inne. Nichts ging mehr. Er war völlig überreizt, die flackernden Computerbilder ermüdeten ihn. Die ganze Sache war einfach zu irreal. Er brauchte mehr Intensität. Etwas Wirkliches aus dem wahren Leben. Seine Nervenzellen vibrierten. Er nahm die Bierflasche wieder zur Hand und trank. Dann wischte er mit dem linken Unterarm über den feuchten Schnauzbart, stellte die Flasche ab und stand auf. Die Uhrzeit passte gut. Mitten am Tag kam Kim nie nach Hause. Demzufolge konnte auch ihr neuer Lover nicht da sein. Jetzt oder nie. Herbert griff nach der neuen Kamera und dem Schlüssel zu Kims Wohnung. Er schlich zur Wohnungstür und überprüfte die Lage durch seinen Spion. Im Treppenhaus war es still. Nichts rührte sich. Herbert öffnete die Tür, tappte lautlos zur Wohnung gegenüber und legte sein Ohr gegen das Türblatt. Nichts. Mit klopfendem Herzen schloss er auf und betrat Kims Wohnung. Zuerst entfernte er die defekte Kamera im Bad. Er musste eine Weile suchen, bis er das kleine Gerät wiederfand. Er hatte die Kamera in der Ritze zwischen den beiden Spiegelschränken befestigt, so gut, dass sie wie unsichtbar war. Als Nächstes schlenderte er ins Schlafzimmer und grinste voller Vorfreude. Trotz aller Eifersucht konnte er es kaum erwarten, zu verfolgen, wie es der neue Lover mit seiner Nachbarin trieb. Das Bild der knienden Blondine baute sich vor ihm auf und verstärkte seine Lust mit solcher Wucht, dass er sich am liebsten in Kims Bettlaken gesuhlt hätte. Seine Zunge fuhr über die trockenen Lippen. Gleich würde er sich noch ein Bier genehmigen. Aber erst nach getaner Arbeit. Herbert stolzierte durch das Schlafzimmer, die Augen dabei auf das Bett gerichtet. Er wusste, dass Filmprofis nicht nur auf den richtigen Winkel, sondern auch auf das Licht achteten. Es wäre ja schade, wenn Kims sagenhafte Konturen im Schatten verschwänden. Er stellte sich ans Fenster und startete die

Kamera. Dann sah er lange auf sein Smartphone. Die App funktionierte tadellos. Mit dem neuen Modell konnte er sogar zoomen. Er testete das Ergebnis am Kopfkissen. Wahnsinn. Herbert staunte über die Bildqualität. Selbst die Knöpfe des Bezuges waren deutlich zu erkennen. Er stellte sich vor, es wären Kims Brustwarzen.

Herbert probierte es auch noch vom Schrank aus. Nachts wäre diese Position kein Problem. Tagsüber war das Gegenlicht jedoch zu stark. Er entschied sich für die Fensterseite. Der Verkäufer hatte ihm den Tipp mit dem Fensterbrett gegeben. Er brachte die Kamera dicht darunter, im hintersten Winkel an. Das Ergebnis war perfekt. Das kleine Gerät verschwand fast unsichtbar im Schatten. Kim würde es nie entdecken. Zufrieden prüfte er noch einmal das Bild auf seinem Handy. Die Nacht konnte kommen. In Herberts Adern pulsierte die Lust. Er zoomte auf das leere Bett. Plötzlich hörte er ein Geräusch. Es dauerte ein paar Sekunden, bis er begriff. Jemand drehte den Schlüssel im Schloss. Verdammt. Panik durchzuckte ihn für einen Moment. Geistesgegenwärtig richtete sich sein Blick auf den Schrank, und er versteckte sich hektisch darin.

17

Julia rieb sich den verspannten Nacken. Die Schlaftabletten hatten in der Nacht zwar ihre Wirkung getan, trotzdem fühlte sie sich nicht erholt. Ganz im Gegenteil, ihre Augenlider schienen Tonnen zu wiegen. Sie gähnte. Am liebsten wäre sie im Wagen sitzen geblieben und hätte auf Florian gewartet. Doch der Ehrgeiz trieb sie an. Sie stand vor Kim Wiesingers Wohnungstür und betrachtete das aufgebrochene Polizeisiegel. Ob Florian nach der Untersuchung durch die Spurensicherung noch einmal hier gewesen war und es nicht erneuert hatte? Müde zuckte sie mit der Schulter, drehte den Schlüssel im Schloss und stieß die Tür ein Stück auf. Bisher kannte sie Kim Wiesingers Wohnung nur von Fotografien aus der Akte. Sie wusste, dass Florian illegale Munition unter dem Bett gefunden hatte. Kims Wohnung war nicht sonderlich groß, aber im Gegensatz zu Bugarows Domizil liebevoll und persönlich eingerichtet. Die ersten Topfpflanzen im Wohnzimmer ließen allerdings bereits die Köpfe hängen.

Julia wusste selbst nicht warum, doch sie ging zunächst einmal in die Küche. Auf dem Fensterbrett entdeckte sie eine Gießkanne. Sie füllte sie mit Wasser und begab sich zurück ins Wohnzimmer, um die Pflanzen zu gießen. Als sie fertig war, setzte sie sich auf die Couch. Im Gegensatz zu Florian sprang bei ihr die Fantasie nicht an. Kim Wiesinger war tot. Julia konnte nichts mehr von ihr spüren. Was sie allerdings sah, war ihre Ordnungsliebe. Das war jedoch nichts Neues. Julia hatte es bereits während der Obduktion am Zustand der Kleidung, der Zähne und auch der Haare festgestellt. Bei der ermordeten Polizistin hatte es sich um eine sehr ordnungsliebende und gepflegte Persönlichkeit gehandelt.

Julia stand auf, ging ins Badezimmer und sah sich bestätigt. Neben der elektrischen Zahnbürste hatte sie Zahnseide und zudem Mundspülung benutzt. Der Wäschekorb war bis auf eine Bluse leer, die Handtücher lagen perfekt gefaltet im Regal. Auf dem hellen und flauschigen Badvorleger gab es weder Flecken noch andere Rückstände. Auf dem Porzellan des Waschbeckens sah sie keinerlei Spuren von Zahnpasta oder Seife. Auch die Unterseite des Wasserhahns glänzte, als wäre er nagelneu. Kim hatte regelmäßig geputzt, das stand fest. Aber wenn sie sich so sehr an Ordnung und Regeln hielt, warum war sie mitten in der Nacht im Alleingang losgezogen?

Julia wechselte ins Schlafzimmer und ging vor dem Bett auf die Knie, wo Florian die illegale Munition gefunden hatte. Mit ihrem Handy leuchtete sie die Unterseite ab und entdeckte die kleine Box, die dort am Lattenrost angebracht war. Kim hatte stets gewusst, was sie tat. Woher nur kam der plötzliche Leichtsinn? Oder hatte sie vielleicht zu der illegalen Munition doch noch eine illegale Waffe besessen? Wenn ja, dann hatte sie anscheinend keine Gelegenheit mehr gehabt, sie einzusetzen, denn weder an ihren Händen noch der Kleidung hatte Julia Schmauchspuren nachgewiesen. Sie dachte an den Eimer, der eine grässliche Wunde in ihren Schädel geschlagen hatte. Wo war sie in jener Nacht bloß gewesen?

Julia erhob sich und blickte sich weiter im Schlafzimmer

um. Der Schreibtisch an der Wand war leer geräumt. Florian hatte sowohl den Computer als auch sämtliche Akten ins Polizeirevier verfrachtet. Obwohl er Kims Unterlagen mehrfach überprüft hatte, fand er darin keinerlei Hinweise auf die möglichen Vorgänge in der Mordnacht. Julias Augen wanderten bis zu dem großen Spiegelschrank. Einen Augenblick lang wurde sie von der Vorstellung angelockt, dass Kim Wiesinger in diesem Monstrum ihre Geheimnisse verbarg. Doch das wäre viel zu einfach gewesen. Julia betrachtete ein paar Fotos, die Kim Wiesinger als Mädchen gemeinsam mit ihrer Familie zeigten. Sie wirkte glücklich. Zu einer jungen Frau herangewachsen, waren später einige Gesichtszüge verhärtet, wie ein jüngeres Porträtfoto dokumentierte.

Julias Blicke wanderten die Wände ab und stoppten nach mehreren Runden. Nein. Es wäre lächerlich, wenn eine Polizistin ihre Geheimnisse wie ein Krimineller in Löchern in der Wand verbergen würde. Das hätte sie gar nicht nötig gehabt. Lange betrachtete sie eins der zahlreichen Familienfotos, die überall in der Wohnung hingen, bevor sie sich zum Spiegelschrank wandte. Sie öffnete die Schranktür und fuhr mit der Hand über eine Reihe aufgehängter Blusen. Auf dem Boden blieb ihr Blick an ein paar Schuhen hängen, die so gar nicht zu Kim Wiesinger passen wollten. Als Julia begriff, dass es sich um Männerschuhe handelte, war es bereits zu spät. Ein harter Schlag traf sie auf den Hinterkopf. Der Schmerz übermannte sie. Blitze schossen durch ihren Schädel. Ihre Beine knickten ein. Sie stieß einen spitzen Schrei aus. Völlig orientierungslos drehte sie sich und nahm im Augenwinkel einen Mann wahr. Seine wuchtige Hand schob sich von hinten über ihren Mund. Die andere griff ihr an die Brust und drückte so kräftig zu, dass Julia erneut aufschrie.

»Schrei ruhig. Das wird dir nicht helfen.«

Der massige Körper des Mannes landete auf ihr und presste sie zu Boden. Alle Luft wich aus ihren Lungen. Julia japste und zappelte mit Händen und Füßen. Der Mann zerrte an ihrer Hose. Panisch biss sie ihm in die klobige Hand, versuchte, sich herauszuwinden, doch er war zu schwer. Er hatte die Kontrolle. Sein Schädel drückte sich in ihren Nacken. Ihre Hornbrille fiel zu Boden. Glas klirrte. Er schnaufte und kratzte mit seinem Schnauzbart über ihre Haut. Eine scharfe Alkoholfahne gemischt mit Schweißgeruch drang ihr in die Nase.

Er verdrehte ihr die Arme, zerrte sie hoch und stieß sie vorwärts auf das Bett. Julia schlug wie verrückt um sich, als sich der Mann mit seinem ganzen Gewicht auf sie warf. Sie zappelte, biss und schrie. Doch ihre Hose rutschte immer weiter hinunter. Ekelhafte Hände waren überall auf ihrer Haut. Sie hörte auf zu zappeln, weil es sinnlos war. Ihre Regungslosigkeit schien den Mann über ihr anzutörnen. Sein Griff lockerte sich. Unablässig zerrte er an ihrer Hose. Julia drehte den Kopf ein wenig und wartete ab, bis sein Kinn auf Höhe ihres Ellenbogens war. Sie wusste, dass ein kräftiger Schlag auf den Kehlkopf ihren Angreifer sofort kampfunfähig machen konnte. Sie bezwang die Panik in ihrem Inneren. Eine merkwürdige Ruhe erfasste sie. Die Ruhe vor dem Sturm. Sie schloss die Augen, fuhr mit aller Kraft herum und rammte den Ellenbogen in den Hals des Mannes. Der grunzte überrascht, war jedoch noch nicht außer Gefecht gesetzt. Seine Hände umfassten ihren Hals und drückten zu. Als er nach endlosen Sekunden locker ließ und versuchte, sie auf den Hals zu küssen, stieß Julia den Kopf nach hinten. Etwas knirschte, vermutlich sein Nasenbein. Sein Griff um ihre Schultern lockerte sich, und diesmal schaffte sie es, sich von der Last auf ihr zu befreien. Sie wand sich aus der Umklammerung und sprang auf. Auf dem Bett lag ein ungepflegter Mann, der immer noch nicht aufzugeben schien. Er ruderte mit den Armen, rappelte sich auf, und Julia rannte los. Er erreichte sie nach wenigen Schritten, grapschte nach ihrem Arm, verfehlte sie jedoch. Julia musste hier raus, sie schaffte es bis zur Wohnungstür, aber das Ekel war unmittelbar hinter ihr. Eine Hand packte sie an der Schulter, riss sie zurück. Julias Finger krallten sich bereits um die Klinke. Sie drückte zu. Die Tür öffnete sich allerdings nur ein paar Zentimeter. Der Angreifer war zu kräftig. Er zerrte unablässig an ihr.

Julia schrie. Sie war verloren.

18

»Julia!«

Julia hielt sich am Türgriff fest, während der Mann sie mit unglaublichen Kräften festhielt. Sie sah Florian. Sein Gesicht. Das Entsetzen, das sich darauf abzeichnete, und dann die Entschlossenheit, mit der er seine Waffe zog.

»Sofort loslassen. Polizei.«

Julia fiel. Sie landete hart auf den Knien. Ihre Finger krallten sich immer noch um die Klinke, als wäre sie der rettende Strohhalm, der sie vor dem Ertrinken bewahrte. Florian sprang über sie hinweg und stürzte sich auf den Mann, der wie zur Salzsäule erstarrte.

»Hände hoch. Auf die Knie.« Die Handschelle klickte. Florian zückte sein Handy und forderte Verstärkung an.

Erst jetzt traute Julia sich, aufzustehen. Ein blaues Augenpaar musterte sie besorgt. Die grauen Augen daneben sprühten vor Wut.

»Blöde Schlampe!«

»Halten Sie Ihren verdammten Mund.« Florian hielt die Waffe auf den Angreifer gerichtet und schob ihn zur Garderobe. Dort fixierte er die zweite Handschelle an der Querstange, sodass der Alte nicht weglaufen konnte.

»Miststück.«

Julia konnte sehen, wie Florians Gesichtsfarbe ins Dunkelrote wechselte. Seine linke Hand legte sich um die Kehle des Mannes.

»Noch ein Wort, und ich vergesse mich.« Seine Stimme ließ keinen Zweifel zu. Der Mann senkte den Blick und fluchte etwas Unverständliches.

Florian wandte sich ab und kam zu Julia. Sie hatte inzwischen ihre Kleider geordnet und presste sich mit dem Rücken gegen die Wand.

»Bist du verletzt?«, fragte er und musterte sie.

»Nicht schlimm. Nur ein paar Schrammen. Kannst du im Schlafzimmer nach meiner Brille sehen?«

Nach wenigen Atemzügen kam Florian mit ihrer Brille zurück. Das rechte Glas war zerbrochen. Julia setzte sie trotzdem auf und schüttelte den Kopf.

»Nur gut, dass du gekommen bist.« Julia konnte ihre Tränen nicht mehr zurückhalten und Florian zog sie an sich. Sie fühlte sich unendlich erleichtert. Der Adrenalinpegel in ihrem Blut war dennoch so hoch, dass sie noch immer zitterte.

»Willst du dich hinsetzen?«, fragte Florian leise.

»Nein. Ich will wissen, was dieser Mann in Kim Wiesingers Wohnung zu suchen hat.« Sie sprach viel lauter als beabsichtigt und bekam ihr Zittern langsam in den Griff. Eigentlich wusste sie gar nicht, woher plötzlich ihre Energie kam. In ihrem Magen rumorte es. Sie war zornig. Anklagend hob sie den Zeigefinger. »Wer zum Teufel sind Sie?«

»Schon gut. Wir klären das gleich.« Florian ergriff ihre Hand. »Du solltest dich erst einmal durchchecken lassen.« Sein Finger fuhr über ihren Unterarm, auf dem eine blutunterlaufene Schramme prangte.

»Nein«, erklärte Julia ruhiger. »Ich will wissen, wer das ist.

Er hat mich überfallen. Ich denke, dass er in den Fall von Kim Wiesinger verwickelt ist.«

Florian blickte ihr lange in die Augen, dann nickte er und drehte sich um.

»Wie lautet Ihr Name?«

Julias Angreifer war inzwischen kalkweiß. Ein paar Schweißperlen tropften von seiner Stirn. Er hatte den Kopf eingezogen und wirkte so, als könne er keiner Fliege etwas zuleide tun. Der ungepflegte Mann ging vielleicht auf die sechzig zu. Er trug ein faltiges Holzfällerhemd. Unter den Achseln hatten sich feuchte Flecken gebildet. Sein üppiger Bauch hing über der Hose. Die groben Poren auf seiner Nase und die gerötete Haut sprachen für regelmäßigen Alkoholkonsum. Julia zwang sich, ihn genau anzusehen. Der Schock saß tief in ihren Eingeweiden, aber sie wollte sich keinesfalls von einem solchen Scheusal unterkriegen lassen. Sie sperrte ihre Gefühle weg. Aus Erfahrung wusste sie ziemlich gut, wie das ging. Sie tat so, als würde diese widerliche Kreatur auf ihrem Autopsietisch liegen.

»Wie heißen Sie?«, wiederholte sie unterkühlt, als der Mann nicht sofort antwortete, sondern sie weiterhin feindselig anstarrte.

»Herbert Hoffmann, ich bin der Nachbar«, brummte er. Dann hob er abwehrend die Hand und richtete sich an Florian. »Ich kümmere mich regelmäßig um die Wohnung. Diese Frau da hat hier nichts zu suchen. Sie ist hier eingebrochen, hat überall herumgeschnüffelt. Ich habe nichts weiter getan, als meiner Bürgerpflicht nachzukommen. Ich habe sie aufgefordert, zu verschwinden. Aber sie ging sofort auf mich los. Ich habe mich nur verteidigt.«

Der Mann log wie gedruckt. Julia spürte immer noch seine klobigen, gierigen Hände auf ihrem Körper. Sogar zwischen ihren Beinen pulsierte der Ekel, der wie eine Armee von beißenden Ameisen über ihre Haut tanzte. Julia fühlte sich benutzt.

»Sie haben mich angegriffen und versucht, mich zu vergewaltigen.« Sie schaffte es, ihre Stimme ruhig klingen zu lassen. Aber die Ameisen waren überall. Julia schüttelte sich.

»Du hast mir deinen Arsch doch hingehalten, als du unter dem Bett geschnüffelt hast«, brüllte Herbert Hoffmann empört.

»Jetzt mal ganz ruhig.« Florian fuhr dazwischen. »Entweder Sie erzählen uns sachlich, was Sie in Kim Wiesingers Wohnung zu suchen haben, oder wir führen diese Unterhaltung im Revier fort. Aber dann verspreche ich Ihnen, dass Sie nicht nur wegen versuchter Vergewaltigung und Körperverletzung, sondern zusätzlich noch wegen Widerstand gegen die Staatsgewalt und Beamtenbeleidigung dran sind. Ihre Wohnung sehen Sie dann erst in ein paar Jahren wieder.«

In Hoffmanns Augen flackerte es. Er schien hin- und hergerissen zwischen Aggression und Vernunft. Letztere gewann schließlich die Oberhand.

»Ich habe einen Schlüssel zu Kims Wohnung. Wenn sie nicht da ist, dann gieße ich die Blumen, leere den Briefkasten und schaue nach dem Rechten.« Er schnaufte missbilligend, hob aber die Stimme nicht, als er fortfuhr: »Heute habe ich nachgesehen, ob alles in Ordnung ist, als diese Frau dort hereinkam. Also habe ich mich im Schrank versteckt und beobachtet, was sie tut. Sie hat überall herumgeschnüffelt, sogar unter dem Bett. Da dachte ich mir, dass ich sofort eingreifen muss.«

Julia beschloss, nicht auf das dumme Geschwätz dieses Gestörten einzugehen. »Und das Polizeisiegel haben Sie übersehen?«, fragte sie.

Hoffmann winkte mit der freien Hand ab. »Das ist doch bestimmt nur ein blöder Trick. Das klebt bereits seit zwei Tagen dran.«

»Na klar, ein Trick. Haben Sie es aufgebrochen?«, fuhr Florian ihn an.

»Ja, warum denn nicht. Ich habe doch schließlich einen Schlüssel.«

»Sie wissen schon, dass Siegelbruch ebenfalls strafbar ist? Los, was wollten Sie hier drin?« Florian baute sich zur vollen Größe vor dem Eindringling auf. Julia vermutete, dass er so neue Ausbrüche in ihre Richtung verhindern wollte. Tatsächlich schien die Strategie aufzugehen. Hoffmann zuckte mit den Achseln.

»Hab ich doch gesagt. Ich wollte nachsehen, ob alles in Ordnung ist.«

Florian schwieg und starrte ihn feindselig an.

»Wie gesagt, ich kümmere mich seit Jahren um die Wohnung. Kim und ich, wir sind ... ja, wir sind befreundet.« Ein obszönes Grinsen erschien kurz um seinen Mund, verschwand jedoch wieder, als Florian einen Zentimeter näher rückte.

»Ich darf hier sein.« Der Satz klang eher wie eine Frage. Hoffmann leckte sich unsicher über die Lippen.

»Wann haben Sie Kim Wiesinger zuletzt gesehen?«, wollte Florian wissen.

»Puh. Das kann ich nicht mehr so genau sagen. Ist schon ein paar Tage her. Sie war in letzter Zeit viel unterwegs. Immer nachts. Wer weiß, was sie da so getrieben hat.« Wieder huschte ein anzügliches Grinsen über sein Gesicht. Seine freie Hand strich über die Hosentasche. Nur eine flüchtige Geste, aber sie reichte aus, um Julias Aufmerksamkeit zu erregen.

»Er versteckt etwas in der Tasche.« Sie wies mit dem Finger auf seine Hose.

»Okay. Arm hoch«, befahl Florian. Er tastete Herbert Hoffmann gründlich ab und fischte ein kleines unscheinbares Gerät aus seiner Hosentasche. Es sah aus wie eine Kugel, doch an der Vorderseite reflektierte sie für den Bruchteil einer Sekunde das Licht.

»Das ist eine Kamera.« Florian hielt das Objekt ungläubig hoch.

»Die ist kaputt.« Herbert Hoffmann biss sich auf die Unterlippe. Der Satz war ihm offenkundig herausgerutscht.

Im Treppenhaus klapperte es. Schwere Schuhsohlen trampelten die Stufen herauf. Endlich, die Verstärkung. Martin Saathoff erschien als Erster auf der Bildfläche – mit hochrotem Kopf. Ihm folgten mehrere bewaffnete Polizisten, die sofort Stellung bezogen. Einer von ihnen richtete die Waffe auf Hoffmann.

»Was ist hier los?«, schnaufte Saathoff atemlos und musterte den mit Handschellen angeketteten Mann, der entsetzt die Augen aufriss.

»Verdammt noch mal. Wird man hier denn gleich wie ein Schwerverbrecher behandelt? Ich habe diese Frau doch überhaupt nicht angerührt!« Hoffmann warf Julia einen Blick zu. Die Wut in seinen Augen war inzwischen der Panik gewichen. »Sagen Sie diesen Männern, dass gar nichts passiert ist«, forderte er Julia mit dünner Stimme auf.

Julia öffnete den Mund zu einer Antwort, aber Florian ging dazwischen.

»Machen Sie ihn los. Er soll uns in seiner Wohnung die Aufnahmen zeigen, die er wahrscheinlich mit dieser Kamera von Kim Wiesinger gemacht hat.«

Ein Polizist nahm Florian den Schlüssel für die Handschellen aus der Hand und führte Herbert Hoffmann ab.

»Dürfen Sie das überhaupt?«, protestierte Hoffmann. »Ich sollte doch einen Anwalt bekommen, oder?«

»Das finde ich jetzt sehr interessant«, fuhr Florian ihn an, während Hoffmann seine Wohnungstür aufschloss. »Sie haben also etwas zu verbergen? Vielleicht erklären Sie uns doch bitte genau, was Sie mit Kim Wiesinger gemacht haben. Ich sage Ihnen nur eines, es ist besser für Sie, zu kooperieren.«

Herbert Hoffmann grunzte etwas, bevor er kleinlaut murmelte: »Kommen Sie rein.«

In der Wohnung stank es nach Alkohol und Müll. Julia, die schlechte Gerüche gewohnt war, schüttelte sich trotzdem. Von der Erinnerung an die fetten Wurstfinger dieses Mannes auf ihrem Körper wurde ihr übel.

Hoffmann ging in die Küche und klappte seinen Laptop auf. Er tippte ein Kennwort ein. Sogleich begann ein Pornofilm. Nichts anderes hatte Julia erwartet. Hoffmann war so ziemlich das Widerlichste, was ihr in letzter Zeit untergekommen war. Saathoff beugte sich über den Bildschirm und wartete geduldig ab, bis Hoffmann die Kameraaufnahmen gefunden hatte.

»Jetzt klicken Sie schon«, forderte Florian ungeduldig, weil Hoffmann zögerte.

Als er das Video startete, hielt Julia den Atem an. Was sie sah, machte sie fassungslos. Kim Wiesinger stand splitternackt unter der Dusche und hatte offenbar keine Ahnung, dass sie beobachtet wurde. Die schlanke Frau warf den Kopf in den Nacken und schloss lächelnd die Augen. Sie genoss das warme Wasser, das über ihren Körper floss. Eine ganze Zeit lang stand sie regungslos da, ehe sie zum Duschbad griff und sich damit einschäumte. Die Kamera fing jede ihrer Bewegungen ein. Erst nach mehreren Minuten endete die Aufnahme, gleich nachdem Kim Wiesinger aus der Dusche gestiegen war.

»Sie haben sie gestalkt«, stieß Julia empört aus. »Was hatten Sie denn noch mit ihr vor?«

Herbert Hoffmann warf Julia einen feindseligen Blick zu und schwieg.

»Von wann ist die letzte Aufnahme?«, fragte Florian.

»Das ist fünf Tage her.« Herbert fuhr mit dem Mauszeiger über ein paar Dateien und blieb auf dem obersten Eintrag stehen. »Die Kamera ist kaputtgegangen, weil sie nicht wasserdicht ist.« Wie zum Beweis klickte er das neueste

Video an. Kim Wiesinger war nur kurz zu sehen, bevor das Bild schwarz wurde. Anschließend flimmerten ein paar hellgraue Streifen über den Bildschirm. Wiesingers Körper zeichnete sich für Sekunden ab und war dann wieder verschwunden.

»Haben Sie Kim Wiesinger danach noch einmal gesehen?«

Hoffmann schüttelte den Kopf. »Wie gesagt, das letzte Mal habe ich sie durch den Türspion beobachtet. Sie war komplett schwarz angezogen und hat sich mitten in der Nacht aus dem Haus geschlichen.«

»Wann genau war das?«

»Vor drei Tagen.«

Julia rechnete schnell zurück. Das war die Mordnacht. Am liebsten hätte sie Herbert Hoffmann direkt zur Rede gestellt. Aber sie wusste, dass das nicht zu ihren Aufgaben gehörte, und überließ deshalb Florian die Befragung. Der quetschte Hoffmann systematisch, nach außen hin scheinbar beiläufig, aus. Auf diese Weise würden Ungereimtheiten in Hoffmanns Aussage sofort ins Auge fallen.

Saathoff, der die ganze Zeit wie hypnotisiert auf den Laptop gestarrt hatte, streckte sich und fragte: »Haben Sie in dieser Nacht mit ihr gesprochen?«

Hoffmanns Augen rollten nach oben, als er sich zu erinnern versuchte. Dann schüttelte er langsam den Kopf. »Nein. In der Nacht nicht. Aber davor. Ich wollte von ihr wissen, wo sie so spät hinwill. Habe ihr angeboten, sie zu fahren.« Er nickte gönnerhaft. »Eine junge, bildhübsche Frau kann man schließlich nicht so einfach nachts allein herumlaufen lassen. Aber sie wollte nicht und hat mich böse angefunkelt. Als wenn mich das beeindruckt hätte.«

»Wohin wollte sie denn?«

»Das hat sie mir nicht verraten.«

»Darf ich?«, fragte Florian und deutete auf den Laptop.

»Meinetwegen«, murmelte Hoffmann und überließ ihm das Gerät.

Florian klickte ein Video in einem anderen Verzeichnis an. Als der Film zu laufen begann, warf er Hoffmann einen scharfen Blick zu.

»Mögen Sie Gewaltszenen?«

Im Hintergrund schrie eine Frau, die von einem Mann im schwarzen Lederanzug ausgepeitscht wurde.

Hoffmann zuckte mit den Schultern. »Na ja. Die meisten stehen doch auf so was.« Sein Blick streifte Julia.

Florian öffnete das nächste Video. Ein Ruck ging durch seine Schultern. Julia fixierte den Bildschirm. Eine Frau saß gefesselt auf einem Stuhl. Ein Mann mit einer brennenden Zigarette stolzierte vor ihr auf und ab. Julia konnte die Angst der Frau fast körperlich spüren. Sie sah kurz zu Herbert Hoffmann, dessen Zunge sichtlich angeregt über die Unterlippe glitt. Angewidert konzentrierte sich Julia wieder auf das Video. Als der Mann der Frau den Unterarm verbrannte, schaltete Florian ab.

»Ich denke, wir sollten uns im Revier weiter unterhalten.« Er klärte Herbert Hoffmann über seine Rechte auf und nahm ihn vorläufig fest.

»Schaff ihn hier raus«, bat Florian seinen Partner, der seit den brutalen Videoszenen kein Wort mehr gesagt hatte, und wandte sich ab. Als die Wohnungstür zuschlug, atmete er tief aus.

»So ein widerlicher Mistkerl«, fluchte er. »Wir müssen seine Wohnung durchsuchen. Vielleicht hat er etwas mit Kim Wiesingers Tod zu tun, auch wenn er so tut, als wäre sie noch am Leben.« Er rief Anna Schubert von der Spurensicherung an. Den Durchsuchungsbefehl würde er sich gleich besorgen. Martin Saathoff kam wieder zur Tür herein. Er wirkte blass. Julia fiel auf, dass er den Laptop mit keinem Blick würdigte.

»Vielleicht lagen wir die ganze Zeit daneben«, hob er

nachdenklich an und musterte dabei Julias zerkratzte Unterarme. »Der Kerl ist gewaltbereit, triebgesteuert und hat Spaß daran, Frauen zu quälen. Die Indizien sagen uns, dass Herbert Hoffmann auf die Liste der Verdächtigen gehört.«

»Ich kann einfach nicht glauben, was hier gerade passiert ist. Wie hängt das nur alles zusammen? Es waren ausschließlich Sergei Bugarows Fingerabdrücke auf der Tatwaffe zu finden«, warf Julia mit dünner Stimme ein.

Florian hob die Schultern und legte einen Arm um sie. »Das können wir alles später besprechen. Ich bringe dich jetzt erst einmal zum Arzt.«

Bevor Julia protestieren konnte, hob er den Zeigefinger. »Keine Widerrede!«

19

»Schlaf gut, Julia. Ich rufe dich morgen früh an.« Florians Stimme war so weit weg. Sie hörte seine Worte, die irgendwo aus dem Nichts kamen. Aus einem parallelen Universum, das sie zwar hören, aber niemals erreichen konnte. Julia stöhnte leise. Seine Lippen streiften ihre Wange. Es war nur eine flüchtige Berührung. Irreal. Vielleicht hatte sie auch nur den Zipfel ihres Kopfkissens gespürt. Der Arzt hatte ihre Wunden desinfiziert und mit einer Salbe behandelt. Körperlich wären die Blessuren innerhalb der nächsten Tage verschwunden. Was die Seele anging, sollte sie einen Spezialisten aufsuchen. Julia würde das natürlich nicht tun. Wozu auch? Ihr war letztendlich nichts passiert und der Dreckskerl würde erst mal hinter Gittern sitzen. Noch immer konnte sie ihn riechen. Nichts war schlimmer als der Gestank eines ungepflegten Alkoholikers. Er hatte sich in ihrer Nase festgesetzt und ließ sich nicht mehr abschütteln. Die Beruhigungstabletten, die ihr Florian ganz zärtlich zwischen die Lippen geschoben hatte, erreichten die nächste Stufe. Julia sank hinein in eine Wolke aus Erinnerungen. Sie durchlebte ihre Kindheit, sah ihre glücklichen Eltern, Michael und schwebte unaufhörlich auf den Wendepunkt zu. Wie nur allzu oft träumte sie den wiederkehrenden Albtraum. Michael in seinem Bett. Julia dicht neben ihm. Sie spürte seine Wärme, das kräftige Klopfen in seiner Brust. Sie hatte ihn so sehr geliebt. Es tat immer noch weh. Genauso wie am ersten Tag. Die Beerdigung erlebte sie wie im Schnelldurchlauf. Dann wirkte plötzlich alles wie eingefroren. Die Luft glich einer zähen Masse, die sie am Laufen hinderte. Julia legte sich auf Michaels Bett. Sie konnte nicht glauben, dass sie unter seiner weichen Decke lag, während er in einer Holzkiste tief in der Erde steckte. Sie konnte ihn noch immer fühlen. Wenn sie die Augen schloss, lag er direkt neben ihr. Er war nicht fort. Etwas von ihm war noch da.

»Michael«, flüsterte sie in die Nacht hinein. Aber niemand antwortete. Ihre Hand tastete nach ihm, bekam jedoch nur das kalte Bettlaken zu fassen. Er war fort, für immer. Sie fühlte sich allein und so unvollständig, weil ein Teil von ihr mit Michael auf dem Friedhof geblieben war. Julia driftete weiter ab. Der schwarze Mann stand wieder neben ihr. Genauso wie in jener Nacht nach der Beerdigung. Er rührte sich nicht. Doch heute konnte sie sein Gesicht sehen. Es war das von Herbert Hoffmann. Julia schrie und fuhr hoch. Die Tabletten ließen sie schwindeln. Ihr Blick war unscharf. Sie konnte die Dunkelheit nicht durchdringen. Schemenhafte Schattenwesen umzingelten ihr Bett. Der schwarze Mann starrte sie an. Er atmete. Sie konnte den feinen Luftzug auf ihrer Wange spüren. Sein Atem stank nicht. Es konnte also nicht Herbert Hoffmann sein. Trotzdem stand dort neben ihrem Bett ein Monster. Es musste eines sein, denn ihr Herz hatte zu rasen begonnen. Ihre Nerven vibrierten. Ihr Überlebensinstinkt schlug Alarm, er war viel stärker als die Beruhigungsmedikamente. Julia zitterte. Sie war hellwach.

»Was wollen Sie von mir?«, brachte sie mühsam hervor.

»Schlaf!«

Die Antwort dröhnte in ihren Ohren. Julia bemühte ihren Verstand. Er sollte ihr sagen, dass sie träumte. Doch das tat sie nicht. Sie saß aufrecht im Bett. Sie schlief nicht. Ihre Brust hob und senkte sich, als würde sie gerade einen Sprint hinlegen. Blitzschnell griff sie nach der Nachttischlampe. Als das grelle Licht die Schatten in ihrem Schlafzimmer verjagte, knallte eine Tür.

Das Monster war verschwunden.

20

»Sehr gut. Bald kommst du ganz ohne mich klar«, lobte Julia ihren Assistenten, der gerade eine Darmschlaufe öffnete und den herausquellenden Inhalt in einer Schale auffing.

Vor ihnen lag ein Fünfzigjähriger, der eines natürlichen Todes gestorben war. Er hatte einen Herzinfarkt erlitten. Da der Infarkt nicht den üblichen Kriterien entsprach und der Mann als rundum gesund gegolten hatte, wollte sein Arzt auf Nummer sicher gehen. Der Tote hinterließ ein beträchtliches Vermögen. In solchen Fällen war Vorsicht angesagt.

Julia hatte sich am Morgen geweigert, zu Hause zu bleiben. Sie war mit dröhnendem Kopf aufgewacht und hatte sich regelrecht unter die Dusche geschleppt. Nach einer halben Stunde ging es ihr besser. Der Albtraum, der ihr immer noch in den Knochen gesteckt hatte, wurde mit dem heißen Wasser weggespült. Wider Erwarten hatte sie sogar ihre Ersatzbrille gefunden. Sie musste weitermachen, durfte sich nicht unterkriegen lassen. Normalität war das beste Heilmittel.

Florian jedoch drängte sie, zu einem Psychologen zu gehen, er hatte bereits einen Termin für sie vereinbart. Julia weigerte sich standhaft. Die Stimmung zwischen ihnen war am Boden. Florians Fürsorge war Julia einfach zu viel. Sie mochte es, wenn er sich um sie kümmerte, aber bevormunden ließ sie sich nicht. Schließlich war sie selbst Medizinerin und konnte sehr gut einschätzen, ob und wie stark sie die Erfahrung mit Herbert Hoffmann traumatisiert hatte. Alles lag im grünen Bereich. Ihr ging es den Umständen entsprechend gut, von den Albträumen einmal abgesehen. Und die hatte sie auch vor dem Vorfall mit Hoffmann schon gehabt.

Je länger sie allerdings an das morgendliche Telefonat mit Florian dachte, desto größer wurde ihre Enttäuschung. Sie fühlte sich missverstanden. Und das lag vor allem daran, dass Florian sie an diesen Psychologen abschieben wollte. Sie wusste selbst nicht genau, warum sie ihm überhaupt von ihren Sorgen erzählt hatte. Ihr war vollkommen klar, dass diese Träume nicht real waren. Die Stimme des schwarzen Mannes hatte sie trotzdem gehört. Da war sie ganz sicher. Sie war hin- und hergerissen. Reagierte sie über und bildete sich Dinge ein? Oder lag sie mit ihrer Wahrnehmung richtig? Sie hatte gehofft, Florian könnte ihr die Antwort auf diese Fragen geben, doch der wollte das lieber einem Psychologen überlassen. Sie hatte das Gefühl, dass sie ihm langsam auf die Nerven ging und er sie loswerden wollte. Die Nähe, die zwischen ihnen entstanden war, hatte sich in Luft aufgelöst.

»Kannst du mir die Zange geben?«

Emanuels Stimme drang wie durch einen Puffer zu ihr.

»Was?«

»Die Zange?« Er deutete auf das Edelstahlinstrument.

»Natürlich. Hier, bitte.«

»Geht es dir gut?«

Julia verdrehte die Augen. Jetzt fing Emanuel auch noch an.

»Es ist ja nichts passiert«, erwiderte sie ausweichend und

ignorierte seinen Blick, der an ihren zerkratzten Armen klebte.

»Die Schrammen sind in ein paar Tagen wieder weg und der Mistkerl sitzt hinter Gittern. Lass uns die Obduktion zu Ende bringen und den Leichnam zunähen.« Sie griff demonstrativ zu einem dicken Faden und einer chirurgischen Nadel.

»Wie du willst. Aber wenn du moralische Unterstützung brauchst, dann sag es mir bitte. Ich könnte uns heute Nachmittag Kuchen besorgen.« Emanuel sah sie an, als hätte er die beste Idee aller Zeiten, um sie aufzumuntern. Sein Gesichtsausdruck brachte Julia zum Schmunzeln.

»Okay«, sagte sie. »Aber jetzt an die Arbeit.«

Sie wartete, bis Emanuel die Organe zurück in die Körperhöhle gelegt hatte. Dann nahm sie zwei Hautfalten. In dem Moment, in dem sie zustechen wollte, schwang die Tür auf. Manfred Holsten, der Leiter des Rechtsmedizinischen Institutes, betrat den Obduktionssaal und steuerte sofort auf Julia zu.

»Ich habe gerade mit Hermann Meier telefoniert«, eröffnete er das Gespräch, ohne zu grüßen.

Das war völlig untypisch für Julias Chef. Erstaunt hielt sie inne. Hermann Meier war der Leiter des Kriminalkommissariats und Florians Vorgesetzter. Julia wusste, dass die beiden sich häufig austauschten. Sie blickte ihren Chef interessiert an. Manfred Holsten ging auf die Pensionierung zu. Er hatte graues, schütteres Haar, wog ein paar Kilo zu viel und trug wie immer einen Kittel über dem Anzug, obwohl er inzwischen einem reinen Schreibtischjob nachging. Sein gutmütiges Gesicht war rot angelaufen. In seinen Augen erkannte Julia einen Anflug von Wut und Enttäuschung.

»Warum haben Sie mich nicht informiert?«, fragte er vorwurfsvoll.

Julia wusste im ersten Moment nicht, worauf er hinauswollte. Holsten ließ ihr stets viel Spielraum. Sie durfte selbstständig entscheiden, wie sie ihre Arbeitszeit einteilte. Auch hatte er nie etwas dagegen gehabt, wenn sie bei den Ermittlungen der Kriminalpolizei mithalf. Ganz im Gegenteil, für ihn gehörte es zum Beruf. Ein erfolgreicher Rechtsmediziner musste nach seiner Auffassung über umfangreiche Erfahrungen in der Ermittlungsarbeit verfügen. Nur wenn man den Tatort kannte, sich plastisch vorstellen konnte, wie ein Täter vorgegangen war, konnte man die vielen Zeichen auf einem toten Körper richtig interpretieren. Julia sah Manfred Holsten höchstens alle zwei Tage. Er vertraute ihr und sie gab ihr Bestes. Ihr Arbeitsverhältnis war so weit fortgeschritten, dass sie ihn inzwischen nur noch über außergewöhnliche Fälle persönlich informierte. Sie kramte in ihrem Gedächtnis, war sich jedoch keiner Schuld bewusst.

Manfred Holsten sah Julia durchdringend an, dann schüttelte er den Kopf.

»Du meine Güte, Julia. Sie sind überfallen und beinahe vergewaltigt worden. Warum kommen Sie nicht zu mir? Sie können doch nicht einfach weitermachen, als wäre nichts passiert.« Er hob den Zeigefinger und deutete auf ihre Arme. »Sie sind verletzt. Ich ...« Holsten kam noch näher und musterte Julia eingehend. »Ich möchte, dass Sie nach Hause gehen und sich ausruhen.«

»Das geht nicht. Wir haben viel zu tun«, protestierte Julia. »Außerdem bin ich fit. Es ist doch nichts Schlimmes passiert.«

»Ich dulde keine Widerrede«, sagte Holsten leise. Seine Augen hielten sie fest. »Ich hätte es besser gefunden, wenn Sie heute Morgen zu mir gekommen wären. Ich weiß, dass Sie unverwüstlich sind und dass Sie sich von einem solchen Vorfall nicht auf Dauer unterkriegen lassen. Aber ich kann nicht dulden, dass Sie diese Geschichte nicht erst einmal verarbeiten. Ich will Sie hier erst wiedersehen, wenn Ihre Wunden verheilt sind. Also, ab nach Hause.« Manfred

Holsten öffnete die Tür des Obduktionssaals und komplimentierte Julia hinaus. Sie folgte ihm wutentbrannt.

»Ich werde jetzt nicht nach Hause gehen. Wie stellen Sie sich das vor? Emanuel kann die Obduktionen doch nicht alleine durchführen. Ich bitte Sie!«

Manfred Holsten beachtete sie nicht. Der große Mann schritt durch den spärlich beleuchteten Flur des Institutes, ohne sich auch nur umzudrehen. Julia überholte ihn und verstellte ihm den Weg.

»Ich werde nicht nach Hause gehen«, protestierte sie energisch und verschränkte die Arme vor der Brust.

Holsten blieb stehen und atmete tief ein. »Hören Sie zu, Frau Schwarz. Ich tue das nicht, um Sie zu bestrafen oder zu demütigen. Ich tue das einzig und allein zu Ihrem Wohl. Bleiben Sie zu Hause. Wenigstens für drei Tage. Erholen Sie sich. Fahren Sie weg, besuchen Freunde oder machen sonst etwas, was Ihnen guttut.«

Als Julia den Mund öffnete, hob er den Zeigefinger. »Ich warne Sie, sollten Sie in zehn Minuten noch hier sein, dann lasse ich Sie vom Sicherheitsdienst hinausschaffen.« Er ließ Julia zurück. Mit federnden Schritten entfernte er sich aus ihrem Blickfeld.

Julia stand mit offenem Mund da und blickte ihrem Chef sprachlos hinterher.

»Das kann doch nicht wahr sein«, fluchte sie nach einer Weile. Dann drehte sie sich um. Emanuel wartete in der Tür zum Obduktionssaal, mit völlig verwirrter Miene.

»Holsten hat mich tatsächlich rausgeschmissen«, sagte Julia.

Emanuel nickte verhalten.

»Ich kann dich doch nicht alleine lassen«, fuhr Julia fort.

Ihr Assistent zuckte mit den Achseln. »Ich schaffe das schon. Ich suche mir einen Kollegen. Doktor Brenner hat bestimmt noch Kapazitäten.«

»Doktor Brenner?« Julias Tonfall ließ keinen Zweifel daran, was sie von Brenner hielt.

»Na ja. Es wäre ja nur pro forma, bis du wieder da bist.« Emanuel biss sich unsicher auf die Unterlippe. »Es sind doch nur zwei Tage. Tut dir bestimmt gut, mal eine Auszeit zu nehmen. Du warst in den letzten Tagen sowieso ziemlich angespannt.«

Julia schwieg. Was redete Emanuel da nur? Sie starrte ihn an, wollte sich über seine Einschätzung empören. Doch in Emanuels Gesicht stand nichts als Sorge. Sie brachte es nicht fertig, ihn zurechtzuweisen.

»Also gut«, stieß sie schließlich hervor. »Aber du rufst mich sofort an, wenn irgendetwas ist.«

Emanuel nickte. Julia schnappte sich ihre Sachen und verließ das Gebäude. In ihrem Inneren rumorte es. Das Telefonat mit Florian steckte ihr noch in den Knochen und jetzt auch noch der Zusammenstoß mit ihrem Chef. Was war nur plötzlich los? Der eine wollte sie zum Psychologen schicken und der andere sandte sie nach Hause. Traute ihr denn niemand mehr etwas zu? Wütend dachte sie an Herbert Hoffmann, diesen alten, geilen Sack, der mit seinen wulstigen Händen über sie hergefallen war und dem sie das alles zu verdanken hatte. Am liebsten wäre sie sofort bei ihm vorbeigefahren, hätte ihn aus seiner Gefängniszelle geholt und ihm einen Faustschlag auf den Solarplexus versetzt. Ihre Hand ballte sich bei der Vorstellung fest zusammen. Julia überquerte den Parkplatz und trat so hart auf, dass ihre Fußsohlen brannten. Am Auto angekommen, riss sie die Fahrertür auf, stieg ein und knallte sie heftig zu, als sie saß. Sie trat das Gaspedal durch. Ihr Wagen machte einen Satz. Ein Mann drehte sich nach ihr um, aber das interessierte Julia im Augenblick nicht. Sie war stinksauer. So sauer wie seit Tagen oder Wochen nicht mehr. Ihr fiel gar nicht ein, wann sie sich das letzte Mal derartig aufgeregt hatte.

Mit einem Gefühl im Magen, das sie an heiße Lava erinnerte, stürmte sie in ihre Wohnung. Auf der Kommode im Flur lag ein Foto von Michael. Noch so ein Relikt, das offenbar ihre Mutter hier vergessen hatte. Wütend fegte sie das Bild weg. Es wirbelte durch die Luft und blieb schließlich vor der Wohnungstür auf dem Fußboden liegen. In der Küche griff sie als Erstes nach einer Wasserflasche. Sie trank hastig, und langsam ging es ihr besser. Die hässlichen Gedanken in ihrem Kopf kreisten nicht mehr so schnell. Sie machte es sich mit einem Glas Rotwein auf der Couch gemütlich und hörte ihre Lieblingsmusik. Dazu blätterte sie in einem Bildband. Das blaue Mittelmeer schlug sanfte Wellen unter wolkenlosem Himmel. Eine griechische Insel tauchte verheißungsvoll in der Ferne auf. Julia hatte bereits seit Ewigkeiten keinen echten Urlaub mehr gemacht. Der Tod kam ihr irgendwie jedes Mal dazwischen. Der Tod und natürlich auch die Trennung von ihrem Exfreund Valentin. Sie hatte immer davon geträumt, mit ihm auf einem Segelschiff die vielen griechischen Inseln zu umrunden. Träume waren Schall und Rauch. Valentin war der beste Beweis dafür. Sie wusste gar nicht, wie es ihm seitdem ging. Ob er mit seiner Affäre zusammen war? Wahrscheinlich. Julia blätterte eine Seite um und bewunderte die schneeweißen Segel einer Jacht. Ob Florian mit ihr ein Segelboot betreten würde? Oder hielte er eine solche Idee für verrückt? Sie blätterte weiter und warf dabei einen Blick auf das Handy, das seit ihrer Abfahrt vom Institut merkwürdig stumm geblieben war. Weder Emanuel noch Florian hatten sich gemeldet. Ob sie alle unter einer Decke steckten samt ihrem Chef Manfred Holsten?

Ihre Blase meldete sich. Julia stand auf und ging Richtung Badezimmer. Michaels Foto fiel ihr wieder ins Auge. Sie hob es auf und blickte in die dunklen Augen ihres kleinen Bruders, die spöttisch funkelten. Michael sah nicht direkt in die Kamera. Er fixierte jemanden schräg dahinter. Vermutlich einen Mitspieler, denn der Schnappschuss zeigte ihn auf dem Fußballfeld. Julia lächelte und drehte das Foto um. Augenblicklich gefroren ihre Mundwinkel. Eine tiefe Falte erschien auf ihrer Stirn, denn die Schrift auf der Rückseite kannte sie nicht. Und der Satz, der dort stand, ergab keinen richtigen Sinn.

Michael liebt seine große Schwester.

21

Julia sammelte die Papierfetzen auf und fragte sich, warum sie Michaels Foto zerrissen hatte. Was war nur über sie gekommen? Die fremde Schrift? Inzwischen zweifelte sie. Die Druckbuchstaben könnten von ihrem Vater stammen. Ihr war eingefallen, dass er sie manchmal benutzte, wenn er besonders ordentlich arbeiten wollte. Doch weshalb sollte er diesen Satz auf das Foto schreiben? *Michael liebt seine große Schwester.* Das war eine Selbstverständlichkeit. Das musste nicht festgehalten werden. Außerdem passte es nicht zu dem Schnappschuss, der eher Michaels Liebe zum Fußballspiel dokumentierte. Wie auch immer. Sie bereute ihre Kurzschlussreaktion. Ein Glas Rotwein am helllichten Tag war wohl zu viel.

Julia besorgte Tesafilm und flickte das Foto, so gut es ging. Zur Sicherheit fotografierte sie es mit ihrem Handy. Michaels Gesicht hatte es erwischt. Ein Riss verlief quer über der Nase. Sie schämte sich. Wenn ihre Mutter wüsste, was sie getan hatte, würde sie schreien. Und das zu Recht. Niemand zerriss das Foto eines geliebten Menschen. Schon gar nicht, wenn er tot war. Julia seufzte und versteckte das wiederhergestellte Bild in einer Schublade der Flurkommode. Anschließend setzte sie sich wieder auf die Couch, diesmal mit einem großen Glas Wasser. Sie verbrachte die nächsten Stunden fast ohne jede Regung. Die Leere in ihrem Kopf und das Nichtstun taten ihr gut. Julia spürte, wie sie zurück ins Gleichgewicht fand. Am späten Abend vibrierte ihr Handy. Beinahe erleichtert griff sie danach. Endlich hatte sich jemand an sie erinnert. Sie freute sich, als sie Florians Namen im Display sah. Seine knappe Nachricht war allerdings alles andere als positiv. Florian teilte ihr mit, dass Herbert Hoffmann wieder auf freiem Fuß war. Sie hatten keine ausreichenden Beweise für seine Beteiligung am Mord von Kim Wiesinger. Eine Anklage wegen versuchter Vergewaltigung würde die Staatsanwaltschaft erheben, allerdings durften sie ihn aus diesem Grund nicht weiter festhalten. Hoffmann verfüge über eine feste Adresse, darüber hinaus sah der zuständige Richter weder Flucht- noch Wiederholungsgefahr. Florians Nachricht endete mit: *Es tut mir leid, melde mich später wieder.*

Julia warf das Handy ans andere Ende der Couch. Es frustrierte sie, dass Hoffmann nicht hinter Gittern saß, und es ärgerte sie, dass Florian sie nicht einmal anrief. Sie schob das Wasserglas weg und nahm wieder einen Schluck Wein. Dann schaltete sie das Fernsehgerät an und zappte durch die verschiedenen Kanäle, bis sie schließlich bei einem Actionfilm hängen blieb. Irgendwann schlief sie ein. Erst das laute Schrillen ihres Telefons schreckte sie wieder auf. Benommen hob sie ab.

»Julia Schwarz«, murmelte sie müde.

»Hier ist Florian. Ich stehe vor deiner Haustür. Es ist etwas passiert und du musst sofort mitkommen.«

Julia war schlagartig hellwach. Sie ergriff die Handtasche und verließ eilig ihre Wohnung. Sie sprang die drei Stufen zur Haustür hinunter und stieß sie auf. Florian erwartete sie mit ernstem Blick.

»Was ist los?«

»Herbert Hoffmann ist tot.«

»Was?« Julia konnte es nicht fassen. »Ich dachte, er wäre gerade erst freigelassen worden.«

Florian nickte und öffnete die Beifahrertür seines Wagens. Als Julia einstieg, sagte er: »Eine Nachbarin hat die Polizei gerufen, weil die Tür zu seiner Wohnung offen stand. Sie hat nachgesehen und Hoffmann tot auf seinem Bett gefunden.«

Julia warf einen Blick auf die Uhr. »Um zwei Uhr nachts ist ihr das aufgefallen?«

Florian zuckte mit den Achseln. »Sie kam wohl von einer Party nach Hause. Sie wohnt eine Etage über den Wohnungen von Hoffmann und Kim Wiesinger.«

Florian hielt an einer roten Ampel und drehte sich zu Julia.

»Wie geht es dir?«, fragte er leise.

Julia seufzte. »Was möchtest du hören? Mein Chef hat mich zwangsweise freigestellt. Ich darf drei Tage nicht im Institut aufkreuzen.« Sie verzichtete darauf, Florian erneut Vorwürfe wegen des Termins beim Psychologen zu machen. Sie war froh, dass er sie trotz allem zu einem Tatort mitnahm.

Florian legte eine Hand auf ihren Arm und sah sie eindringlich an. »Ich möchte wissen, wie es dir wegen der Sache mit Hoffmann geht.«

Vor Julias Augen spielte sich der Überfall nochmals ab. Sie spürte Hoffmanns ekelhafte Finger überall auf sich.

»Es geht mir blendend«, log sie und sah Florian dabei direkt in die Augen. Sie wollte einfach nicht mehr an den Vorfall erinnert werden. Weder von ihm noch von irgendeinem Psychologen.

Die Ampel sprang auf Grün. Florian gab Gas. Den Rest der Fahrt schwiegen sie. Julia fragte sich, ob sie froh über den Tod von Herbert Hoffmann war. Sie wusste es nicht. Angespannt lief sie hinter Florian her, nachdem er den Wagen geparkt und ihr hinausgeholfen hatte. Martin Saathoff wartete bereits an Hoffmanns Wohnungstür. Julia begrüßte ihn mit einem knappen Nicken. Die Spurensicherung war ebenfalls gerade eingetroffen. Es war mitten in der Nacht. Trotz der vielen Polizeibeamten herrschte eine unheimliche Stille. Niemand sprach ein Wort. Julia zog sich Plastiküberzieher über die Schuhe und rümpfte die Nase. Hoffmanns Wohnung stank immer noch so, wie sie es in Erinnerung hatte. Sie ignorierte die leichte Übelkeit, denn sie wusste, dass die Intensität des Gestankes gleich weiter zunehmen würde. Auch wenn die Temperaturen draußen bereits empfindlich gesunken waren, konnte die Geruchsentwicklung durch einen Leichnam nicht wesentlich aufgehalten werden. Zimmertemperatur genügte, um der explosionsartigen Vermehrung von Bakterien und Fäulnis Vorschub zu leisten.

Herbert Hoffmann lag auf dem Rücken. Die stumpfen Augen starrten an die Decke. Der Mund stand weit offen in einem grotesken Schrei. Kopf und Oberkörper waren unversehrt, der Anblick erträglich. Doch je weiter Julias Blick nach unten wanderte, je schlimmer wurde es. Hoffmanns Hose war bis zu den Knien hinuntergezogen, seine Unterhose ebenfalls. Zwischen den Beinen klaffte ein Loch. Überall war Blut. Hoffmanns Geschlechtsteile fehlten.

»Man hat ihm den Penis abgeschnitten«, stieß Florian entsetzt aus.

Julia nickte. »Nicht nur den Penis, auch den Hodensack.« Sie ging einmal um das Bett herum und suchte die Umgebung ab. »Ich kann die abgetrennten Körperteile nirgends entdecken.«

»Puh. Sie wollen mir doch jetzt nicht weismachen, dass der Mörder die Geschlechtsteile als Trophäe mitgenommen hat«, murmelte Saathoff, dessen Gesichtsfarbe weiß wie eine gekalkte Wand war.

»Das wäre nicht auszuschließen«, erwiderte Julia und betrachtete Hoffmanns Bauch. Das Hemd, welches er trug, war aufgeknöpft. Hoffmanns Gedärme hatten sich bereits erheblich aufgebläht. Wie zur Bestätigung begann es im Inneren der Leiche zu rumoren. Saathoff machte entsetzt einen Schritt rückwärts.

»Verdammt. Ich hasse diesen Teil meines Jobs«, stieß er aus und verließ das Zimmer. »Ich sehe mich mal im Rest der Wohnung um.«

»Sind das dort Zeichen?«, fragte Florian, dem die Geräusche nichts auszumachen schienen. Sein Finger deutete auf eine Stelle über dem Bauchnabel.

Julia musterte die blutverschmierte Haut, die teilweise sauber gewischt war. »Wir sollten es einmal mit Luminol und Schwarzlicht versuchen«, schlug sie vor.

Florian holte Anna Schubert von der Spurensicherung herein. Die hagere Frau mit den dunklen Haaren und dem von tiefen Falten durchzogenen Gesicht brachte das Blut auf Herbert Hoffmanns Bauch zum Leuchten.

»So etwas habe ich ja noch nie gesehen«, sagte sie mit rauchiger Stimme. Anna Schubert war über sechzig. Die jahrelange Erfahrung als Leiterin der Spurensicherung sah man ihr an. Mit ruhiger Hand führte sie die Lampe über den Bauch des Toten.

»Nie…« Sie stoppte und begann noch einmal von vorn. Julia und Florian starrten auf das blutige Geschmiere.

»*Niemand* steht dort«, sagte Julia mit zusammengekniffenen Augen.

Die Lampe bewegte sich weiter und blieb über dem kleinen Buchstaben *r* stehen.

»Das heißt *rührt*«, stellte Florian fest.

Anna Schubert fuhr fort und entzifferte noch weitere Buchstaben.

»Niemand rührt Julia an«, sagte sie schließlich. »Was soll das denn heißen?« Sie schob die Unterlippe vor und wandte sich nachdenklich zu Julia. Die unheilvolle Stille, die sich schlagartig ausbreitete, war Antwort genug.

22

Julia stand da wie vom Blitz getroffen. *Niemand rührt Julia an.* Der Satz kreiste in Höchstgeschwindigkeit durch ihren Geist. Obwohl sie keine Erklärung hatte, wusste sie genau, dass der Täter nicht irgendeine Julia meinte, sondern sie.

»Das sieht mir ganz nach Rache aus«, sagte Florian. Als er Anna Schuberts fragenden Blick bemerkte, fügte er hinzu: »Julia ist von Herbert Hoffmann vor zwei Tagen überfallen und beinahe vergewaltigt worden.«

»Was?« Schuberts Augen weiteten sich und blieben an Julias Hals hängen, wo sie eine sichtbare Schramme hatte.

»Du meine Güte. Wie konnte das denn passieren?«

Julia erwachte aus ihrer Erstarrung. So sachlich, wie es ging, sagte sie: »Ich wollte mir Kim Wiesingers Wohnung ansehen. Er war zu dieser Zeit auch in der Wohnung. Es war ein unglücklicher Zufall.«

Anna Schubert schürzte die Lippen, erwiderte jedoch nichts. Julia war dankbar dafür. Es war schon schlimm genug, dass bald das komplette Kölner Polizeirevier Bescheid wusste. Julia hielt das Schweigen nach einer Weile nicht länger aus und griff nach der Lampe in Anna Schuberts

Händen. Sie fuhr erneut über die leuchtenden Buchstaben, so, als müsste sie sich vergewissern, dass sie auch tatsächlich da waren.

Nicht nur das halbe Polizeirevier wusste von der versuchten Vergewaltigung, sondern anscheinend noch jemand anders. Aber wer? Wer hatte sie beobachtet und ihr trotzdem nicht geholfen? Oder hatte der Täter nur im Nachhinein davon erfahren? Das würde allerdings bedeuten, dass Hoffmanns Mörder ein Polizeibeamter war oder ein Polizeibeamter einem Dritten von dem Vorfall erzählt hatte. Julia dachte angestrengt nach. Gab es womöglich eine undichte Stelle? Sie schüttelte den Kopf. Nein, das schien zu kompliziert. Außerdem, wer hätte sie schon rächen wollen? Sollte es ihr etwa imponieren, dass sie jetzt einen Rächer hatte? Nachdenklich musterte sie Florian für eine Sekunde und sah schnell wieder weg. Florian würde so etwas hundertprozentig nicht tun. Aber wer dann? Im Institut stand ihr kaum jemand nahe. Emanuel vielleicht, aber der kam ebenfalls nicht infrage. Der konnte keiner Fliege etwas zuleide tun. Und im Obduktionssaal zeigte er sich, was die Kontrolle über seine Gefühle anging, immer noch wie ein Anfänger, der sich erst an den Tod gewöhnen musste. Julia rieb über den steifen Nacken und betrachtete Hoffmanns Leichnam. Genau über dem Herzen erkannte sie einen tiefen Einstich. Das musste die Todesursache sein. Wenn es also jemanden störte, dass Hoffmann versucht hatte, sie zu vergewaltigen, dann wäre es doch logisch, anzunehmen, dass er ihr in dieser Situation geholfen hätte. Da er es nicht getan hatte, musste er im Nachhinein davon erfahren haben. Wenn Julia einen Polizeibeamten als Täter ausschloss und auch eine undichte Stelle, blieb also nur noch eine Möglichkeit.

»Wo ist sein Handy?«, fragte sie.

Florian hob die Schultern. »Keine Ahnung. Vielleicht in der Hosentasche? Warum fragst du?«

»Der Täter muss irgendwie etwas von dem Überfall

mitbekommen haben. Möglicherweise hat Hoffmann ja nicht nur eine Kamera gehabt und mit einer weiteren ein Video von dem Angriff auf mich gemacht.«

Florians Augenbrauen schossen anerkennend in die Höhe. Sofort begann er, die Taschen des Toten zu inspizieren. Anna Schubert half ihm dabei, während Julia sich suchend im Schlafzimmer umsah.

»Hier ist nichts«, sagte Florian nach einer Weile. »Vielleicht liegt sein Handy in der Küche oder auf der Toilette. Wenn ich mich richtig entsinne, stand eine Ladestation auf dem Küchentisch. Eventuell ist es dort.«

Julia ging voran. Sie entdeckte das Ladegerät, stoppte jedoch. Martin Saathoff verharrte regungslos über dem Mülleimer in völlig verkrampfter Pose.

»Was ist los?«, fragte Julia. Für einen Augenblick war die Suche nach dem Handy vergessen. Sie sah in den Eimer und spürte, wie ihr Puls in die Höhe schoss. In Sekundenschnelle erfasste Julia den blutigen Inhalt.

»Du lieber Himmel. Der Täter hat Hoffmanns Geschlechtsteile in den Mülleimer geworfen«, stieß sie heiser hervor und wartete, bis Anna Schubert ein paar Fotos gemacht hatte. Dann holte sie den Inhalt heraus. Die Verwesung war bereits in vollem Gange. Die Mülltüte und der Deckel hatten den Vorgang beschleunigt. Es stank erbärmlich. Julia sortierte die Weichteile und breitete sie auf einer Folie aus. Der Penis und die beiden Hoden waren komplett. Sie musterte den Fund und betrachtete die Wundränder. Es ließen sich keine unscharfen Einrisse feststellen.

»Sieht aus, als hätte der Täter Penis und Hoden mit einem einzigen sauberen Schnitt entfernt.« Julia schob die Brille den Nasenrücken hinauf und sah zu Florian, der eine Spur blasser geworden war.

»Hat er dabei noch gelebt?« Florian schluckte mehrfach heftig.

»Nein. Penis und Hodensack wurden post mortem amputiert. Das Gewebe an den Schnittstellen des Rumpfes weist keine Unterblutungen auf. Das bedeutet, zum Zeitpunkt der Kastration hat Hoffmanns Herz nicht mehr geschlagen.«

»Na, das ist ja wenigstens etwas.« Die Farbe kehrte in Teilen in Florians Gesicht zurück.

»Wir haben es mit einem Perversen zu tun«, stieß Saathoff aus, der endlich aus seiner Starre erwachte. »Ich kann mich nicht entsinnen, jemals einen ähnlichen Fall gesehen zu haben.« Er rieb sich die Stirn. »Dieser Mord kommt wirklich zur Unzeit. Wir haben noch nicht einmal den Tod von Kim Wiesinger richtig aufgeklärt.«

»Ich dachte, Sergei Bugarow ist der Mörder«, warf Julia ein.

»Das stimmt schon. Aber wir wissen immer noch nicht, wie es dazu kam, wo sie umgebracht wurde und was sie in jener Nacht entdeckt hat. Das gehört alles zusammen. Erst wenn wir Kims Tod rekonstruieren können, ist der Fall gelöst.«

»Die Spurensicherung hat doch sicher die Wohnung durchsucht. Müsste die Aufnahme nicht auch auf dem Laptop sein?«, fragte Florian.

»Das Gerät haben wir beschlagnahmt. Es wird derzeit untersucht«, antwortete Anna Schubert, die in den letzten Minuten weitere Fotos von verschiedenen Objekten am Tatort angefertigt hatte. »Ob die Aufnahme darauf ist, hängt davon ab, ob der Laptop zum fraglichen Zeitpunkt eingeschaltet war. Aber ich kann gleich einmal bei den Kollegen nachfragen und Dampf machen.«

»Das Handy ist jedenfalls nicht hier«, stellte Julia enttäuscht fest.

»Auf der Toilette ist es auch nicht«, bemerkte ein junger Kollege der Spurensicherung, der im Türrahmen stand.

»Wenn es sich nicht in der Wohnung befindet, dann lassen wir es orten«, sagte Florian. »Es gibt übrigens auch keine Anzeichen, dass der Täter gewaltsam in die Wohnung eingedrungen wäre«, ergänzte der junge Kollege und zog sich wieder zurück, um seiner Arbeit im Badezimmer weiter nachzugehen.

Julia verfrachtete Hoffmanns Geschlechtsteile in eine Kühlbox. Ihr Blick fiel auf ein paar Zeitungen am Rand des Küchentisches. Sie durchwühlte Hoffmanns Post. Die meisten Briefe waren reine Werbung. Eine Mitteilung stammte vom Sozialamt und enthielt eine neue Berechnung seiner Bezüge. Julia entnahm dem Schreiben, dass diese reduziert werden würden, weil Hoffmann einem Fortbildungsseminar unentschuldigt ferngeblieben war. Dann kam in dem Poststapel eine Quittung zum Vorschein, die nur ein paar Tage alt war.

»Ich habe etwas gefunden«, rief sie und hielt das Papier hoch. »Hoffmann hat erst vor Kurzem eine neue Kamera gekauft.«

Florian nahm ihr die Quittung aus der Hand. »Das war am Tag nach Kims Ermordung. Komisch. Das ergibt irgendwie keinen Sinn.«

»Vielleicht hat Hoffmann während seines Verhörs auch gar nicht gelogen«, mischte sich Saathoff ein. »Er hat ja die ganze Zeit beteuert, er habe nicht mitbekommen, dass Kim nicht mehr in ihrer Wohnung gewesen sei.«

»Und wenn das stimmt, könnte es gut sein, dass er wegen dieser neuen Kamera in Kims Wohnung war.« *Und bei dieser Gelegenheit über mich hergefallen ist*, fügte Julia stumm hinzu. Da die alte Kamera die Feuchtigkeit im Badezimmer nicht vertragen hatte, wäre es also nur logisch, wenn er beim neuen Versuch das Schlafzimmer ausgewählt hätte.

»Ich muss noch einmal in Kims Wohnung«, stieß sie hervor.

Florian runzelte kurz die Stirn, drückte ihr dann jedoch den Schlüssel in die Hand. Julia lief voraus, schloss die Tür auf und ging sofort ins Schlafzimmer. Ihre Augen scannten das Bett ab. Sie versuchte, sich die günstigste Perspektive vorzustellen.

»Von wo aus hätte dieses Schwein den besten Blick gehabt?«, fragte sie Florian halblaut. Sie wollte in die Hocke gehen, aber völlig unerwartet versagten ihr die Beine den Dienst. Ihr Puls begann zu flattern. Ihr Sichtfeld engte sich ein. Sie taumelte. Doch Florian hielt sie im rechten Moment fest.

»Du musst hier raus«, flüsterte er und brachte sie ins Treppenhaus. »Ich kümmere mich darum. Du setzt dich erst einmal hin und atmest tief durch«, ordnete er an und verschwand wieder in Kims Wohnung.

Julia saß auf dem Treppenabsatz. Die Welt um sie herum vibrierte, drehte sich unaufhörlich. Es dauerte eine Ewigkeit, bis der Schwindel endlich verging. Verdammt, was war nur mit ihr los? Sie raffte sich auf. Sie musste unbedingt zur normalen Tagesordnung zurückkehren. Sie erwog, erneut in Kims Wohnung zu gehen. Doch dann sah sie Florians Gesichtsausdruck vor sich. Er würde sie mit Sicherheit sofort wieder hinausbefördern. Außerdem wollte sie nicht unprofessionell oder gar wie ein störrisches Kind wirken. Also wandte sie sich in die andere Richtung und betrat Hoffmanns Wohnung.

Es war merkwürdig, aber der Anblick des Leichnams beruhigte sie. Zum einen war sie an das Angesicht des Todes gewöhnt, und zum anderen war es gut zu wissen, dass dieser Mistkerl ihr nichts mehr antun konnte. Ein letztes Zittern überlief sie, dann hatte Julia sich wieder im Griff. Routiniert machte sie ihre Arbeit. Hoffmann war wahrscheinlich mit einem einzigen Stich ins Herz getötet worden. Der Verlauf der Blutspuren ließ vermuten, dass er nicht in seinem Bett erstochen, sondern erst anschließend dort abgelegt wurde. Womöglich, um die Kastration vornehmen zu können. Da es keine Einbruchsspuren gab, war es denkbar, dass Hoffmann dem Täter die Tür geöffnet hatte und sofort überwältigt wurde. Julia bat Anna Schubert, die Klingel auf Fingerabdrücke zu untersuchen. Anschließend konzentrierte sie sich wieder auf den Leichnam. Sie sah auf Anhieb keine Abwehrspuren, das untermauerte ihre Theorie. Im Flur markierte ein Mitarbeiter der Spurensicherung gerade Blutspuren an der Wand und auf dem Linoleumfußboden. Er stellte neben jeden Blutfleck eine gelbe Nummerntafel und fotografierte ihn.

»Das ist viel Blut«, bemerkte Julia.

Der junge Mann nickte. »Die Spuren deuten darauf hin, dass das Opfer hier hinter der Eingangstür gestorben ist.«

Julia wiegte nachdenklich den Kopf. Sie dachte an Herbert Hoffmanns Bauchumfang und sein Körpergewicht. Wer auch immer der Täter war, er musste Bärenkräfte besitzen, um einen so schweren Mann ins Schlafzimmer und bis aufs Bett zu hieven.

Anna Schubert kam aus dem Schlafzimmer und stieg vorsichtig über die gelben Tafeln.

»Sie können den Leichnam jetzt abtransportieren. Wir sind so weit fertig.«

Julia nickte und informierte ihre Kollegen. »Haben Sie noch etwas von Bedeutung gefunden?«

Die Leiterin der Spurensicherung schüttelte missmutig den Kopf. »Nein. Wir haben weder fremde Haare noch Fingerabdrücke und leider auch keine Mordwaffe.«

»Aber ich habe die zweite Kamera entdeckt«, erklärte Florian optimistisch und stürmte zur Wohnungstür herein. Er hielt eine kleine Kugel hoch. »Vielleicht schafft es unsere Technik, eine Verbindung herzustellen oder den letzten Datentransfer zu rekonstruieren.« Er steckte das unscheinbare Gerät in eine Asservatentüte und blickte Julia an.

»Alles in Ordnung?«

Julia nickte. »Ja, ich bin hier fertig und fahre jetzt nach Hause. Gleich morgen früh beginne ich mit der Autopsie.« Sie wollte sich abwenden, aber Florian hielt sie auf.

»Überlege dir mal, ob du nicht doch zu Doktor Drechsler gehst. Ich merke doch, dass dich die Angelegenheit total mitnimmt. Ich kenne Doktor Drechsler seit langer Zeit. Er ist ein hervorragender Psychologe und kann dir bestimmt helfen.«

Julia verdrehte die Augen. Jetzt ging das schon wieder los. Sie war selbst Ärztin und wusste, was sie verkraften konnte und in welchem Umfang. Herbert Hoffmann war tot. Was sollte ein Psychologe da noch ausrichten? Wenn ihr Innerstes diese Tatsache erst realisiert hatte, würde sie den Vorfall vergessen. Und außerdem kannte sie den wichtigsten Rat der Psychologen: Man musste versuchen, in der Routine des Alltages Halt zu finden. Genau so, wie sie es in der letzten Stunde getan hatte. Und das würde sie weiter fortführen.

»Ich rufe dich an, sobald die Obduktion etwas Bedeutsames ergibt.« Sie schob langsam Florians Hand von ihrer Schulter und ließ ihn einfach stehen.

23

Julias Karte funktionierte nicht. Es war sechs Uhr morgens. Sie hatte nur schnell einen Kaffee getrunken und sich dann sofort auf den Weg ins Institut gemacht. Genervt hielt sie das Plastikteil noch einmal vor den Scanner. Nichts. Julia fluchte. Warum musste ausgerechnet heute ihre Karte kaputt gehen? Sie wollte endlich wieder an die Arbeit. Sie musste. Es war ihr egal, ob Holsten sie noch zwei weitere Tage aus dem Institut verbannen wollte. Ein Tag reichte völlig aus. Sie musste ihm ja nicht über den Weg laufen. Er würde es gar nicht mitbekommen. Florians Blick ging ihr nicht mehr aus dem Kopf. Sie wollte kein Mitleid. Wie er sie an jenem Abend angesehen hatte, als sie sich fast geküsst hätten, das hatte ihr wesentlich besser gefallen. Erneut versuchte sie ihr Glück. Der Scanner leuchtete rot auf. Verdammt!

Sie zerrte das Handy aus der Handtasche und wählte Emanuels Nummer.

»Ist der Leichnam von Herbert Hoffmann schon da?«, wollte sie wissen und probierte es ein letztes Mal.

»Ja, ich wollte jetzt mit der äußeren Leichenschau beginnen.« Emanuel räusperte sich. Irgendwie klang er angespannt. Vielleicht entstand dieser Eindruck aber durch die schlechte Handyverbindung. Es rauschte unaufhörlich.

»Meine Karte hat den Geist aufgegeben. Kannst du mich bitte kurz reinlassen? Dann können wir sofort loslegen.«

Schweigen.

Julia drückte das Telefon fester ans Ohr.

»Kannst du mich hören? Ich stehe vor der Tür und komme nicht rein.«

»Ich ... ich weiß.« Emanuel stotterte. »Holsten hat deine Karte gesperrt. Er hatte Sorge, dass du ... dass du trotz seines Verbotes wiederkommst.«

Julia schluckte. Das konnte einfach nicht wahr sein.

»Jetzt komm schon, mach mir auf. Ich werde es Holsten später erklären.«

Wieder Schweigen.

»Verdammt, Emanuel. Das ist doch nicht dein Ernst«, schimpfte Julia lautstark. Empört trat sie mit der Fußspitze gegen die Tür.

»Es tut mir leid. Er hat gesagt, er feuert mich, wenn ich dich reinlasse. Vielleicht rufst du ihn an und klärst das mit ihm.« Emanuels Stimme überschlug sich beim letzten Satz.

»Okay. Ich melde mich wieder«, knurrte Julia und legte auf. Sofort wählte sie Manfred Holstens Nummer. Als er abhob, ließ sie ihm keine Zeit zum Luftholen.

»Wieso haben Sie meine Karte gesperrt? Ich muss eine sehr wichtige Obduktion durchführen.«

Ein tiefer Seufzer drang durch die Leitung. »Julia, machen Sie sich heute einen schönen Tag. Erholen Sie sich. Sie sind persönlich in diesen Fall involviert. Ich kann Sie Herbert Hoffmann nicht obduzieren lassen. Ein Rechtsmediziner muss neutral sein. Das sind Sie nicht, selbst wenn Sie es wollten. So ein Überfall hinterlässt Spuren. Ich werde Emanuel bei der Autopsie unterstützen. Ich verspreche Ihnen, dass wir sehr gründlich vorgehen werden. Sie brauchen sich also überhaupt keine Sorgen zu machen. Und jetzt gehen Sie bitte nach Hause. Ich will Sie heute und morgen hier nicht sehen. Danach reden wir weiter.« Die Leitung klickte. Holsten hatte einfach aufgelegt.

Julia schloss den Mund. Sie wollte protestieren. Ihr Daumen schwebte über der Wahlwiederholungstaste. Kurz bevor er das Display berührte, ließ sie das Handy sinken. Sie wusste, dass es nichts brachte, noch einmal mit Holsten zu sprechen. Er hatte seine Entscheidung gefällt. Sie konnte ihn nicht vom Gegenteil überzeugen. Je mehr Widerstand sie jetzt leistete, desto länger würde Holsten sie vom Institut fernhalten. Sie hasste es, wenn sie die Kontrolle verlor. Niedergeschlagen und wütend ging sie zurück zu ihrem Wagen, stieß einen Fluch aus und stieg ein. Sie wartete ein paar Sekunden, bis sie schließlich den Motor startete. Was sollte sie nur den ganzen Tag tun? Sie konnte doch nicht schon wieder einfach so dasitzen und Däumchen drehen. Vielleicht sollte sie sich noch einmal gründlich in Kim Wiesingers Wohnung umsehen. Zum einen hatte sie das wegen Herbert Hoffmann nicht geschafft, und zum anderen wäre es eine gute Therapie, bewusst an den Ort des Schreckens zurückzukehren.

Eine Gänsehaut überzog ihre Arme, während sie an die letzte Nacht zurückdachte. Der Schwächeanfall in Kims Wohnung war alles andere als ermutigend gewesen. Sie konnte sich ihre eigene Reaktion nicht erklären. Sie tastete nach dem Wohnungsschlüssel, der noch in ihrer Hosentasche steckte. In der Hektik hatte sie ganz vergessen, ihn Florian zurückzugeben. Julia legte den Rückwärtsgang ein und fuhr aus der Parklücke. Rasch verließ sie den Parkplatz des Instituts und schlug die Richtung zu Kim Wiesingers Wohnung ein.

An der Tür angekommen wartete sie auf einen erneuten Schwindelanfall. Doch der blieb aus. Julia ging langsam und Schritt für Schritt durch die Wohnung. Noch immer kein Anzeichen von Schwäche. Sie überlegte, wo sie das letzte Mal mit ihrer Suche aufgehört hatte, und betrat das Bad. Ihre Augen prüften das Waschbecken und die Dusche. Nichts hatte sich verändert. Als Nächstes begutachtete Julia die Küche. Auch dort strahlte jeder Winkel Sauberkeit und Ordnung aus, wie der Rest von Kims Wohnung. Sie öffnete ein paar Schranktüren. Inspizierte den Kühlschrank und den Mülleimer. Die Spurensicherung hatte bereits alles weggeräumt. Der Kühlschrank war leer, ebenso der Mülleimer. Zurück im Flur, der nicht sonderlich groß war, musterte sie Kims Schuhe, die ordentlich aufgereiht in einem Regal an der Eingangstür standen. Neben High Heels entdeckte sie auch flache Schuhe, die alle sehr feminin wirkten, ganz im Gegensatz zu den klobigen Wanderschuhen, die sie in der Nacht ihres Todes anhatte.

Julia atmete tief durch. Dann betrat sie das Schlafzimmer. Beim Anblick des völlig zerwühlten Bettes begann ihr Herz zu rasen. Doch diesmal behielt Julia die Kontrolle. Sie biss die Zähne zusammen und untersuchte den Inhalt des Kleiderschranks. Auch hier fanden sich nur ausgesprochen feine und figurbetonte Kleidungsstücke. Sie suchte nach dunklen Sachen, die jenen ähnelten, die Kim in der Mordnacht getragen hatte. Fehlanzeige. Es war fast so, als durchsuchte sie die Garderobe einer völlig anderen Person. Sie fragte sich nach der Bedeutung ihrer Entdeckung, fand aber keine Antwort. Unschlüssig stand sie noch eine Weile da.

Sie widmete sich optimistisch dem Wohnzimmer. Auch hier entdeckte sie jedoch nichts Ungewöhnliches. In einem schmalen Bücherregal befanden sich ein paar Krimis und alte Familienfotos. Wieder fielen Julia die veränderten Gesichtszüge von Kim Wiesinger auf. Das Weiche, Mädchenhafte war auf den Fotos jüngeren Datums verschwunden, eine tiefe Traurigkeit stand in Kims Augen. Julia streifte mit den Fingerspitzen über die Gardine, die in perfekten Falten lag. Sie prüfte die Zimmerecken, ohne jedoch etwas Bemerkenswertes zu entdecken. Julia inspizierte die gesamte

Wohnung. Ihr Puls schlug ruhig und kräftig. Sie war froh, dass sie dieses Mal nicht in Panik verfiel. Herbert Hoffmann konnte ihr nichts mehr anhaben.

Es vergingen ein paar Minuten, und dann beschloss sie, sich wenigstens Kim Wiesingers Akte aus dem Institut zu besorgen. Vielleicht fiel ihr dort etwas auf, was sie bisher übersehen hatte. Emanuel konnte sie ihr einfach geben, ohne dass Manfred Holsten Wind davon bekam. Sie tippte Emanuels Nummer ins Handy.

»Kannst du mir Kims Akte geben?«

Am anderen Ende der Leitung ertönte ein tiefer Seufzer.

»Bitte, Emanuel. Es geht auch ganz schnell und danach fahre ich sofort nach Hause.«

Wieder stöhnte Emanuel. »Also gut«, sagte er schließlich. »Aber lass dich nicht von Holsten erwischen.«

Julia verließ Kims Wohnung und ging zurück zu ihrem Auto. Kurz darauf parkte sie vor dem Rechtsmedizinischen Institut. Emanuel wartete bereits an der Tür und blickte sich nervös um. Julia schnappte sich die Akte.

»Danke«, sagte sie und begab sich zurück zu ihrem Wagen, wo sie die Unterlagen auf den Beifahrersitz legte.

Gedankenverloren startete sie den Motor und erstarrte von einer Sekunde zur nächsten. Kopflos fragte sie sich, ob sie es sich nur einbildete, denn Michaels Stimme schrillte plötzlich in ihren Ohren. Erschrocken schaltete sie das Radio aus. Michael verstummte. Die Ruhe, die sie eben noch durchströmt hatte, war dahin. Dann knackte unvermittelt die Zentralverriegelung. Julia blickte sich um. Alle Verschlüsse hatten sich herabgesenkt. Sie drückte sich gegen die Fahrertür, nur um festzustellen, dass sie verriegelt war. Sie probierte es ein weitereres Mal. Ohne Erfolg. Sie saß im Auto fest und kam nicht mehr heraus. Mit einem Mal sprang das Autoradio ohne ihr Zutun erneut an. Michael weinte. Julia schlug mit der Faust auf das Radio. Es verstummte augenblicklich. Ihr Herz raste. Noch einmal riss sie am Türgriff. Nichts passierte.

Sie drückte den Fensteröffner, doch auch der reagierte nicht. Sie löste den Gurt und versuchte es auf der Beifahrerseite. Nichts. Sie war eingesperrt. Mit weit aufgerissenen Augen registrierte sie, wie ein Mann auf ihren Wagen zuschritt. Ein Mann, der ihr bekannt vorkam.

24

Florian konnte sein eigenes Blut in den Ohren rauschen hören. Es pulsierte im Takt seines Herzschlags. Endlich hatten sie einen Schritt in die richtige Richtung gemacht. Er spürte es mit jeder Faser. Das Jagdfieber hatte ihn vollkommen im Griff. Sein Finger lag am Anschlag der Dienstwaffe. Das linke Auge hatte er zugekniffen. Mit dem rechten fixierte er das nächste Ziel. Dabei handelte es sich um eine verschmutzte Haustür, den Eingang zu einem siebenstöckigen Wohngebäude am nördlichen Stadtrand von Köln. Es war der einzige Zugang zum Gebäude, trotzdem hatten sie das Haus umstellt. Ein Sondereinsatzkommando überwachte die Rückseite, Florian und sein Partner sowie weitere Kollegen sicherten die Front. Die Fahndung nach dem *General* oder besser Igor Petrow zeigte endlich Erfolg. Der entscheidende Hinweis war am frühen Morgen von einem Tankstellenbesitzer gekommen, der den Mann erkannt haben wollte. Offenbar war der *General* gar nicht außer Landes geflohen, sondern hielt sich nach wie vor in der Region auf. Er hatte sich lediglich aus Bonn zurückgezogen und war stattdessen im benachbarten Köln untergetaucht. Igor Petrow schien sich ziemlich sicher zu fühlen.

Aber damit war es nun jeden Augenblick vorbei. Denn auch wenn der Drogenhändler es noch nicht ahnte, er saß in der Falle.

Florian spähte zur dritten Etage hinauf. Auf der rechten Seite, irgendwo hinter nackten Fensterscheiben, hatte der *General* Zuflucht gefunden. In Florians Ohr rauschte es. Dann hörte er die Stimme des Einsatzleiters, der den Befehl zum Stürmen gab. Florian rannte los. Er folgte einem Elitebeamten, der vollkommen schwarz gekleidet und mit einem Maschinengewehr ausgerüstet war. Der Mann bewegte sich wie ein Panther. Lautlos und geschmeidig erreichte er innerhalb weniger Sekunden den Eingangsbereich. Er presste sich gegen die Hauswand. In Florians Ohr zählte jemand von zehn abwärts. Bei eins trat der Beamte vor ihm die Tür ein.

Sie huschten die drei Treppen hinauf bis zu Petrows Versteck. Der *General* besaß etliche Appartements, die er unter falschem Namen angemietet hatte. Ein ganzes Team von Polizisten hatte in den letzten Tagen versucht, die Anzahl und Adressen dieser Wohnungen zu ermitteln. Die Liste war jedoch lückenhaft. Es gab keinen nachvollziehbaren Zahlungsverkehr. Die Mieten wurden scheinbar stets bar beglichen. Die befragten Vermieter schwiegen sich aus Angst aus. Trotzdem hatte das Team diese Wohnung identifiziert. Sie lag in unmittelbarer Nähe zu der Tankstelle, an der Petrow am Morgen gesichtet worden sein sollte. Ein Polizeibeamter, der gleich darauf zur Observation entsendet wurde, hatte Petrow ins Haus gehen sehen. Ein Irrtum war ausgeschlossen. Der Beamte hatte Fotos geschossen, die zweifelsfrei den *General* zeigten.

Wieder knackte es in Florians Ohr. Sie hatten sich inzwischen rechts und links der Wohnungstür positioniert. Saathoff hielt unten am Hauseingang die Stellung. Seine körperliche Verfassung genügte nicht für den Einsatz in vorderster Linie. Florian hingegen war durch sein tägliches Training mehr als fit. Außerdem hatte er unbedingt dabei sein wollen. Noch immer wussten sie nicht, warum Kim Wiesinger sterben musste. Florian wollte Antworten. Vor seinem inneren Auge erschienen die zehntausend Euro, die er in Sergei Bugarows Badezimmer entdeckt hatte. Er wollte wissen, ob das G auf dem gefundenen Notizzettel für den *General* stand. Wenn Bugarow Kim Wiesinger in Petrows Auftrag getötet hatte, dann wäre der *General* für den Mord an der jungen Polizistin dran.

Eine Stimme zählte und Florians Muskeln spannten sich an.

»Los.«

Die Tür flog auf. Sie stürmten die Wohnung.

»Bad gesichert.«

»Küche gesichert.«

»Schlafzimmer gesichert.«

Florian rannte mit ausgestreckter Pistole ins Wohnzimmer. Zwei Kollegen des Sondereinsatzkommandos waren bereits dort. Auf der Couch saß der *General*, ein kräftiger Mann mit Glatze. Die Hände hielt er hoch über den Kopf. In seinen Augen standen weder Angst noch Furcht. Nur der verkniffene Zug um den Mund verriet seine Überraschung.

Auf dem Tisch vor ihm lagen ein großer Stapel Geldscheine und eine Box, die eine durchsichtige Plastiktüte mit weißem Pulver enthielt.

Noch ein Treffer, freute sich Florian. Petrow war geliefert. Er schätzte die Menge an Stoff auf mindestens ein Kilogramm. Auf den ersten Blick erkannte er nicht, ob es sich dabei um Heroin, Kokain oder etwas anderes handelte.

Dann wanderte sein Blick zu einem zweiten Mann, der mit erhobenen Händen auf einem Sessel saß. Florian musterte sein Profil. Unwillkürlich verglich er es mit dem Foto, das die Überwachungskamera am Kölner Hauptbahnhof von Sergei Bugarows Begleiter gemacht hatte. Es gab keine Ähnlichkeiten. Florian konnte diesen Mann nicht einordnen.

»Wohnung komplett gesichert«, rief ein Polizeibeamter.

»Was wollen Sie von uns?«, fragte der unbekannte Mann und stockte sofort, als Florian auf das weiße Pulver deutete.

»Sie sind vorläufig festgenommen«, erklärte Florian und wies die Männer auf ihre Rechte hin.

»Bringen Sie die beiden aufs Revier«, bat er den Einsatzleiter und wartete, bis der *General* und sein Komplize abgeführt worden waren.

»Wow. Was für ein Fund.« Saathoff hatte schnaufend den Aufstieg in die dritte Etage geschafft und begutachtete den Drogenfund.

»Damit wandert unser Mann garantiert in den Bau, selbst wenn wir keine Verbindung zu Kim Wiesinger oder der erwürgten Prostituierten in der Badewanne herstellen können.« Saathoff klang zufrieden. Er kramte in seinem Jackett und holte eine Zigarette heraus, die er jedoch nicht anzündete.

»Ist nur eine alte Angewohnheit«, murmelte er und klemmte sie in den Mundwinkel.

»Ich will wissen, ob er den Mord an Kim in Auftrag gegeben hat«, sagte Florian abwesend. Er durchsuchte konzentriert das Wohnzimmer. Viele Verstecke gab es nicht, nicht einmal ein Regal. Florian tastete die Fußleisten ab. Dann trat er fest auf ein paar auffällige Stellen des billigen Laminats auf der Suche nach Hohlräumen. Nichts. Er wiederholte die Prozedur in den anderen Zimmern und wünschte sich, dass Julia da wäre. Sie hatte einen ausgezeichneten Spürsinn für Details. Florian vermisste die Gespräche mit ihr. In letzter Zeit schien sie jedoch schlicht überfordert. Irgendwie hatte sie sich emotional von ihm zurückgezogen. Er seufzte. Vielleicht war er an jenem Abend zu forsch vorgegangen oder sie hatte einfach kein Interesse an ihm. Er fragte sich, an welchem Punkt sich die zwischen ihnen entstandene Nähe wieder aufgelöst hatte.

»Volltreffer«, rief Saathoff und beendete Florians Grübelei.

Sein Partner stand beängstigend wacklig auf dem Fensterbrett in der Toilette. Er hatte den Rollladenkasten geöffnet. In seiner Hand lag ein Päckchen mit weißem Pulver.

»Diese Wohnung ist ein wahres Drogenlager.« Saathoff grunzte vergnügt und hüpfte schwerfällig vom Fenstersims. Der Boden ächzte unter seinem Gewicht. »Die Spurensicherung findet bestimmt noch mehr.«

Florian nickte, weiterhin etwas geistesabwesend, und durchwühlte im Flur einen Stapel Zeitungen. Das meiste waren kostenlose Einwurfzeitschriften und Werbung.

»Was suchst du in dem Papierhaufen?«, wollte Saathoff wissen.

»Ein *G*.«

»Was?«

»Irgendetwas Handschriftliches. Eine Notiz oder so etwas. Idealerweise mit dem kyrillischen Buchstaben *G*.«

»Aha.« Saathoff schien endlich zu verstehen. »Du willst die Handschrift von der Notiz in Bugarows Wohnung mit der des *Generals* abgleichen.«

»Stimmt«, erwiderte Florian und fischte einen Zettel aus dem Haufen. Die Notiz war in fremder Sprache verfasst. Wieder fehlte ihm Julia, die ihn erst vor Kurzem mit ihren Russischkenntnissen überrascht hatte. Florian holte sein Handy aus der Tasche. Er hatte ein Foto von der Notiz in Bugarows Wohnung gemacht. Kritisch verglich er die fremdartigen Buchstaben.

»Wir sollten einen Experten hinzuziehen«, murmelte Saathoff, der sich zu ihm gesellt hatte und ihm über die Schulter schaute.

Florian nickte und steckte den Zettel in eine Asservatentüte. »Ich veranlasse das. Und vorher verhören wir den Mistkerl.«

25

»Ist alles in Ordnung?«

Julia verstand die Frage kaum. Ihr rasendes Herzklopfen übertönte jedes andere Geräusch.

»Was?«, flüsterte sie heiser, während die Nervenzellen ihrer Augen das Bild des Mannes übertrugen, der sich jetzt an der Fahrertür ihres Wagens zu ihr hinunterbeugte. Ihr Hirn weigerte sich, die Information zu verarbeiten. Es dauerte ewig, bis ihr Verstand endlich Entwarnung gab.

»Doktor Schwarz?«

Hektisch klopfte sie gegen die Scheibe. Neben ihr stand Alfons Lücke, einer der Hausmeister des Rechtsmedizinischen Institutes.

»Ich kriege die Tür nicht auf«, sagte Julia und konnte den verzweifelten Ton in der Stimme nicht unterdrücken.

»Schalten Sie mal den Motor aus und dann starten Sie neu.«

Julia tat, wie ihr geheißen.

Und der Spuk war vorbei. Fenster und Türen ließen sich tadellos öffnen. Sie schnaufte erleichtert und lehnte sich im Autositz zurück.

»Das kann schon mal vorkommen. Bei älteren Autos spinnt die Elektronik irgendwann«, erklärte Lücke beruhigend. »Sie sollten sich einen schönen Tag machen.«

Julia starrte Lücke an. Diesen Satz hatte sie inzwischen viel zu oft gehört. Lücke senkte den Blick.

»Tut mir leid«, murmelte er. »Ich habe es zufällig mitbekommen, weil ich in Holstens Büro zu tun hatte. Das Fenster hat geklemmt.« Er warf ihr einen mitfühlenden Blick zu. »Dass ausgerechnet Ihnen das passieren musste. Wenn ich könnte, dann würde ich den Kerl um die Ecke bringen.« Den letzten Satz stieß Lücke mit einer derartigen Heftigkeit aus, dass Julia unwillkürlich aufhorchte. Könnte Alfons Lücke etwas mit dem Tod von Herbert Hoffmann zu tun haben? Sie musterte den freundlichen und stets hilfsbereiten Hausmeister. *Nein*, dachte sie. Eine solche Tat traute sie ihm nicht zu. Außerdem war Lücke relativ klein und schmal. Ihm fehlten die körperlichen Kräfte, um einen schweren Mann wie Hoffmann vom Flur bis ins Schlafzimmer zu transportieren.

Endlich brachte sie ein Lächeln zustande.

»Danke für Ihre Hilfe. Ich war offen gestanden schon ein wenig verzweifelt.«

»Das macht doch nichts. Für den Fall, dass Sie also noch einmal Probleme haben, starten Sie Ihr Auto einfach neu.« Er lächelte und zwinkerte ihr freundlich zu. »Oder rufen Sie mich an. Ich helfe Ihnen gerne.«

Julia bedankte sich abermals. Anschließend fuhr sie auf schnellstem Weg nach Hause. Sie brauchte wirklich Ruhe. Wenn sie eines nicht vertrug, dann, in engen Räumen eingeschlossen zu sein. Das war auch ein Grund, warum sie nur äußerst ungern den Fahrstuhl benutzte. Noch immer klopfte ihr Herz, als würde sie einen Sprint hinlegen. Doch schon an der nächsten Ampel zweifelte sie, ob ihr Ruhe tatsächlich guttun würde. Sie beschloss, sich auf alle Fälle Kims Akte anzusehen und gleichzeitig die neuen Daten im Institutsnetzwerk zu prüfen. Emanuel arbeitete sehr ordentlich. Er speicherte sämtliche Informationen sofort auf einem für alle Rechtsmediziner zugänglichen Laufwerk ab. Wenn sie dort nachschaute, konnte sie sich immerhin einen Überblick über den Stand der Autopsie von Herbert Hoffmann verschaffen. Ihr Handy klingelte, und sie war froh, dass es Florian war. Heute Morgen hatte sie ihn noch gar nicht gesprochen.

»Was macht die Obduktion?«, erkundigte er sich als Erstes.

Julias Laune sank auf einen neuen Tiefpunkt.

»Ich darf sie nicht durchführen.«

Florian schwieg.

»Ich bin persönlich in den Fall involviert. Emanuel und Holsten sind gerade dabei, Hoffmanns Leichnam zu obduzieren.« Julia stieß einen tiefen Seufzer aus.

»Du weißt ja, dass ich Mark Tide, den Partner von Kim, auch nicht an den Ermittlungen beteilige. Es ist in der Tat schwierig, wenn man persönlich betroffen ist«, erwiderte Florian ruhig.

Julia sagte nichts. Sie wusste zwar, dass Florian recht hatte. Trotzdem wollte sie diese Antwort nicht hören. Er hätte wenigstens so tun können, als mache es ihm etwas aus, dass nicht sie, sondern ihr noch unerfahrener Assistent und ihr aus der Übung gekommener Chef eine so wichtige Untersuchung in die Hand nahmen.

»Ich rufe dich eigentlich an, um dir zu sagen, dass wir den *General* gefasst haben.«

»Ich dachte, der hätte sich ins Ausland abgesetzt«, erwiderte Julia überrascht.

»Dachten wir auch, aber heute Morgen wurde er an einer Tankstelle gesehen und dann haben wir zugeschlagen. Die Aktion war ein voller Erfolg. Wenn du Zeit hast, kannst du bei den Verhören dabei sein. Vielleicht fallen dir Unstimmigkeiten auf. Das wäre für mich sehr hilfreich und außerdem beherrschst du Russisch. Du könntest einen Blick auf die

Handschrift des *Generals* werfen und mir sagen, ob diese mit der Notiz aus Sergei Bugarows Wohnung übereinstimmt.« Als Julia nicht direkt antwortete, fügte er hinzu: »Ich gebe es natürlich auch zu einem Experten, damit die Handschriften professionell abgeglichen werden.«

Florians Vorschlag verbesserte Julias Laune erheblich.

»Ich komme gerne«, sagte sie und wendete sofort den Wagen.

Keine zwanzig Minuten später saß sie in Florians Büro und betrachtete die russischen Buchstaben auf den Notizzetteln.

»Puh. Das ist wirklich schwer«, murmelte Julia und schob die Hornbrille den Nasenrücken hinauf. »Das russische G ist ja nichts weiter als ein Strich mit einem kleinen Querbalken.« Sie hielt das Papier einige Atemzüge lang dicht vors Gesicht und ließ es dann sinken. »Ich kann das leider nicht beurteilen. Die Schrift gleicht sich schon, aber meine Hand lege ich nicht dafür ins Feuer.«

»Ist nicht schlimm«, erklärte Florian. »Wir beginnen jetzt mit dem Verhör. Ich nehme mir den *General* vor, du kannst vom Nebenraum aus mithören. Saathoff übernimmt den Komplizen.«

Julia legte die Notizen auf Florians Schreibtisch und folgte ihm zum Vernehmungsraum. Florian deutete kurz davor auf eine Seitentür.

»Wir sehen uns«, sagte er, während Julia in den dunklen Raum abbog.

Durch die große Glasfläche konnte sie den *General* sehen. Sie kannte das Gesicht von den Fahndungsfotos. In der Realität wirkte er wesentlich unscheinbarer. Sie hatte sich diesen Mann erheblich härter und brutaler vorgestellt. Stattdessen sah sie hier einen Mann mittleren Alters, der fast eine freundliche Ausstrahlung zu haben schien. Als Florian den Vernehmungsraum betrat, lächelte Igor Petrow sogar.

Florian begann das Verhör mit Formalitäten. Name,

Adresse, Geburtsdatum und so weiter. Julias Gedanken flogen davon. Sie sah Kim Wiesinger vor sich, wie sie an den Stuhl gefesselt ihren Mörder anflehte, sie am Leben zu lassen. Sie fragte sich, ob ihr Tod für den *General* tatsächlich so eine große Bedeutung hatte. Schließlich war Bugarow jetzt tot und der *General* selbst saß in Haft. Kims Ermordung war völlig sinnlos gewesen, oder gab es da noch etwas, was sie einfach nicht sahen?

Florian legte Igor Petrow ein Foto von Sergei Bugarow auf den Tisch.

»Kennen Sie diesen Mann?«, fragte er.

Igor Petrow nickte und antwortete mit russischem Akzent: »Schade, dass er tot ist.«

»Woher wissen Sie das?«

»Er ist ein Landsmann. Wir leben in derselben Stadt. Da kennt man sich.«

»In welcher Beziehung standen Sie zu Bugarow?«, hakte Florian nach.

»Er hat ab und zu Dinge für mich erledigt. Sergei war ein sehr zuverlässiger und guter Mann. Wenn ich den Typen erwische, der ihn auf dem Gewissen hat, werde ich ihm bei lebendigem Leib die Eingeweide herausreißen und diese vor seinen Augen den Hunden zum Fraß vorwerfen.« Endlich zeigte der *General* sein wahres Gesicht. Er verzog verächtlich den Mund und ballte die Hände zu Fäusten. Aus seinen Augen sprühte glühender Zorn.

»Wer ist für Bugarows Tod verantwortlich?«, fragte Florian ungerührt.

Langsam wurde es spannend. Julia lauschte konzentriert.

Der *General* beugte sich über den Tisch zu Florian, dann flüsterte er fast: »Wenn ich das wüsste, wäre dieser Mann bereits tot.« Er rutschte zurück auf seinen Stuhl und betrachtete Florian lauernd, bevor er fortfuhr: »Meine Leute sind seit Tagen auf der Suche. Es steht nur eines fest: Sergei hätte sich niemals von einem Zug überrollen lassen. Selbst mit einem Liter Wodka im Blut wäre ihm so etwas nicht passiert.«

»Hat Bugarow außer Alkohol noch andere Suchtmittel konsumiert?« Florians Stimme blieb weiterhin äußerst freundlich und gelassen. Dem *General* schien es zu gefallen. Er redete beinahe wie ein Wasserfall.

»Sie kennen doch mein Geschäft? Mmh? Warum bin ich hier? Ich habe Träume zu verkaufen. Träume aus weißem Pulver.« Er hob theatralisch die Schultern und schüttelte schließlich den Kopf. »Meine Jungs sind manchmal unvorsichtig. Sie wollen Spaß und kapieren nicht, wo die Grenzen sind. Sergei hatte leider Schwierigkeiten damit.« Der *General* setzte eine betroffene Miene auf. »Ich weiß, ich weiß. Ich bin für ihn verantwortlich. Er ist mein Junge gewesen. Aber Sie kennen Kinder. Sie laufen wild herum, ein verrückter Haufen, den man nicht immer im Blick hat.« Er seufzte aufgesetzt. »Er war ein guter Mann.«

»Welche Art von Aufträgen hat Sergei Bugarow für Sie erledigt?«

»Dies und das. Nichts Spektakuläres.« Der *General* lächelte. Seine Fassade war undurchschaubar.

»Kennen Sie diesen Mann?«, fuhr Florian fort und legte das Foto von Bugarows Begleiter am Kölner Hauptbahnhof auf den Tisch.

Der *General* kniff die Augen zu zwei schmalen Schlitzen zusammen.

»Wer zum Teufel ist das?«

Florian zuckte mit den Achseln. »Das wissen wir noch nicht. Ich hatte gehofft, Sie könnten uns weiterhelfen.«

Der *General* blickte Florian lange an. »Glauben Sie denn, dass das Sergeis Mörder ist? Wenn ja, geben Sie mir dieses Foto, und ich werde ihn finden.«

»Das geht leider nicht«, erwiderte Florian und zog das Foto ein Stück zu sich heran.

»Was sind Sie? Ein Mann oder ein Weichei?« Igor Petrows

Fassade bröckelte für einen kurzen Augenblick. Seine Stimme war laut geworden.

Florian sah ihm in die Augen und schob das Foto wieder zu Petrow hinüber.

»Damit eines klar ist: Dieser Mann gehört in Polizeigewahrsam und nicht in die Hände Ihrer Leute.« Er tippte auf das Foto und ließ den *General* dabei nicht aus den Augen.

Der nickte schließlich und hob beschwichtigend die Hände. »Ich verstehe. Verzeihen Sie. Ich vergaß mich.« Er setzte ein gespieltes Grinsen auf und wirkte wieder so harmlos wie am Anfang der Vernehmung.

Florian ließ sich nicht beirren. Er legte dem *General* ein weiteres Dokument vor, die Notiz aus Sergei Bugarows Wohnung.

»Haben Sie das geschrieben?«

Igor Petrow nahm das Papier in die Hand und musterte es.

»Kann schon sein. Warum?«

Florian ignorierte die Rückfrage. »Wie viel Geld hat Sergei denn für die Ausführung seiner Aufträge bekommen?«, fragte er, statt zu antworten.

Julia konnte nicht umhin, Florians ruhige Art zu bewundern. Sie selbst war inzwischen aufgesprungen und drückte fast die Nase gegen die Scheibe.

»Unterschiedlich.« Der *General* verdrehte die Augen und zuckte mit den Achseln. »Sie kennen das ja, nicht alles kostet gleich viel.«

Durch Florians Körper ging ein Ruck. Offenkundig reichte es ihm nun doch. Trotzdem klang seine Stimme nach wie vor souverän und freundlich.

»Es ist Ihre Entscheidung, ob Sie kooperieren oder nicht. Sie wissen am besten, wie die Staatsanwaltschaft auf Widerstand und Ausweichmanöver reagiert.«

Der *General* tat überrascht. »Mein lieber Florian Kessler.

Ich spreche mit Ihnen ohne meinen Anwalt. Ist das nicht ein großes Zeichen meiner Kooperation?«

Florian nickte. »Das ist es. Aber ich muss wissen, was Sergei Bugarow für Sie erledigen sollte.«

Die Miene des *Generals* verschloss sich. »Das kann ich Ihnen leider nicht verraten.«

26

Er liebte die Nacht mehr als den Tag. Das war völlig natürlich, denn er war ein Jäger. In der Dunkelheit der Nacht schärften sich alle seine Sinne. Die Dinge rochen viel intensiver, fühlten sich echter an. Er mochte dieses Gefühl. So wusste er, dass er lebte. Er verspürte andere Bedürfnisse als die meisten Menschen. Nicht dass er keine Liebe empfinden konnte. Er erlebte dieses Gefühl ganz einfach nur anders. Es verhielt sich ungefähr so wie mit dem Essen. Jeder Mensch hatte seine Lieblingsspeise. Jeder würzte auf seine Art. Und für ihn gehörte zur Liebe der Schmerz wie das Salz in die Suppe. Während andere Nahrung in sich hineinstopften und den Teller in wenigen Augenblicken leerten, brachte er Geduld auf. Er genoss die quälende Sehnsucht, die sein Verlangen ins Unermessliche steigerte. Die Liebe konnte ihren Höhepunkt für ihn nur erreichen, wenn das Ende nahte. Denn in diesem letzten Moment, bevor das Licht verlosch, offenbarte sich die Seele eines Menschen. Völlig unverstellt konnte er dann das Wesen erfassen, den Engel erkennen, der in jedem Einzelnen lebte.

Eine Tür knallte zu, und er schreckte hoch. Sofort fixierte er sein Ziel. Schritte näherten sich. Füße schlurften über den

Asphalt. Sein Kandidat war müde. Er konnte es verstehen. Es war ein langer Tag gewesen, auch für ihn. Der Motor startete, und er wartete, bis der Wagen vorbeifuhr. Durch die Scheiben konnte er ein blasses Gesicht ausmachen. Er fuhr mit großem Abstand hinterher. In seinen Zellen vibrierte es. Die Jagd begann. Er holte tief Luft und ließ den Atem langsam wieder ausströmen. Er hatte gelernt, sich zu beherrschen. Sein Geist war aufs Höchste konzentriert. Er spürte sein Opfer. Es fühlte sich beinahe so an, als säße er neben ihm auf dem Beifahrersitz. Seit Wochen analysierte er jede Bewegung. Alles folgte einem unsichtbaren Fahrplan. Seinem Plan.

Der Wagen fuhr die bekannte Strecke. Inzwischen wusste er sogar, wann er abbremsen und an welchen Stellen er Gas geben musste. Ein Lächeln huschte über sein Gesicht. Menschen waren so vorhersehbar. Das war gut für ihn. Er brauchte Kontrolle. Sie verlieh ihm Sicherheit und ein Gefühl von Macht. Natürlich verlief nicht jedes Mal alles genau so, wie er es wollte. Aber solange er am Ende die Oberhand behielt, war es in Ordnung. Er sah zu, wie sein Kandidat aus dem Auto stieg und kurz darauf im Haus verschwand. Er schloss die Augen und zählte bis zehn. Dann schlug er sie wieder auf. Noch ein Herzschlag.

Bingo.

Wie erwartet ging das Licht an. Erneut musste er lächeln. Seine Augen fixierten das helle Fenster. Ein paar Minuten wartete er ab und notierte unterdessen seine Beobachtungen akribisch in einem extra für diesen Zweck angelegten Tagebuch.

Anschließend fuhr er davon. Es gab noch ein weiteres Objekt, um das er sich kümmern musste.

27

Julia wartete im Flur vor den Vernehmungszimmern und nippte an ihrem Kaffee, der mittlerweile kalt war. Aber das machte ihr nichts aus. Sie brauchte jetzt Koffein. Das stundenlange Ausharren in dem dunklen Nebenraum hatte sie müde gemacht. Das lag natürlich nicht ausschließlich am mangelnden Licht, sondern auch an der frustrierenden Befragung. Sie waren nur wenige Schritte vorangekommen. Das Verhör war mehr als mühselig verlaufen. Der *General* und sein Komplize, Alexander Smirnow, hatten später doch ihre Anwälte hinzugezogen. Danach waren die Vernehmungen erheblich ins Stocken geraten. Alles, was sie herausbekommen hatten, war die Verbindung zwischen dem *General* und Sergei Bugarow. Die zehntausend Euro, die sie hinter den Fliesen in Bugarows Badezimmer entdeckt hatte, waren für einen dubiosen Auftrag geflossen. Über den Inhalt dieses Auftrages hatten die beiden Verdächtigen beharrlich geschwiegen.

»He. Wir sind zurück.« Florian setzte sich neben sie. Saathoff folgte. Beide hatten einen hochroten Kopf.

»War es schlimm?«, fragte Julia betroffen. Sie waren kurz

zuvor zu einem Gespräch mit ihrem Chef Hermann Meier zitiert worden.

»Schlimm ist überhaupt kein Ausdruck«, stöhnte Saathoff. »Meier hat uns ganz schön die Ohren langgezogen. Wir gehen morgen an die Presse und präsentieren Sergei Bugarow als Verdächtigen für den Mord an Kim Wiesinger.«

»Aber ich dachte, der ist noch gar nicht endgültig aufgeklärt. Wir wissen immer noch nicht, wer der Mann auf dem Video ist. Vielleicht waren es mehrere Täter. Und wenn es ein Auftragsmord war, dann muss der *General* ebenfalls dafür angeklagt werden.«

Saathoff zuckte mit den Schultern. Seine Augen wanderten auf einen imaginären Punkt am Boden.

»Auch der Zusammenhang mit Herbert Hoffmanns Tod ist ungeklärt«, fuhr Julia fort.

»Wir wissen das«, erwiderte Florian frustriert und blitzte sie an. »Aber Meier steht unter Druck. Die Presse und das Ministerium sitzen ihm im Nacken. Eine Polizistin wurde ermordet, und wir eiern seit Tagen nur rum. Meier ist der Meinung, dass die Beweise gegen Bugarow ausreichen. Für ihn ist es nicht entscheidend, aus welchem Grund er nach dem Mord an Kim Wiesinger tot auf den Schienen lag und ob zum Beispiel der *General* dahintersteckt. Einen Zusammenhang zu Hoffmann sieht er übrigens nicht.« Florian ging zur Kaffeemaschine und drückte einen Knopf.

»Willst du auch einen?«, fragte er Saathoff. Der nickte resigniert. »Vielleicht sollten wir den Fall Kim Wiesinger tatsächlich abhaken. Dass Bugarow sie auf dem Gewissen hat, ist doch nahezu eindeutig, oder?« Er sah Julia an, als hätte sie die richtige Antwort parat.

»Es spricht vieles dafür«, erwiderte sie vorsichtig. »Die Mordwaffe mit ihrem Blut und seinen Fingerabdrücken. Das Haar von Kim an seiner Leiche ...« Sie schwieg und verzichtete darauf, die Punkte aufzuzählen, die bisher nicht geklärt wurden. Sie wollte kein Öl ins Feuer gießen. Einen Mordfall allerdings abzuschließen, ohne zu wissen, wo sich der Tatort befand und was Kim Wiesinger mitten in der Nacht aus der Sicherheit ihrer Wohnung getrieben hatte, hielt Julia für falsch.

Florian stellte zwei Becher mit Kaffee auf den Tisch. Einen schob er zu Saathoff hinüber. Dann rieb er sich matt die Schläfen.

»Ich weiß auch nicht, weswegen ich mich so schwer damit tue, zu akzeptieren, dass Sergei Bugarow der Mörder von Kim Wiesinger ist. Ich kann es einfach nicht nachvollziehen. Die Folterspuren deuten auf einen Auftragsmord hin. Das passt alles zum *General*, selbst wenn er das niemals zugeben würde. Aber das Foto, das wir bei Bugarow gefunden haben, lässt mich zweifeln.«

»Wieso?« Julia verstand nicht, worauf Florian hinauswollte.

»Warum hat er dieses Foto gemacht?«

»Ein Foto reicht doch als Beweis aus, damit der *General* ihn für den Auftrag bezahlt.« Julia biss sich im gleichen Augenblick auf die Unterlippe. »Ich verstehe«, schob sie hinterher. »Er hätte die tote Kim fotografieren müssen.«

Florian nickte nachdenklich. »Die Sache mit Hoffmann gibt mir auch zu denken.« Er warf Julia einen besorgten Blick zu. »Ich kann einfach nicht glauben, dass es keinen Zusammenhang geben soll. Und dann dieser Satz auf seinem Bauch …« Er unterbrach sich, als er Daniel Thiele bemerkte, der in der Tür stand.

»Wir sind mit der Untersuchung von Hoffmanns Laptop fertig.«

»Haben Sie etwas gefunden?«, fragte Florian neugierig.

Der Polizeibeamte nickte. »Es ist besser, Sie sehen sich das selbst an.«

Julia und Florian sprangen fast gleichzeitig auf. Saathoff erhob sich ächzend. Eilig folgten sie dem jungen Kollegen aus dem Rechercheteam. Nach wenigen Schritten erreichten sie das Großraumbüro, das sich auf derselben Etage nur einige Räume weiter befand. Daniel Thiele schlängelte sich an ein paar Schreibtischen vorbei, die unter Akten und Dokumenten begraben waren. An der Wand standen mehrere magnetische Tafeln. Auch sie waren über und über von Notizen bedeckt. Die Fotos einer nackten Frauenleiche ließen Julia für ein paar Sekunden innehalten. Sie kannte das Opfer nicht. Schnell ging sie weiter, bis zu einem Schreibtisch am Fenster, an dem Daniel Thiele Platz nahm. Er drehte seinen Bildschirm herum, sodass Julia, Florian und Saathoff bequem darauf schauen konnten.

»Ich habe eine Weile gebraucht, bis ich seinen Browserverlauf wiederherstellen konnte«, erklärte Thiele. »Die Daten sind alle zum gleichen Zeitpunkt gelöscht worden. Aber nur oberflächlich.« Er klickte ein paarmal mit der Maus und öffnete eine Internetseite. »Das ist ein geschlossener Chatraum für Teilnehmer mit bestimmten sexuellen Vorlieben.« Auf dem Bildschirm erschien eine kniende Frau mit einem Knebel im Mund. Ihre Hände waren gefesselt, die Haare zerzaust. Julia verzog angewidert das Gesicht.

»Dieser geschlossene Bereich gehört zur Internetseite *SEXtreme*. Je nach Vorliebe kann man sich in verschiedenen Chatrooms anmelden und sich dort mit anderen Nutzern austauschen. Es wird gechattet und es werden Bilder und Videos hochgeladen.« Daniel Thiele sah kurz auf, als wollte er sich davon überzeugen, dass ihm alle aufmerksam folgten. »Dieses Video dürfte für uns interessant sein.«

Der Film begann mit einem schwarzen Bildschirm. Nach wenigen Sekunden zuckten hellere Striche über den Monitor. Dann erhellte sich das Bild ganz. Unscharfe Schlieren flimmerten an den Rändern, in der Mitte prangte ein milchiger Fleck. Julia brauchte einen Moment, bis ihr klar wurde, dass es sich um einen Wassertropfen handelte. Langsam wurden die Konturen klar. Das Wasser perlte am Objektiv hinab. Endlich konnte Julia etwas erkennen. Sie schluckte. Ein kurzer blonder Schopf flog durchs Bild. Der Hinterkopf einer Frau. Sie wusste sofort, wen sie vor sich hatten. Noch bevor die Frau im Video sich umdrehte. Kim Wiesinger hielt die Augen geschlossen. Ein Lächeln umspielte ihre Mundwinkel. In Julias Kopf wirbelten die Bilder durcheinander. Kim Wiesinger auf ihrem Obduktionstisch, Kim auf dem Foto, Kim in den Kofferraum ihres Wagens gequetscht. Julia biss die Zähne zusammen.

Der Bildausschnitt, den die Kamera erfasste, erweiterte sich. Kim in Ganzkörperaufnahme. Ihr nackter Körper unter der Dusche, schaumbedeckt.

»Das ist ekelhaft«, stieß Julia aus. »Der Spanner hat die Videos also nicht nur für sich selbst gemacht, sondern sie auch noch im Internet verteilt.«

Keiner antwortete. Die Stille war schneidend. Zuerst begriff Julia nicht, warum. Doch dann sah sie die Sätze, die unter dem Video aufleuchteten.

»Geile Schlampe. Hast du sie schon genagelt?«

»Ich habe den Schlüssel zu ihrer Wohnung.«

»Ich biete dir einen Hunderter, wenn du ihn mir gibst.«

»Was willst du mit ihr anstellen?«

»Quälen und benutzen. Mal schauen, wie weit man bei ihr gehen kann.«

Julia musste den letzten Satz zweimal lesen. Eiseskälte durchströmte sie. Was gab es nur für Menschen?

»Das war noch nicht alles.« Die Stimme des jungen Polizisten drang wie durch dichten Nebel in Julias Gedanken. Daniel Thiele öffnete einen neuen Chat.

»Dieses Video hat Herbert Hoffmann einen Tag später hochgeladen.«

Beinahe unwillig ließ Julia die neuen Szenen über sich ergehen. Diesmal rasierte sich die junge Frau unter den Armen und an den Beinen. Die Kommentare unter der Aufnahme waren entsprechend derb. Eine Person, die unter dem Benutzernamen *Odo 20* chattete, sprach sich für das

Verbrennen mit Zigaretten und andere Foltermethoden aus. Julia hasste jedes einzelne Wort, das sie lesen musste. Aus dem Augenwinkel bemerkte sie, wie Florian sich die Namen aus dem Chat aufschrieb. Beteiligt waren ungefähr zwanzig Personen. Erst ganz zum Schluss meldete sich ein bisher unbekannter Nutzer.

»Niemand rührt sie an.«

Der Satz rief etwas in Julia wach. Florian schien dieselbe Eingebung zu haben. Für eine halbe Sekunde musterte er Julia besorgt.

»Wer hat das geschrieben?«, fragte er.

»*Weiße Blüte*«, antwortete Thiele.

»Wie bitte?« Das war Martin Saathoff. Er kroch fast in den Monitor hinein. »Ich sehe da nichts.«

Julia wiederholte: »*Weiße Blüte*. Das soll wohl der Benutzername sein.«

Thiele klickte auf den Namen.

»Das ist richtig. Scheint aber keine Frau zu sein, wie der Name vermuten lässt.«

Auf dem Bildschirm erschien das Profil des Chatteilnehmers.

»Können Sie das Profilbild vergrößern?«, bat Julia. Die Frisur des Mannes kam ihr irgendwie bekannt vor.

Thiele zoomte heran. Julia presste vor Anspannung die Zähne zusammen. Sie wusste, dass sie diesen Mann schon einmal gesehen hatte, aber es wollte ihr nicht einfallen, wo.

Diesmal war es Saathoff, der die richtige Assoziation hatte.

»Der sieht aus wie Sergei Bugarows Begleiter am Bahnhof.«

»Ach Quatsch«, sagte Florian und winkte ab. »Der war doch viel jünger.«

»Ich finde auch, dass es gewisse Ähnlichkeiten gibt«, stimmte Julia zu.

Florian kritzelte erneut etwas auf seinen Zettel. »Okay, ich gehe dem nach.« Er sah Daniel Thiele an. »Kann ich eine Liste mit allen Usern haben?«

»Na klar«, erwiderte Thiele und griff in das Papierfach seines Druckers. »Bitte schön. Die habe ich schon vorbereitet. Die Kollegen sind noch dabei, anhand der IP-Adressen die Identitäten der einzelnen Personen offenzulegen. Ich ...« Er stotterte mit einem Mal und warf Julia einen merkwürdigen Blick zu. »Ich habe da noch etwas.«

28

»Nein!« In Julias Schrei, der die erneute plötzliche Stille durchschnitt, hallte eine Mischung aus Entsetzen und Überraschung. Das nächste Video hatte zunächst völlig harmlos begonnen. Die Aufnahme entstand in Kim Wiesingers Wohnung, so weit nichts Unerwartetes. Der Unterschied war der Ort. Die Umgebung war nicht feucht, kein Wasserdampf verwischte, was das Kameraobjektiv filmte. Gestochen scharf konnten die vier Kim Wiesingers Bett in ihrem Schlafzimmer sehen. Eine halbe Ewigkeit passierte erst gar nichts. Dafür ging dann alles umso schneller. Julia erschien auf der Bildfläche und durchsuchte das Zimmer. Als sie den Spiegelschrank öffnete, schoss plötzlich eine dicke Gestalt heraus. Ein grob aussehender Mann packte die zierliche Frau, stieß sie aufs Bett und sprang wie ein Tier auf sie. Die Aufnahme hatte keinen Ton. Trotzdem konnte Julia fast ihre Knochen brechen hören. Stumm verfolgte sie, wie sie zappelte, biss und schrie. Ihre Haut brannte, als sie mit ansah, wie sich Hoffmann an ihrer Hose zu schaffen machte, die ihr Zentimeter für Zentimeter die Beine hinunterrutschte. Er betatschte sie am ganzen Körper. Es war ekelhaft. Julia zitterte und hielt den Atem an. Sie durchlebte alles erneut. Wie sie erst strampelte, kämpfte und schließlich still dalag, komplett regungslos. Ihr Herz klopfte laut. Sie zählte die Herzschläge mit. Dann, als Hoffmanns Griff sich lockerte, schlug sie zu. Sie fuhr den Ellenbogen aus wie eine Furie. Hoffmanns Kopf schnellte nach hinten. Aber er ließ sich nicht beirren. Julia zappelte, wollte sich befreien, doch Hoffmann legte seine wulstigen Finger um ihren Hals und drückte zu. Einen Moment lang sah die Situation völlig hoffnungslos aus. Bis sie plötzlich den Kopf nach hinten stieß und Hoffmann an der Nase traf. Er fiel ein Stück zur Seite. Julia kroch unter ihm hervor und stürzte aus dem Bildausschnitt. Ein paar Sekunden später rannte Hoffmann hinterher. Das Video endete so, wie es begonnen hatte: in Kim Wiesingers Schlafzimmer. Das Bett war leer.

»Dieser verdammte Hurensohn.« Florian fand als Erster seine Sprache wieder. »Was hat er sonst alles online gestellt?«

Daniel Thiele blickte betroffen auf seine Hände. »Von Frau Schwarz gibt es glücklicherweise nichts mehr. Kim Wiesinger ist noch ein paarmal zu sehen. Nach meiner Recherche hat er sie seit über einem Jahr gestalkt.«

Florian griff sich an die Stirn. »Das muss ich erst einmal sacken lassen«, murmelte er und setzte sich auf die Schreibtischkante.

Julia stand immer noch da wie vom Blitz getroffen. Sie konnte einfach nicht fassen, was sie gerade gesehen hatte. Ihre Augen klebten am Bildschirm. Sie starrte auf das leere Bett, das nun zerwühlte Laken. Obwohl Hoffmann tot war und sie wusste, dass sich ein derartiges Ereignis nicht wiederholen würde, fühlte sie seine Wurstfinger wieder auf ihrer Haut. Sie konnte ihn regelrecht riechen. Angewidert wandte sie sich ab.

Saathoff legte ihr tröstend eine Hand auf die Schulter.

»Kann man das löschen?«, fragte er.

Daniel Thiele verzog das Gesicht. »Ich kann es versuchen. Es ist nicht so einfach. Im Netz verbreiten sich Daten schnell und unkontrolliert. Ich kann im Moment nicht einschätzen, wie oft das Video heruntergeladen wurde. Ich ...«

»Löschen Sie es sofort«, blaffte Florian ihn an.

Thiele sah entsetzt zu ihm auf.

»Entschuldigung. Aber ich möchte nicht, dass noch mehr Nutzer dieses Chatrooms das Video zu sehen kriegen. Um etwaige Kopien im Netz können Sie sich danach kümmern. Hauptsache, die Quelle ist erst einmal beseitigt.«

Thiele nickte und senkte den Kopf. Anschließend hämmerte er angestrengt auf der Computertastatur herum. Sein Gesicht lief dabei rot an.

»Es ist raus«, verkündete er wenig später. »Eine Sicherheitskopie lege ich auf dem Server ab. Dann haben Sie Zugriff. Ich mache mich jetzt an die Downloads und versuche die Nutzer zu ermitteln. Wenn Sie die Kommentare zu ...« Er starrte Julia einen Moment an. Seine Gesichtsfarbe änderte sich zu dunkelrot. »Also wenn Sie die Kommentare noch einmal ansehen möchten, können Sie das an diesem Computer tun.« Er deutete auf den Nachbartisch. »Er ist eingeschaltet.« Danach senkte er abermals den Kopf und klimperte weiter auf seiner Tastatur, als wäre er allein im Raum.

Julia rührte sich zuerst. Sie wollte wissen, was unter ihrem Video stand. Sie setzte sich auf den Stuhl und bewegte die Maus. Der Monitor erhellte sich und zeigte das leere Bett mit dem zerwühlten Laken. Julias Augen wanderten an den unteren Bildrand.

Wahnsinnsvideo.

Aber nicht zum Zug gekommen.

Ich liebe Frauen, die schwer zu haben sind.

Du Versager. Hättest es ihr besorgen sollen.

Warum hast du sie nicht fixiert?

Florians Arm legte sich um ihre Schulter.

»He. Du musst dir das nicht ansehen. Das sind alles Perverse.«

Julia nickte. »Ich will aber. Was, wenn Saathoff doch recht hatte und Hoffmann hinter dem Mord an Kim Wiesinger steckt.«

Florians Griff verstärkte sich. »Die Fakten sprechen alle für Sergei Bugarow. Du hast es selbst in deinem Bericht geschlussfolgert. Hoffmann war ein mieser Stalker, und er ist tot.«

Julia durchkämmte die Kommentare, die relativ harmlos klangen, zumindest im Vergleich zu denen unter Kim Wiesingers Videos. Wenigstens hatte keiner dieser Perversen das Verlangen, sie zu quälen. Die meisten machten sich über Hoffmann lustig und bezeichneten ihn als Amateur, der der Sache nicht gewachsen war. Manche regten sich sogar auf und meinten, dass echte Gewaltvideos nichts in diesem Chat zu suchen hätten. Einer drohte mit der Staatsanwaltschaft. Immerhin. Julia entspannte sich ein wenig. Sie scrollte weiter hinunter. Florians Arm lag noch immer auf ihrer Schulter. Sie vermisste die Nähe zu ihm. In den letzten Tagen waren sie sich irgendwie fremd geworden. Bis jetzt. Sein starker Arm brachte die Nähe zurück.

»Stopp mal«, bat Florian. Seine tiefe Stimme kitzelte an ihrem Ohr. Sie hielt inne.

»Da ist wieder unser Freund *Weiße Blüte.* So ein Spinner. Bei dir schreibt er genau denselben Blödsinn.«

Julia las die Zeile: »Niemand rührt sie an.«

Sie klickte das Profil an und bemerkte erneut die Ähnlichkeit mit dem Mann auf der Überwachungsaufnahme vom Bahnhof. Julia bewegte den Mauszeiger über eine Zusammenfassung der Kommentare.

»Das scheint sein Standardspruch zu sein. Er hat es noch unter fünf andere Videos geschrieben.« Diese Tatsache entspannte Julia. Sie hatte keine Lust darauf, von einem Perversen aufs Korn genommen zu werden. Nicht jetzt, wo ihr Nervenkostüm sowieso schon seit einiger Zeit recht angeschlagen war.

Saathoff wackelte mit dem Kopf. »Wir sollten den Typen trotzdem überprüfen. Es ist immerhin fast der gleiche Spruch, den wir auch auf Hoffmanns Leichnam gefunden haben. Und dann noch diese Ähnlichkeit mit Bugarows Begleiter. Siehst du das denn gar nicht?« Er stupste Florian an, der verbissen auf den Bildschirm starrte.

»Ja. Gut. Ich habe ja schon gesagt, wir gehen dem nach. Ein wenig Ähnlichkeit ist da, aber das Bild ist so unscharf, da würde ich mich nicht festlegen.« Er kratzte sich nachdenklich am Kopf. »Mir gefällt die ganze Sache nicht.« Er drehte Julia auf dem Stuhl zu sich, sodass er sie ansehen konnte. »Ich werde einen Streifenwagen vor deine Tür stellen. Wer weiß, wie viele Männer dich gesehen haben. Ich möchte nicht, dass einer dieser Perversen über dich herfällt.«

»Das müssen wir in jedem Fall machen«, pflichtete Saathoff ihm bei. »Gibt es eigentlich schon einen Zwischenbericht zur Obduktion von Hoffmann?«

Julia schüttelte den Kopf. »Nein. Ich durfte leider nicht dabei sein, weil ich persönlich involviert bin.«

»Okay«, sagte Florian und rieb sich die Hände. »Wir sollten weitermachen. Ich schlage vor, wir führen die Verhöre fort. Der Mord an Kim Wiesinger hat oberste Priorität. Wenn wir den *General* zu einem Geständnis bringen und er zugibt, den Mordauftrag erteilt zu haben, wäre das für die Pressekonferenz morgen äußerst hilfreich. Um Hoffmanns Videos kümmern wir uns danach. Wir müssen sowieso warten, bis die Computerspezialisten die Identitäten der User festgestellt haben.« Er warf beim letzten Satz einen Seitenblick auf Daniel Thiele, der hoch konzentriert auf seiner Tastatur tippte. An Julia gewandt fragte er: »Willst du die Vernehmungen weiter begleiten?«

Er blickte sie erwartungsvoll an, aber sie schüttelte den Kopf.

»Ich glaube ehrlich gesagt nicht, dass ihr aus denen heute noch mehr rausbekommt. Ihre Anwälte sind jetzt mit dabei.

Der *General* gesteht den Auftragsmord höchstens, wenn ihm der Staatsanwalt entgegenkommt. Doch selbst das halte ich für höchst unwahrscheinlich. Ich fahre jetzt erst einmal nach Hause und wälze mich durch die Akten. Außerdem kann ich mir vielleicht schon Emanuels Obduktionsergebnisse anschauen.«

Florian sah enttäuscht aus. Trotzdem blieb Julia bei ihrem Entschluss. Sie wollte nicht weiter passiv abwarten. Sie brauchte ihre Arbeit, auch wenn es nur von zu Hause aus ging und auf das Lesen der Autopsieergebnisse hinauslief. Sie lächelte Florian zum Abschied an.

»Melde dich, sobald ihr etwas aus dem *General* oder seinem Komplizen herausbekommen habt.«

29

Die Obduktion von Herbert Hoffmann hatte sich wegen etlicher Unterbrechungen den ganzen Tag hingezogen, weshalb Julia immer noch keine Ergebnisse vorlagen. Bereits gestern Abend hatte sie versucht, sich von zu Hause aus mit dem Rechner des Institutes zu verbinden. Die Internetverbindung war jedoch so schlecht gewesen, dass sie irgendwann aufgegeben hatte und zu Bett gegangen war. Den gesamten heutigen Tag verbrachte Julia schon mit dem Studium von Akten, ohne auf etwas Relevantes zu stoßen. Emanuel hatte sich noch nicht bei ihr gemeldet. Allmählich verlor sie die Geduld.

Julia klickte sich durch das ellenlange Dateiverzeichnis des Institutsrechners. Die Internetverbindung arbeitete immer noch quälend langsam, aber wenigstens hatte sie inzwischen Zugriff. Jede Seite brauchte eine Ewigkeit, bis sie endlich vollständig geladen war. Ungeduldig klopfte sie mit den Fingerspitzen auf die Schreibtischplatte. Am liebsten wäre sie zum Institut gefahren und dort eingebrochen. Warum zum Teufel musste Holsten sich nur so querstellen? Sie war eine gute Rechtsmedizinerin und zudem souverän genug, um mit den Geschehnissen umzugehen. Ihr Chef übertrieb es maßlos mit seiner Fürsorge. Seinetwegen war sie zum Nichtstun verdammt. Sie starrte auf die Überschrift, die sich Buchstabe für Buchstabe vor ihren Augen aufbaute. Als wenn sie nicht wüsste, was dort stand. *Obduktionsbericht*. Wenn es in diesem Tempo weiterging, hatte sie das Dokument frühestens morgen früh gelesen. Genervt schob sie die Tastatur zur Seite und sprang auf. Sie brauchte einen Kaffee.

Der erste Schluck war göttlich. Die heiße Flüssigkeit rann durch ihre Kehle und entspannte sie merklich. Sie sah auf die Uhr und überprüfte anschließend ihre E-Mails. Merkwürdig, der Feierabend stand vor der Tür und sie hatte immer noch keine Nachricht von Emanuel. Völlig untypisch für ihn. Emanuel gehörte zu den sorgfältigsten Menschen, die sie kannte. Außerdem war er sehr sensibel. Er würde sie nicht einfach vergessen. Ob Manfred Holsten dahintersteckte? Hatte er ihrem Assistenten verboten, sie über die Fortschritte, was Hoffmanns Obduktion anbelangte, zu unterrichten? Sie starrte nachdenklich auf das Display ihres Handys. Schließlich wählte sie Emanuels Nummer.

»Hi, Julia, schön, dass du dich meldest. Ich wollte dich auch gerade anrufen«, sagte Emanuel mit warmer Stimme. Er schien zu lächeln. Julia verdrängte die schlechten Gedanken, die sie eben noch hegte, und entspannte sich wieder.

»Du weißt doch, ich bin neugierig. Gibt es was Neues?«

»Ich habe alle Dokumente ins Laufwerk gestellt. Du willst dich bestimmt gleich einloggen, oder?«

Julia schluckte. Offenbar war sie leicht zu durchschauen. »Meine Verbindung zum Institut ist so langsam, dass ich Stunden brauche, bis ich endlich was sehen kann«, gestand sie.

»Okay. Dann gebe ich dir die wichtigsten Ergebnisse mal durch. Vom Labor haben wir leider noch nichts, aber alles andere ist relativ eindeutig«, erklärte Emanuel bereitwillig. »Hoffmann starb durch einen Messerstich direkt ins Herz, keine Rippenfrakturen. Die Klinge war ungefähr fünfzehn

Zentimeter lang und glatt. Keine Abwehrverletzungen. Der Tod trat innerhalb weniger Minuten ein. Anhand der Anordnung der Totenflecken ist ersichtlich, dass er unmittelbar nach dem tödlichen Stich auf dem Bett platziert wurde. Ich teile deine Vermutung. Er hat wahrscheinlich die Wohnungstür geöffnet, wurde sofort attackiert und ins Schlafzimmer geschleift. Die Spurensicherung hat übrigens weder fremde Fingerabdrücke noch Fasern oder die Tatwaffe gefunden. Der Täter war also sehr gut vorbereitet und sicherlich kein Anfänger. Dass der Messerstich ins Herz genau zwischen zwei Rippen hindurchging, hätte noch dem Zufall geschuldet sein können, aber die Kastration weist auf einen Täter hin, der wusste, was er tat. Die Kastration erfolgte im Übrigen post mortem. Der Schnitt wurde professionell ausgeführt. Der Täter hat nur einmal angesetzt und Penis und Hodensack in einem Zug abgetrennt. Ich gehe davon aus, dass die Kastration mit der Mordwaffe durchgeführt wurde. Der Satz auf seinem Bauch wurde mit einem Finger und dem Blut des Opfers geschrieben. Allerdings trug der Täter Gummihandschuhe, Spuren des Materials konnten wir sicherstellen. Das Labor ist dran, aber ich mache mir wenig Hoffnung, dass wir es nicht mit einem handelsüblichen Fabrikat zu tun haben.« Emanuel holte Luft. »Das war es auch schon. Holsten hat mich übrigens fast während der gesamten Obduktion mit Adleraugen beobachtet. Ich bin froh, wenn du wieder hier bist.«

Julia lächelte. Wenigstens einer vermisste sie.

»Ich danke dir«, sagte sie.

»Gern geschehen. Ich mache den Bericht gleich fertig und dann Feierabend.« Emanuel legte auf.

Julia trank zufrieden ihren Kaffee aus. Der Computer hatte es endlich geschafft, das Dokument vollständig anzuzeigen. Die Festplatte brummte geräuschvoll, aber das störte sie nicht. Konzentriert las sie Emanuels vorläufigen Autopsiebericht. Er enthielt keine wesentlichen Neuigkeiten. Nur ein

Punkt erzeugte eine Gänsehaut auf ihrem Körper. Ein Fingernagel von Hoffmann war abgebrochen. Unter einem anderen Fingernagel fanden sich Hautpartikel, die ans Labor übergeben wurden. Die winzige Unterblutung des umliegenden Gewebes deutete auf eine wenige Tage alte Verletzung hin. Julia rieb sich über die kaum mehr sichtbaren Schrammen an ihrem Arm und seufzte. Es würde sie nicht wundern, wenn die Hautpartikel von ihr stammten. Sie machte sich eine Notiz. Sobald sie wieder im Institut war, würde sie dem Labor eine Vergleichsprobe ihrer eigenen Haut schicken. Falls das Ergebnis keine Übereinstimmung zeigte, hatten sie womöglich die erste Spur zum Täter.

Sie begann, die Fotografien der Obduktion herunterzuladen. Ihr Computer gluckste beinahe wie ein Ertrinkender. Hoffentlich überstand er die Prozedur. Während sie wartete, las sie noch einmal Kim Wiesingers Akte. Ob Florians Chef richtiglag, wenn er Sergei Bugarow als Täter präsentieren wollte? Sie überflog die Fakten und konnte keine Gegenargumente finden. Allerdings war die Beweiskette nicht vollständig. Es verging eine weitere Stunde, ohne dass Julia jedoch etwas Bemerkenswertes herausfand. Dann klingelte ihr Handy.

»Julia, Kind. Du hast dich seit Tagen nicht gemeldet.« Hannelores Empörung war nicht zu überhören. Schuldbewusst zog Julia den Kopf ein.

»Tut mir leid, Mama. Ich habe so viel zu tun.« Julia hatte den Kontakt zu ihren Eltern bewusst vermieden. Sie wollte ihnen nichts von dem Überfall erzählen. Das Letzte, was sie jetzt gebrauchen konnte, war Mitleid.

»Du hättest wenigstens eine Nachricht schreiben können. Ein Satz würde genügen. Na ja, ich bin froh, dass bei dir alles in Ordnung ist. Du solltest nicht so viel arbeiten.« Hannelore seufzte hörbar. »Deinem Vater geht es übrigens auch besser. Nächste Woche kann der Verband ab. Dann startet die Physiotherapie.«

»Das ist schön«, sagte Julia, während sie auf den Bildschirm starrte. Hoffmanns Leiche prangte vor ihr in kalt bläulichem Licht. »Ich könnte morgen oder übermorgen vorbeikommen. Was hältst du davon?«

»Das wäre prima. Ich koche was Leckeres.« Julias Mutter verabschiedete sich und legte auf.

Julia wartete auf das nächste Foto, eine Detailaufnahme von Hoffmanns rechter Hand, die sich in Zeitlupe zusammensetzte. Am Mittelfinger war der Nagel abgebrochen. Sie verzog das Gesicht, als sie die dunklen, ungepflegten Ränder unter den anderen Fingernägeln näher betrachtete. Herbert Hoffmann widerte sie an. Sie recherchierte noch eine Weile weiter, bis sie bemerkte, dass es bereits Mitternacht war. Florian hatte sich nicht gemeldet. Enttäuscht beschloss sie, ins Bett zu gehen. Als sie auf ihrem weichen Kissen lag, wurde ihr bewusst, wie müde sie war. Ihre Augen brannten vom langen Starren auf den Computerbildschirm. Der Nacken schmerzte. Sie schloss die Augen und schlief kurz darauf ein.

Irgendwann, mitten in der Nacht, war sie wieder da: die Stimme, die es nicht mehr gab und die sie doch so oft verfolgte. Michael weinte. Julia hörte ihn durch ihren Traum hindurch. Es war fast so, als läge er direkt neben ihr. Sie schob seine Stimme sanft beiseite. Heute Nacht nicht, dachte sie und versuchte, zurück in ihre Traumwelt zu gelangen. Als es nicht funktionierte, stand sie auf und lief durch die Wohnung. Michael war nicht da. Weder er noch seine Stimme. Müde rieb sich Julia die Schläfen. Ihre Nerven spielten wirklich verrückt. Sie ging ins Wohnzimmer und sah aus dem Fenster. Ein Streifenwagen fuhr langsam vor dem Haus vorbei. Sie lächelte. Immerhin, Florian hatte nicht vergessen, an ihre Sicherheit zu denken. Sie tapste zurück ins Schlafzimmer, nahm eine Schlaftablette und verfiel innerhalb kürzester Zeit in einen tiefen, traumlosen Schlaf.

30

Sein Geist war in Aufruhr. Er hasste es, wenn die Dinge anders als geplant verliefen. *Verflucht.* In letzter Zeit häuften sich diese Vorfälle. Das Überwachungsobjekt hatte zu viel gesehen. Dabei war er so vorsichtig vorgegangen. Er war ein Jäger, niemand durfte seine Witterung aufnehmen. Er starrte auf seinen Monitor und schüttelte missmutig den Kopf. Dieser Junge war zu gewissenhaft. Keinem sonst wäre es aufgefallen. Warum war er nicht einfach nach Hause gegangen? Weshalb zum Teufel musste er alles wieder aufwärmen und jeden Stein zweimal umdrehen? Hätte er es nicht dabei belassen können? Er hatte gar nicht vorgehabt, ihn auszuschalten. Aber nun blieb ihm wohl nichts anderes übrig. Im Grunde hatte er Glück, dass sein Überwachungsobjekt heute allein war. Das würde die Sache stark vereinfachen. *Herrgott noch mal!* Diese Wut, die da in seinem Magen rumorte, fraß ihn beinahe auf. Sie verbrannte ihn von innen. Er tippte hektisch ein paar Kombinationen in seinen Computer ein. Vielleicht konnte er noch retten, was zu retten war. Er kannte sich in technischen Belangen aus. Es musste ihm gelingen, die Spuren zu verwischen. Seine Finger flogen über die Tastatur und er erteilte einen Befehl nach dem anderen. Langsam stellte sich eine leichte Zufriedenheit ein. Er sah auf die Uhr und tippte schneller. Wenn er sein Überwachungsobjekt abfangen wollte, wurde es höchste Zeit. Mit der Präzision eines Uhrwerkes fuhr er fort und schaffte es gerade rechtzeitig zum Auto. Er gab Gas, achtete jedoch darauf, die Geschwindigkeitsbegrenzungen einzuhalten. Es wäre fatal, falls er an einem Knöllchen scheiterte.

Als er geparkt hatte, legte sich seine Wut. Er würde die Dinge regeln. Niemand konnte ihn stoppen. Er musste einfach nur im Plan bleiben. Aber wie lautete der Plan? Er hatte eigentlich andere Sachen zu erledigen. Die Maßnahme, die er jetzt ergreifen musste, gehörte nicht zu seinem Plan. Zumindest nicht zum ursprünglichen. *Du musst dich anpassen*, spornte er sich an und umklammerte das Lenkrad, als wäre es ein Rettungsring. Im Geist ging er die Strecke durch, die sie gleich nehmen würden. Er musste schnell sein. Aber das war kein Problem. Er stand gut im Training und er kannte sich aus.

Endlich ging die Tür auf und sein Zielobjekt schlurfte über den Asphalt zum Auto. Müde, wie jeden Abend. Er wartete und jagte dann hinterher. An der nächsten Straßenecke bog er ab, obwohl sein Zielobjekt geradeaus fuhr. Er nahm eine Abkürzung, weil er unbedingt vor ihm da sein wollte. Es gab nur eine kleine Wegstrecke vom Parkplatz bis zum Hauseingang, die schlecht beleuchtet und nicht einsehbar war. Mehrfach hatte er es ausprobiert, bis er die optimale Stelle gefunden hatte. Er stellte sich neben einen Busch und verschmolz mit dem Blätterwerk. So fühlte er sich gut, denn jetzt war er beinahe unsichtbar, wie ein perfekt getarnter Jäger, dem die Beute ahnungslos in die Falle ging.

Es dauerte nicht lange, und er hörte den herannahenden Wagen. Kurz darauf vernahm er Türenschlagen und Schritte. Alles verlief nach Plan. Seine Muskeln spannten sich an. Er fixierte sein Ziel durch die Blätter. Als sein Opfer an ihm vorbeikam, schlug er zu. Es ging ganz schnell. Er drückte ihm einen Lappen mit Chloroform über Mund und Nase, wartete, bis sein Opfer erschlaffte, und schleifte es anschließend zu seinem Wagen. Seine Augen wanderten über den zierlichen Körper. Jetzt, wo sein Zielobjekt vor ihm lag, wirkte es noch zerbrechlicher. Er mochte es. Beinahe liebevoll strich er ihm ein paar Haare aus der Stirn. Dann schloss er die Kofferraumklappe. Geschafft. Das, was nun folgte, war reine Routine. Er lächelte, als er die Fahrertür öffnete und einstieg. Ohne dass jemand von ihm Notiz genommen hatte, brauste er davon.

31

Einen Augenblick lang wusste Julia nicht, wo sie war. Benommen schlug sie die Augen auf. Ihr Wecker klingelte bereits in der dritten Wiederholungsschleife. Sie erkannte es an der schnellen Abfolge der Pieptöne, die sich mit jedem neuen Weckversuch steigerte. Orientierungslos fuhr sie hoch. Es war stockdunkel. In ihrem Kopf hämmerte es zum Takt des Weckers. Sie tastete nach dem verdammten Ding, konnte es aber nicht finden. Sie hielt sich die Ohren zu. Dann unternahm sie einen weiteren Versuch, den Wecker zu stoppen. Diesmal schaltete sie zuerst das Licht ein. Mit halb geschlossenen Augen suchte sie die Lärmquelle. Der Wecker war vom Nachttisch gefallen und fast bis zur Tür gerollt. Julia raffte sich auf und stellte das nervende Teil ab. *Schon besser*, dachte sie schnaufend und ließ sich wieder ins Bett fallen. Hinter ihren Augen stachen unzählige spitze Nadeln. Das grelle Licht der Nachttischlampe brachte gleißende Punkte in ihrem Blickfeld zum Tanzen. Julia schloss die Augen und genoss eine Weile die Wärme unter ihrer Bettdecke. Allmählich verschwanden die hellen Punkte und auch das Hämmern in ihrem Schädel ebbte ab. Sie vertrug die Schlaftabletten nicht. Vielleicht sollte sie das Präparat wechseln. Diese Nebenwirkungen setzten sie außer Gefecht, so konnte es nicht weitergehen. Der vergangene Abend lag wie im Nebel. Sie konnte sich nur noch an ihren nervenden Computer erinnern. Hoffmanns Autopsiebericht lag in weiter Ferne, genau wie seine dicken Finger auf ihrer Haut. Julia spürte, dass sie nach und nach eine gesunde Distanz zu dem Überfall aufbaute.

Sie erhob sich und ging unter die Dusche. Ihr prüfender Blick strafte sie Lügen. Sie ertappte sich dabei, wie sie die Decke und die Wände musterte. Sie benötigte ein paar tiefe Atemzüge, bis sie die Absurdität ihrer Befürchtungen erkannte. Herbert Hoffmann hatte keinen Schlüssel zu ihrer Wohnung besessen. Es gab keine versteckten Kameras in ihrer Dusche. Wäre das der Fall, hätte Daniel Thiele von der Kripo längst ein Video von ihr entdeckt. Denn Hoffmann hätte sicherlich damit geprahlt. Er war süchtig nach Sex und Anerkennung gewesen. Jetzt war er tot. Es bestand keine Gefahr mehr.

Sie schloss die Augen und genoss den warmen Schauer, der ihre verhärteten Muskeln etwas lockerte. Würde Manfred Holsten sein Wort halten und sie heute wieder ins Institut lassen? Julia überlegte, ob sie ihn vorher anrufen oder lieber gleich losfahren sollte. Sie entschied, dass eine persönliche Konfrontation erfolgversprechender wäre. Sie drehte den Wasserhahn zu und trocknete sich ab. Als sie sich im Spiegel über dem Waschbecken erblickte, musste sie feststellen, dass sie die Schlaftabletten tatsächlich nicht vertrug. Sie sah aus, als hätte sie die ganze Nacht durchgefeiert. Ihre ohnehin blasse Haut konnte jeder noch so weißen Wand Konkurrenz machen. Unter ihren großen braunen Augen hatten sich Schatten gebildet. Sie schätzte sich selbst auf zehn Jahre älter. Wenn sie ihre Nerven nicht bald in den Griff bekam, dann musste sie etwas unternehmen. Auf Dauer ging das nicht so weiter. Ob sie auf Florians Worte hören und möglicherweise doch diesen Psychologen aufsuchen sollte? Es ging weniger um Hoffmanns Übergriffe. Was sie viel mehr belastete, waren die ständigen Visionen von Michael. War es nicht ein Warnzeichen, wenn man Stimmen hörte? Womöglich stand sie kurz davor, eine schwerwiegende psychische Erkrankung zu entwickeln. Je schneller so etwas behandelt wurde, desto besser waren die Erfolgsaussichten. Andererseits konnten tatsächlich einfach bloß Stress und Schlafmangel dafür verantwortlich sein. Vielleicht sollte sie die Sache nicht überbewerten und auf genügend Erholung achten. Dann regelten sich die Dinge vielleicht von selbst.

Sie ließ das Handtuch zu Boden gleiten und warf sich einen letzten Blick im Spiegel zu, bevor sie das Bad verließ und in ihre Kleidung schlüpfte. Julia verzichtete auf Frühstück und Kaffee. Sie fuhr sofort ins Institut. Ihre Anspannung stieg merklich, als sie ankam und ihre Karte vor den Scanner neben der Tür hielt. Der Sensor piepste und die Anzeige sprang auf Grün. *Wow*, fuhr es ihr durch den Kopf. Holsten hatte Wort gehalten und ihre Karte tatsächlich nur für zwei Tage gesperrt. Erleichtert schaltete sie das Licht im Flur an. Offenbar war sie heute die Erste, die den Dienst antrat. Leichtfüßig ging sie zuerst zur Kaffeemaschine und anschließend zu ihrem Schreibtisch. Sie seufzte befreit auf, als ihr Computer hochgefahren war und sich sämtliche Dokumente in Rekordgeschwindigkeit öffnen ließen. Sie betrachtete die restlichen Fotos von Herbert Hoffmanns Leichnam. Es waren unwesentliche Details, die aber zum Protokoll gehörten. Routiniert erfasste sie die medizinischen Fakten und schloss dann die Akte. Genau in diesem Moment klingelte ihr Handy. Gut gelaunt hob sie ab, denn sie sah Florians Nummer im Display.

»Guten Morgen«, sagte sie schwungvoll mit einem Lächeln auf den Lippen. »Habt ihr gestern noch etwas aus dem *General* und seinem Komplizen herausbekommen?«

»Nicht viel«, erwiderte Florian mit merkwürdig belegter

Stimme. »Ich muss mit dir reden. Ich …« Er stotterte leicht und verstummte dann.

»Florian?« Julia setzte sich kerzengerade auf. Eben noch gänzlich entspannt, fühlte sie jetzt schon wieder das Adrenalin hochschießen.

»Es ist etwas passiert. Am besten, du kommst sofort her. Mein Chef hat schon mit Manfred Holsten telefoniert und der hat für dich grünes Licht gegeben.« Er nannte Julia die Adresse und legte auf, ohne ein einziges Detail genannt zu haben.

In Julias Kopf überschlugen sich die Gedanken. Was konnte passiert sein, dass Florian völlig durcheinanderbrachte? Es musste etwas mit Kim Wiesinger zu tun haben. Hatte er irgendetwas Neues ermittelt? Aber was sollte das sein? Sie rannte hinaus zum Auto. Mit einem unguten Gefühl startete sie den Motor und gab die Adresse in das Navigationssystem ein. Ihr Ziel war ein Parkplatz neben einer Landstraße außerhalb von Köln.

Keine zwanzig Minuten später sah sie schon von Weitem ein rot-weißes Absperrband. Ein Polizist erkundigte sich nach ihrem Namen und ließ sie wortlos passieren. Julia wunderte sich, da sie normalerweise ihren Ausweis vorzeigen musste.

Zuerst begegnete sie Martin Saathoff. Seine Augen weiteten sich unmerklich, als er Julia erblickte. Er drehte sich um und rief nach Florian, wobei sich seine Stimme fast überschlug.

»Worum geht es denn?«, wollte Julia wissen und reichte Saathoff die Hand.

»Da bist du ja.« Das war Florian. Er führte sie zu seinem Auto. »Setz dich erst mal.«

Jetzt wurde es Julia zu viel. »Was zum Teufel ist hier los? Hör auf, mich wie eine zerbrechliche Geisteskranke zu behandeln.« Scharf sog sie die kühle Morgenluft ein.

Florian biss sich betroffen auf die Unterlippe und legte

eine Hand auf ihre Schulter. »Tut mir leid. Ich wollte es dir nur schonend beibringen.«

»Was? Was ist denn passiert?« Julia riss sich los, rannte an Saathoff vorbei auf die Stelle zu, wo eben noch Florian gestanden hatte. Neben der asphaltierten Fahrbahn lag eine Gestalt am Boden, eine männliche Person jüngeren Alters. Körpergröße ungefähr eins siebzig, schlank, braune kurze Haare. Der Tote lag auf dem Bauch. Seine Beine steckten in dunkelblauen Jeans, ein hellblaues T-Shirt bedeckte den Oberkörper. Schuhe und Socken fehlten. Julia ging um den Toten herum. Jetzt konnte sie das Gesicht im Profil betrachten.

Es war nicht irgendein Gesicht, kein namenloser Toter. Julia blieb auf der Stelle die Luft weg. Sie blinzelte, um das Bild zu verscheuchen. Das musste ein schrecklicher Irrtum sein. Ihr Blick flog hoch zu Florian. Seine versteinerte Miene sprach Bände. Sie sah wieder hinunter zu dem so jungen, intelligenten und sensiblen Gesicht. Ein Gesicht, das sie täglich sah. Sie schluchzte laut auf und schlug die Hand vor den Mund.

Dort lag Emanuel.

32

»Was macht er denn bloß hier?« Julia sammelte sich nur langsam. In ihrem Hals saß eine dicke Kröte, die ihr die Luft abdrückte und ihre Sprechweise wie abgebrochene Orgelpfeifen klingen ließ.

»Wer hat ihn gefunden?«, murmelte sie. Ihr Verstand hatte Mühe, die Situation zu erfassen.

Florian ergriff ihre Hand. Martin Saathoff trat von einem Fuß auf den anderen.

»Der Fahrer des schwarzen Golfs hat ihn heute Morgen entdeckt. Er war auf dem Weg zur Arbeit und hat hier gehalten, weil seine Freisprecheinrichtung nicht funktionierte. Es war reiner Zufall.« Er sah ihr tief in die Augen. »Es tut mir leid.«

Julia nickte stumm. Sie konnte den Blick nicht von Emanuel lösen.

»Ich dachte, dass du die rechtsmedizinischen Untersuchungen übernehmen willst. Holsten ist einverstanden.«

Julia nickte wieder. Sie wollte fragen, warum Holsten ihr diese Obduktion auftrug. Schließlich war sie auch hier persönlich involviert, eigentlich sogar viel stärker als bei

Hoffmann. Aber sie sparte sich ihren Kommentar. Holsten hatte nicht viele Alternativen, außerdem waren in diesem Fall alle Kollegen persönlich betroffen. Sie würde jeden Millimeter von Emanuels Körper analysieren und alles dafür tun, den Mistkerl ausfindig zu machen, der Emanuel getötet hatte. Niemand würde sie davon abhalten können. Weder Holsten noch der liebe Gott. Die Wut schoss mit unglaublicher Kraft in ihr hoch. Sie verdrängte das Gefühl von Trauer und Fassungslosigkeit. Es war, als schaltete sich in ihrem Inneren ein Licht an. Plötzlich war sie glasklar im Kopf. Sie streifte Gummihandschuhe über und ging in die Hocke. Emanuels Gesicht wirkte unversehrt. An den Unterarmen konnte sie mehrere tiefe Kratzer ausmachen.

»Er hat sich zur Wehr gesetzt«, stellte sie fest und deutete auf die Abwehrspuren. Sie lief weiter um den Leichnam herum. Auf dem T-Shirt fanden sich etliche Verfärbungen, die beim Transport entstanden sein könnten. Grünliche Grasflecken wechselten sich mit grauen Schmutzschlieren ab. Auf der Hose setzte sich das Farbspiel fort. Sie betrachtete die nackten Fußsohlen. Keine Verletzungen, kein Dreck. Er war also nicht barfuß gelaufen. Jedenfalls nicht mehr, nachdem Schuhe und Socken entfernt worden waren.

»Können wir ihn umdrehen?«, fragte sie an Florian gerichtet.

»Natürlich. Wir haben bereits etliche Fotos dieser Position angefertigt.«

Sie drehten den Körper auf den Rücken. Sofort sprangen Julia die Blutflecken auf der Brust ins Auge. Sie zog das T-Shirt hoch.

»Er wurde erstochen.« Sie stutzte und betrachtete die Blutmenge. »Das ist nicht viel Blut. Der Stich ging unmittelbar ins Herz. Auf dem T-Shirt ist wenig Blut und auch nicht auf der Brust oder dem Boden. Er wurde woanders ermordet. Außerdem ist das T-Shirt unversehrt an der Einstichstelle. Das bedeutet, zum Zeitpunkt des Mordes hat er entweder gar nichts oder etwas anderes getragen.« Sie überschlug im Kopf, wie schnell bei einem Stich ins Herz das Blut aus dem Brustkorb schoss. Natürlich kam es bei einer solchen Verletzung häufig zu einer Herzbeuteltamponade. Eine Flüssigkeitsansammlung im Herzen, die den Muskel von außen zusammendrückte und lahmlegte, bis das Herz schließlich aufhörte zu schlagen. Der äußere Blutverlust konnte bei Stichverletzungen gering sein. Vielleicht war deshalb so wenig Blut ausgetreten. Ein derartiger Stich konnte jedoch heftige innere Blutungen auslösen. Sie schüttelte unwillkürlich den Kopf. Nein. Am Tatort musste sich mehr Blut befinden. Die wenigen Blutflecken auf Brust und T-Shirt konnten nicht alles sein. Sie entdeckte auch keine Spritzer in der näheren Umgebung, ein weiteres Indiz für ihre Theorie, denn bei jedem Stich flogen Blutspritzer durch die Luft.

Sie bemerkte den offenen Reißverschluss an Emanuels Hose. Hatte sein Mörder ihn vollkommen entkleidet? Bei genauerem Betrachten stellte sie fest, dass der Hosenknopf abgerissen war. An den Hüften unter dem Hosenbund zeichneten sich bläuliche Verfärbungen der Haut ab.

»Alles Weitere möchte ich mir im Institut ansehen.« Sie erhob sich und merkte, wie ihr schwindlig wurde. Ihr Kreislauf spielte verrückt. Sie machte ein paar tiefe Atemzüge und schaute einen Moment in die Ferne. Es wurde nach und nach ein wenig besser.

»Wann hattest du das letzte Mal Kontakt zu Emanuel?«, fragte Florian mit einem Stift und seinem Notizblock in der Hand.

»Das war gestern Abend. Wir haben telefoniert. Emanuel hat mir die Obduktionsergebnisse von Herbert Hoffmann durchgegeben. Er wollte gleich nach unserem Gespräch nach Hause fahren.«

»Um wie viel Uhr war das?«

Julia überlegte. Schließlich holte sie ihr Handy hervor und rief die Liste der letzten Telefonate auf.

»Ich habe ihn exakt um achtzehn Uhr sechsundzwanzig angerufen. Wir haben zwölf Minuten miteinander gesprochen.«

Florian notierte die Uhrzeiten auf seinem Block. »Und hat er irgendwie anders gewirkt als sonst? Vielleicht ängstlich oder angespannt?«

Julia schüttelte den Kopf. »Nein. Gar nicht. Er freute sich auf den Feierabend.« Und darauf, dass er unseren Chef Manfred Holsten los war, fügte sie stumm hinzu. »Er wirkte völlig normal.«

»Gab es denn in letzter Zeit Streit mit jemandem?«

»Nein. Nicht dass ich wüsste. Du kennst ihn doch. Er war nett, sensibel. Es ist ziemlich ausgeschlossen, dass er Streit mit irgendjemandem hatte.« Sie hielt kurz inne. »Na ja. Eine Sache ist da vielleicht. Eine Freundin von ihm wurde kürzlich ermordet. Das hat ihn total mitgenommen.«

Florians Augenbrauen hoben sich interessiert.

»Ihr Name war Luise Schenk. Sie wurde von einem amerikanischen Austauschstudenten auf der Unitoilette überfallen, vergewaltigt und anschließend erdrosselt. Ihr Elternhaus liegt nur drei Häuser von dem seiner Eltern entfernt. Sie kannten sich recht gut.« Julia zuckte mit den Achseln. »Der Täter sitzt längst in Haft. Aber vielleicht hängt Emanuels Tod mit dieser Angelegenheit zusammen.« Julia hatte zumindest keinen anderen Einfall. Emanuel war der liebste Assistent gewesen, der je mit ihr zusammengearbeitet hatte.

»Womöglich ist er auch nur ein Zufallsopfer«, spekulierte sie und tastete die Hosentaschen von Emanuels Jeans ab. »Ich kann weder sein Portemonnaie noch seinen Ausweis finden. Habt ihr danach schon gesucht? Könnte es ein Überfall gewesen sein?«

Florian presste nachdenklich die Lippen aufeinander.

Dann schüttelte er den Kopf. »Glaube ich nicht. Meistens ist bei Raubüberfällen der Tatort mit dem Fundort eines eventuellen Opfers identisch. Sobald die Täter ihre Beute haben, wollen sie so schnell wie möglich weg. Deshalb machen sie sich in der Regel nicht die Mühe, das Opfer an einen anderen Ort zu transportieren.«

Julia nickte.

»Hatte Emanuel denn eine Freundin?«

»Nicht dass ich wüsste. Er hat sie jedenfalls nie erwähnt.«

»Und Freunde, die er gestern nach Feierabend getroffen haben könnte?«

Julia zuckte mit den Achseln. »Ich weiß es nicht.« Plötzlich fiel ihr auf, wie wenig sie Emanuel wirklich gekannt hatte. Wusste sie denn überhaupt etwas von seinem Leben außerhalb des Institutes? Für seine private Seite hatte sie sich nicht sonderlich interessiert. Julia war viel zu versessen auf ihre Arbeit. Sie hatte in Emanuel immer nur ihren Assistenten und zukünftigen Kollegen als Rechtsmediziner gesehen. Auf einmal fühlte sie sich schlecht. Sie hätte schließlich wenigstens wissen müssen, ob er mit einem Mädchen liiert war.

»Das macht nichts. Wir werden es herausfinden.« Florian sah sie an.

Er hatte wieder diesen merkwürdigen Blick aufgesetzt. Diesen Bitte-geh-doch-zu-einem-Psychologen-und-lass-dir-helfen-Blick. Das konnte Julia jetzt gar nicht gebrauchen. Sie ignorierte Florians Miene.

»Dann ist es wohl das Beste, ich mache mich sofort an die Obduktion.«

Florian zuckte mit den Schultern.

»Wie du willst. Wir analysieren den Fundort weiter. Vielleicht finden wir Reifenabdrücke oder andere Spuren. Mit ein wenig Glück gibt es Zeugen.« Sein Blick ging in die Ferne, zu ein paar Häusern am Ende des angrenzenden Feldes. »Anschließend befragen wir sein Umfeld.«

»Wann wollen wir das eigentlich alles schaffen?«, mischte sich Saathoff mit finsterem Gesichtsausdruck ein.

»Heute Nachmittag findet die Pressekonferenz statt. Hatten wir nicht beschlossen, dass die Aufklärung des Falles Kim Wiesinger oberste Priorität hat? Dann haben wir auch noch Herbert Hoffmann an der Backe. Wir können uns auf keinen Fall einen weiteren Mord aufhalsen. Da verzetteln wir uns. Ich spreche am besten gleich noch einmal mit Hermann Meier. Er soll ein anderes Team auf diesen Mord ansetzen.«

»Das ist nicht Ihr Ernst«, fauchte Julia Saathoff an. »Dieser Junge ist ... war ... mein Assistent. Ohne ihn wären Sie bei den letzten Todesfällen überhaupt nicht weitergekommen. Er hat großartige Arbeit für Sie geleistet und geholfen, wo er konnte. Wir hatten immer jede Menge zu tun und haben uns nicht hinter zu viel Arbeit versteckt.«

Saathoff wurde knallrot im Gesicht. »Tut mir leid«, murmelte er. »Ich befürchte trotzdem, dass wir uns irgendwie aufteilen müssen. Für heute sind weitere Vernehmungen mit dem *General* und seinem Komplizen geplant. Die Anwälte der beiden nehmen wieder teil, und wenn wir noch mehr Zeit verlieren, müssen wir die Männer womöglich laufen lassen. Die Anklagepunkte stehen, doch deswegen können wir sie nicht ewig festhalten.«

»Aber Sie haben doch zusätzlich zum Heroinbesitz die ermordete Prostituierte. Die Fingerabdrücke wurden zweifelsfrei Igor Petrow zugeordnet.«

Saathoffs Miene versteinerte sich. »Das hilft uns leider nicht. Er hat zugegeben, dass er Geschlechtsverkehr mit der Frau hatte. Als er ging, sei sie noch am Leben gewesen. Wir haben nichts als Indizien.«

Florian hob beschwichtigend die Hände. »Wir sollten einen Plan für die weitere Vorgehensweise machen. Und keine Sorge, wir werden Emanuels Mörder zur Strecke bringen.«

»Das will ich hoffen«, fauchte Julia und warf Saathoff einen bösen Blick zu.

»Ich schlage vor, dass Anna Schubert hier alleine weitermacht. Wir führen die Verhöre noch jetzt am Vormittag durch und anschließend befragen wir Emanuels Umfeld. Bis dahin haben wir auch die ersten Ergebnisse von der Spurensicherung und von dir. Am besten fängst du sofort mit der Obduktion an. Den Fall Hoffmann stellen wir für heute zurück.«

Florians Vorschlag klang vernünftig. Julia nickte einsichtig. Saathoffs Miene wirkte weiterhin versteinert.

Florian schaute auf die Uhr. »Also, dann los.«

33

Tick, tick, tick, machte die Uhr, und er freute sich. Alles verlief nach Plan. Bald war es Zeit, die Maske fallen zu lassen. Zwar würde er nicht mehr bekommen, was ihm verwehrt worden war, aber er würde Rache nehmen.

Genüsslich lehnte er sich zurück und dachte an die Geschehnisse da draußen, wo sich die Menschen wie Schafe von A nach B bewegten. Scheinbar ziellos. Sie hielten an, liefen weiter, drehten sich um. Niemand würde vermuten, dass hinter diesem Chaos ein Plan steckte. Er grinste selbstgefällig.

Sein Finger tippte auf Enter und erteilte dem Computer den Befehl, die Videoaufnahme noch einmal abzuspielen. Er hatte Stunden damit zugebracht, das Bildmaterial zu schneiden und zu optimieren. Jetzt brillierten die Farben. Die helle Haut seines zierlichen Opfers kam toll zur Geltung. Der Kontrast war sagenhaft. Vielleicht hätte er Produzent werden sollen. Wenn er dieses Video hochlud, hatte er innerhalb weniger Stunden Tausende Klicks, garantiert. Stolz betrachtete er die einzelnen Sequenzen, die er gezielt inszeniert hatte. Beim Zusammensetzen der Abschnitte war er einem bestimmten Konzept gefolgt. Es entsprach der gängigen Vorgehensweise, ähnlich wie bei Hollywoodfilmen, die auf diese Weise die Spannung bis ins Unermessliche steigerten.

Es fing völlig harmlos an. Die Person saß auf einem Stuhl. Die Kamera zoomte heran und fing das Bild einer hinunterlaufenden Träne ein. Glitzernd reflektierte sie das Licht. Es war wunderschön anzusehen. Eine Hand schob sich ins Bild. Seine Hand. Sie tupfte die Träne weg. Zurück blieb ein schimmernder Film auf der hellen Haut. Auf der unbehaarten Brust seines Zielobjektes konnte er die einzelnen Rippen ausmachen. An dieser Stelle hatte er lange gefeilt. Während andere muskulöse Sixpacks in Szene setzten, brachte er das Zerbrechliche zur Geltung. Wie schnell konnte ein menschlicher Körper zerstört werden?

Ein Messer flog durchs Bild. Das war der erste Höhepunkt. Der Moment, in welchem dem Betrachter klar wurde, dass es um mehr ging als um ein nacktes Objekt. Wieder grinste er. Natürlich spannte er seine Zuschauer auf die Folter. Die böse Vorahnung würde sich nicht zu bald erfüllen. Er konnte spüren, wie sich die Nerven des Publikums ruckartig anspannten. Nichts war schöner als die Vorfreude.

Langsam strich das Messer über die Brustwarzen seines Lustobjektes. Sie stellten sich wie erwartet auf. Er hatte das Messer vorher extra ins Eisfach gelegt. Alles lief nach Plan.

Der Bildausschnitt zeigte eine kleine Menge weißes Pulver. Aber nur kurz. Auch dieses Mittel würde erst später zum Einsatz kommen. Die Kamera zoomte zunächst auf die großen Augen, die von hellen Pünktchen durchzogene Iris. Neben der Angst strahlten sie eine starke Sensibilität aus. So liebte er es. Seine Objekte mussten weich sein. Er mochte Sinnlichkeit. Und genau diese offenbarte sich dem geneigten Zuschauer. Die Kamera fuhr die Konturen des Gesichtes ab. Lange Wimpern, zierliche Nase und hohe Wangenknochen. Alles war perfekt. Nur die vollen Lippen konnte man unter dem Klebeband nicht erkennen. Zeit für den nächsten Akt.

Diverse Folterinstrumente drängten sich ins Bild. Die Augen des Opfers weiteten sich. Er wartete ab. Die Spannung steigerte sich ins Unermessliche.

Dann tat er es. Völlig unvorhergesehen. Der schwere Atem seines Objektes törnte ihn an. Es war himmlisch, auch jetzt, wenn er sich die Ereignisse im Nachhinein ansah.

Der Alarm schlug an. Unwillig wandte er den Blick ab und sah zu einem anderen Monitor. Mist.

Das, was sich auf dem anderen Bildschirm abspielte, erforderte seine ganze Aufmerksamkeit.

34

»Ich kann das auch für Sie übernehmen«, bot Manfred Holsten an. Das bläuliche Licht der Neonröhren ließ ihn aussehen wie einen Untoten. Seine faltige Haut war vom ständigen Kunstlicht extrem bleich. In der weißen Schutzkleidung sah er noch ein Stück blasser aus. Nur seine klugen Augen schienen lebendig.

Julia schüttelte den Kopf. »Nein. Ich muss das tun. Das bin ich ihm schuldig.« Sie dachte daran, wie liebevoll Emanuel seiner ermordeten Freundin Luise Schenk die Haare gewaschen hatte. Sie versuchte, es ihm gleichzutun. Wenn sie schon kaum etwas über sein Privatleben wusste, konnte sie ihm jetzt wenigstens die Aufmerksamkeit entgegenbringen, die er verdient hatte.

Emanuel war inzwischen vollständig entkleidet. Sein schmaler Körper lag auf dem kalten Edelstahltisch. Die bläulich angelaufene Haut fühlte sich kalt an. Normalerweise schreckte Julia die gummiartige Beschaffenheit bei der Berührung nicht. Bei Emanuel war es anders. Sie wusste, wie er sich angefühlt hatte, als er noch lebte. Sein Händedruck war warm und sanft gewesen. Jetzt waren die Finger kalt und steif.

Auf Emanuels Kleidung wurden keinerlei fremde Spuren nachgewiesen. Julia hatte auf ein paar Fasern oder Ähnliches gehofft, doch der oder die Täter waren offenkundig sehr vorsichtig vorgegangen. Julia fing mit der äußerlichen Begutachtung des Leichnams am Kopf an. Sie kontrollierte Haare und Kopfhaut, prüfte den Schädel auf Anzeichen von Parasitenbefall, suchte nach thermischen Schäden wie angesengte Haarspitzen und erkundete schlussendlich das Schädelskelett. Es schien vollständig intakt. Dasselbe galt für das Nasengerüst. Der Inhalt der Nasenöffnungen war unauffällig. Trotzdem entnahm sie Proben für das Labor. Holsten assistierte ihr. Er reichte ihr die Tupfer und verpackte sie anschließend in Plastiktüten. Julia fuhr mit Augen und Ohren fort, inspizierte die Haut auf petechiale Blutungen, die auf Würgen hingedeutet hätten, wurde jedoch nicht fündig. Sie machte ein paar Abstriche aus der Mundhöhle und prüfte den Mundgeruch, indem sie Druck auf den linken Rippenbogenrand in der Medioklavikularlinie ausübte. Es handelte sich dabei um eine gedachte Linie, die senkrecht durch die Mitte des Schlüsselbeins verlief.

»Keine Auffälligkeiten«, diktierte sie in das Aufnahmegerät und beschrieb den leicht knoblauchartigen Geruch aus dem Mundraum.

»Auf der Unterlippe findet sich ein circa fünf Millimeter langer, dünner Riss. Ein Kratzer von genau fünfundzwanzig Millimetern verläuft quer über dem Kinn, verursacht möglicherweise von einem Fingernagel«, diktierte Julia als Nächstes und nahm einen Abstrich, der im Labor auf genetische Spuren untersucht werden sollte. Sie ging systematisch vor. An den Unterarmen identifizierte sie Abwehrspuren. Die Haut um die Handgelenke war aufgeschürft. Abdrücke von Kabelbindern gaben zu erkennen, dass Emanuel offensichtlich fixiert worden war. Auf dem Oberkörper fanden sich neben der tödlichen Herzverletzung ein paar kleinere Hämatome. Als sie sich weiter Richtung Becken vorarbeitete, hob Manfred Holsten auf einmal die Hand und stoppte Julia.

»Vielleicht sollte ich an dieser Stelle weitermachen.«

Julia stemmte erstaunt die Hände in die Seiten. Sie hatte keine Ahnung, worauf Holsten hinauswollte. Als sie ihm ins Gesicht sah, bemerkte sie, dass er sich nervös auf der Unterlippe herumbiss. Das passte gar nicht zu ihrem Chef, der immer die nötige Haltung wahrte.

»Was ...« Sie sprach nicht weiter, sondern folgte Holstens Blick, der auf eine Stelle unterhalb des Beckens gerichtet war. Julia erkannte mehrere leichte Schwellungen, die sich insbesondere an der Innenseite der Oberschenkel gebildet hatten. Sie legte den Handrücken gegen die Stirn.

»Er wurde doch nicht ...« Sie blickte zu Holsten, registrierte seinen versteinerten Gesichtsausdruck und das knappe, aber eindeutige Nicken.

Julia beugte sich vor und schob Emanuels Schenkel auseinander. Ungläubig sah sie die Bestätigung ihrer schlimmen Vermutung. Sie nahm ein langes Wattestäbchen und machte einen Abstrich. Schweigend steckte sie es in ein Plastikröhrchen. In ihrem Kopf ratterte es. Was um Himmels willen war ihm nur widerfahren? Wie konnte das möglich sein? Eingehend begutachtete sie das Areal.

»Er hatte auf jeden Fall Analverkehr«, erklärte sie so nüchtern, wie es ging. Ihre Augen klebten an einem Schleimhauteinriss am äußeren Schließmuskelrand des Afters. Sie fragte sich, ob diese Verletzung Folge eines freiwilligen Aktes oder einer Vergewaltigung war.

»Da er eine Freundin hatte, gehe ich eher von einer Vergewaltigung aus. Wir sollten den Anus genauestens untersuchen.«

»Er hatte eine Freundin?« Julia fühlte sich um einen Schlag noch schlechter. Warum kannte Manfred Holsten ihren Assistenten besser als sie?

»Als wir den Leichnam von Herbert Hoffmann untersucht haben, hat sie ihn angerufen. Sie wollten sich am selben Abend treffen.« Holsten hob beschwichtigend die Hände. »Es war Zufall, dass ich es mitbekommen habe. Ich stand unmittelbar neben ihm und konnte jedes Wort verstehen. Es war keine Absicht.«

»Oh«, sagte Julia und fragte sich noch einmal, warum sie nichts von Emanuels Freundin wusste. »Ich sollte Florian Kessler davon berichten. Er hat mich heute Morgen nach Emanuels Privatleben befragt.«

Mit Holstens Hilfe drehte sie Emanuels Leichnam auf die Seite, um den Anus besser untersuchen zu können. Sie führte ein Darmspekulum ein und musterte die Haut, die zahlreiche Einrisse aufwies.

»Die Verletzungen sind akut«, stellte Julia nach einer Weile fest. Es gab keine erkennbaren chronischen Verdickungen der Analhaut oder einen Verlust des Faltenreliefs, soweit sie das bei den vielfältigen Verletzungen beurteilen konnte. Der Befund deutete darauf hin, dass Emanuel keinen regelmäßigen Analverkehr hatte. »Emanuel Schreiber ist vor seinem Tod vergewaltigt worden.«

Julias Satz hing in der Luft wie eine meterhohe Giftwolke. Sie schaltete das Diktiergerät aus.

»Verdammt«, fluchte sie. »Das wird wohl kaum bei seiner Freundin passiert sein. Kennen Sie ihren Namen?«

Manfred Holstens Miene hatte sich noch weiter verdüstert. Er schüttelte den Kopf. »Nein. Wenn ich mich richtig erinnere, war es irgendetwas wie Nina oder Ina. So genau habe ich es nicht verstanden.«

Julia streifte einen Gummihandschuh ab, griff zum Handy und wählte Florians Nummer. Als er abhob, ließ sie ihn gar nicht erst zu Wort kommen.

»Emanuel wurde vergewaltigt. Er war gestern Abend mit seiner Freundin verabredet. Nina oder Ina könnte sie heißen.«

Julia hörte Florian am anderen Ende der Leitung atmen. Nach einer Weile fragte er: »Bist du dir ganz sicher?«

»Natürlich. Sonst würde ich dich nicht anrufen.«

»Mmh. Das bekomme ich nicht auf die Reihe. Du sagst, er hatte eine Freundin. Das werden wir herausfinden. Ein Team der Spurensicherung ist gerade dabei, seine Wohnung zu durchsuchen. Die müssten etwas finden. Aber eine Vergewaltigung ist schon sehr ungewöhnlich. Vor allem in Verbindung mit einem Mord.« Florian machte eine kleine Pause. »Wir sind immer noch mit den Vernehmungen vom *General* und seinem Komplizen beschäftigt. Die gestalten sich leider extrem schwierig. Seit die Anwälte mit von der Partie sind, kriegen wir kaum etwas aus ihnen heraus. Ich habe ziemlichen Druck vom Chef, weil die Pressekonferenz in wenigen Stunden beginnt. Danke für die Info. Ich melde mich, so schnell ich kann.« Florian legte auf.

Julia hielt das Handy noch ein paar Sekunden ans Ohr, bevor sie es sinken ließ. Sie war enttäuscht. Florian schienen die Obduktionsergebnisse nicht sonderlich zu interessieren. Dabei waren es doch wichtige Hinweise, die zum Ergreifen von Emanuels Mörder führen könnten. Die Suche musste sich jetzt auf Sexualtäter konzentrieren. Julia steckte das Handy zurück in die Tasche und zog den Gummihandschuh wieder an. Wer auch immer Emanuel das angetan hatte, er hatte so etwas nicht zum ersten Mal getan. Das war nach Julias Einschätzung mehr als wahrscheinlich, weil der Täter jegliche DNS-Spur planvoll vermieden zu haben schien.

»Was hat Kessler gesagt?«, fragte Manfred Holsten, als Julia sich wieder über den Leichnam beugte.

»Nicht viel. Sie verhören gerade einen Drogenhändler, der vermutlich den Auftrag zur Ermordung der Polizistin erteilt hat. Ich fürchte, die Aufklärung von Emanuels Tod wird eine Weile dauern. Die Kripo ist derzeit ganz schön überlastet.« Sie dachte an Martin Saathoffs Worte und fragte sich im selben Moment, ob er nicht recht hatte. Wäre es nicht sinnvoll, ein eigenes Team auf Emanuels Mörder anzusetzen? Sie verwarf den Gedanken direkt wieder. Florian war der Beste, daran durfte sie nicht zweifeln.

Akribisch machte sie sich weiter an die Arbeit. Jetzt begann die innere Leichenschau, bei der der Körper aufgeschnitten und sämtliche Organe begutachtet wurden. Die Prozedur zog sich über den Rest des Tages hin. Als sie endlich fertig waren, rieb Manfred Holsten sich müde den Rücken.

»Das lange Stehen bin ich gar nicht mehr gewohnt«, stöhnte er und streifte die Handschuhe sowie die Schutzkleidung ab. »Ich bin auf die Laborergebnisse gespannt. Vielleicht entdecken sie doch etwas Brauchbares.«

Julia zuckte frustriert mit den Achseln. »Wir haben kein Sperma, keine Haare oder Fasern. Unter den Fingernägeln war auch nichts. Ich fürchte, da wird nicht viel herauskommen.« Sie legte ebenfalls die Schutzkleidung ab. »Ich finde es erstaunlich, dass Emanuel seit gestern Mittag nichts mehr gegessen hat.«

Holsten nickte. »Ja, es sieht so aus, als wäre er nicht zu Hause angekommen. Ich kann nur von mir ausgehen, aber wenn ich nach einem langen Arbeitstag Feierabend mache, dann muss ich zuerst was essen.«

»Das würde bedeuten, dass er auf dem Weg vom Institut nach Hause auf seinen Mörder gestoßen ist.«

»Oder auf dem Weg zu seiner Freundin. Vielleicht wollten die beiden ja essen gehen«, ergänzte Holsten. »Aber das sind alles bloß Spekulationen. Das muss die Kripo klären.« Er blickte auf die Uhr. »Ich muss jetzt los. Machen Sie bitte auch Feierabend. Heute gibt es hier nichts mehr zu tun.«

»Mache ich«, murmelte Julia nachdenklich und sah zu, wie Holsten davonging. Sie stand da und hielt immer noch die Gummihandschuhe in der Hand. Als es ihr auffiel, warf sie die Handschuhe in den Mülleimer. Dann überprüfte sie ihr Handy. Florian hatte sich nicht mehr gemeldet. Die Pressekonferenz musste längst vorbei sein. Gespannt öffnete sie eine Nachrichtenseite auf dem Smartphone und las die Neuigkeiten. Sie fand lediglich einen unspektakulären Dreizeiler, in dem knapp auf Sergei Bugarow als Verdächtigen im Fall Kim Wiesinger hingewiesen wurde. Einzelheiten gab es nicht. Emanuels Freundin kam ihr in den Sinn. Sie mussten herausfinden, wer diese Frau war und ob sie Emanuel gestern noch gesehen hatte. Sofort wählte sie Florians Nummer. Es klingelte, aber niemand hob ab. Enttäuscht steckte sie das Handy wieder ein. Sie fühlte sich von der Außenwelt abgeschnitten. Ob Florian nicht mit ihr sprechen wollte? Er war in letzter Zeit merkwürdig distanziert. Es war beinahe zwanzig Uhr. Er musste längst zu Hause sein. Sie beschloss, ebenfalls Feierabend zu machen. Es war ein anstrengender Tag gewesen. Sie musste erst einmal neue Kraft schöpfen. Auf dem Weg nach draußen blieb sie vor Emanuels Büro stehen. Unschlüssig trat sie ein. Sie fühlte sich fast wie ein Eindringling, aber ihre Neugier war größer. Sie setzte sich auf seinen Stuhl und musterte den perfekt aufgeräumten Schreibtisch. Alle Stifte steckten in einem Körbchen. Die Unterlagen waren ordentlich sortiert und beschriftet. Julia las die Überschriften. Es handelte sich um Obduktionsberichte der letzten Tage. Ganz oben auf lag der Bericht zu Herbert Hoffmann. Darauf klebte ein Post-it: *Laborwerte offen*. Das entsprach genau dem Status von gestern Abend. Julia hatte sich heute noch nicht die Mühe gemacht, nach Post aus dem Labor zu schauen. Sie sah sich weiter um. Im Büro stand kein einziges Foto. Weder von Emanuel noch von seiner Freundin. Julia lächelte wehmütig. Emanuel hatte sie oft an sie selbst erinnert. Sie vermisste ihn.

»Verdammt, Emanuel. Wo bist du nur hineingeraten?«, fragte Julia laut. Sie stand auf und ging zu seinem Schrank. Alphabetisch sortierte Aktenordner befanden sich in der einen Hälfte. Auf der anderen Seite hing auf einem Bügel seine Jacke. Auf dem Schrankboden befand sich ein Paar Turnschuhe. Obwohl die Polizei das Büro bereits am Morgen durchsucht hatte, griff Julia nach Emanuels Jacke. Sein Portemonnaie steckte in der linken Tasche. Weshalb hatte Emanuel das Institut ohne Geldbörse verlassen? Konnte er es vergessen haben? Nein, Emanuel hatte Ordnung geliebt. Das passte nicht zu ihm. Sie suchte weiter, entdeckte aber nichts Auffälliges mehr. Emanuels Handy konnte sie jedenfalls nicht finden. Sie ging zu seinem Schreibtisch und ließ abermals den Blick über die Dokumente schweifen. Sie nahm Hoffmanns Akte in die Hand und schlug sie auf, ohne eigentlich zu wissen, warum.

Zuoberst war ein Foto von Herbert Hoffmanns Bauch mit dem Schriftzug eingeheftet. *Niemand rührt Julia an.* Ein Schauer überlief sie und schnell klappte sie die Akte wieder zu. Der Fall Hoffmann musste warten. Zuerst wollte sie Emanuels Mörder dingfest machen. Plötzlich vibrierten ihre Nerven. Die Trauer fiel wie ein hungriger Vogelschwarm über sie her. Julia schnappte nach Luft und konnte die Tränen auf einmal nicht zurückhalten.

»Verdammt, Emanuel«, sagte sie leise und haute mit der flachen Hand auf den Tisch. Dann rannte sie aus seinem Büro und schlug die Tür hinter sich zu.

»Alles in Ordnung?«

Julia blieb wie vom Blitz getroffen stehen. Florian stand vor ihr und sah sie besorgt an. Schnell wischte sie die Tränen weg.

»Ja, alles bestens.« Ihre Stimme zitterte. »Wie war die Pressekonferenz?«

Florians Miene verdüsterte sich. »Es lief nicht so gut. Meier konnte viele Fragen nicht beantworten. Insbesondere, warum Kim Wiesinger mitten in der Nacht unbewaffnet das Haus verlassen hat, und das auch noch, ohne Verstärkung anzufordern.« Er zuckte mit den Schultern. »Er konnte ja schlecht verlautbaren, dass Kims Partner im wahrsten Sinne des Wortes geschlafen hat. Hätte er Kims Anruf mitbekommen, wäre sie heute vielleicht noch am Leben …« Florian stockte und schüttelte den Kopf. »Wie auch immer. Es lief nicht sonderlich gut, aber das war ja vorherzusehen.«

»Oh«, machte Julia nur und versuchte, die Fassung wiederzugewinnen. Den ganzen Tag lang hatte sie ihre Gefühle verdrängt. Es war kein Wunder, dass es jetzt aus ihr herausbrach. Sie schluckte schwer.

»Und die Vernehmungen? Seid ihr weitergekommen?«

»Wir wissen nur, dass Sergei Bugarow einen Auftrag für den *General* ausgeführt hat, der strafrechtlich relevant ist. Das zumindest behauptet sein Anwalt. Wir verhandeln mit dem Staatsanwalt. Wenn der *General* kooperiert, bekommt er womöglich einen Deal angeboten und verrät uns im Gegenzug, worum es bei diesem Auftrag ging. Der Staatsanwalt könnte beispielsweise von der Höchststrafe absehen. Saathoff und ich vermuten, dass er den Mord an Kim angeordnet hat.« Florian verstummte und starrte auf seine Fußspitzen. Der Frust stand ihm ins Gesicht geschrieben.

»Aber deswegen bin ich gar nicht hier.« Florian seufzte und sah Julia wieder an. Seine blauen Augen strahlten eine enorme Traurigkeit aus. »Ich war bei Emanuels Eltern. Sorry, dass ich deshalb nicht ans Telefon gegangen bin. Sie sind am Boden zerstört. Es … es wäre einfach unpassend gewesen.«

Julias Magen zog sich schmerzhaft zusammen. »Und?«, war alles, was sie herausbrachte.

Florian hob die Schultern. »Es ist, wie du gesagt hast. Er war ein absolut liebenswerter Mensch, hatte keine Feinde. Niemanden, mit dem er in letzter Zeit in Streit geraten war. Und er hatte eine Freundin. Nina Haberland. Ich wollte jetzt zu ihr fahren und fragen, ob du mich begleitest. Danach lade ich dich zum Essen ein. Du solltest heute Abend nicht alleine sein. Du weißt schon. Es ist die erste Nacht nach Emanuels Tod. Es … es ist sicher nicht leicht für dich.« Florians blaue Augen sahen direkt in Julias Seele.

Gerührt wischte sie sich eine neue Träne aus dem Augenwinkel. »Danke«, sagte sie heiser und wehrte sich nicht, als Florian sie in die Arme zog und fest an sich drückte. »Du ... Nein, wir - werden das durchstehen«, flüsterte er und hauchte ihr einen Kuss auf die Wange.

»Bei der Obduktion haben wir leider keine Hinweise auf den Täter gefunden«, schluchzte Julia. Sie fühlte sich wie eine Versagerin.

»Ich weiß«, murmelte Florian. »Dein Chef hat mich angerufen.«

»Wie sollen wir seinen Mörder jemals finden? Ich wusste bis heute nicht einmal, dass er eine Freundin hatte. Ich kannte ihn überhaupt nicht.« Sie stockte und unterdrückte ein Schluchzen. Jammern half nichts. Sie musste ihren Verstand einschalten.

»Hör zu. Vielleicht bleibst du besser im Auto sitzen, während ich mit Nina Haberland spreche, oder du fährst nach Hause und ich hole dich dann ab.«

Julia schüttelte vehement den Kopf. »Nein. Ich schaffe das schon. Ich habe Emanuel schließlich auch obduziert. Wir müssen herausfinden, wo er gestern Abend war.«

35

Die Stichstraße war so schmal, dass es für entgegenkommende Fahrzeuge kaum Platz gab. Florian fuhr dementsprechend langsam und bremste vor der Hausnummer fünf ab. Ein fünfstöckiges, dunkelrotes Backsteinhaus, schätzungsweise aus den Fünfzigerjahren, erhob sich vor ihnen. Florian parkte halb auf dem Bürgersteig und stieg aus.

»Nina Haberland wohnt im dritten Stock«, erklärte er und wartete, bis Julia die Beifahrertür zugeschlagen hatte. Sie befanden sich im Süden von Köln. Weit entfernt von Emanuels Wohnung, die im Norden lag.

»Ich stelle die Fragen. Aber wenn dir irgendetwas einfällt, lass dich nicht abhalten.«

Julia nickte. Jetzt, wo sie vor der Haustür stand, zweifelte sie an ihrem Entschluss. War es wirklich eine gute Idee? Ihre Nerven flatterten. Im Institut und während der Arbeit war es ihr einigermaßen gut gegangen. Mit der gewohnten Routine vermochte Julia sich von den schrecklichen Ereignissen abzulenken. Aber das, was nun käme, gehörte nicht dazu. Vernehmungen, polizeiliche Ermittlungen und Gespräche mit Hinterbliebenen waren alles andere als Routine für sie.

Schon im Normalfall und ohne persönlich involviert zu sein würde es ihr schwerfallen, mit Angehörigen zu sprechen. Das taten Rechtsmediziner so gut wie nie. Florian hatte sie genau aus diesem Grund nicht mit zu Emanuels Eltern genommen. Er wollte sie emotional nicht zu sehr belasten. Warum nahm er sie dann zu Nina Haberland mit? Sie kannte die Antwort. Zum einen hätte sie für das Gespräch mit Emanuels Eltern – was bereits vor Stunden stattfand – gar keine Zeit gehabt, da sie noch mitten in der Obduktion steckte. Zum anderen hatte Florian sie nicht gebraucht, denn Emanuels Eltern waren nur oberflächlich in den Alltag ihres Sohnes involviert gewesen. Sie kannten seinen Job, die größten Sorgen und auch seine Freundin. Über seine tägliche Routine hingegen wussten sie kaum etwas. Das war normal. Emanuel war schließlich kein Kind mehr, sondern ein Mann, der mitten im Arbeitsleben stand. Das Gespräch mit Emanuels Freundin jedoch versprach, wesentliche Details über Emanuels Angewohnheiten zum Vorschein zu bringen. Es war nur logisch, dass Florian Julia dabeihaben wollte. Vier Ohren und Augen nahmen mehr wahr als zwei. Wem sonst sollte ein junger Mann sich anvertrauen, wenn nicht seiner festen Freundin? So hatten Emanuels Eltern Nina Haberland bezeichnet. Sie waren seit einem Dreivierteljahr zusammen, und Julia konnte es immer noch nicht fassen, dass sie davon überhaupt nichts mitbekommen hatte.

»Haberland«, krächzte eine Frauenstimme aus der Gegensprechanlage, gleich nachdem Florian auf den Klingelknopf gedrückt hatte. Nina Haberlands Stimme war anzuhören, dass sie geweint hatte. Eine Einheit der Streifenpolizei hatte sie im Vorfeld über den Tod ihres Freundes informiert.

»Florian Kessler, Kriminalpolizei Köln. Wir hatten vorhin telefoniert.«

Es kam keine Antwort. Stattdessen summte der Türöffner. Florian stieß die Haustür auf. Zügig nahm er die Treppenstufen. Julia hetzte hinterher. Im dritten Stock erwartete sie eine unscheinbare junge Frau mit dunklen traurigen Rehaugen. Sie nickte knapp und bat die beiden herein. Die Wohnung bestand aus zwei Zimmern, Bad und Küche. Nina Haberland stellte sich als Medizinstudentin vor. Sie hatte Emanuel auf der Geburtstagsparty eines Freundes kennengelernt.

Sie nahm auf einem Hocker Platz, senkte den Kopf und verkrampfte die Hände ineinander. Julia und Florian saßen gegenüber auf dem schmalen Sofa.

»Könnten Sie uns bitte erzählen, wann Sie Emanuel zuletzt gesehen haben?«, fragte Florian.

»Er hat zwei Nächte bei mir geschlafen. Gestern wollten wir dann bei ihm übernachten. Wir wollten uns deshalb bei ihm treffen. Ich bin hingefahren, habe geklingelt, aber er war nicht da.« Nina sprach leise mit gebrochener Stimme. Während sie redete, hob sie nicht ein einziges Mal den Blick von ihren Fußspitzen.

»Haben Sie sich nicht gewundert, dass er nicht da war?«

Nina Haberland schwieg.

Florian wiederholte seine Frage.

Ninas Hände verkrampften sich stärker ineinander. Julia ahnte, dass sie etwas verschwieg.

»Nein. Es hat mich nicht gewundert. Wir haben unsere Treffen eher locker genommen.«

Florian warf Julia einen zweifelnden Blick zu.

»Haben Sie sich gar keine Sorgen gemacht?«, bohrte er weiter.

»Nein«, sagte Nina knapp und knetete unaufhörlich die inzwischen roten Finger.

»Emanuel ist einem Gewaltverbrechen zum Opfer gefallen. Alles, was Sie uns über ihn sagen können, hilft uns, seinen Mörder zu finden. Um wie viel Uhr waren Sie denn gestern Abend verabredet?«

»Um neun.«

»Okay. Sie sind also mit dem Auto um neun Uhr vor Emanuels Haus angekommen. Wo haben Sie geparkt?«

»Gleich vor dem Haus.«

»Ist Ihnen etwas aufgefallen? Jemand, der sich in der Nähe aufgehalten hat, oder ein anderes parkendes Auto vielleicht?«

»Nein. Nichts. Es parken viele Autos dort.«

»Was haben Sie dann an der Haustür gemacht?«, fragte Florian, und Julia bewunderte ihn für die Geduld, die er aufbrachte.

»Ich habe geklingelt. Ein, zwei Mal. Aber Emanuel war nicht da. In seiner Wohnung brannte auch kein Licht. Also habe ich kehrtgemacht und bin nach Hause gefahren. Ich dachte, dass er noch zu tun hätte und sich später bei mir melden würde.«

»Aber er hat sich nicht gemeldet, oder?«

Nina schüttelte den Kopf.

»Und Sie haben sich deswegen nicht gesorgt? Haben Sie versucht, ihn anzurufen?«

Wieder schüttelte sie den Kopf.

»Warum denn nicht?«

Schweigen.

»Hören Sie, Frau Haberland. Sie verschweigen uns doch etwas. Wollen Sie nicht, dass wir den Mörder Ihres verstorbenen Freundes finden?«

Nina Haberland sah zum ersten Mal auf. In ihren Augen standen Tränen. Die Lippen zitterten heftig.

»Ich wollte mit ihm Schluss machen«, stieß sie hervor und hielt sich die Hände vors Gesicht. »O mein Gott. Ich konnte doch nicht ahnen, dass er mich in dieser Nacht gebraucht hätte. Wäre ich nur dortgeblieben oder hätte ihn wenigstens angerufen. Bestimmt würde er dann noch leben.« Die Tränen liefen rückhaltlos über Nina Haberlands Wangen. Sie schluchzte verzweifelt. Ihr ganzer Körper bebte.

»Das konnten Sie doch nicht wissen. Sie können nichts dafür«, erklärte Florian beruhigend.

»Ich hätte ihn zur Rede stellen sollen, schon am Vormittag, als es mir aufgefallen ist. Stattdessen habe ich mich in meine Wut hineingesteigert und jetzt …« Sie schluchzte heftig. »Jetzt ist er tot.«

Florian schwieg eine Weile, bevor er mit der Befragung fortfuhr.

»Was ist Ihnen denn am Vormittag aufgefallen?«

Nina Haberland schüttelte den Kopf. »Das kann ich Ihnen nicht sagen. Es wäre pietätlos. Ich werde nicht schlecht über Emanuel reden. Es ist seine Privatsache und hat nichts mit seinem Tod zu tun.«

Florian beugte sich vor und sah Nina Haberland eindringlich an.

»Ich kann das verstehen. Wir haben Emanuel sehr geschätzt. Er war ein außerordentlicher Mensch. Niemand will seinem Gedenken schaden. Aber wir müssen herausfinden, wer ihm das angetan hat, und für Gerechtigkeit sorgen. Das hätte sich auch Emanuel gewünscht. Er hat sich zusammen mit Frau Schwarz jeden Tag dafür eingesetzt. Bitte sagen Sie uns alles, was Sie wissen, damit wir seinen Mörder finden können.«

Nina Haberland schlang die Arme um den schmalen Oberkörper. »Es ist so furchtbar. Ich kann es nicht.«

»Bitte«, warf Julia ein. »Mir hat Emanuel sehr viel bedeutet. Er würde nicht wollen, dass sein Tod ungestraft bleibt. Außerdem müssen wir verhindern, dass der Täter noch weitere Menschen angreifen kann.«

Nina hob den Blick und musterte Julia. »Er hat Sie sehr gemocht. Es verging fast kein Tag, an dem er nicht von Ihnen geschwärmt hat.« Sie machte eine Pause und zuckte dann mit den Schultern. »Ich zeige es Ihnen«, sagte sie schließlich. Sie erhob sich und verließ das Wohnzimmer. Julia und Florian blieben schweigend sitzen.

Kurz darauf kehrte Nina Haberland mit einem schwarzen Laptop zurück. »Er hat manchmal noch hier gearbeitet«, erklärte sie und klappte das Gerät auf. »Mein Laptop hat sich gestern Morgen aufgehängt und da wollte ich seinen benutzen. Es war noch eine Seite geöffnet, die mich veranlasst hat, genauer nachzusehen. Er hat sich auf dubiosen Internetbörsen herumgetrieben.« Sie drehte den Laptop so herum, dass Julia und Florian das Bild erkennen konnten.

»Er war auf *SEXtreme* angemeldet?«, murmelte Florian ungläubig.

Julia sagte nichts, sondern starrte nur entsetzt auf den Monitor. Das konnte sie sich nicht vorstellen. Sollte Emanuel einer von diesen Perversen gewesen sein, der sich in ekelhaften Sex-Chatrooms herumtrieb und sich daran aufgeilte, Frauen zu erniedrigen? Fassungslos öffnete sie den Mund. Ihr Hals fühlte sich auf einmal ganz trocken an.

»Das kann ich nicht glauben«, krächzte sie.

»Ich war vollkommen entsetzt. Ich habe hin und her überlegt, ob es vielleicht ein Fehler sein könnte.« Nina Haberland öffnete den Browserverlauf. »Aber es war kein Zufall. Er war verdammt oft in diesem Chatroom. Und außerdem war es nicht das erste Mal, dass er mich betrogen hat.«

Julia horchte auf. »Wirklich?«

Nina nickte. »Erst vor ein paar Monaten habe ich ihn mit einer anderen Studentin erwischt. Luise Schenk. Sie wohnte nur drei Häuser von seinen Eltern entfernt.« Sie schnäuzte sich die Nase. »Er hat mir versprochen, so etwas nie wieder zu tun.«

Julia schwieg betroffen. Das hatte sie nicht geahnt. Umso mehr begriff sie nun, warum Emanuel der toten Luise die Haare gewaschen hatte.

»Darf ich?«, fragte Florian und griff nach dem Laptop.

»Du meine Güte. Er hat um die fünfzig Videos aufgerufen. Unter dem Decknamen *Roter Block*. Jetzt verstehe ich gar nichts mehr.« Florians Stirn lag in Falten. Angestrengt scrollte er durch den Browserverlauf.

»Wussten Sie von seinen sexuellen Vorlieben?«

Nina Haberland lief rot an. »Nein. Natürlich nicht. Ich hatte keinen Schimmer. Ich ...« Sie schluchzte. »Ich dachte, er wäre ganz normal, und vor allem habe ich geglaubt, wir wären glücklich.« Wieder schlug sie die Hände vors Gesicht. »In letzter Zeit war er abends oft länger weg. Angeblich im Institut.« Ihr Blick huschte kurz zu Julia, kehrte dann aber auf ihre Fußspitzen zurück. »Das war offensichtlich gelogen. Gestern, nachdem er nicht zu Hause war, bin ich noch zum Institut gefahren. Dort war alles dunkel und verschlossen. Sein Wagen stand nicht mehr auf dem Parkplatz. Da war mir klar, dass er bei einer anderen sein muss.«

»Wie kommen Sie darauf?«, fragte Florian mit Nachdruck. »Nur weil er sich im Internet Videos ansieht, bedeutet das doch nicht zwangsläufig, dass er fremdgeht.«

»Das ist es ja«, schluchzte Nina Haberland und zog den Laptop zu sich heran. Sie klickte ein paarmal und drehte den Computer wieder zu Florian. »Er hat ihr Nachrichten geschrieben. E-Mails. Sie waren an diesem Abend verabredet. Deswegen war mir klar, dass er sich nicht melden würde. Ich wusste, wo er ist.«

Julias Puls schoss fühlbar in die Höhe. Sie rückte zu Florian auf und las die E-Mails zwischen Emanuel und dem User *Weiße Blüte*. Sie stolperte über den Namen.

»Das ist aber gar keine Frau«, stieß Julia hervor und hielt sich augenblicklich die Hand vor den Mund. *Das ist derselbe User, der die Videos von Kim Wiesinger und von mir kommentiert hat,* dachte sie alarmiert.

»Was?«, fragte Nina irritiert und deutete auf den Text. »Hier steht es doch.« Sie tippte mit dem Zeigefinger auf eine E-Mail, die Julia noch nicht gelesen hatte.

Keine Sorge, ich tarne mich nur als Mann, damit ich nicht belästigt werde. Aber eigentlich bin ich auf der Suche nach einem netten Typen mit speziellen Vorlieben. Ich liebe es, hart angefasst zu werden. Doch es darf nicht wehtun. Brutalos fliegen bei mir raus. Du scheinst exakt der Richtige für mich zu sein. Willst du mich treffen?

Julias Augen flogen über Emanuels Antwort.

Klar, Süße. Ich weiß genau, was du brauchst. Wie wäre es gleich mit heute Abend?

Gerne. Komm ins Baluga. Kurz nach acht.

Julia verschlug es für einen Moment die Sprache. Hatte sie ihren Assistenten überhaupt je gekannt?

»Was ist Baluga?«, fragte sie schockiert.

»Das ist eine Bar in der Altstadt. Dort trifft sich alles, was bunt ist. Normale Menschen ausgeschlossen«, sagte Nina Haberland steif.

Julia sah sie an. Die Frau schien nervlich am Ende zu sein, denn nur Sekunden später brach sie wieder in Tränen aus. Julias Blick wanderte zu Florian. In seinen Augen funkelte es.

»Immerhin, wir haben eine Spur. Am besten, wir fahren sofort dorthin.«

36

Ein Muskelpaket von mindestens eins neunzig musterte sie unfreundlich. Julia zog automatisch den Kopf ein. Sie mochte dieses Etablissement schon jetzt nicht. Vor ihnen war soeben ein buntes, glitzerndes Wesen auf Stöckelschuhen durch den schwarzen Vorhang, der als Eingang diente, verschwunden. Der Hüne arbeitete hier offenkundig als Türsteher. Aus dem Gebäude drang ein dumpfer Beat, von dem sie Kopfschmerzen bekam.

Florian und Julia schienen nicht ins Schema zu passen. Der Türsteher maß sie mehrfach von oben bis unten.

»Kein Einlass«, erklärte er anschließend.

Florian machte einen Schritt auf den Mann zu. Sofort stellte sich der Riese mitten in den Eingang und setzte eine bitterböse Miene auf. Florian blieb gelassen. Er zeigte seinen Dienstausweis. Die Augen des Hünen weiteten sich, dann trat er zur Seite und nickte mit dem Kopf. Florian ergriff Julias Hand und zog sie mit sich. Bevor sie hinter dem dunklen Vorhang verschwanden, drehte sie sich noch einmal um und sah, wie der Hüne in sein Telefon sprach.

»Ich kann mir nicht vorstellen, dass Emanuel überhaupt in einen Klub gegangen ist, und schon gar nicht in so einen«, flüsterte sie und registrierte gleichzeitig, dass Florian sie beim besten Willen nicht hören konnte. Die Musik war zu einem ohrenbetäubenden Dröhnen angeschwollen. Das Blut hinter ihren Schläfen pochte schmerzvoll im Takt zu dem harten Beat. Sie sah sich um, während Florian sie an der Hand unaufhörlich tiefer in den Klub hineinzog.

Überall hingen schwarze Seidentücher von der Decke, die von meist roten Lampen angestrahlt wurden. Auf dem Boden lagen kreuz und quer Kissen verteilt, auf denen sich Klubgäste wälzten. Julia starrte ungläubig auf zwei Männer, die sich an ihren Geschlechtsteilen berührten. Als einer der beiden ihre Blicke bemerkte, sah sie schnell weg und hielt sich an Florians Schulter fest. Der steuerte zielsicher auf die Bar zu. Eine Blondine, die an der Wand lehnte und augenfällig keine Frau war, musterte ihn. Sie zwinkerte Florian im Vorbeigehen zu und nahm dann einen tiefen Zug aus ihrer oder besser seiner Zigarette. Auf einmal wurde ihr Kopf zurückgerissen. Erst jetzt sah Julia das genoppte Lederband um den Hals des Transvestiten. Ein Mann in voller Latexmontur hielt es zwischen seinen kurzen Fingern. Der dicke Bauch erinnerte Julia unangenehm an Herbert Hoffmann. Sie beeilte sich, irgendwohin ins Nichts zu schauen. Aufmerksamkeit war das Letzte, was Julia jetzt brauchte. Also fixierte sie Florians Haaransatz, bis er am Tresen stoppte.

Er winkte den Barkeeper heran. Ein hochgewachsener Schwarzer mit Siebziger-Jahre-Afrolook und grellbuntem Hemd wandte sich ihnen zu. Er musterte Florian interessiert. Dann wanderte sein Blick weiter zu Julia. Sein Mund verzog sich abfällig.

»Du, mein Goldjunge, könntest hier richtig sein, aber sie ...« Er deutete mit spitzem Zeigefinger auf Julia. »Sie gehört definitiv nicht hierher.« Er entblößte eine Reihe makelloser Zähne und hielt Florian mit anzüglichem Blick fest.

Florians Miene blieb ungerührt. Er legte zuerst seinen

Dienstausweis auf den Tresen und anschließend ein Foto von Emanuel.

»Kennen Sie diesen Mann? Er müsste gestern hier gewesen sein.«

Der Barkeeper schlug scheinbar überrascht die Hand vor den Mund. »Schätzchen. Deshalb bist du hier? Hast du Liebeskummer? Ich kann dir helfen, ihn zu vergessen ...« Wieder grinste er anzüglich.

Diesmal wich Florian ein paar Zentimeter zurück.

»Kennen Sie diesen Mann? Ja oder nein?«, wiederholte er ruhig.

»Ach, was soll ich sagen. Es kommen so viele Menschen hierher. Da kann ich mich wirklich nicht an jeden erinnern.« Der Schwarze nahm das Foto und studierte es eine Weile.

»Nein. Der war noch nie hier. Wenn du mich fragst, Goldjunge, passt er eher zu der da.« Sein Zeigefinger vollführte einen hohen Bogen und blieb dann in Höhe von Julias Brust stehen. »Frag sie doch, wie sie ihre langweiligen Abende so verbringt. Mir fehlt da die Fantasie.« Das letzte Wort war nur noch gehaucht. Der Schwarze hatte sich zu Florian vorgebeugt und machte einen Kussmund.

»Hatten Sie gestern Dienst?«, hakte Florian weiter nach.

»Fast jeden Abend, mein Goldjunge. Nur montags und dienstags habe ich frei. Du weißt jetzt, wann du mich treffen kannst.« Er zwinkerte und fuhr sich langsam durchs Haar.

»Wer gehört noch zu den Angestellten?«

»Was? Bin ich dir nicht gut genug?« Die Augenbrauen des Schwarzen schossen empört in die Höhe. »Also, da drüben haben wir Oliver.«

Julia sah einen jungen Mann, der vollkommen in Weiß gekleidet aus der Menge ragte. Weiter hinten entdeckte sie eine ähnlich gekleidete Kellnerin.

»Das ist Mia. Dann gibt es noch Julian, der arbeitet im Büro. Und Marcus, unseren Zweimetermann an der Tür, hast du bestimmt schon kennengelernt. Ach ja. Montags und dienstags ist Nils an der Bar. Möchtest du seine Nummer? Er wäre sicher entzückt.« Der Barkeeper klimperte mit den künstlichen Wimpern, auf denen Julia glitzernde Strass-Steinchen erkannte.

Florian legte ein weiteres Foto auf den Tisch. Das Profilbild von *Weiße Blüte*, auf dem er sich allerdings nicht als Frau, sondern als Mann darstellte. Der Barkeeper hielt es sich vor die Nase und schürzte die Lippen.

»Das ist ganz schön unscharf. Könnte beinahe jeder sein. Mmh. Lass mich mal überlegen. Irgendwie kommt er mir bekannt vor.«

Florian schob ein drittes Foto über den Tresen. »Was ist mit diesem Mann?«

»Schätzchen. Jetzt willst du mich testen, mmh? Das ist doch derselbe Typ.« Er schlug sich gegen die Stirn. »Gerade fällt es mir ein. Das könnte Benjamin sein. Das ist ein ganz Schicker. Du hast guten Geschmack.«

»Und wo finde ich diesen Benjamin?«

Der Schwarze zuckte theatralisch mit den Achseln. »Er ist ein Herumtreiber. Heute hier, morgen dort. Aber ich weiß zufällig, wo er morgen Abend ist.« Wieder zwinkerte er. »Morgen Abend ist er hier«, fügte er dann unerwartet schnell hinzu.

»Wie lautet sein vollständiger Name?«, fragte Julia dazwischen, deren einziger Wunsch es war, so zügig wie möglich aus diesem Etablissement zu verschwinden. Sie wollte einfach nicht wahrhaben, dass Emanuel etwas mit dieser Bar zu tun hatte.

»Schätzchen.« Der Barkeeper ignorierte Julia und sah Florian an, als hätte dieser ihre Frage gestellt. »Ich weiß noch nicht einmal, ob Benjamin überhaupt sein richtiger Vorname ist. Sieh dich doch um. Das hier ist eine Fantasiewelt. Du sollst deine Träume ausleben. Die Realität holt dich schnell genug wieder ein. Aber hier kannst du sein, wer immer du sein möchtest.« Er machte eine ausladende Handbewegung.

»Am besten, du kommst morgen Abend vorbei. Dann mache ich euch miteinander bekannt. Versprochen.«

Florian ignorierte das Angebot und gab dem Barkeeper seine Visitenkarte, für den Fall, dass ihm doch noch ein anderer Name von Benjamin einfallen sollte. Dann wandte er sich zu Julia um.

»Wollen wir erst einmal irgendwo etwas essen und dann die anderen Angestellten befragen?«

Julia schüttelte den Kopf. Sie wollte auf keinen Fall noch einmal in diesen Laden zurück.

»Bringen wir es hinter uns«, sagte sie und nickte Richtung Oliver. »Fangen wir doch mit ihm an.«

Oliver kannte weder Emanuel noch Benjamin. Dasselbe Ergebnis erzielten sie bei der Befragung von Mia. Julian, der die Büroarbeiten erledigte, war nur tagsüber da. Mia gab ihnen seine Telefonnummer. Also gingen sie wieder nach draußen, um dem Türsteher die beiden Fotos zu zeigen. Der Mann sah sich die Bilder außergewöhnlich lange an. Dann tippte er auf Benjamin.

»An den erinnere ich mich. Ich glaube, er heißt Jonas.«

Florian wippte auf den Absätzen.

»Und wie weiter?«, fragte er inzwischen ungeduldiger.

Der Türsteher zuckte mit den Achseln. »Wenn das einer weiß, dann Jimmy, der Barkeeper.«

Florian seufzte und verabschiedete sich.

»Dann müssen wir wohl bis morgen warten«, brummte er auf dem Weg zurück zum Wagen.

»Immerhin haben wir eine neue Spur. Glaubst du, dass uns das jetzt weiterbringt?«

Florian kratzte sich nachdenklich am Kinn. »Zumindest standen sie miteinander in Kontakt. Vielleicht war es ein Mord aus Eifersucht wegen Emanuels Freundin. Eifersucht könnte auch die Vergewaltigung erklären. Emanuel war nicht homosexuell. Vielleicht wollte er sich einfach nur ausprobieren. Und dann ist der Täter durchgedreht.«

Julia nickte. Sie verstand die Welt nicht mehr. Emanuel passte für sie überhaupt nicht an diesen Ort. Sie hätte viel mehr mit ihm reden sollen. Sie seufzte deprimiert.

»Wollen wir noch etwas essen?«, fragte Florian. In seinen Augen funkelte es.

Doch Julia lehnte ab.

»Ich bin echt müde. Lass uns das auf morgen verschieben. Solange ich nicht weiß, was Emanuel in dieser Bar zu suchen hatte, ist mir sowieso der Appetit vergangen.«

Florian nickte enttäuscht. »Bist du sicher, dass du schlafen kannst?«

Julia nickte. »Ich nehme eine Schlaftablette, damit geht es bestimmt besser«, erklärte sie und fügte in Gedanken hinzu: Sofern meine Kopfschmerzen von diesem Zeug mich morgen nicht umbringen.

Ein wenig bedauerte sie, dass sie sich jetzt von Florian verabschieden musste. Andererseits kannte sie sich. Sie musste erst einmal allein sein. Die Geschehnisse der letzten Tage hatten viel zu tiefe Zeichen auf ihrer Seele hinterlassen. Zuerst der Tod von Kim Wiesinger, der immer noch nicht aufgeklärt war und es wahrscheinlich auch nie werden würde. Dann ihr potenzieller Mörder Sergei Bugarow, dessen Tod ebenfalls Rätsel aufgab. An Herbert Hoffmann wollte sie gar nicht erst denken. Und der Mord an Emanuel gab ihr den Rest. Hinzu kamen ihre ständigen Albträume, die an ihrem Nervenkostüm zerrten. Nein. Ihre Entscheidung war richtig. Sie brauchte etwas Zeit für sich. Außerdem wollte sie die Beziehung zu Florian nicht überstrapazieren. Zwar schmeichelten ihr sein sorgenvoller Blick und die Tatsache, dass er sogar regelmäßig eine Polizeistreife bei ihr vorbeischickte, auf der anderen Seite allerdings wollte sie nicht von ihm bemitleidet werden.

Sie dachte an den Psychologen, den er ihr dauernd zu vermitteln versuchte. Julia konnte für sich selbst sorgen. Sie wollte, dass Florians Interesse an ihr als Frau wieder erwachte. Beinahe schmerzhaft erinnerte sie sich an seine Berührungen in jener Nacht, als sie sich fast geküsst hätten. Diesen Florian wollte sie wiederhaben, aber dazu musste sie ihre Nerven in den Griff bekommen. Schweigend ließ sie sich von ihm vor ihrer Haustür absetzen. Auf der Türschwelle drehte sie sich noch einmal um. Doch er war längst weitergefahren. *Schade*, dachte sie und schloss die Tür hinter sich. Hoffentlich konnte das, was zwischen ihnen entstanden war, irgendwann wiederbelebt werden.

37

In ihrer Wohnung fühlte sie sich einsam, obwohl sich nichts verändert hatte. Eine Weile starrte Julia aufs Handy und war versucht, Florian zurückzurufen. Aber sie beherrschte sich. Sie sollte sich nicht von spontanen Gefühlen leiten lassen. Schließlich war sie Rechtsmedizinerin. Ruhe und Professionalität kennzeichneten ihren Alltag für gewöhnlich. Sie gehörte nicht zu diesen gackernden Hühnern, die sich von jedem Rückschlag aufscheuchen ließen. Ihr Magen knurrte, doch sie ignorierte es, griff nach einer Weinflasche und schenkte sich ein halbes Glas ein. Der Alkohol tat sofort seine Wirkung. Er hüllte ihre geschundenen Nerven in einen weichen Samtmantel. Ganz allmählich konnte sie loslassen. Die Gedanken, die unaufhörlich um Emanuel kreisten, wurden langsamer. Endlich konnte sie wieder durchatmen. Sie trank noch ein Glas Wasser und nahm dann eine Schlaftablette. Diese Nacht gehörte ihr, und sie würde durchschlafen. Neben das Bett legte Julia eine Packung Aspirin für den Fall, dass sie wieder Kopfschmerzen bekam. Sie hatte verdammt noch mal alles im Griff, redete sie sich ein, als der Schlaf wie eine schwere Wolke über ihr schwebte und sie schließlich in sich aufnahm.

Mitten in der Nacht schreckte Julia hoch. Schon wieder hörte sie Michaels Stimme. Wütend schaltete sie das Licht ein. Sie durfte sich ihr Leben nicht von Hirngespinsten diktieren lassen. Benommen stand sie auf und wanderte durch die Wohnung. Das Fenster im Wohnzimmer war angekippt. Sie konnte sich nicht erinnern, es geöffnet zu haben. Julia machte das Fenster zu und legte sich wieder ins Bett.

Kaum hatte sie die Augen geschlossen, ging das Theater erneut los. Michael weinte. Zum ersten Mal fragte sie sich, warum er überhaupt weinte. Lag das an ihr? Daran, dass sie Mitschuld an seinem Tod trug? Konnte sein Geist etwa keine Ruhe finden und verfolgte sie, weil sie ihn an jenem Tag vor vielen Jahren im Stich gelassen hatte? Hätte sie ihn damals nach Hause begleitet, wäre er seinem Mörder niemals in die Hände gefallen.

Seine Frage hallte durch ihren Geist. Genau wie ihre katastrophale Antwort.

»Können wir heute zusammen nach Hause gehen?« Michael fragte sie nur ein Mal. Julia ignorierte die Angst in seiner Stimme einfach. Sie war nach der Schule mit ihrer besten Freundin verabredet, für Michael hatte sie keine Zeit. Er war schließlich schon zwölf, er war kein Baby mehr.

»Du bist doch kein Weichei, oder?«

Was für eine dämliche Antwort hatte sie ihm nur gegeben? Michaels Miene war zu Eis gefroren.

»Alles unter Kontrolle«, hatte er irgendwann auf dem kurzen Weg zur Schule erwidert.

Ja, alles unter Kontrolle. Julia schüttelte heftig den Kopf. Michaels Angst hatte sie vollkommen ignoriert. Verdammt. Hätte sie doch der Bitte ihres Bruders einfach nachgegeben. Dann wären sie zusammen nach Hause gegangen und es wäre wahrscheinlich nie etwas Schlimmes passiert. Stattdessen war Michael vor einer Gruppe Halbstarker, die ihm seit geraumer Zeit in der Schule nachstellten, weggelaufen.

In den Wald zu einem Baumhaus, das sie als Kinder geliebt hatten, und direkt in die Hände seines Mörders.

Es war kein Zufallsmord, sagte eine Stimme in Julia. *Du weißt selbst, dass der Täter ihn wochenlang beobachtet hat. Michael war fast jeden Tag im Baumhaus. Es war nicht sonderlich schwierig, ihm dort aufzulauern. Wenn nicht an diesem Tag, wäre es an einem anderen geschehen.* Eine dicke Träne rollte ihr über die Wange. Sie lauschte dem Weinen ihres Bruders.

Dann hörte sie ihn auf einmal reden, und das, was er sagte, ließ das Blut in ihren Adern gefrieren.

38

Florian ließen die neuen Erkenntnisse keine Ruhe. Obwohl die Mordfälle der letzten Tage nicht miteinander zusammenzuhängen schienen, so gab es doch ein verbindendes Element. Bis auf Sergei Bugarow waren alle getöteten Personen entweder als Opfer oder als User dieser Sex-Internetseite in Erscheinung getreten. War das reiner Zufall oder steckte mehr dahinter?

Und noch etwas beschäftigte Florian. Er war enttäuscht von Julia wegen ihrer Absage. Er fuhr viel schneller als erlaubt nach Hause. Vor Julias Haustür hatte er drei, vier Sekunden darauf gewartet, dass sie sich noch einmal nach ihm umdrehte. Als sie es nicht tat, war er davongebraust. Ihm war klar, dass sie nach Emanuels Tod sicherlich keine Kapazitäten für romantische Gefühle hatte. Aber er hatte gehofft, dass sie ihn brauchte. Natürlich war sie eine starke Frau. Was sonst sollte er von einer Rechtsmedizinerin erwarten? Wer tagtäglich dem Tod ins Auge sah, der musste einiges vertragen können. Julia war tough, trotzdem hatte er erst vor wenigen Tagen diese Zerbrechlichkeit in ihr entdeckt, die ihn magisch anzog. Er fragte sich, ob er etwas in Julias Wesen hineininterpretiert hatte, was nie da gewesen war. Vielleicht wünschte er sich nur, dass sie auch schwach sein könnte. Er wollte sie beschützen. Aber sie schien ihn gar nicht zu brauchen und wollte lieber allein sein.

Missmutig steuerte er seinen Wagen auf die nächste Parklücke zu und hielt an. Er knallte die Autotür zu und sah an dem modernen Appartementhaus hinauf, in dem er seit ein paar Monaten lebte. Manchmal sehnte er sich nach seiner alten Wohnung und vor allem nach Elfriede. Aber seine gute alte Nachbarin war längst gestorben. Er konnte sich noch gut daran erinnern, wie ihre Neugier ihn anfangs nervte. Doch schon nach kurzer Zeit hatten sie Freundschaft geschlossen. Elfriede konnte nicht nur gut kochen, sie hatte außerdem einen hellen Geist, spitzen Humor und ein warmes Lachen gehabt. Er vermisste ihre Fürsorge und die Begegnungen mit ihr.

Seufzend blickte Florian sich um. Gleich hinter dem Haus befand sich ein Sportplatz, auf dem er regelmäßig trainierte. Er als Adrenalinjunkie trieb Sport, wann immer er konnte. Schwimmen, Radfahren und Laufen waren sein Lebenselixier. Er gehörte zu den Triathleten, die ihren Sport über alles liebten. Deshalb hatte er seinen Umzug in das zwar moderne, aber auch recht unpersönliche und neutrale Appartement am Ende doch nie wirklich bedauert. Es lag viel näher zum Polizeirevier und er konnte sich oft spontan mit anderen Sportlern zum Training treffen. Florian blickte auf die Uhr und überlegte, ob er eine Runde joggen sollte, um den Kopf freizubekommen. Kurzerhand sprintete er die Treppen hoch in den fünften Stock, warf seine Klamotten in den Flur und zog sich Sportsachen an. Innerhalb weniger Minuten stand er auf der Bahn und lief los. Er trug eine Stirnlampe, so konnte er auch in der Dunkelheit gut sehen. Schatten flogen immer schneller rechts und links vorbei, als er das Tempo anzog. Er sprintete eine Runde um den Rasenplatz und kam prustend zum Stillstand. Besser, dachte er und genoss das Rauschen in den Ohren, das immer begann, sobald er an seine Grenzen ging. Er beugte sich vornüber, holte ein paarmal tief Luft und begann seinen Fünf-Kilometer-Lauf, der ihn vom Platz hinunter auf einen Feldweg führte. Den kurzen Lauf trainierte er immer vor dem Zubettgehen, wenn er sich nicht allzu sehr aufputschen wollte.

Bereits nach knapp einem Kilometer hatte sein Körper sich an den Rhythmus gewöhnt. Die Enttäuschung über Julia war verschwunden. Er würde einfach einen neuen Versuch unternehmen. Es war egoistisch, in dieser Situation um ihre Aufmerksamkeit zu buhlen.

Die Gedanken an vier tote Menschen hingegen blieben. Florian konnte sich nicht erinnern, jemals in derartig verzwickten Fällen ermittelt zu haben. Es gab viel zu viele Ungereimtheiten. Seine Blicke flogen hinüber zum angrenzenden Wald. Wie schon Tausende Male zuvor fragte er sich, was Kim Wiesinger in jener Nacht in die Dunkelheit hinausgetrieben hatte. War sie vielleicht joggen, weil sie nach dem anstrengenden Polizeieinsatz einen klaren Kopf brauchte? Hatte sie einen sportlichen Ausgleich gesucht? Allerdings trug sie keine Sportklamotten. Ganz in Schwarz hatte sie sich fast unsichtbar gemacht. Die dunklen Finger des Waldes griffen nach Florian, als er zwischen den Bäumen auf einen schmalen Laufpfad einbog. Der Schein seiner LED-Lampe hüpfte im Rhythmus seiner Schritte auf und ab. Er verlieh den Schatten eine unheimliche Lebendigkeit. Obwohl sein Blut laut durch die Adern rauschte, konnte Florian jedes Knacken im Geäst hören. Trockenes Laub knisterte, ein Vogelschrei zerriss die Nacht und ein Kaninchen sprang aufgescheucht ins Dickicht, als der Lichtschein es streifte. Immer tiefer rannte er in den Wald hinein. Er roch die Feuchtigkeit, die sich tief im Unterlaub angesammelt hatte. Seine Lunge brannte vor Anstrengung, trotzdem reduzierte er sein Tempo nicht.

Florians Gedanken waren inzwischen wieder beim *General* angelangt. Hatte er den Mord an Kim Wiesinger in

Auftrag gegeben? Hatten sie doch irgendetwas übersehen, obwohl sie es schon mehrfach überprüft hatten? War Kims Leben von Sergei Bugarow für zehntausend Euro ausgelöscht worden? Florian rannte und rannte, der Wald lichtete sich, und er näherte sich schon dem Waldrand, doch die Fragen verstummten einfach nicht. Warum schaffte er es nur nicht, auch Antworten zu finden? Es war schließlich sein Job. Die Pressekonferenz hatte sich gänzlich falsch angefühlt. *SEXtreme*, die Internetplattform mit den schrecklichen Bildern von Hoffmanns Überfall auf Julia kratzten an seinen Nervenenden. Irgendetwas in ihm war froh, dass der Mann tot war. Schnell wischte er diesen Gedanken fort. Er war es, der Julia in diese furchtbare Lage gebracht hatte. Wäre er bei ihr geblieben, hätte sie das alles nicht erleben müssen.

Die letzten Meter am Ende seiner Runde sprintete Florian wieder. Schweißnass erreichte er seinen Hauseingang. Auch beim Erklimmen der Treppenstufen schonte er sich nicht. Als er schwer atmend die Wohnungstür öffnete, hatte er einen Entschluss gefasst. Er zog sein T-Shirt aus und nahm das Handy zur Hand.

»Florian Kessler hier. Tut mir leid, dass ich Sie um diese Zeit noch auf Ihrer privaten Nummer belästige, aber Sie müssen dringend etwas für mich überprüfen«, sagte er ins Telefon und ließ Daniel Thiele vom Rechercheteam erst einmal keine Zeit zum Antworten. »Finden Sie heraus, ob ein gewisser James Miller, Barkeeper im Baluga in der Kölner Altstadt, eine Verbindung zu *SEXtreme* sowie dem Nutzer *Weiße Blüte* hat. Von diesem Nutzer brauchen wir unbedingt die Identität. Versuchen Sie es mal mit dem Vornamen Benjamin oder mit Jonas.« Florian legte auf, und zum ersten Mal seit Tagen fühlte er etwas, was ihm abhandengekommen war: Optimismus.

39

Julia schloss die Augen. Sie musste sich verhört haben. Die Benommenheit, die in ihrem Kopf waberte, gehörte zu den typischen Nebenwirkungen von Schlaftabletten zusammen mit Alkohol. Michaels Stimme war ein Werk ihrer Fantasie. Eine andere rationale Erklärung gab es nicht. Trotzdem flatterte ihr Puls nervös, so als hätte sie sich gerade sportlich verausgabt. Dabei saß sie immer noch im Bett und hatte sich in den letzten Minuten nicht vom Fleck bewegt. *Ruhe bewahren*, dachte sie und zog die Bettdecke fest um die Schultern. Ihre Augenlider waren schwer von den Tabletten, die in diesen Minuten vermutlich ihren Wirkhöhepunkt erreichten. Ein Blick auf die Uhr sagte ihr, dass es mitten in der Nacht war. Sie sollte endlich weiterschlafen. Doch dann hörte sie erneut die nur allzu vertraute Stimme. Viel leiser als eben noch, aber trotzdem unverkennbar.

»Ich liebe meine Schwester.«

Julia zog die Bettdecke fester um sich. Natürlich liebte Michael sie. Umgekehrt galt dasselbe. Aber zu wem sprach ihr Bruder da eigentlich? Julias Verstand meldete sich zu Wort und hinterfragte Michaels Satz. Müsste es nicht vielmehr heißen: Ich liebe dich, Julia? Das hatte Michael ihr ein paarmal ins Ohr geflüstert, wenn sie abends zusammen im Bett kuschelten. Warum hörte sie etwas, was er zu einer dritten Person sagte und nicht direkt ihr? Julia lauschte und wartete darauf, dass die Worte sich wiederholten. Doch es blieb still. Bildete sie sich das alles wieder nur ein? Entschieden schüttelte sie den Kopf. Nein. Sie hatte es definitiv gehört. Plötzlich fiel ihr ein, woher sie diesen Satz kannte. Julia sprang auf, stützte sich kurz aufs Bett, weil ihr schwindlig wurde, und tapste dann benommen in den Flur zur Kommode. Sie zog die oberste Schublade auf und holte Michaels Foto, das sie notdürftig geklebt hatte, heraus und drehte es um.

Michael liebt seine große Schwester. Die Druckbuchstaben verwirrten sie nach wie vor. Sie vermochte nicht zu sagen, ob die Schrift von ihrem Vater stammte oder nicht. Ihre Augen musterten die einzelnen Buchstaben und blieben an dem kleinen »i« hängen. Der Schwung, mit dem es geschrieben wurde, rief wieder eine Erinnerung in ihr wach. Sie kramte in ihrem Gedächtnis. Wo hatte sie dieses »i« schon einmal gesehen? Dann fiel es ihr ein. Es war ein Buchstabe in ihrem eigenen Namen gewesen. Ihrem Namen, der blutig auf dem fetten Bauch von Herbert Hoffmann prangte. Mit einem Mal war die betäubende Wirkung von Tablette und Wein wie fortgewischt. Das lag am Adrenalin, das ihre Zellen gerade ausschütteten. Hastig machte sie mit ihrem Handy ein Foto von der Vorder- und Rückseite des Bildes und warf es zurück in die Schublade. Dann zog sie sich an und verließ die Wohnung.

Die Fahrt zum Institut verlief ohne Komplikationen. Es war vier Uhr nachts und kaum jemand nutzte die Kölner Straßen zu dieser Zeit. Julia parkte und ging schnurstracks zur Eingangstür. Als das Licht am Kartenlesegerät nicht sofort auf Grün sprang, verspürte sie für den Bruchteil einer Sekunde Panik, weil sie glaubte, dass ihr Chef aus irgendwelchen Gründen ihre Karte erneut gesperrt hätte. Doch das Gerät befand sich offenbar nur im Tiefschlaf und benötigte länger als sonst. Die Anzeige schaltete auf Grün und die Tür öffnete sich.

Julia stürmte unverzüglich zu ihrem Büro. Das Hochfahren des Computers dauerte ihr zu lange. Ungeduldig trommelte sie mit den Fingern auf die Schreibtischplatte. Dann fiel ihr ein, dass Hoffmanns Papierakte auf Emanuels Schreibtisch lag. Sie ging hinüber, griff sich die Akte und blätterte ein paar Seiten um, bis sie eine Großaufnahme des blutigen Schriftzugs fand. Aus der Jackentasche kramte sie ihr Handy hervor und öffnete Michaels Foto. Sie scrollte weiter zur Aufnahme der Rückseite und hielt das Smartphone neben das Bild von Hoffmanns fettem Bauch. Der Täter hatte im Nachhinein einen Teil der Schrift weggewischt, trotzdem hatten sie die Buchstaben sichtbar machen können. Einige waren verwischt, aber das kleine »i« war nicht betroffen. Julia betrachtete den Punkt, der den Buchstaben vollendete und der eher an ein Häkchen erinnerte. Sie nahm einen Stift aus Emanuels Körbchen und malte selbst ein »i« auf ein weißes Blatt Papier. Tatsächlich ähnelte ihr Buchstabe dem »i« auf Hoffmanns Bauch oder Michaels Foto überhaupt nicht. Ihr Blick fiel auf eine handschriftliche Notiz von Emanuel. Er arbeitete viel mit Klebezetteln. Auch seine Schrift unterschied sich.

Was mit einem Mal Julias Herz zum Rasen brachte, waren die Übereinstimmungen der Handschrift auf Hoffmanns Bauch und Michaels Foto. Sie war keine Expertin für Schriftanalyse, aber sie hätte schwören können, dass die Botschaften von ein und demselben Verfasser stammten. Was aber hatte das zu bedeuten? Bisher war sie davon ausgegangen, dass ihre Mutter Michaels Foto genau wie sein Spielzeugauto in ihrer Wohnung vergessen hatte. Doch was, wenn sie sich irrte? Julia blickte auf die Uhr und verwarf den nächsten Gedanken sofort. Sie konnte unmöglich ihre Eltern anrufen und sie schon wieder mitten in der Nacht aus dem Bett holen.

Sie musste anders vorgehen. Vielleicht fand sie etwas auf Emanuels Computer, was er noch nicht auf dem allgemeinen Laufwerk abgelegt hatte. Sie schaltete seinen PC ein, bevor ihr einfiel, dass die Festplatte von der Polizei beschlagnahmt worden war. Nachdenklich starrte sie auf den schwarzen Bildschirm und atmete tief durch. Inzwischen konnte sie die Schlaftablette wieder spüren. In ihrem Kopf breitete sich eine zähe Nebelwolke aus, die ihr das Denken erschwerte. Das Telefon auf dem Schreibtisch blinkte. Es handelte sich um ein Festnetztelefon mit größerem Display. Julia überprüfte die eingegangenen Anrufe. Das Labor hatte versucht, Emanuel zu erreichen. Dort wusste also noch niemand, dass er tot war.

Neugierig geworden, wollte Julia wissen, wen er zuletzt kontaktiert hatte. Zu ihrem Erstaunen entdeckte sie ihre eigene Nummer, als sie sich durch die gewählten Rufnummern klickte. Zuerst hatte sie keine Erklärung, aber dann fiel ihr wieder ein, dass sie über Hoffmanns Obduktion gesprochen hatten. Doch sie war nicht die Letzte gewesen, die Emanuel am fraglichen Abend gesprochen hatte. Wenige Minuten danach hatte er Daniel Thiele angerufen. Was hatte er von dem IT-Spezialisten aus der Rechercheabteilung gewollt? Leider gab der Telefonspeicher keine Auskunft darüber, ob ein Gespräch stattgefunden hatte oder wie lange es dauerte.

Nachdenklich ließ Julia den Blick über Emanuels Schreibtisch schweifen. Neben dem Aktenstapel lag das Kühlraumprotokoll. Merkwürdig, normalerweise steckte es in einer Plastikhülle neben der Tür. Es listete die Öffnungen der einzelnen Kühlboxen auf. So konnte jeder verfolgen, wo sich ein Leichnam befand. Julia ging die Liste durch und stellte fest, dass Emanuel an jenem Abend die Leichen von Kim Wiesinger, Sergei Bugarow und Herbert Hoffmann nacheinander aus dem Kühlfach geholt hatte, und das erst nach ihrem Telefonat.

Der letzte Name auf der Liste ergab Sinn. Herbert Hoffmann wurde an diesem Tag obduziert, und es kam vor, dass im Nachhinein nochmals Fotos angefertigt oder andere Kleinigkeiten erledigt wurden. Doch was hatte Emanuel mit der Leiche von Kim Wiesinger und der von Sergei Bugarow vorgehabt? War ihm womöglich etwas Neues aufgefallen?

Sie sprang auf und wollte sofort zum Kühlraum, doch an der Tür blieb sie stehen. Es würde viel zu lange dauern, drei Leichen zu überprüfen. Emanuel hatte doch sicher irgendwo etwas notiert. Julia schnappte sich die Akten von Emanuels Schreibtisch und ging zurück in ihr Büro. Der Computer war inzwischen startklar. Julia überprüfte die gemeinsamen Ordner und begutachtete die Dokumente, die von Emanuel zuletzt geändert worden waren. Sie kannte zwar anscheinend nichts aus seinem Privatleben, aber sie wusste, wie er als ihr Assistent getickt hatte. Erkenntnisse, die nicht gesichert waren und auf reinen Vermutungen beruhten, hielten sie in vorläufigen Berichten fest. Mit klopfendem Herzen stellte sie fest, dass ein Dokument am fraglichen Abend geändert wurde, und öffnete es.

Auf dem Bildschirm erschien ein Foto von ein paar Kratzern auf Kim Wiesingers nacktem Oberkörper. Nichts, was auf den ersten Blick Bedeutung gehabt hätte. Trotzdem scrollte Julia nicht weiter. An dieser Aufnahme hatte Emanuel zuletzt gesessen. Er hatte sich genau dieses Bild angesehen. Julia konzentrierte sich und versuchte zu sehen, was er gesehen hatte. Aber ihr fiel nichts auf. Sie nahm noch einmal die Papierakte zur Hand. Darin waren auch Ermittlungsergebnisse der Kripo abgeheftet. Julia wühlte sich durch die Seiten und hoffte, einen Klebezettel oder eine handschriftliche Notiz von Emanuel zu entdecken. Sie überflog kurz die Fotos aus Kims Wohnung. Es gab ein paar Nahaufnahmen von den Fotografien, die sie als Mädchen zeigten.

Sie strahlte in die Kamera, genauso wie ihre Eltern und der jüngere Bruder. Julia seufzte und blätterte weiter. Dann legte sie die Akte wieder zurück. Sie spekulierte zu viel. Wahrscheinlich wurde das Dokument nur aus Versehen erneut gespeichert und wies deshalb ein verändertes Datum auf. Trotzdem machte Julia weiter und wechselte ins übergeordnete Laufwerkverzeichnis. Ihr Assistent hatte ebenfalls den Bericht von Sergei Bugarow überarbeitet. Sie öffnete eine Bilddatei, und diesmal sah sie es auf den ersten Blick. Und das lag nicht nur daran, dass Emanuel eine Stelle auf dem Oberkörper rot umkreist hatte. Wieder fanden sich ein paar Kratzer auf der Haut. Aufgrund der massiven Verletzungen waren diese schwer herauszufiltern. Doch die drei parallelen Kratzer hoben sich bei genauerer Betrachtung von den anderen Blessuren ab, die sich kreuz und quer über die gesamte Hautfläche zogen. Julia inspizierte erneut Kim Wiesingers Foto. Auch dort erkannte sie jetzt die drei unscheinbaren Kratzer, die nicht länger als einen halben Zentimeter waren und im Abstand von ungefähr zwei Millimetern parallel nebeneinander verliefen. Hinzu kam die übereinstimmende Position rechts oberhalb des Beckenknochens.

»Das gibt es doch gar nicht«, murmelte sie und nahm sich Herbert Hoffmanns Akte vor. Wieder entdeckte sie dieselben Kratzer oberhalb des Beckens. Julia holte tief Luft und machte sich nun doch auf in den Kühlraum. Sie musste sich sofort Emanuels Leichnam ansehen. Sie betrat den dunklen Raum und knipste das Licht an. Der Geruch war schwer zu beschreiben. Eine Mischung aus scharfen Desinfektionsmitteln und Tod. Der Tod roch nicht nach Fäulnis, sondern muffig und in gewisser Weise süßlich.

Sie begab sich zum Fach Nummer neun, zog die Bahre heraus und lüftete das weiße Tuch. Bei Emanuels Anblick zog sich Julia der Magen schmerzhaft zusammen. Schnell suchte sie seinen Bauch ab. Ein Hämatom hatte sich an der entscheidenden Stelle gebildet. Julia schob die Hornbrille hoch und musterte den Befund intensiv. Tatsächlich konnte sie auch hier drei parallele Kratzer ausmachen. Allerdings waren sie weniger tief. Welcher Gegenstand auch immer diese Kratzer verursacht hatte, er war kaum bis zur untersten Hautschicht durchgedrungen, sodass die Unterblutung minimal ausgefallen war. Hätte sie nicht gewusst, wonach sie suchen sollte, wäre ihr die Verletzung niemals aufgefallen. Sie musste sich vergewissern, dass sie sich nicht irrte. Daher öffnete sie das Fach mit Kim Wiesingers Leiche, die sie immer noch nicht zur Beerdigung freigegeben hatte. Drei winzige Schrammen oberhalb des rechten Beckenknochens. Julia wiederholte die Prozedur mit Sergei Bugarows Torso und anschließend bei Herbert Hoffmann, dessen Anblick ihr einen Schauer über den Rücken jagte. Nachdem sie dieselben Kratzer gefunden hatte, schob sie die Leiche so heftig ins Kühlfach zurück, dass es knallte.

Auf Julias Stirn bildeten sich feine Schweißperlen. Ihre Entdeckung warf ein ganz neues Licht auf die bisherigen Ermittlungen. Aufgescheucht marschierte sie im Kühlraum auf und ab. Ihr Blick schweifte über die Edelstahlschränke, in denen etliche Leichen aufbewahrt werden konnten. Sie dachte nach. Bis auf Sergei Bugarow wurden alle Opfer mit einem Messerstich ins Herz getötet. Die Mordwaffe war jedes Mal ein herkömmliches Küchenmesser mit glatter, fünfzehn Zentimeter langer Klinge. Da es diese Art von Messern in jedem Supermarkt gab und sich auch die Tatumstände sehr unterschieden, hatte Julia bisher überhaupt nicht an einen gemeinsamen Täter gedacht. Doch jetzt schien dies in vielerlei Hinsicht Sinn zu ergeben. Kim Wiesinger war vermutlich in das Visier des Killers geraten, weil Herbert Hoffmann Videos von ihr im Internet veröffentlicht hatte. Hoffmann gelangte über dieselbe Plattform in die Hände seines Mörders, ebenso Emanuel, der sich offenkundig für solche sexuellen Abgründe interessiert hatte. Nur Sergei

Bugarows Rolle blieb weiterhin unklar. Bisher schien es keine Verbindung zwischen ihm und *SEXtreme* zu geben. Allerdings hatte auch niemand gezielt danach gesucht. Er wurde von einem Zug überfahren. Die Tatsache, dass auch ihm diese merkwürdigen Kratzer zugefügt wurden, sprach letztlich gegen einen Suizid oder Unfall.

Wenn Julia die Situation also richtig einschätzte, handelte es sich in jedem einzelnen Fall um denselben Täter, und er hinterließ auf seinen Opfern ein Zeichen, das aus drei parallelen Kratzern bestand. Sie wischte sich aufgeregt den Schweiß von der Stirn. Sämtliche Tötungsdelikte waren bis zum jetzigen Zeitpunkt als Einzelfall klassifiziert worden und nicht als das Werk eines Serienkillers. Sie musste dringend Florian informieren.

Julia rannte im Laufschritt zurück ins Büro, wo sie das Handy liegen lassen hatte. Aufgeregt wählte sie Florians Nummer. Es klingelte und klingelte. Dann sprang die Mailbox an.

»Verdammt«, fluchte Julia und schaute auf die Uhr. Es war kurz vor fünf. Höchstwahrscheinlich lag Florian im Tiefschlaf. Mit donnerndem Herzen überlegte sie, was sie jetzt tun sollte. Erst nach und nach beruhigte sie sich ein wenig. Im Augenblick konnte sie nichts unternehmen. Es war mitten in der Nacht. Obwohl es ihr irgendwie widerstrebte, die Hände in den Schoß zu legen, wusste sie, dass ihr nur eine vernünftige Option blieb: nach Hause fahren und weiterschlafen, fit sein für den nächsten Morgen. Es brachte nichts, sich den Rest der Nacht um die Ohren zu schlagen und am nächsten Tag unkonzentriert und müde zu sein. Die Toten konnten nicht weglaufen. Es gab keinen Grund zur Eile.

Trotzdem wusste Julia, als sie ihre Tasche nahm und den Computer herunterfuhr, dass sie nicht nach Hause fahren würde. Sie könnte sowieso kein Auge zudrücken. Bevor sie ging, machte sie eine Notiz: *4 x gleicher Täter. Markiert Opfer mit drei parallelen Kratzern.* Anschließend knipste sie das Licht aus und schloss die schwere Tür des Rechtsmedizinischen Instituts hinter sich. Zügig lief sie zu ihrem Auto. Ihr Ziel war Florians Wohnung. Vielleicht reagierte er auf die Türklingel. Sie riss die Wagentür auf und setzte sich. Als sie den Motor starten wollte, entdeckte sie einen Zettel, der unter ihrem Scheibenwischer klemmte.

Wer zum Teufel verteilte um diese Uhrzeit Knöllchen? Dazu noch auf dem Parkplatz des Instituts? Verärgert stieg Julia wieder aus und zerrte den Zettel unter dem Scheibenwischer hervor.

Sie stutzte. Das war gar kein Strafzettel. Sie schaltete ihre Handytaschenlampe ein. Was sie in der Hand hielt, war die Eintrittskarte für ein Fußballspiel. Ein Spiel, das vor mehr als fünfzehn Jahren stattgefunden hatte.

40

Florians Handy klingelte. Er schaute aufs Display und hob ab. Endlich meldete sich Daniel Thiele zurück. Er hatte scheinbar die ganze Nacht gebraucht, um die gewünschten Informationen zu ermitteln.

»Sie hatten recht«, plapperte der IT-Spezialist drauflos. »Es war nicht einfach, aber ich habe die IP vom User *Weiße Blüte* herausgefunden. Und das nur, weil ich in einer ganz anderen Börse sämtliche Chats dieses Barkeepers durchgelesen habe und auf ein Gespräch der beiden gestoßen bin. Ansonsten wäre es sehr schwierig geworden, denn die Zielperson hat sich mit einer hocheffektiven Verschlüsselungstechnologie sozusagen fast unsichtbar im Netz bewegt.« Daniel Thiele erklärte ein paar technische Details, die Florian nur in Ansätzen nachvollziehen konnte. Ihn interessierte vielmehr die Identität der gesuchten Person. Ungeduldig lauschte er Thieles Erläuterungen.

»Benjamin Schortens heißt der Mann.« Thiele unterbrach sich, es raschelte am anderen Ende der Leitung. »So, hier ist die dazugehörige Adresse. Zuletzt war Schortens in der Mercatorstraße gemeldet. Die liegt in Köln-Chorweiler.«

Florian kritzelte die Adresse in sein Notizbuch.

»Können Sie mir ein aktuelles Foto des Mannes zukommen lassen?«

»Na klar, ich schicke es sofort an Ihre E-Mail-Adresse. Schortens hat vor knapp einem Jahr einen neuen Personalausweis beantragt. Das Foto sollte demnach passen. Brauchen Sie sonst noch etwas?«

»Gibt es Vorstrafen?«

»Nein. Nur einen Punkt in Flensburg. Ansonsten hat er eine lupenreine Weste. Zumindest fast. Einmal wurde er mit Drogen aufgegriffen, es kam aber nie zur Verurteilung, weil es sich nur um eine kleine Menge handelte. Ich konnte nicht richtig auf die Akte zugreifen. Dazu müsste ich ins Büro«, erklärte Thiele.

»Danke. Ich melde mich wieder«, sagte Florian und legte auf. Als er Saathoff anrufen wollte, fiel ihm ein Anruf von Julia auf, der ihm entgangen war. Wahrscheinlich lag er da gerade im Tiefschlaf. Sie hatte keine Nachricht hinterlassen und er wählte ihre Nummer. Es sprang jedoch sofort die Mailbox an. Wie er Julia kannte, war sie längst im Sektionssaal und obduzierte die nächste Leiche. Florian hinterließ keine Nachricht und versuchte, seinen Partner zu erreichen.

»Du bist aber früh unterwegs«, stöhnte Saathoff ins Telefon. »Es ist fast noch Nacht. Was gibt es denn so Wichtiges?«

»Wir haben den Namen und die Adresse von *Weiße Blüte*. Glaubst du immer noch, dass es sich um Bugarows Begleiter am Hauptbahnhof handelt? Dann sollten wir sofort los.« Florian legte auf und betrachtete das Ausweisfoto von Benjamin Schortens. Eine gewisse Ähnlichkeit mit Bugarows Begleiter war tatsächlich nicht von der Hand zu weisen. Trotzdem hielt er das Bild aus der Überwachungskamera nach wie vor für zu unscharf. Das hatten selbst die Experten der Gesichtsanalyse so eingeschätzt. Erschwerend kam hinzu, dass die Person vom Hauptbahnhof nur im Profil zu sehen war. Zum Vergleich brauchte Florian ein weiteres Profilfoto, denn dann könnten die Experten anhand des Nasenrückens, der Kinnpartie und weiterer Merkmale eine sichere Aussage treffen. Das Ausweisfoto zeigte Schortens von vorn und gab deshalb nicht viel her. Sollte es sich wirklich um ein und dieselbe Person handeln, müssten sie in eine völlig neue Richtung ermitteln. In diesem Fall könnte der Täter ein Mann mit ausgeprägten sadistischen Zügen und extremen Sexfantasien sein, der sich seine Opfer im Internet auswählte. Florian hatte die Kommentare unter den Videos genauestens analysiert, ebenso Aufnahmen, die der Verdächtige selbst hochgeladen hatte. Schortens war nicht nur bisexuell, er hegte offenkundig auch brachiale Gewaltfantasien, wobei er hierfür das weibliche Geschlecht präferierte. Florian traute Schortens ohne Weiteres zu, dass er diese Fantasien auch in die Tat umsetzte. Vielleicht war er der Täter, der Kim Wiesinger gefoltert und Emanuel vergewaltigt hatte. Allerdings passte der Mord an Herbert Hoffmann nicht in dieses Schema, dafür aber der Spruch auf Hoffmanns Bauch. Die Botschaft *Niemand rührt sie oder ihn an*, hatte Schortens unter mehreren Videos hinterlassen. Das deutete stark auf Allmachtsfantasien hin, die wiederum typisch für ein sadistisches Täterprofil waren. Wie allerdings Sergei Bugarow ins Bild gehörte, wusste Florian nicht. Hier gab es gar keine Übereinstimmungen. Womöglich hatte ein Streit stattgefunden. Florian verzog das Gesicht. Spekulieren brachte nichts. Er musste den Kerl festsetzen und zum Reden bringen. Er war sich sicher, dass die Wahrheit nach und nach ans Tageslicht kommen würde.

41

Julia war sofort losgefahren. Nicht zu Florian, wie ursprünglich geplant, und auch nicht nach Hause, wie es die Stimme der Vernunft vorgeschlagen hatte. Mit dem Ticket in der Hand war sie wieder in ihren Wagen gesprungen und auf direktem Wege zum Fußballstadion gefahren. In ihrem Kopf kreisten die Gedanken in Hochgeschwindigkeit. Ihr Magen hatte sich in einen Betonklotz verwandelt. Plötzlich erschien ihr die Welt vollkommen verändert. Ihre Erkenntnisse zu den Opfern, die alle mit denselben drei Kratzern markiert waren und womöglich von ein und demselben Täter ermordet wurden, waren nicht mehr von Bedeutung. Julia interessierte sich nur noch für eines: Wie kam das Eintrittsticket an ihre Windschutzscheibe?

Sie parkte direkt vor dem Stadion, am Eingangstor neben einem Halteverbotsschild. Normalerweise hielt sich Julia an die Verkehrsregeln, doch im Augenblick war ihr das alles egal. Sie wollte wissen, was hier vor sich ging.

Sie schlüpfte durch das offene Tor und bemerkte überrascht die Modernisierungen im Stadion. Vor ihr lag der Fußballplatz, den sie von früher kannte. Damals fanden weit weniger Zuschauer Platz auf den Rängen. Inzwischen hatte sich viel verändert. Die meterhohen Zuschauertribünen kesselten die Rasenfläche ein und wirkten wie ein unüberwindliches Betonbollwerk. Julia lief auf den Rasen und blickte sich um. Mitten auf dem Feld hatte einst Michael gestanden. Sie sah ihn vor sich, obwohl es immer noch nicht hell war und nur hier und dort ein Notlicht brannte. Wie oft hatte sie ihm zugejubelt, ihn angespornt, wenn er und seine Mannschaft kämpften. Sie sah den Triumph in seinen Augen, wenn sie gewonnen hatten, und auch die Enttäuschung, wenn es einmal andersherum lief. Michael hatte den Fußball geliebt. Er war talentiert gewesen. Ein Stürmer mit hoher Trefferquote. Wieder betrachtete sie das Ticket in ihrer Hand. Wie zum Teufel war es an ihre Windschutzscheibe gelangt? Wer besaß denn eine Eintrittskarte zu einem Spiel, das längst der Vergangenheit angehörte? Es war der letzte Wettkampf, an dem Michael teilgenommen hatte. Danach war Julia nie wieder hierhergekommen. Sie hätte es nicht ertragen. Viel zu schmerzvoll war die Erinnerung. Doch jetzt war sie hier. Julia sah das Foto vor ihrem inneren Auge, das sie im Affekt zerrissen hatte, es zeigte Michael hier im Stadion. Wahrscheinlich war es eines der letzten Fotos, die ihn als Fußballspieler zeigten. Plötzlich hatte Julia das unbestimmte Gefühl, dass sie inzwischen selbst zum Spielball geworden war. Wer immer das Ticket an ihr Auto geklebt hatte, wollte, dass sie hierherkam. Ob sie bereits in der Falle saß? Hatte jemand dieses Ticket aus ihrem Elternhaus gestohlen? Oder war derjenige vielleicht selbst Zuschauer gewesen? Hier, an diesem Ort, zusammen mit ihr und ihrem Bruder? Waren die heftigen Träume von Michael am Ende ein Zeichen? Ein Signal oder gar eine Warnung? Aber wovor?

Ein paar Meter weiter entdeckte sie ein Schild, das die Richtung zu den Umkleidekabinen wies. Instinktiv folgte sie den Hinweisen und stieg eine Treppe hinab. Muffige Luft schlug ihr entgegen. Julia tastete sich an der Wand entlang und fand einen Lichtschalter. Sofort flackerten kaltblaue Neonröhren über ihr auf. Der Gang war weiß gefliest, der Boden nackter Beton. Vor einer Tür blieb Julia stehen. *Schiedsrichterraum* stand auf dem Schild in Augenhöhe. Gegenüber befanden sich die Umkleidekabinen. Unschlüssig sah sie sich um und fragte sich plötzlich, was sie eigentlich hier machte. Glaubte sie wirklich, an diesem Ort Antworten zu finden? Und welche überhaupt? Michael war tot. Er würde nie wiederkommen. Was sollte es bringen, sich hier umzusehen? Vielleicht trieb einfach nur jemand einen schlechten Scherz mit ihr und sie fiel auch noch darauf rein.

Die kalte Nachtluft wehte durch den Gang, sie bekam eine Gänsehaut. Unsicherheit erfasste sie und noch etwas: ein Anflug von Angst. Julia wollte Florian anrufen. Doch hier unten gab es keinen Empfang. Nicht ein einziger Balken war im Display zu sehen. Fluchend schob sie das Telefon zurück in die Tasche. Einen Moment lang überlegte sie, umzukehren, aber dann hörte sie etwas. Ein Klicken oder vielleicht auch ein Schaben. Mit spitzen Ohren schlich sie ein Stückchen weiter in den Gang hinein. Die Umkleidekabinen ließ sie hinter sich. Jetzt polterte irgendetwas. Julia machte noch exakt drei Schritte, dann blieb sie stehen. Es gab zwar Licht, und das vermittelte eine gewisse Sicherheit. Trotzdem fragte sie sich, ob sie von allen guten Geistern verlassen war. *Raus hier*, befahl ihr eine innere Stimme. Es war die nackte Angst, die sie plötzlich übermannte. Sie drehte auf der Stelle um und rannte zurück. Atemlos.

Auf einmal ging das Licht aus. Julia fühlte Panik aufsteigen, hielt jedoch nicht an. Ganz im Gegenteil, sie spannte alle Muskeln an und lief, so schnell sie konnte. Sie musste hier raus. Schon sah sie die Treppe. Julia machte einen Satz. Doch mitten im Flug wurde ihre Bewegung ruckartig abgebremst. Ihre rechte Hand griff nach dem Geländer, aber sie erreichte es nicht. Sie plumpste wie ein Stein auf den harten Betonboden. Ihre Kniescheiben knackten. Der Schmerz schoss ihr durch die Beine. Sie schnappte nach Luft und sah gleichzeitig das Seil, über das sie gestolpert war. Die Eintrittskarte segelte aus ihrer Hand und landete auf den Schuhspitzen eines Mannes, der aus dem Nichts zu kommen schien. Verzweifelt rappelte sie sich auf. Aber es war bereits zu spät. Etwas, was nach Chloroform stank, landete auf ihrem Mund. Selbst schreien konnte sie nicht mehr. Ihre Lider flatterten.

»Herzlich willkommen, Julia«, sagte der Mann, und dann versank ihre Welt in Dunkelheit.

42

Sie erwachte im Halbdunkel. Rechts und links reihten sich graue Spinde aneinander. Davor standen Bänke. Ein spärliches Licht leuchtete glühend rot in der Dunkelheit. Eine laufende Kamera war direkt vor ihr aufgebaut. Julia stöhnte. Das Chloroform hatte ihr die Schleimhäute verätzt. Durstig leckte sie sich über die Unterlippe, bevor sie eine erste Bestandsaufnahme durchführte. Sie saß auf einem Stuhl. Ihre Handgelenke waren mit Kabelbindern an den Armlehnen befestigt. Die Beine konnte sie bewegen. Schmerzen hatte sie keine. Julia stieß sich mit den Füßen vom Boden ab und rückte mit dem Stuhl ein paar Zentimeter nach hinten. Gleichzeitig verfluchte sie sich für ihre Dummheit. Was hatte sie nur geritten, dass sie allein und ohne Unterstützung mitten in der Nacht in ein Fußballstadion fuhr, bloß weil an ihrer Windschutzscheibe ein Eintrittsticket hing? Nur weil dieses Ticket über fünfzehn Jahre alt war und zufälligerweise ihr Bruder in diesem Stadion trainiert hatte, musste sie doch nicht durchdrehen. Jemand hatte ihr eine Falle gestellt, und sie war mitten hineingetappt. Plötzlich musste sie an Kim Wiesinger denken. Ob sie jetzt ebenfalls sterben würde? Noch einmal stieß sie sich kräftig ab, sodass sie beinahe umstürzte.

»Aber, aber. Wir haben doch noch gar nicht angefangen. Kein Grund zur Panik«, sagte eine männliche Stimme.

Julia zuckte zusammen. Sie konnte einen Mann im Halbdunkel ausmachen. Er hatte die ganze Zeit am Ende der Spindreihe gestanden und sie beobachtet. Die dunkle Gestalt machte ein paar Schritte auf sie zu.

»Warum müsst ihr Rechtsmediziner die Nase eigentlich immer in Dinge stecken, die euch nichts angehen?«, fragte er.

Julia rührte sich nicht. Sie versuchte, den Mann zu erkennen.

»Haben Sie meinen Assistenten deshalb getötet? Weil er Ihnen auf die Schliche gekommen ist?« Ihre Stimme hörte sich eigenartig, beinahe fremd an. Immerhin klang sie trotz allem erstaunlich ruhig.

Der Mann stand neben der Kamera. Julia konnte sein Gesicht nicht sehen, weil er eine Skimaske trug. Seine Statur erinnerte sie an jemanden.

Er zuckte lässig mit den Schultern. »Er stand nicht auf meiner Liste, aber ich musste ihn vorziehen.« Er drückte einen Knopf an der Kamera und richtete seine schwarzen Augen auf Julia. Ein nur allzu bekannter Laut drang aus dem Lautsprecher.

»Was ist das?« Julias Stimme zitterte.

»Hast du das noch immer nicht begriffen?« Die Skimaske verzog sich an der Mundpartie. Der Mann lächelte. Er wedelte mit der Eintrittskarte, die an Julias Windschutzscheibe geklebt hatte. Als er die Hand sinken ließ, sah Julia einen silbernen Ring, von dem sich drei Krallen abhoben. Sofort fielen ihr die parallelen Kratzer an den Opfern ein.

»Wer sind Sie?«, flüsterte sie ängstlich und nahm dabei die Stimme ihres Bruders aus dem Lautsprecher wahr.

»Weißt du das immer noch nicht, Julia?« Der Unbekannte

drehte den Ton ab. Augenblicklich wurde es mucksmäuschenstill. Das Schweigen lastete auf Julia wie ein Totentuch. Er kam näher, ganz langsam. Julias Herz klopfte wild gegen die Rippen. Als er vor ihr stand, musste sie an ihm hochsehen. Eine Stimme, die sie aus ihren Träumen kannte und längst vergessen glaubte, erfüllte den Raum. »Vergiss mich ganz schnell wieder oder ich werde dich holen.« Schlagartig war alles wieder da. Die Nacht nach Michaels Beerdigung. Sie in seinem Bett. Eine schwarze Gestalt, die plötzlich am Fenster erschien. Ein Mann, dessen Atem sie gespürt hatte, der zu ihr sprach und sie in Todesangst versetzte. Jemand, den sie nie für real gehalten hatte. Das alles war doch nur ein Albtraum gewesen, mehr nicht.

Julia hielt den Atem an und schloss die Augen. Die Erinnerungen waren so heftig, dass sie beinahe ohnmächtig wurde. Auf einmal war sie wieder ein junges Mädchen, sechzehn Jahre alt und voller Trauer. Sie hatte sich in Michaels Bett gelegt, weil sie sich schrecklich allein fühlte. Einsam und schuldig. Den schwarzen Mann gab es nicht. Doch nun stand er vor ihr. Sie spürte ihn genauso wie damals. Seine dunkle Präsenz, das Böse, das er in sich trug. Der Geruch nach gefärbtem und geöltem Leder. Sie hatte sich das alles nicht eingebildet. Er war da gewesen. Damals wie jetzt. Wie hatte sie das nur verdrängen können? Entsetzt starrte sie ihn an.

Der Mann schritt zurück zur Kamera. Daneben befand sich ein kleiner Tisch, auf dem eine Zigarettenschachtel lag. Er zündete sich eine Zigarette an. Julia sah den rot glühenden Punkt. Ihr Herz pumpte so schnell, dass ihr schwindlig wurde. Sie blickte in dunkle, unerbittliche Augen und schluckte.

In diesem Moment wusste sie nur noch eines: Sie würde sterben.

43

»Verdammt. Er ist nicht zu Hause.« Florian drückte zum zehnten Mal den Klingelknopf. Es war zwecklos. Entweder öffnete Benjamin Schortens nicht oder er war tatsächlich nicht da. Bald wurde es sechs. Florian wusste inzwischen, dass er wie James Miller als Barkeeper tätig war, allerdings in einem anderen Klub. Demnach müsste er jetzt eigentlich im Bett liegen.

»Vielleicht schläft er woanders. Bei einem Freund oder so«, mutmaßte Saathoff. »Wir könnten eine Streife abstellen und das Haus beobachten lassen. Sobald er auftaucht, haben wir ihn.«

Florian donnerte wütend mit der Faust gegen die Wohnungstür. Sie machten ständig einen Schritt vorwärts, nur um dann direkt zwei Schritte rückwärts zu gehen. So würden sie nie Erfolg haben.

»Du hast vermutlich recht«, murmelte Florian und rüttelte an der Tür. Er konnte nicht länger warten. »Ich glaube, in der Wohnung ruft jemand um Hilfe«, fügte er hinzu und ignorierte Saathoffs vorwurfsvollen Blick, als er einen Dietrich aus der Tasche holte. Noch bevor er das Werkzeug ins Schloss führen konnte, öffnete sich die Nachbartür.

»Was machen Sie hier?«, fragte eine Frau mit verquollenen Augen. Sie hatte einen rosafarbenen Bademantel übergeworfen. Ihre Finger waren auffällig rot lackiert.

Florian zog seinen Dienstausweis hervor. »Wir müssen dringend mit Benjamin Schortens sprechen.«

Die Frau musterte Florian. »Hat er etwas angestellt?« Sie zog die Augenbrauen hoch und redete weiter: »Das hätte ich mir ja denken können. Wissen Sie, er hat seit ein paar Tagen diesen neuen Freund.« Sie verdrehte die Augen und schüttelte den Kopf. »Ist so eine Art Gothic-Typ. Voll schräg. Sieht aus, als käme er direkt aus der Hölle oder vom nächsten Friedhof. Jedenfalls übernachtet er jetzt nicht mehr so oft hier.«

Florians Miene verfinsterte sich.

»Sie suchen ihn wohl dringend?«, sagte die Frau verständnisvoll. Sie musterte Florian eine Weile. »Wollen Sie einen Blick in seine Wohnung werfen? Ich füttere seine Katze regelmäßig, er ist ja viel zu selten da. Sie hat bestimmt schon Hunger.« Die Nachbarin drehte sich um und verschwand in ihrer Wohnung. Kurz darauf kam sie mit einer Dose Katzenfutter zurück. »Ich gebe ihr lieber mein eigenes Futter. Benjamin ist verflucht geizig. Kauft immer nur Billig-Zeug. So etwas gibt es bei mir nicht.« Zwischen ihren Beinen tauchte eine grau gestreifte Katze auf, die Florian neugierig beschnupperte. Die Frau tätschelte ihr den Kopf. »Ist ja schon gut. Wir bringen Lizzy jetzt mal ihr Frühstück.« Sie sah auf und grinste. »Mein Karlchen ist ganz verliebt in Lizzy.«

Sie ging zu Schortens' Wohnungstür hinüber und schloss auf. Als Florian ihr nicht gleich folgte, blieb sie stehen und drehte sich um. »Nun kommen Sie schon.«

Florian warf Saathoff einen kurzen Blick zu. Der nickte. »Na, dann mal los.«

Auf den ersten Eindruck wirkte die Wohnung aufgeräumt. Jacken und Mäntel hingen ordentlich auf Bügeln in der Flurgarderobe. Darunter standen Schuhe in Reih und

Glied und glänzten dazu wie frisch poliert. Florian suchte nach Fotos. Seine Augen wanderten über eine kleine Kommode und die Wände entlang. Während Saathoff die Toilette inspizierte und die Nachbarin in der Küche die Katze fütterte, wurde er im Wohnzimmer auf einem Regal fündig. Gleich drei Fotos standen gerahmt neben ein paar Büchern, in denen es um Geschichte ging. Seltsam, fuhr es Florian durch den Kopf. Er hätte nicht vermutet, dass ein Barkeeper sich für Weltgeschichte interessierte. Auf einem Foto war Benjamin Schortens als vielleicht zehnjähriger Junge mit seinen Eltern und einer jüngeren Schwester zu sehen. Das Foto daneben zeigte ihn mit Anfang zwanzig. Unglücklicherweise hatte er sich die Haare abrasiert. Ähnlichkeiten mit dem Mann vom Hauptbahnhof waren deshalb kaum zu erkennen. Beim dritten Bild war das schon anders. Darauf war er knapp über dreißig und trug die braunen Haare etwas länger. Ungefähr so sah Schortens auch auf dem Foto für seinen Personalausweis aus.

»Das könnte er doch sein. Findest du nicht?«, murmelte Saathoff, der eben ins Wohnzimmer gekommen war.

»Inzwischen denke ich auch, dass er es sein könnte. Allerdings bräuchten wir für die Gesichtsanalyse ein Foto, das ihn im Profil zeigt«, erwiderte Florian und blickte sich weiter um. Unglücklicherweise konnte er keine Bilder mehr entdecken. Er überprüfte das Bücherregal ein zweites Mal, fand jedoch auch kein Fotoalbum. Dann hatte er eine Idee und ging in die Küche.

»Können Sie mir sagen, wer dieser Mann ist?«, fragte er die Nachbarin, die gerade die Katzen streichelte, und zeigte ihr das Foto vom Hauptbahnhof.

Die Frau nickte unmerklich.

»Ist ziemlich dunkel und unscharf. Aber wenn Sie mich fragen, das könnte Benjamin sein. Sicher bin ich allerdings nicht.«

Florian nickte zufrieden. Immerhin hatte Schortens'

Nachbarin nicht sofort abgewinkt. Als Nächstes nahm er sich das Schlafzimmer vor. Der kleine Raum beherbergte einen Kleiderschrank, das Bett und einen Heimtrainer. In der Schublade des Nachttisches fand Florian ein paar Pornohefte und Plüschhandschellen. Nichts deutete auf die Gewaltfantasien hin, denen Schortens im Internet frönte.

»Was ist denn hier los?« Eine Männerstimme dröhnte vom Treppenhaus herein. »Kerstin. Hast du diesen Mann hier hineingelassen?«

Florian fuhr herum und eilte in den Flur. Saathoff präsentierte gerade seinen Ausweis. Ein großer, muskulöser Mann stand in der Eingangstür und starrte unfreundlich auf ihn hinab. Seine Augen funkelten listig. Um seinen Mund saß ein harter Zug, der ihn aggressiv wirken ließ.

»Wir hätten einige Fragen an Sie«, sagte Florian und baute sich vor ihm auf.

44

Julia atmete noch. Es fiel ihr unendlich schwer. Etwas in ihr wünschte sich, zu sterben, damit der Schmerz endlich aufhörte. Doch er wütete weiter in ihr und zerriss ihr Innerstes. Er hatte sie nicht getötet, sie nicht einmal angerührt. Der Mann hatte einfach nur dagestanden, seine Zigarette geraucht und dann war er ohne ein weiteres Wort gegangen und hatte sie allein gelassen. Noch immer versuchte sie, die Geschehnisse zu verstehen. Eine dunkle Ahnung überfiel sie. Etwas, was sie tief in den Abgrund riss. Erst jetzt begriff sie langsam, was vor sich ging. Sie seufzte. Florian würde sie nie finden. Er ermittelte in die völlig falsche Richtung.

Die Tür öffnete sich und Julia spannte die Muskeln an. Er kam zurück. In der Hand hielt er ein Messer. Julia schätzte die Klinge auf fünfzehn Zentimeter. Es handelte sich um ein ordinäres Küchenmesser. Sie schluckte. Eine simple Klinge würde also ihr Ende herbeiführen.

»Normalerweise spiele ich nicht und komme lieber schnell zur Sache«, sagte der Mann. »Aber bei dir ist es etwas anderes.« Er kam grinsend auf sie zu und fuchtelte mit dem Messer.

Julia kämpfte die aufkeimende Panik nieder. Ihr Verstand schaffte es, die Oberhand zu gewinnen. Von Florian hatte sie eines gelernt: In solchen Situationen ging es um Zeit. Je mehr sie davon bekam, desto größer wurde ihre Chance, vielleicht doch zu entkommen.

»Wie soll ich das verstehen?«, fragte sie betont nüchtern.

Das Grinsen des Mannes verbreiterte sich.

»Sieh mal an. Ganz die Kämpferin.« Er wippte vor ihr auf und ab.

Julia hatte Schwierigkeiten, den Blickkontakt zu halten. In seinen Augen glänzte das Böse.

»Was hast du herausgefunden?«, fragte er, zog einen Stuhl heran und setzte sich vor ihr hin.

Julia zerrte an ihren Fesseln.

»Was hast du herausgefunden?«, wiederholte er und drückte ihre Unterarme fest auf die Stuhllehnen.

»Sie haben Kim Wiesinger, Sergei Bugarow, Herbert Hoffmann und Emanuel Schreiber auf dem Gewissen. Auf allen vier Leichnamen haben Sie Ihr verdammtes Zeichen hinterlassen.« Julia schnaufte wütend. »Und Sie haben Michael getötet!«

Der Mann ließ ihre Arme los. Sie schmerzten.

»Gut.« Er rückte noch näher und betrachtete ihr Gesicht. Dann strich er ihr eine Strähne aus der Stirn. »Ihr seid euch so unglaublich ähnlich. Er lebt tatsächlich in dir weiter. Du hast denselben Blick.«

»Warum haben Sie mich denn nicht gleich getötet? Damals, in der Nacht nach seiner Beerdigung?« Julia hatte ruhig bleiben wollen, doch den letzten Satz schrie sie ihm ins Gesicht.

»Mit dir wollte ich spielen. Außerdem töte ich keine Mädchen.« Er grinste unaufhörlich und rieb sich die Hände. Offensichtlich genoss er die Situation.

Julia starrte in die schwarzen Augen. »Was? Das ist alles?

Das ist Ihre Erklärung? Und warum haben Sie dann Kim Wiesinger getötet?«

Die Antwort blitzte in Julias Geist auf. Sie hatte sie die ganze Zeit vor Augen gehabt. Sie hatte es einfach nur nicht gesehen. Genauso wie sie alles andere ignoriert hatte. Michaels Stimme in ihrem Schlafzimmer und im Auto, seine Erscheinung an ihrer Schlafzimmertür, das Foto vom Fußballspiel und wahrscheinlich auch das Spielzeugauto. Das alles war keine Einbildung gewesen. Er war für all das verantwortlich und hatte sie fortwährend manipuliert. Ob er mit Kim Wiesinger dasselbe getan hatte? Julia sah die Familienfotos vor sich, die glückliche Kim. Zusammen mit dem Rest ihrer Familie: Mutter, Vater und ein jüngerer Bruder. Ein Bruder, der danach auf keinem Foto mehr zu sehen war. Ein Bruder von vielleicht dreizehn oder vierzehn Jahren, der vermutlich tot war. Genauso wie Michael. Sie hatte es die ganze Zeit übersehen.

»Ist sie Ihnen auf die Schliche gekommen?«, fragte Julia, die sich jetzt wieder im Griff hatte.

»Sieht so aus.« Er zuckte mit der Schulter.

»Wie?«

»Es war ein dummer Zufall.« Er verstummte und starrte Julia nachdenklich an.

»Erklären Sie es mir. Bitte«, wiederholte sie. Sie wusste, dass sie ihn am Reden halten musste. Außer auf Zeit, die es zu gewinnen galt, kam es darauf an, eine Bindung aufzubauen. Er musste sie als Mensch wahrnehmen, nicht als Objekt. Sie wünschte sich, Florian wäre hier. Er beherrschte solche Techniken aus dem Effeff.

»Sie hat meine Wohnung durchsucht. Ich hatte ein bisschen Stoff besorgt und bin aufgeflogen. Dabei hat sie eine Trainingshose gefunden, die ihrem Bruder gehörte. Es hätte natürlich irgendeine Hose sein können. Es gibt Tausende von dieser Sorte. Aber ich habe an ihren Augen gesehen, dass sie die Wahrheit ahnte. Ich habe ihr erzählt, die Hose gehöre meinem kleinen Cousin. Doch sie glaubte mir nicht. Stattdessen fing sie an, mich zu verfolgen. Sie wollte Beweise finden. Sie hat mein Leben auseinandergenommen, alte Bekannte nach mir ausgefragt, selbst bei meiner Mutter ist sie aufgetaucht. Ich musste sie beseitigen.«

»Warum haben Sie sie gefoltert?«

»Ich wollte herausfinden, wem sie ihr Wissen mitgeteilt hat. Aber die gute Kim war tatsächlich so ehrgeizig, dass sie erst mit handfesten Beweisen eine polizeiliche Ermittlung eingeleitet hätte. Sie wollte nicht als Spinnerin dastehen, die nicht über den Tod ihres Bruders hinwegkommt. Das war naiv. Aber gut für mich. Sie hat wirklich geglaubt, sie könnte mich zu einem Geständnis bringen. Die Gute tappte sofort in meine Falle. Nachdem mir klar wurde, dass sie auf eigene Faust handelte, ging es schnell.« Er klang beinahe gönnerhaft. Zu Julias Erstaunen fuhr er ohne jeden Skrupel fort: »Leider hat mich Kims Nachbar beobachtet, als ich in ihre Wohnung eingedrungen bin, um nach Unterlagen zu suchen. Der Trottel dachte, ich hätte nicht mitbekommen, wie er seine Tür geöffnet hat, um mich genauer in Augenschein zu nehmen. Ich habe ihn erst einmal in dem Glauben gelassen und mich in Kims Wohnung umgesehen. Stell dir vor, Kim Wiesinger hat sämtliche Informationen über mich haarklein in einem Notizbuch festgehalten. Ich habe es in ihrem Wagen gefunden, in der Nacht, als sie starb. Deshalb musste ich einfach sichergehen, dass sie in ihrer Wohnung nicht noch mehr Aufzeichnungen über mich hatte. Dabei ist mir aufgefallen, dass der Scheißkerl von Nachbar Kameras angebracht hatte. Ich habe übrigens zugesehen, wie du …« Er sah sie kalt an und schnalzte mit der Zunge. »Tapferes Mädchen. Mein Kompliment.«

Dann ging sein Blick in die Ferne. »Ich brauchte jedenfalls einen Mörder für Kim, und da kam mir Bugarow gerade recht, der hat mich regelmäßig mit Stoff versorgt. Die Kripo hat mein Geschenk dankbar angenommen und ihn offiziell als Verdächtigen präsentiert.« Er lächelte selbstzufrieden. Julia entging es trotz seiner Skimaske nicht.

»Weißt du was? Ich rede und rede hier. Das ist nicht umsonst.« Das Lächeln verschwand aus seiner Stimme. Er erhob sich und packte Julias Arm. Noch bevor sie reagieren konnte, zog er das Messer über ihre Haut. Eine feine rote Linie blieb zurück. Julia öffnete den Mund zu einem Schrei. Doch dann hatte sie urplötzlich eine Vision. Sie sah Michaels Gesicht. Er stand da und legte den Zeigefinger auf die Lippen. *Pst. Spiele sein Spiel.* Julia biss die Zähne zusammen. Sie erstickte den Laut in ihrer Kehle.

»Sie hätten ein Foto von der toten, anstatt von der lebenden Kim machen sollen, das hat die Polizei stutzig gemacht«, stieß sie hervor.

Die Augen des Mannes weiteten sich.

»Du kannst es nicht lassen, oder? Du bist interessant, du bist übrigens die einzige Frau, die mir ständig in die Quere kommt. Vielleicht sollte ich unsere kleine Zusammenkunft sofort beenden und dir die Kehle durchschneiden. Als Rechtsmedizinerin weißt du ja, wie lange es dauert, bis das Blut über die Halsschlagader aus dem Körper gepumpt ist.« Er stieß ihren Kopf nach hinten und ritzte die Haut an ihrem Hals ein.

Julia gurgelte.

»Ich habe Hoffmann nicht nur meinetwegen getötet. Ein bisschen habe ich es auch für dich getan!« Er wischte das Messer ab und steckte es ein. Als er seine Hände um Julias Hals legte, zischte er wütend: »Du solltest ein wenig Dankbarkeit zeigen«, und drückte zu.

45

»Ihre Fragen können Sie sich sonst wohin stecken«, erklärte der Mann in der Tür und funkelte Florian wütend an. »Haben Sie einen Durchsuchungsbefehl oder sind Sie illegal hier eingedrungen?«

Florian musterte den Mann. Dunkle Haare, fast schwarz und sehr kurz. Ebenso dunkle Augen, die recht weit auseinanderstanden. Schmale Lippen, spitze Kinnpartie und eine lange, gerade Nase. Das war nicht der gesuchte Benjamin Schortens.

»Kevin? Was machst du denn hier?« Kerstin Friedrich, die mit einer Katze im Arm aus der Küche kam, wirkte völlig überrascht.

»Das könnte ich dich auch fragen. Hast du etwa die beiden Polizisten hier reingelassen?«

Schortens' Nachbarin ging nicht auf seine Frage ein.

»Ich dachte, Benjamin ist bei dir?«

Kevins Augen funkelten düster. »Wenn er bei mir wäre, würde ich ihn ja nicht suchen«, polterte er. »Ist er denn nicht zu Hause?« In seiner Stimme lag plötzlich Unsicherheit.

»Nein. Die Polizei sucht ihn auch.« Kerstin Friedrich warf Florian einen zweifelnden Blick zu. »Ihm wird doch nichts passiert sein.« Sie presste die Katze an sich. »Sind Sie etwa deshalb hergekommen?«

»Nein. Keine Sorge. Wir haben lediglich ein paar Fragen an ihn. Er könnte Zeuge eines Verbrechens geworden sein.« Florian richtete seinen Blick auf Kevin. »Wer sind Sie? Und in welcher Beziehung stehen Sie zu Benjamin Schortens?«

»Ich bin sein Freund. Er wollte die Nacht bei mir verbringen. Aber er ist nicht aufgetaucht. Deswegen bin ich hier. Sein Handy ist aus.«

»Wie lautet Ihr Name?«, fragte Martin Saathoff.

»Kevin Eberhart.«

Florian hielt Eberhart das Bild vom Hauptbahnhof vor die Nase.

»Ist das Benjamin?«

Eberhart nickte zögerlich. »Ich denke schon. Wer ist denn der andere?«

»Jemand, der nur kurze Zeit nach diesem Schnappschuss von einem Zug überrollt wurde. Deshalb müssen wir dringend mit Ihrem Freund sprechen.«

»Benjamin hat doch nicht etwa was damit zu tun?«

»Das wissen wir nicht. Sagt Ihnen der Begriff *Weiße Blüte* etwas?«

»Ja. Das ist sein Nickname im Internet. Warum?«

»Wussten Sie, dass Ihr Freund besondere Vorlieben hat?«

Kevins Augen weiteten sich. »Was für Vorlieben meinen Sie?«

»Zum Beispiel sieht er sich gerne Videos mit gewalttätigen Inhalten an oder lädt selber welche hoch.«

»Ach so.« Kevin schnaufte erleichtert. »Das ist nur ein Spiel. Es törnt uns an. Die Videos sind doch nicht echt. Ist alles nur gespielt.« Er schielte kurz zur Nachbarin.

»Wussten Sie, dass Benjamin sich vor zwei Tagen mit einer Internetbekanntschaft verabredet hat?« Florian verzichtete darauf, Emanuels Namen zu erwähnen.

»Sie scherzen. Wir sind sehr glücklich. Benjamin würde

mich niemals hintergehen.« Kevins Stimme schwankte. »Ich … ich kann es beweisen.«

Er stürmte ins Schlafzimmer. Mit einem silbernen Laptop im Arm erschien er wieder im Flur.

»Wenn er sich mit jemandem verabredet hat, dann werden wir es gleich sehen. Das ist sein Laptop.« Kevins Stimme war voller Zweifel. Er tippte auf der Tastatur herum, die Augen starr auf den Bildschirm gerichtet. Nach einer Weile blickte er auf.

»Sehen Sie, da ist nichts«, erklärte er triumphierend und drehte den Laptop herum. »Ich habe alle E-Mails der letzten zwei Tage gecheckt. Keine Verabredung.«

Florian überlegte. »Wie lautet denn Benjamins Mail-Adresse?«

Kevin zog den Mauszeiger auf die Zeile, in der der Absender stand.

Weisse.Bluete@web.de

»Das stimmt«, murmelte Florian nachdenklich. Er hatte die Nachrichten an *Weiße Blüte* auf Emanuels Rechner gesehen. Sie mussten irgendwo sein. »Sind Sie sicher, dass er die Nachrichten nicht gelöscht hat?«

»Im Papierkorb ist nichts.«

Florian griff nach dem Laptop. »Das hat nichts zu bedeuten. Wenn er vorsichtig war, dann hat er die Nachrichten auch aus dem Papierkorb entfernt. Dürfte ich den Computer mitnehmen und ihn unseren IT-Experten übergeben? Wir müssen das überprüfen.«

Kevin biss sich nervös auf die Unterlippe. »Ich weiß gar nicht, ob ich das wirklich wissen möchte.« Mit zittrigen Fingern fischte er sein Handy aus der Hosentasche und wählte eine Nummer. Nach einer Weile legte er auf. »Okay. Nehmen Sie den Laptop mit. Er gehört ja sowieso mir. Ich habe ihn Benjamin nur ausgeliehen. Sein Handy ist immer noch aus. Ich fange an, mir Sorgen zu machen.«

»Danke.« Florian gab Kevin einen Zettel, auf dem die

Todeszeitpunkte der Opfer notiert waren. »Können Sie mir sagen, wo Benjamin in der jeweiligen Nacht war?«

Auf Kevins Stirn erschienen ein paar Falten. Er öffnete den Kalender seines Handys.

»Am Abend vor zwei Tagen hat er gearbeitet. Ich habe ihn angerufen, ich hab gehört, dass er in der Bar ist.«

Florian machte sich eine Notiz. Den Anruf qualifizierte er nicht als Alibi.

»Was ist mit dieser Nacht?«, fragte er und tippte auf das Datum, an dem Kim Wiesinger umgebracht worden war.

»Da waren wir zusammen. Das weiß ich ganz genau, weil es unser Jahrestag ist.«

Florian malte einen roten Kreis um das Datum. Diese Angabe klang schon eher nach einem Alibi. Er musterte Kevin und fragte sich, wie glaubwürdig dieser Mann war. Schließlich erkundigte er sich nach den anderen beiden Terminen. Kevin erklärte, dass Benjamin Schortens an beiden Abenden in der Bar gearbeitet und anschließend bei ihm übernachtet habe.

»Ist Benjamin Ihnen gegenüber jemals gewalttätig geworden?«, wollte Florian zum Abschluss wissen.

Kevin schüttelte den Kopf. »Nein. Er ist ein richtiges Lämmchen. Es ist ...« Er stockte und lief rot an. »Das im Netz sind eher meine Fantasien. Ohne mich hätte er sich bei *SEXtreme* gar nicht angemeldet.«

Florian warf Saathoff einen Blick zu. Er war frustriert. Seit Tagen liefen sie im Kreis. Wenn Kevin die Wahrheit sagte, kam Schortens als Täter nicht infrage, und das, obwohl Kevin ihn auf dem Foto vom Hauptbahnhof identifiziert hatte.

»Besitzen Sie ein Foto von Ihrem Freund, auf dem er im Profil zu sehen ist?«

Kevin schüttelte den Kopf.

»Rufen Sie uns an, sobald er Kontakt zu Ihnen

aufnimmt.« Er drückte Kevin seine Karte in die Hand und verließ mit Saathoff die Wohnung.

»Irgendwie habe ich das Gefühl, dass wir auf dem Holzweg sind«, sagte Florian, als sie wieder im Auto saßen.

»Daniel Thiele soll sich so schnell wie möglich Schortens' Laptop vornehmen«, erwiderte Saathoff. »Wenn er seine Spuren verwischt hat, wird der es herausfinden. Kevin Eberhart kann ja glauben, dass Benjamin Schortens die Nächte bei ihm verbracht hat. Es mag stimmen, dass er mit ihm zusammen eingeschlafen ist. Aber Schortens kann sich genauso gut unbemerkt rausgeschlichen und ein paar Stunden später wieder ins Bett gelegt haben.«

Florian nickte. Das war eine Möglichkeit. Er startete den Motor.

An der nächsten Ampel klingelte sein Telefon. Er leitete das Gespräch auf die Freisprechanlage um. Ihr Chef war am anderen Ende der Leitung.

»Guten Morgen, meine Herren«, begann Hermann Meier ohne Umschweife. »Ich habe gerade von der Staatsanwaltschaft grünes Licht bekommen. Igor Petrow erhält Strafererleichterung, wenn er vollumfänglich aussagt. Er ist bereits auf dem Weg in den Vernehmungsraum. Ich will, dass Sie beide alles stehen und liegen lassen und sich sofort auf den Weg machen.«

»Wir sind unterwegs«, sagte Florian und gab Gas.

46

»Dein Bruder hat länger durchgehalten als du.« Die Worte kamen von irgendwoher. Aus weiter Entfernung und fast nicht wahrnehmbar. Julia schmerzte der Kopf. Ihr Hals fühlte sich geschwollen an. Es war dunkel. Sie bekam kaum Luft. Jeder Atemzug schabte schmerzhaft in ihrer Luftröhre. Ganz langsam kehrte die Erinnerung zurück. Sie öffnete die Augen und stellte fest, dass sie nicht mehr auf dem Stuhl saß, sondern am Boden lag. Unter ihr befand sich eine weiche Unterlage. Sie bewegte ihre Gliedmaßen. Ihre Handgelenke waren mit einem Seil fixiert. Auch die Beine waren zusammengebunden. Sie stöhnte.

»Du hast mich sehr wütend gemacht«, fuhr ihr Peiniger fort. »Aber ich wollte dich nicht töten. Das hast du nicht verdient.«

In Julias Kopf begannen die Gedanken zu kreisen. Sie hatte keine Ahnung, wovon dieses Monster sprach. Sie verstand nur eines, er trieb sein Spiel mit ihr. Er wollte sie erst quälen, dann töten. Es musste ihn massive Beherrschung gekostet haben, vorerst von ihr abzulassen. Es war ein Wunder, dass sie noch lebte.

Plötzlich war Michael wieder in ihrem Kopf. Er sagte etwas zu ihr: »Sei menschlich!« Danach verschwand er in den Tiefen ihres Geistes.

»Haben Sie einen Schluck Wasser für mich?«, krächzte Julia, bemüht, freundlich zu klingen.

Sie hörte, wie ein Stuhl über den Boden scharrte, und anschließend Schritte, die auf sie zukamen. Sie sah seine schemenhafte Gestalt erst, als er direkt vor ihr stand.

»Da.«

Eine Plastikflasche schlug neben ihr auf. Durstig griff sie danach, bevor sie wegrollte. Obwohl ihre Handgelenke fest zusammengeschnürt waren, hatte sie keine Schwierigkeiten, aus der Flasche zu trinken. Gierig schluckte sie das lauwarme Wasser. Ihre Lebensgeister erwachten zu neuem Leben.

»Warum haben Sie Michael getötet?«, schluchzte sie.

Der Mann ging in die Hocke. »Das weißt du doch. Er war ein wirklich hübscher Junge.«

»Aber er war doch erst zwölf Jahre alt.«

Der Mann schwieg.

Julia wechselte lieber zu einem bekannten Thema. »Wie genau ist Kim Wiesinger Ihnen auf die Schliche gekommen?«

»Das habe ich doch schon gesagt. Sie hat überall herumgeschnüffelt, Leute befragt, alles genauestens in ihrem Notizbuch festgehalten und mit diesen Informationen ein Bewegungsprofil von mir angefertigt. Sie hat herausgefunden, dass ich in der Nähe war, als ihr Bruder starb. Ich hatte ein Alibi, aber sie hat die Aussage meiner Mutter angezweifelt. Beweisen konnte sie allerdings nichts. Ständig ist sie um mich herumgeschlichen und hat mich blockiert. Wahrscheinlich wollte sie mich auf frischer Tat ertappen.«

»Und warum haben Sie Herbert Hoffmann getötet? Weil er mich überfallen hat?« Julia kannte die Antwort bereits, wollte den Mann jedoch am Reden halten. Sie brauchte Zeit. Das war alles, was ihr im Augenblick blieb.

»Du dumme Gans, nein. Er hat mich gesehen. Als ich

seine Kamera in der Wohnung dieser Polizistin entdeckt hatte, war klar, dass er sterben muss. Ich konnte schließlich nicht das Risiko eingehen, dass er mich gefilmt hat. Auf seinem Handy habe ich übrigens tatsächlich eine Aufnahme von mir gefunden. Ich habe es zerstört.«

Er beugte sich hinunter und strich Julia durch die Haare. »Aber die Eier habe ich ihm deinetwegen abgeschnitten. Es war ein tolles Gefühl, sie in den Mülleimer zu werfen.« Er lachte hämisch. »Du siehst Michael so ähnlich. Es ist wirklich schade, dass du kein Junge bist.«

Julia beherrschte sich und zuckte bewusst nicht zurück. Sie wollte ihn nicht wieder wütend machen. Einen weiteren Angriff würde sie mit Sicherheit nicht überleben. Sie ertrug den schlechten Atem, der ihr entgegenschlug. Trotz der Dunkelheit konnte sie sehen, dass er lächelte.

»Warum musste Emanuel sterben? Selbst wenn er die Kratzer entdeckt hat, so war das noch immer keine Spur zu Ihnen. Das Muster stellt lediglich einen Zusammenhang zwischen den Morden her.«

Der Mann richtete sich wieder auf. »Er hat nicht nur die Kratzer entdeckt, er wollte sich mit mir treffen.« Sein Ring war auf einmal direkt vor Julias Nase. Sie starrte auf die drei Krallen, mit denen das Monster seine Opfer markierte. Plötzlich fragte sie sich, ob er auf Michaels Körper dieselben Spuren hinterlassen hatte. War es das, was sie all die Jahre übersehen hatte? Der Mann schien ihre Gedanken zu erraten. Er hockte sich hin.

Diesmal flüsterte er: »Das hast du dich schon so oft gefragt, nicht wahr? Was hast du übersehen?« Er nickte bedächtig. »Jedes Opfer trägt mein Zeichen«, fügte er hinzu, erhob sich und ließ sie allein.

Julia kramte fieberhaft in ihrem Gedächtnis. Michaels Körper war über und über mit Hämatomen bedeckt gewesen. Auf seiner Haut wurden etliche Kratzwunden dokumentiert. Er wurde im Wald getötet, im Unterholz, zwischen Ästen und

Zweigen. Julia hatte sich Michaels Akte wieder und wieder angesehen. Vermutlich hatte sie – genau wie die damals zuständigen Rechtsmediziner – die Verletzung einfach übersehen. Julia konnte sich nicht entsinnen, egal, wie sehr sie versuchte, das Bild ihres toten Bruders heraufzubeschwören. Plötzlich hörte sie ein Rascheln. Still lag sie auf der Seite und lauschte. Ein Schauer lief ihr über den Rücken, als sie an Ratten dachte. Sie befand sich schließlich in einem unterirdischen Trakt des Stadions. Hier gab es Toiletten und Duschräume mit Anschluss an die Kanalisation. Julia schüttelte sich. Dann tastete sie ihre Hose ab und stellte fest, dass sie ihr Handy immer noch hatte. Sie schaltete es ein und hielt es in die Luft.

»Hier gibt es keinen Empfang«, sagte eine unbekannte Stimme, und Julia schrak zusammen.

47

»Sie haben diesem Mann nicht wirklich ein Foto von Bugarows Begleiter am Hauptbahnhof überlassen? Ich fasse es nicht!« Hermann Meier war stinksauer. Er hatte Florian mitten aus der Vernehmung geholt. Sie standen vor der schalldichten Tür im Flur des Polizeireviers. »Wie zum Teufel kommen Sie auf so etwas? Es handelt sich um eine vertrauliche Information. Ein Beweismittel. Verflucht. Kessler, irgendwann wird Sie Ihre unkonventionelle Vorgehensweise noch den Hals kosten.«

Florian verzog das Gesicht. Meier mochte recht haben, aber er hatte keine andere Lösung gesehen und diesen Weg als notwendig erachtet.

»Ich muss das Foto auf dem Tisch vergessen haben.« Florians Antwort war nicht gelogen, auch wenn sie nur die halbe Wahrheit enthielt. Er hatte es absichtlich liegen lassen, weil er wusste, dass der *General* über Mittel und Wege verfügte, Bugarows Begleiter viel schneller als die Polizei ausfindig zu machen.

»Was, wenn Igor Petrow diesen Mann töten lässt?« Meiers Zeigefinger landete auf dem Foto vom Hauptbahnhof.

Florian zuckte mit der Schulter und schwieg. Was sollte er auch sagen? Er war dieses Risiko eingegangen. Allerdings glaubte er nicht an diese Möglichkeit. Der Mann war Russe. Er stand zu seinem Wort. In dem Augenblick, in dem Florian das Foto über den Tisch geschoben und darauf bestanden hatte, dass dieser Mann in Polizeigewahrsam gehörte, war er sicher, dass Petrow ihn nicht anrühren würde, falls er ihn aufspürte. Der *General* hatte es ihm eindeutig signalisiert.

»Fragen wir ihn doch«, schlug Florian deshalb vor.

Meier hob warnend den Zeigefinger. »Ich mache Sie persönlich dafür verantwortlich, wenn diesem Mann etwas zustößt.« Er drehte sich um und eilte davon.

Florian holte tief Luft und betrat erneut den Vernehmungsraum. Petrow, der unverändert dasaß, betrachtete ihn mit wachem Blick.

»Ärger?«, fragte der *General* mit süffisantem Lächeln, als Florian wieder Platz nahm.

Florian schob das Foto vom Hauptbahnhof über den Tisch.

»Wie man es nimmt«, erwiderte er. »Wer ist der Kerl?«

Petrows Grinsen wurde breiter. »Er ist ein Kunde von Bugarow. Schon seit Jahren.« Er beugte sich über den Tisch und sah Florian intensiv an. »Sein Name ist Mario Kimpel. Wenn Sie ihn lebend wollen, dann sollten Sie sich beeilen. Meine Männer schlagen in drei Stunden zu.«

»Danke«, sagte Florian und sprang auf. »Ich werde der Staatsanwaltschaft mitteilen, dass Sie in jeglicher Hinsicht kooperativ waren, vorausgesetzt, wir finden Kimpel lebend.«

Igor Petrow nickte. Florian war erleichtert. Endlich hatte er eine heiße Spur. Er ließ den *General* zurück und ging in den Nebenraum, wo Martin Saathoff saß.

»Du hast ihm ernsthaft das Foto von Bugarows Begleiter zugesteckt? Wow. So viel Abgebrühtheit hätte ich dir gar nicht zugetraut.« Saathoff erhob sich vom Stuhl und klopfte

Florian anerkennend auf die Schulter. »Ich hatte offen gestanden auch schon darüber nachgedacht.«

Florian war das Lob ein wenig unangenehm. Er wusste, dass er eine Grenze überschritten hatte. Doch ohne die Hilfe des *Generals* hätten sie diesen Mann nie ausfindig machen können. Er bedeutete Saathoff, ihm zu folgen, und begab sich zu Daniel Thiele ins Großraumbüro.

»Sie müssen etwas für uns herausfinden«, sagte er und nannte Thiele den Namen des Verdächtigen.

»Mario Kimpel? Schaue ich mir gleich an. Ich habe vorher noch etwas für Sie.« Er winkte Florian und Saathoff zu seinem Schreibtisch heran. Vor ihm stand ein Laptop. »Ich habe mir Benjamin Schortens' Computer gründlich vorgenommen. Ich kann keine E-Mail-Kommunikation zwischen ihm und Emanuel Schreiber finden.«

»Was soll das heißen?«, fragte Florian. »Hatten die beiden tatsächlich keinen Kontakt oder hat Schortens die Nachrichten sorgfältig gelöscht?«

Thiele holte tief Luft. »Auf seinem Laptop ist ein Trojaner installiert und sein Mail-Account wurde gehackt. Er selbst hatte nie Kontakt zu Emanuel und musste deshalb auch nichts löschen. Es war der Hacker, der mit Emanuel kommuniziert hat.«

Thieles Feststellung traf Florian wie ein Donnerschlag. In seinem Kopf ratterte es. Er blickte Saathoff an, dessen Halsschlagader auf einmal deutlich hervortrat.

»Verdammt«, stieß Saathoff hervor. »Dieser Fall ist ein einziger Zickzacklauf. Das muss ich mir erst einmal durch den Kopf gehen lassen. Ich fasse zusammen: Wir wissen inzwischen, dass Igor Petrow keinen Auftrag für die Ermordung von Kim Wiesinger erteilt hat. Sergei Bugarow bekam die zehntausend Euro für die Schleusung von Kokain. Alle Beweise deuten trotz allem auf ihn als Mörder von Kim. Unklar ist nach wie vor, warum er auf den Schienen des

Kölner Hauptbahnhofs von einem Zug überrollt wurde. Suizid, Unfall, vielleicht sogar Mord. Wir wissen es nicht. Genauso wenig kennen wir den Mörder von Herbert Hoffmann. Und zu guter Letzt können wir Benjamin Schortens, unseren Hauptverdächtigen, für den Mord an Emanuel Schreiber wieder von der Liste streichen. Habe ich das so richtig zusammengefasst?« Saathoffs Gesicht war knallrot angelaufen. »Mensch, Florian. Wir rennen permanent in die falsche Richtung.«

Florian seufzte. »Ich hatte ehrlich gesagt Benjamin Schortens auch als möglichen Täter im Fall Kim Wiesinger in Betracht gezogen. Ebenso existiert eine Verbindung zu Herbert Hoffmann und Emanuel Schreiber. Alle Opfer hatten im Internet eine Verbindung zu der Seite *SEXtreme*, bis auf Bugarow. Es gibt definitiv einen Zusammenhang zwischen allen Opfern und Benjamin Schortens. Wenn es nicht Schortens war, sondern stattdessen ein Hacker, dann müssen wir uns auf diesen Mann konzentrieren. Kennen wir seine Identität?«

Daniel Thiele nickte. »Ich bin dran. Ich habe übrigens denselben Trojaner auf dem Rechner von Herbert Hoffmann gefunden. Es spricht also vieles für Ihre Theorie.« Thiele gab, während er sprach, unermüdlich Befehle über die Tastatur ein.

»Finden Sie so schnell wie möglich heraus, wer dieser Hacker ist«, sagte Florian. Im selben Atemzug poppten ein paar Fenster auf Daniel Thieles Monitor auf. Florian machte große Augen. »Das gibt es doch gar nicht.« Aus verschiedenen Perspektiven war unvermittelt Mario Kimpels Gesicht zu sehen.

Saathoff sprach aus, was Florian dachte: »Das ist der Begleiter von Sergei Bugarow am Kölner Hauptbahnhof. Er hat dasselbe Profil. Das ist er, ganz sicher.«

Florian notierte sich die Adresse, die auf der unteren

Bildschirmhälfte angezeigt wurde. Mario Kimpel war achtundvierzig Jahre alt, Bademeister, ledig, kinderlos. Er hatte dreizehn Jahre wegen schweren Raubes mit Todesfolge im Gefängnis gesessen. Kimpel hatte eine Tankstelle überfallen, um Drogen zu finanzieren. Dabei kam eine Frau ums Leben. Mehr gab der Datenbanktreffer nicht her.

»Besorgen Sie sämtliche Informationen über diesen Mann, die Sie finden können«, forderte Florian Daniel Thiele auf. »Wir fahren am besten sofort zu seiner Adresse.« Er bedankte sich bei Thiele und nickte seinem Partner zu.

Auf dem Weg in die Tiefgarage wählte Florian Julias Nummer. Er wollte sie auf dem Laufenden halten, außerdem standen diverse Laborberichte zu den letzten Autopsien aus. Ihr Handy war immer noch aus. Florian vermutete Julia im Sektionssaal. Dort gab es nicht in jeder Ecke Empfang, und je nachdem, wo Julia das Handy aufbewahrte, war es unter Umständen schwierig, sie zu erreichen. Florian legte auf und versuchte es über die Zentrale des Rechtsmedizinischen Institutes.

»Kessler von der Kripo Köln hier. Ist Julia Schwarz zu sprechen?«

»Einen kleinen Augenblick bitte«, erwiderte eine junge Stimme. Florian blieb ungeduldig vor der Tür zur Tiefgarage stehen. Er wollte die Verbindung nicht verlieren. Saathoff ging schon voraus.

»Ich komme sofort«, flüsterte Florian und wackelte angespannt auf den Fußspitzen.

»Sie ist nicht da.«

»Was? Wo ist sie denn? Ist sie krank?«

»Nein. Wir können Sie nicht erreichen. Sie ist heute gar nicht zur Arbeit erschienen.«

Florian legte auf. Eine gewaltige Menge Adrenalin schoss durch seine Blutbahnen. Mit einem unguten Gefühl im Magen wählte er Julias private Festnetznummer. So etwas sah ihr gar nicht ähnlich. Florian ließ es mehr als zehn Mal klingeln. Dann nahm er das Handy vom Ohr. Irgendetwas stimmte nicht. Wie Saathoff schon sagte, sie gerieten von einer Sackgasse in die nächste. Etwas Wichtiges war ihnen entgangen.

Er stieß einen Fluch aus und rannte los.

48

»Wer bist du?« Mehr fiel Julia nicht ein. Sie war viel zu geschockt darüber, dass sie nicht allein in diesem dunklen Raum gefangen war.

»Elias, und du?«

Julia zitterte. Das war eine Kinderstimme. Sie raffte sich hoch, so gut es mit gefesselten Armen und Beinen ging. Immerhin war sie nirgendwo angebunden. Sie kam auf die Knie und versuchte, das Dunkel zu durchdringen.

»Ich heiße Julia«, sagte sie, konnte aber immer noch niemanden entdecken. »Wo bist du?«

»Ganz hinten am letzten Spind. Er hat mich hier festgebunden.«

»Okay, warte.« Julia bewegte die Knie und kam ein paar Zentimeter vorwärts. Doch so funktionierte das nicht. Sie legte sich auf den Bauch und robbte auf dem Boden in Richtung des Jungen, der irgendwo in der Schwärze verborgen war. Der raue Untergrund zerschürfte ihr die Haut. Sie biss die Zähne zusammen und kroch weiter.

»Hat er dir etwas getan?«, fragte sie völlig außer Puste.

»Nein.«

Julia kämpfte sich voran.

»Wie bist du hierhergekommen?« Inzwischen war sie fast bei dem Jungen, dessen Alter sie anhand der Stimme auf vielleicht dreizehn Jahre schätzte.

»Ich bin von zu Hause abgehauen und hatte ein paar Sachen in meinem Spind deponiert. Heute Morgen, als ich sie holen wollte, hat mich plötzlich ein Mann geschnappt und hier festgebunden. Erst dachte ich, es wäre der Hausmeister, aber dann habe ich die schwarze Maske vor seinem Gesicht gesehen.«

»Mist«, sagte Julia. »Wie spät war es da?«

»Kurz vor sechs. Ich bin extra früh aufgestanden.«

Sie war bei dem Jungen angekommen und konnte seine Fußspitzen fühlen.

»Tut dir was weh?« Julia erhob sich mühsam.

»Nein. Die Fesseln drücken ein bisschen. Ansonsten bin ich okay. Wie bist du hierhergekommen?«

»Das ist eine lange Geschichte«, erwiderte Julia und tastete die Kleidung des Jungen ab. Er stand mit dem Rücken am Spind. »Vielleicht bekomme ich dich ja los«, murmelte sie. »Trainierst du hier?«

»Ja, schon seit fünf Jahren.«

»Dann weißt du bestimmt, wann das nächste Training stattfindet.«

»Am Nachmittag, warum?«

»Jemand könnte uns finden. Womöglich der Trainer oder andere Sportler.«

Elias schüttelte den Kopf.

»Die hören uns nicht einmal. Wir sind in einer neuen Umkleide, die werden erst im nächsten Jahr geöffnet. Wir sind ganz am Ende der Baustelle. Hier kommt keiner hin.«

»Aber du?«

»Nein. Er hat mich hierher gebracht. Ich war zuerst vorne, in der ersten Umkleidekabine ...« Die Stimme des Jungen zitterte plötzlich. »Will er uns töten?«

Julias Magen krampfte sich zusammen. »Nein. Das wird er nicht«, sagte sie selbstsicher, obwohl sie genau wusste, dass das nicht stimmte. Ihre Finger nestelten an seinen Fesseln. Es war ein Strick, kein Kabelbinder. Wenn sie sich konzentrierte, würde sie das Seil vielleicht lösen können.

»Du kennst dich hier aus. Gibt es nur den einen Eingang?«

Elias nickte. »Ja.«

Julia mühte sich ab. Ihre Nervosität stieg. Die Fesseln an ihren Handgelenken erschwerten ihr die Arbeit. »Wir kommen hier raus. Ich verspreche es dir«, sagte sie, ohne sich ihre Verzweiflung anmerken zu lassen. Die Knoten saßen extrem fest. Ein Fingernagel war ihr bereits abgebrochen. Sie würde lange brauchen, um Elias freizubekommen.

»Wie ist dein Nachname?«, fragte sie.

»Fischer.«

»Wo wohnst du?« Der Junge nannte seine Adresse. Julia prägte sie sich genau ein. Endlich löste sich ein Knoten. Julia schöpfte neue Hoffnung. Wenn sie ihn losbekam, konnte er ihr helfen, und dann würden sie versuchen, die Tür aufzubrechen. Aber ihre Hoffnung schwand sofort wieder, als ein Lichtschimmer durch die Tür drang. Ihr Peiniger kehrte zurück.

Er bewegte sich rasch auf sie zu. Julia versuchte, sich vor Elias zu stellen. Eine Faust landete in ihrem Gesicht.

»Habe ich dir erlaubt, mit ihm zu sprechen?« Er schnitt den Fußstrick durch und zerrte den Jungen mit sich.

»Was haben Sie mit ihm vor?«, rief Julia. »Lassen Sie ihn in Ruhe.« Sie hüpfte hinter den beiden her. Elias stieß einen ängstlichen Hilfeschrei aus. Seine Arme waren an seinem Oberkörper fixiert. Er konnte sich nicht wehren.

»Lass ihn in Ruhe. Nimm mich«, brüllte sie und schlug der Länge nach hin. Der Mann schwieg und zog Elias mit sich. Die Tür fiel zu und Julia blieb mit rasendem Herzen zurück. Sie mochte sich gar nicht vorstellen, was dieses Monster mit Elias anstellen würde.

Verzweifelt kroch sie zur Tür und hämmerte mit beiden Fäusten dagegen.

49

Florians Verstand arbeitete auf Hochtouren. Er machte sich schreckliche Vorwürfe. Spätestens nachdem Emanuel tot war, hätte ihm klar sein müssen, dass Julia in Gefahr schwebte. Er stand vor ihrer Wohnungstür und öffnete sie mit seinem Dietrich. Saathoff telefonierte hinter ihm. Sie wollten Julias Handy orten. Das war schwierig, denn es war entweder ausgeschaltet oder hatte keinen Empfang. Aber vielleicht konnten sie mit dem letzten Handysignal etwas anfangen.

»Julia?«, rief er, als sie die Wohnung betraten. Niemand antwortete. Das Erste, was ihm ins Auge fiel, war eine offene Schublade der Flurkommode. Ein zerrissenes und wieder geklebtes Foto lag darin. Florian ging ins Wohnzimmer und schaute sich um. Saathoff überprüfte Küche und Bad. Alles wirkte wie immer. Weder an der Wohnungstür noch in den anderen Räumen fanden sie Spuren einer gewaltsamen Auseinandersetzung. Florian kontrollierte das Wohnzimmerfenster. Es war geschlossen. Doch irgendetwas sah am Fenstergriff anders aus. Er öffnete das Fenster und entdeckte einen kleinen Draht, der an der Außenseite hinunter zur

Fensterbank führte und dann in einem kleinen Kasten kurz über dem Boden verschwand.

»Was zum Teufel ist das?«, murmelte er und musterte die Vorrichtung. »Sieht aus wie ein Mechanismus zum Fensteröffnen. Er scheint fernsteuerbar zu sein.«

Rasch ging er in die Küche und betrachtete dort den Fensterhebel. Dieser sah unauffällig aus. Er wiederholte den Vorgang an den übrigen Fenstern in der ganzen Wohnung. Zurück im Wohnzimmer sah er nachdenklich nach draußen. In letzter Zeit war Julia mit den Nerven ziemlich am Ende gewesen. Ständig hatte sie von ihrem kleinen Bruder geträumt. Er kramte in seinem Gedächtnis. Hatte sie ihm nicht auch erzählt, dass dieses Fenster nachts mehrmals offen stand, obwohl sie es geschlossen hatte? Grübelnd betrachtete er den kleinen Draht, der unauffällig innerhalb des Fensterrahmens angebracht war. Julia wohnte im Erdgeschoss. Es wäre kein Problem, dieses Fenster von außen zu manipulieren. Es musste nur einmal offen stehen oder angekippt sein. Er machte Fotos von der Vorrichtung und ging noch einmal ins Schlafzimmer. Eine düstere Ahnung ergriff Besitz von Florian. Was, wenn Julia sich gar nichts eingebildet hatte? Was, wenn sie tatsächlich Michaels Stimme gehört hatte? Auf einmal wurde ihm klar, dass es völlig untypisch für Julia wäre, sich Dinge vorzumachen. Julia war psychisch nicht labil. Ihr ganzes Leben war davon geprägt, sich auf Fakten zu konzentrieren. Wieso hatte er ihr nicht besser zugehört? Stattdessen wollte er sie gleich zu einem Psychologen schicken. Verdammt. Er hätte sie ernst nehmen müssen. Was war er nur für ein Freund?

Florians Finger fuhren über den Türrahmen und blieben an einer Erhöhung hängen. Sein Herz begann zu rasen. Eine weiße, nahezu unsichtbare Mikrokamera haftete dort oben, sie war direkt auf das Bett gerichtet. Entsetzt riss er das Gerät herunter.

»Martin, wir haben ein Problem«, rief er laut.

Saathoff kam aus der Toilette. »Hast du doch was gefunden?«

Florian hielt ihm die Kamera hin. Mittlerweile war ihm ganz übel. »Julia Schwarz wird überwacht. Das Fenster im Wohnzimmer ist manipuliert. Ich denke, jemand hat sie entführt. Wir müssen so schnell wie möglich die Spurensicherung hierherholen.«

Saathoffs Augen waren tellergroß. Er starrte auf die Kamera zwischen Florians Fingern. »Pack sie weg. Wahrscheinlich sendet sie noch. Und nichts mehr anfassen.«

Florian stopfte das Gerät in die Hosentasche. Das hatte ihm gerade noch gefehlt. Hoffentlich war der Täter jetzt nicht vorgewarnt.

»Wir müssen sie finden.« In seinem Hals saß ein kantiger Felsbrocken. Er kratzte bei jedem Atemzug. Fieberhaft überlegte Florian, was Julia geschehen sein könnte. Auf dem Schreibtisch lag ihr Laptop. Hastig klappte er ihn auf. *Was hast du zuletzt gemacht, Julia? Bitte verrate es mir.* Die Stimme in seinen Gedanken hatte einen verzweifelten Ton angenommen. Er mochte sich nicht ausmalen, was Julia alles zustoßen konnte. Er hoffte einfach nur inständig, dass sie noch lebte. Auf dem Bildschirm war ein Foto von Emanuels Leichnam geöffnet. Florian klickte sich rasend schnell durch die Chronik. Er wusste, dass Julia oft von zu Hause aus arbeitete und online auf die Dateien des Rechtsmedizinischen Institutes zugreifen konnte. Was zum Teufel hast du herausgefunden?

Die Obduktionsberichte gaben auf den ersten Blick nichts her. Florian kannte jeden einzelnen von ihnen. Er änderte seine Taktik und ließ sich alle hinzugefügten Dateien der letzten Tage anzeigen. Bingo. Julia hatte Fotos gemacht. Sie wurden bei jeder Aufnahme automatisch über das WLAN in die Cloud und von dort wiederum auf ihren Laptop geladen. Er sah sich zügig die jüngsten Handyaufnahmen an. Sofort sprang ihm das geklebte Foto von ihrem Bruder ins Auge. Es lag in der offenen Schublade in der

Kommode am Eingang. In Florians Fingerspitzen kribbelte es. Was hatte es mit diesem Foto auf sich? Er ging zur Kommode und musterte das geflickte Original eingehend. Jemand hatte es zerrissen und anschließend wieder zusammengeklebt. Davon hatte Julia ihm nichts berichtet. Aber immerhin hatte sie es für so bedeutsam gehalten, dass sie es zusätzlich mit dem Handy fotografiert hatte. Florian betrachtete ihren Bruder Michael, der in Sportkleidung im Fußballstadion zu sehen war. Das Telefon klingelte.

»Kessler hier«, antwortete er geistesabwesend.

»Manfred Holsten«, hörte er Julias Chef sagen. »Ich mache mir wirklich Sorgen um Julia. Deshalb habe ich mir ihren Schreibtisch näher angesehen. Sie hat eine Notiz hinterlassen, die vermutlich von großer Bedeutung ist.« Er holte tief Luft. Florian lauschte jetzt aufmerksam.

»4 x gleicher Täter. Markiert Opfer mit drei parallelen Kratzern«, las Manfred Holsten vor. »Ich weiß nicht hundertprozentig, auf welche Opfer diese Aussage zutrifft. Aber nach ersten Recherchen gehe ich davon aus, dass sie sich auf Kim Wiesinger, Sergei Bugarow, Herbert Hoffmann und auch Emanuel Schreiber bezieht. Ich sehe mir gleich alle Berichte noch einmal gründlich an und melde mich wieder.« Holsten legte auf.

Florian ließ den Hörer sinken.

»Was ist?«, fragte Martin Saathoff und sah Florian neugierig an.

»Wir haben es tatsächlich mit einem Serientäter zu tun. Die vier letzten Opfer tragen alle eine Markierung. Julia schwebt in Lebensgefahr. Sie hat es herausgefunden, und jetzt will der Täter sie beiseiteschaffen.« Florians Herz raste. Er ahnte, dass es auf jede Sekunde ankam. Wieder fiel sein Blick auf Michaels Foto, das in einem Fußballstadion entstanden war.

»Sag mal, Martin. Weißt du, wo das ist? Julia hat das Bild abfotografiert. Dafür muss es einen Grund geben.«

Saathoff runzelte die Stirn. »Das müsste irgendwo in Köln sein. Keine Ahnung, wo genau.«

Florian hatte eine Idee. Er rief einen Stadtplan von Köln auf Julias Laptop auf und tippte die Adresse ihrer Eltern ein. »Michael hat bestimmt in der Nähe trainiert«, murmelte er.

Er zoomte heran und suchte die nähere Umgebung ab.

»Da«, rief er und zeigte auf ein Fußballstadion, das zu Fuß vielleicht zwanzig Minuten entfernt lag. Dann entdeckte er etwas.

»Was ist das hier?« Er deutete auf ein eckiges Gebäude in unmittelbarer Nachbarschaft des Stadions.

»Ein Schwimmbad«, antwortete Saathoff und sah Florian fragend an.

»Richtig«, erwiderte Florian atemlos. In seinem Kopf hatte es klick gemacht. »Und Mario Kimpel ist dort Bademeister.«

Saathoffs Handy schrillte los. Er hob ab und legte nach ein paar Sekunden wieder auf. Sein Blick war ernst, aber es schimmerte auch Hoffnung darin.

»Julias Handy wurde gegen fünf Uhr heute Morgen zuletzt genau vor diesem Fußballstadion geortet.«

»Ich fordere alle verfügbaren Kräfte an. Los, los, schnell.«
Florian hatte nur noch einen Gedanken im Kopf. Sie mussten Julia retten.

50

Er zerrte den Jungen mit sich durch die Baustelle. In einem anderen Raum band er ihn abermals fest. Er hätte sich gleich denken können, dass Julia versuchen würde, ihn zu befreien. Eigentlich hatte er ihr Entsetzen genießen wollen. Er wollte, dass sie litt. Dass sie den Tod ihres Bruders noch einmal erlebte. Deshalb hatte er den Jungen in denselben Raum gesperrt. Aber sie ließ sich nicht so leicht von Emotionen überwältigen. Das hatte er unterschätzt. Sie war stets auf der Suche nach einer Lösung. Das Wort *aufgeben* kannte sie nicht. Ihr Verstand war messerscharf, und er schien immer zu funktionieren, egal, in welcher Situation sie sich befand.

Das faszinierte ihn. Sie war die einzige Frau, für die er sich jemals interessiert hatte. Natürlich nicht sexuell. Da war er eindeutig festgelegt. Er mochte junge Männer. So nannte er sie. Er selbst sortierte sich nicht in die Gruppe der Kinderschänder ein. So etwas tat er nicht. Sein jüngstes Opfer war zwölf gewesen. Also fast ein Mann.

Er setzte sich neben den Jungen und dachte nach. Seine Gedanken gingen zu genau dem Zeitpunkt zurück, an dem alles aus dem Ruder gelaufen war.

Es war gut zwanzig Jahre her. Schon immer hatte er gewusst, dass er sich zu Männern hingezogen fühlte. Doch dann tauchte dieser Vierzehnjährige im Schwimmbad auf. Dunkle Locken und ebenso dunkle, funkelnde Augen. Er beobachtete ihn, wie er mutig vom Drei-Meter-Brett sprang. Er schien überhaupt keine Angst zu haben. Es gab viele ältere Jungen, die sich zögerlich bis zum Ende des Brettes bewegten und anschließend stocksteif hinunterplumpsten. Ihre Anspannung löste sich erst wieder, wenn sie aus dem Wasser auftauchten. Doch bei Steffen war es anders gewesen. Er besaß eine Grazie, die ihn einfach nicht mehr losgelassen hatte. Er freute sich immer auf ihn. Steffen kam einmal in der Woche ins Schwimmbad. Seine Fantasien wurden jedes Mal heftiger. Irgendwann folgte er ihm. Schrieb sich ganz genau auf, wann der Junge aus der Schule kam. Wer seine Freunde waren. Wohin er nachmittags zum Spielen ging. Monate später zerrte er ihn in ein Waldstück. Er hatte ihn gar nicht töten wollen. Das war im Affekt passiert. Aber seitdem ließ ihn diese Sache nicht mehr los. Niemand anders konnte diesen Jungen besitzen. Er gehörte vollkommen ihm. Der Tod hatte ihre Liebe besiegelt, sozusagen konserviert für die Ewigkeit, denn nach ihm würde es keinen anderen mehr geben. Zu sehen, wie das Leben aus seinen Augen schwand, hatte ihm den ultimativen Kick verschafft. Er wollte Steffen ein letztes Mal spüren. Deshalb legte er sich in der Nacht nach der Beerdigung in sein Bett. Niemand bekam etwas mit. Er wäre fast dort eingeschlafen, wenn die Furcht vor dem Entdecktwerden nicht übergroß geworden wäre. Schon ein paar Monate später wusste er, dass er es wieder tun musste. Es dauerte nicht lange, bis ihm der nächste Junge im Schwimmbad auffiel. Diesmal plante er alles von Anfang an. Auch das Ende. Nach dem zweiten Mord beschloss er, sich das nächste Opfer im benachbarten Fußballstadion zu suchen. Er wollte nicht, dass die Polizei womöglich einen Zusammenhang erkannte. Er wusste schon nach dem ersten

Spiel, das er besuchte, dass er Michael wollte. Er war jung. Vielleicht ein wenig zu jung. Mit zwölf Jahren war er tatsächlich fast noch ein Kind. Aber man sah es Michael nicht an. Er war außergewöhnlich groß für sein Alter und zudem verdammt gut gebaut. Es war Liebe auf den ersten Blick. Es gab über Wochen hinweg kein Fußballspiel, das er verpasste. Michael lief oft in den Wald. Er liebte die Natur und spielte beinahe täglich in einem Baumhaus. Es war Schicksal. Er musste einfach nur auf den Jungen warten. Doch dann ging alles schief.

Michael wehrte sich viel heftiger als erwartet. Trotzdem hatte er es genossen. Er kennzeichnete den Jungen mit seinem Silberring und ließ ihn im Wald liegen. In der Nacht nach der Beerdigung tat er, was er auch zuvor getan hatte. Aber statt des leeren Bettes fand er Michaels Schwester darin vor. Er konnte sich noch genau daran erinnern, wie fasziniert er von der Ähnlichkeit der beiden Geschwister war. Michael war groß gewachsen, seine Schwester hingegen zierlich und klein. Das hob äußerlich den Altersunterschied zwischen ihnen beinahe auf. Minutenlang hatte er auf das Bett gestarrt und überlegt, ob er sie mitnehmen sollte. In jenem Moment hätte er alles dafür gegeben, das Erlebnis mit Michael noch einmal zu wiederholen. Doch dann öffnete sie die Augen und starrte ihn an. Jegliche Begierde starb sofort ab. Er wusste, dass er gehen musste. Das Mädchen hätte sich mindestens genauso heftig gewehrt wie ihr Bruder. Ihre Eltern, die unten im Wohnzimmer saßen, hätten sie mit Sicherheit gehört. Also drohte er ihr nur und verschwand. Dabei fühlte er sich um seinen letzten Moment mit Michael betrogen. Er hatte ihn noch einmal spüren wollen. Der Junge sollte ganz und gar ihm gehören.

Dafür hasste er Julia. Da sie ihn zu allem Übel auch noch gesehen hatte, beschloss er, sie sicherheitshalber im Auge zu behalten. In der ersten Zeit observierte er sie regelmäßig. Sie verhielt sich unauffällig. Er vergrößerte die Zeitabstände. Irgendwann zog er nur noch ab und an Erkundigungen ein. Zuletzt gar nicht mehr. Nach Michael hatte er keinen Jungen mehr angerührt. Nicht, weil er seine besonderen Triebe in den Griff bekommen hätte. Er musste dreizehn Jahre lang in den Knast. Er hatte Geld gebraucht und eine Tankstelle überfallen. Die Kassiererin, eine dumme und hektische Gans, stürzte dabei unglücklich auf den Kopf. Als er die Tankstelle verließ, kam gerade ein Auto an. Die Männer verfolgten ihn und brachten ihn schließlich zur Strecke. Die Kassiererin starb kurz nach dem Überfall an ihren Verletzungen. Der Knast war die Hölle, aber er überlebte ihn, indem er immer wieder an seine drei Jungen dachte.

Als er wieder draußen war, hatte er riesiges Glück. Im Rahmen einer Resozialisierungsmaßnahme bekam er eine Anstellung als Bademeister im selben Schwimmbad. Er war dabei, ein neues Opfer auszuspionieren, als Kim Wiesinger ihm in die Quere kam. Sie durchsuchte seine Wohnung, nachdem er sich Drogen beschafft hatte. Statt Heroin fand sie die Jogginghose ihres Bruders und von da an biss sie sich an ihm fest. Sie hatte einen siebten Sinn. Er musste sie loswerden. Er wollte nicht wieder ins Gefängnis. Leider hatte er nicht bedacht, dass die Leiche der Polizistin auf Julia Schwarz' Obduktionstisch landen würde. Er befürchtete das Schlimmste. Er wusste im Grunde genommen seit diesem Tag, dass Julia ihm auf die Schliche kommen würde. Noch immer nagte jene Nacht an ihm, in der sie in Michaels Bett gelegen hatte. Diese Nacht hätte ihm gehört. Also beschloss er, mit ihr zu spielen. Sie sollte leiden, bevor er sie tötete. Das war alles, was ihm blieb.

Er seufzte und betrachtete den blonden Jungen, der völlig ungeplant in der Umkleidekabine aufgetaucht war und jetzt zitternd neben ihm saß. Er mochte eigentlich nur dunkelhaarige Männer. Was sollte er nun mit ihm anstellen? Laufen lassen konnte er ihn nicht. Vielleicht sollte er ihn mit in seine Waldhütte nehmen. Wie lange hatte er schon keinen so jungen Mann mehr gehabt? Eigentlich war die Haarfarbe doch egal. Er band Elias los und zerrte ihn hoch.

»Komm mit«, sagte er, hielt jedoch inne, als er draußen Schritte hörte.

51

Ein Hubschrauber kreiste hoch über ihren Köpfen. Die Sondereinheit war noch nicht eingetroffen. Doch weder Florian noch Saathoff wollten auch nur eine Sekunde länger warten. Schweigend zogen sie die schusssicheren Westen über. Julias Wagen parkte vor dem Eingang zum Stadion. Der Anblick versetzte Florian einen Stich. Er hätte gleich stutzig werden sollen, als er sie nicht erreicht hatte. Jetzt waren wertvolle Stunden verstrichen. Inzwischen wussten sie von Daniel Thiele, dass ein gewisser Mario Kimpel, Bugarows Begleiter am Bahnhof, sich in das Profil von Benjamin Schortens gehackt hatte.

Florian ging voraus, die Waffe in der Hand. Das Tor stand weit offen. Saathoff folgte ihm. Sie liefen ein Stück auf den Rasen hinaus und sahen sich um. Das Stadion war relativ groß. Mehrere Tausend Zuschauer hatten auf den Betonreihen Platz. Florian suchte nach Auffälligkeiten, einer Bewegung oder nach irgendetwas, was auf Julia hinwies.

»Da lang geht es zu den Umkleidekabinen«, flüsterte Saathoff und deutete auf ein Schild.

Sie entschieden, es zuerst dort zu versuchen. Zügig erreichten sie die Treppen und stiegen hinab. Die Räume unter dem Stadion lagen im Dunkeln. Florian verzichtete darauf, Licht einzuschalten. Hier unten hörte man den Hubschrauber nicht. Das vergrößerte ihre Chancen, den Täter zu überraschen.

Florian wartete ein paar Sekunden, bis sich seine Augen an die Lichtverhältnisse gewöhnt hatten. Dann lief er weiter, wobei er sich dicht an der linken Wand hielt. An der ersten Tür machte er halt und gab Saathoff ein Zeichen. Er stellte sich neben die Tür zu der Umkleidekabine und stieß sie auf. Drinnen herrschte vollkommene Dunkelheit. Florian blieb nichts anderes übrig, als seine Taschenlampe doch einzuschalten. Der Lichtstrahl flog gespenstisch über leere Bänke und Metallspinde. Er öffnete den ersten Schrank und maß die Größe. Vor seinem geistigen Auge sah er Kim Wiesinger, die in den Kofferraum ihres Kleinwagens gestopft worden war. Er schloss den Spind. Dort passte definitiv kein Erwachsener hinein. Selbst die zierliche Julia nicht. Plötzlich spürte er ihre Nähe. Es war nur ein Hauch, ein Flimmern in der Luft. Florian folgte seiner Intuition.

»Hier ist sie nicht.« Er schaltete die Lampe aus und verließ eilig den Umkleideraum. Etwas zog ihn tiefer hinein in den dunklen Gang. Das Stadion schien komplett unterkellert zu sein. Er tastete sich vorwärts. Wenn er jemanden verstecken wollte, würde er es im abgelegensten Winkel tun. Nicht in den Umkleidekabinen im Eingangsbereich, wo jederzeit ein unliebsamer Besucher auftauchen konnte. Vielleicht war Julia auch gar nicht mehr im Stadion. Schnell schob Florian den beängstigenden Gedanken wieder weg. Sie musste irgendwo hier unten sein. Er wusste es. Inzwischen konnten sie die Hand vor Augen nicht mehr sehen. Obwohl er lieber darauf verzichtet hätte, schaltete er die Taschenlampe wieder an. Vor ihnen leuchtete ein gelbes Schild auf: *Baustelle*. Er sah sich um. Rechts und links gingen Räume ab. Das Baustellenschild würde viele Besucher davon abhalten, diesen Bereich zu betreten. Dahinter befand sich demzufolge ein perfektes Versteck. Florian ging weiter, Saathoff war direkt hinter ihm. Die Luft wurde feuchter, muffiger. Auf dem rauen Betonboden lagen Werkzeuge verteilt. Florian sah einen Presslufthammer, ein paar Eimer und Leitern. Die Baumaßnahmen schienen stillzustehen. Es wirkte so, als ob hier seit Monaten nicht mehr gearbeitet worden wäre.

An der nächsten Tür hielt Florian erneut an. Saathoff postierte sich auf der anderen Seite. Florian stieß die Tür auf und stürmte hinein. Eine weitere Umkleidekabine, sie sah genauso aus wie die erste. Wieder öffnete er einen Spind und ließ das Licht über die nackten Bänke streichen. Nichts. Sie näherten sich der nächsten Tür in dem trostlosen Gang. Florians Herz dröhnte in der Brust. Noch eine Umkleide. Sein Lichtstrahl blieb an einer schwarzen Gestalt hängen. Edelstahl blitzte auf und sauste nach unten. Florians Herz stockte. Ein gellender Schrei ging ihm durch Mark und Bein. Das Messer fiel klirrend zu Boden.

»Julia!«, brüllte er und sprang auf. Ein vermummter Mann rannte an ihm vorbei. Aus dem Augenwinkel nahm Florian die Pistole wahr, die der Täter nun in der Hand hielt. Er stoppte ihn nicht. Darum musste sich Saathoff kümmern. Seine Aufmerksamkeit war voll und ganz auf die Frau gerichtet, die in einer Ecke am Boden lag.

»Julia.« Zitternd nahm er ihr Gesicht in beide Hände.

»Wurdest du verletzt?« Entsetzt betrachtete er die roten Schnitte und Würgemale an ihrem Hals.

Sie richtete sich stöhnend auf und presste eine Hand gegen ihren linken Arm. »Ist nur oberflächlich. Tut verdammt weh, aber bringt mich nicht um.« Sie lächelte tapfer. Tränen liefen über ihre Wangen. Florian drückte sie heftig an sich.

»Ich bin so froh, dass du lebst«, flüsterte er. »Du bedeutest mir alles.« Der Satz war einfach so über seine Lippen gekommen. Er sah sie an. Ihre großen braunen Augen musterten ihn überrascht.

»Wir brauchen einen Arzt«, rief Florian nach hinten und löste mit dem Taschenmesser ihre Fesseln, bevor er ihr aufhalf.

Saathoff kam schnaufend zu ihnen. »Er ist mir entwischt. Aber die Verstärkung ist da. Er kommt hier nicht raus.« Er warf Julia einen kritischen Blick zu. »Alles in Ordnung?«

»Nicht schlimm. Wir müssen Elias finden.«

»Wen?«

»Einen kleinen Jungen, den er ebenfalls in seiner Gewalt hat.« Julia riss sich von Florian los und machte ein paar wacklige Schritte.

»Stopp. Du wurdest verletzt. Du kannst jetzt unmöglich herumlaufen.« Florian hielt Julia fest.

»Lass mich los. Es ist dringend. Dieser Mann hat Michael auf dem Gewissen und auch den kleinen Bruder von Kim Wiesinger. Er wird Elias töten.« Sie funkelte ihn wütend an und Florian musste plötzlich grinsen. Das war typisch Julia Schwarz.

»Also gut. Wo steckt dieser Junge?«, fragte er.

Julia sah ihn verzweifelt an.

»Kimpel ist nach links gelaufen, tiefer in die Baustelle hinein«, sagte Saathoff und lief voraus. »Da vorne habe ich ihn verloren.«

Er rannte auf einen Anhänger zu, der mit Fliesen beladen war. Florian stürmte an ihm vorbei. Er hatte eine weitere Tür entdeckt. Sie stand offen. Mit gezogener Waffe näherte er sich.

»Waffe fallen lassen«, brüllte er in die Öffnung.

Mario Kimpel hatte sich die Skimaske heruntergerissen. In einer Hand hielt er die Pistole, mit der anderen einen gefesselten Jungen, der blass und ängstlich neben ihm stand und stumme Tränen weinte.

»Warum sollte ich?«, fragte er und hielt die Mündung an die Schläfe des Jungen.

In dem Moment kam Julia angelaufen. »Nein«, schrie sie und rannte an Florian vorbei, direkt auf den Täter zu.

»Bleib stehen«, brüllte Kimpel. »Musst du mir eigentlich wieder dazwischenfunken? Schon am allerersten Tag hast du Ärger gemacht.«

»Dann nehmen Sie mich als Geisel. Lassen Sie Elias gehen«, sagte Julia und machte noch einen Schritt auf Kimpel zu, dessen Gesicht bedenklich rot angelaufen war. Florian konnte sehen, wie der Mann immer mehr in Rage geriet. Er musste eingreifen und die Situation unter Kontrolle bringen.

»Nein«, brüllte er und legte demonstrativ die Waffe nieder. »Wie lauten Ihre Forderungen?«

Kimpel starrte ihn irritiert an. In diesem Moment sprang Julia vor. Ein Schuss löste sich. Alles schien zu Eis zu erstarren.

52

Julias Augen waren weit aufgerissen. In ihrem Blutkreislauf befand sich so viel Adrenalin, dass sie keinerlei Schmerzen mehr verspürte. In ihrem Kopf kreiste nur ein einziger Gedanke. Sie musste diesen Jungen retten. Es war, als gäbe ihr das Schicksal eine zweite Chance. Sie hatte ihren Bruder verloren, aber mit Elias würde es ihr nicht so ergehen.

Julia hatte so dicht vor dem Täter gestanden, dass sie den kleinen Hebel sah, der die Pistole sicherte. Mit Waffen kannte sie sich aus, denn ihr Onkel hatte sie als Kind oft mit auf den Schießstand genommen. Sie hatte den Moment ausgenutzt, in dem Florian seine Dienstpistole auf den Boden legte, und dem Mörder ihres Bruders die Waffe aus der Hand geschlagen. Julia wusste, dass er keine Zeit zum Entsichern hatte. Es war eine todsichere Angelegenheit, sofern sie nur fest genug zuschlug. Und genau das hatte sie getan. Mit der Kraft ihrer ganzen Verzweiflung, Trauer und Wut ausgeholt und so heftig zugeschlagen, dass der Täter nicht nur die Waffe fallen ließ, sondern zudem ins Wanken geriet. Aus seinem Oberschenkel schoss eine Blutfontäne. Martin Saathoff hatte die Gelegenheit ebenfalls genutzt und geschossen. Mit schmerzverzerrtem Gesicht fiel Kimpel zu Boden. Elias sprang schreiend weg.

Julia beugte sich über Mario Kimpel. »Du wirst niemandem mehr etwas zuleide tun«, zischte sie und presste die Hände auf Kimpels Wunde.

»Warum rettest du mich dann?«, stieß Kimpel aus.

»Ich bin immer noch Ärztin«, erwiderte sie und drückte so fest zu, dass Kimpel stöhnte.

»Ich hätte dich gleich töten sollen. Damals, im Bett deines Bruders. Mir war im ersten Moment klar, dass du immer Ärger machen würdest. Deshalb habe ich dich die ganzen Jahre im Auge behalten. Weißt du eigentlich, dass du mein Ritual zerstört hast? Ich habe Michael geliebt. Und diese Nacht in seinem Bett stand mir zu und nicht dir. Bei jedem meiner Jungen habe ich die Nacht nach der Beerdigung in ihrem Bett verbracht.« Der Ansatz eines diabolischen Lächelns zeigte sich auf seinen Lippen.

Julia verstand. Es gehörte zu seinem Tötungsritual. Es war nicht ungewöhnlich, dass ein Täter zum Tatort zurückkehrte oder den Ort besuchte, an dem sein Opfer lebte. Es war sogar klug, bis nach der Beerdigung zu warten. Zu diesem Zeitpunkt war die Spurensicherung abgeschlossen, der Leichnam freigegeben und die polizeiliche Überwachung in der Regel beendet. Außerdem rechnete niemand damit, dass ein Täter so lange wartete. Meist war der Trieb stärker, sodass ein solcher Besuch schon wenige Stunden nach der Tat stattfand. Doch Kimpel war raffiniert, ansonsten wäre er nicht all die Jahre ungestraft davongekommen.

»Wenn Sie Michael geliebt haben, warum mussten Sie ihn dann töten?« Die Frage war ernst gemeint. Julia wollte es wissen, damit sie endlich abschließen konnte. Doch Kimpel schwieg.

Mit einem Mal kam Bewegung in die Anwesenden. Florian näherte sich. Saathoff stellte sich ein paar Meter entfernt auf, die Waffe immer noch auf Kimpel gerichtet. Der

Junge versteckte sich hinter seinem Rücken. Stiefel trampelten. Befehle wurden gerufen. Polizeibeamte in schwarzer Kampfuniform drangen ein, Maschinengewehre im Anschlag.

»Raum fünf gesichert. Täter in Gewahrsam«, brüllte der erste und klappte das Visier seines Helmes hoch.

Der Polizist hinter ihm schloss auf und richtete sein Gewehr auf Kimpel.

»Wir brauchen einen Arzt«, rief der erste Mann. »Zwei Verletzte, einer mit Schusswunde.« Er musterte Julias Arm. »Scheint kein tiefer Schnitt zu sein, blutet aber heftig. Lassen Sie sich versorgen.« Mit Blick auf Kimpel sagte er: »Ich mache hier weiter.« Er hockte sich neben ihn und presste die Hände auf dessen Wunde am Oberschenkel.

Julia erhob sich wankend. Florian legte seinen Gürtel um ihren Oberarm und schnürte ihn ab. Es dauerte nicht lange, und die Sanitäter sowie ein Notarzt trafen ein. Kimpel wurde auf eine Liege gelegt. Bevor er hinausgefahren wurde, hielt er Julias Arm fest und hob den Kopf.

»Ich wollte, dass dein Bruder für immer mir gehört, deshalb habe ich ihn getötet«, flüsterte er heiser. Dann rollten seine Augen nach oben und er sank zurück auf die Liege.

»Wir müssen uns beeilen. Er hat viel Blut verloren. Los«, befahl der Notarzt und die Sanitäter schoben die Liege eilig hinaus.

Julia sah Kimpel hinterher. Dann bemerkte sie Elias, der sich immer noch hinter Saathoffs breitem Rücken versteckte.

»Elias, wie geht es dir?«, fragte sie und ging auf das Kind zu.

»Gut«, antwortete der Junge und schmiegte sich in Julias Arme. Er schluchzte. Julia spürte seine heißen Tränen an ihrer Schulter.

»Es ist vorbei. Er kann dir nichts mehr tun«, flüsterte sie und ließ auch ihren Tränen freien Lauf. Sie schloss die Augen und sah Michael vor sich. Ihr Bruder weinte nicht mehr. Er lächelte. »Danke«, formten seine Lippen lautlos. Er hob die Hand und winkte ihr zu. Gleißend helles Licht tat sich hinter ihm auf. Er schwebte hinein und verschwand. Eine unglaubliche Erleichterung durchströmte Julia. Endlich fiel die Schuld von ihr ab. Sie hätte Michael nicht retten können, selbst wenn sie damals mit ihm zusammen von der Schule nach Hause gegangen wäre. Kimpel hätte ihm so oder so aufgelauert.

»Es tut mir so leid«, flüsterte sie und drückte Elias fest an sich.

EPILOG

»Möchten Sie noch ein wenig Kaffee?«, fragte Hannelore förmlich. Ein freundliches Lächeln lag auf ihrem Gesicht. Sie war bemüht, alles richtig zu machen.

»Gerne«, erwiderte Florian und hielt seine Tasse hoch.

»Wir sind Ihnen wirklich dankbar, dass Sie unsere Tochter gerettet haben«, erklärte Ulrich Schwarz mit tiefer Bassstimme.

»Das ist doch selbstverständlich.« Florian lächelte und warf Julia einen langen Blick zu.

Sie saßen am Esstisch. Ein runder Schokoladenkuchen stand duftend in der Mitte. Hannelore hatte sich ins Zeug gelegt und sogar das teure, an den Rändern vergoldete Porzellan zum Einsatz gebracht. Michaels Platz blieb wie immer leer. Aber zu Julias Erstaunen war das Paket nicht mehr da. Julia wusste nicht, warum Hannelore Michaels Geburtstagsgeschenk weggeräumt hatte. Vielleicht wegen Florian? Oder hatte sie ihre Trauer so weit überwunden und eingesehen, dass es nichts brachte, so zu tun, als käme Michael im nächsten Moment zur Tür herein?

Gedankenverloren stocherte Julia mit der Gabel in ihrem

Kuchen. Mario Kimpel saß hinter Schloss und Riegel. In seiner Wohnung hatte die Kriminalpolizei – neben dem Notizbuch von Kim Wiesinger – etliche Tagebücher gefunden, in denen er seine Taten akribisch dokumentiert hatte. Kimpel hatte vor zwanzig Jahren begonnen, Jungen im Alter zwischen zwölf und achtzehn Jahren zu missbrauchen und zu töten. Insgesamt hatte er drei Kinder auf dem Gewissen. Michael war sein drittes Opfer. Kim Wiesinger war ihm auf die Schliche gekommen. Deshalb musste sie sterben. Kimpel lockte sie in seine Jagdhütte und brachte sie zur Strecke.

Sergei Bugarow war Kimpels Drogenlieferant. Üblicherweise wurde der Handel in einer dunklen, nicht videoüberwachten Ecke hinter der Bahnhofshalle, am Ende der Gleise abgeschlossen. Kimpel überwältigte den arglosen Bugarow und stellte ihn mit Drogen ruhig. Anschließend legte er ihn wie einen lebensmüden Junkie auf die Schienen und ließ außerdem genügend Beweismittel dort, um ihn wie den Mörder von Kim Wiesinger aussehen zu lassen. Er wusste, dass die Polizei anderenfalls nicht aufgehört hätte, bis der Schuldige hinter Gitter gebracht war.

Herbert Hoffmann kam Kimpel zufällig in die Quere und wurde als unbequemer Zeuge beseitigt. Wiederholt beteuerte Kimpel während der Vernehmungen, dass er Hoffmann post mortem für Julia kastriert hatte, um sie zu rächen. Durch Hoffmann war er auf die Internetseite *SEXtreme* gestoßen. Kimpel wollte seine Spuren verwischen und die Ermittler auf eine falsche Fährte locken. Deshalb suchte er innerhalb des Chatrooms nach einem Alibitäter. Seine Wahl fiel auf den äußerlich sehr ähnlichen Benjamin Schortens alias *Weiße Blüte*, dessen Profil er hackte. Hie und da fügte er in Schortens Namen Kommentare unter Videos ein. Damit war die Sache für ihn eigentlich erledigt, doch dann meldete sich plötzlich Emanuel Schreiber und wollte sich mit ihm verabreden. Emanuel musste etwas herausgefunden haben. Also lockte er ihn in die Falle. Letztlich konnte er der Versuchung nicht widerstehen, den zierlichen, wesentlich jünger wirkenden Mann zu missbrauchen. Auswertungen von Emanuels Laptop bestätigten im Nachhinein, dass er sich zum ersten Mal am Tag nach Hoffmanns Tod bei *SEXtreme* angemeldet hatte. Nachdem er die immer gleiche Markierung an vier Opfern entdeckt hatte, wollte er der Sache nachgehen. Die Internetadresse kannte er aus den polizeilichen Ermittlungen. Er stieß unter mehreren Videos auf den Satz »Niemand rührt sie an«, erkannte den Zusammenhang zur Botschaft auf Hoffmanns Bauch und kontaktierte dann den Verfasser *Weiße Blüte*. Emanuel war somit durch seine Recherchen ins Fadenkreuz von Kimpel geraten.

Florian hatte Julia im Nachgang eine Aufnahme von Kimpels Vernehmung gezeigt. Kimpel behielt Julia all die Jahre lang im Auge. Hätte sie ihn einfach vergessen, wäre er ihr nie zu nahegekommen. Doch spätestens ab dem Zeitpunkt, als Kimpel herausfand, dass Kim Wiesinger von Julia obduziert wurde, beobachtete er sie und ihren Assistenten intensiv. Er stattete Julias Wohnung mit einem fernsteuerbaren Fensteröffner und diversen Kameras sowie Lautsprechern aus. Auch das Auto manipulierte er so, dass er in der Lage war, per Funk sowohl die Zentralverriegelung als auch das Radio zu steuern. Michaels Stimme hatte Kimpel damals vor seiner Ermordung aufgenommen. Die technischen Fähigkeiten erlernte er im Gefängnis, denn sein Zellengenosse handelte mit Spionagegeräten und brachte ihm außerdem das spurlose Einbrechen bei. Für Kimpel war es eine Art späte Rache. Er ahnte, dass auch Julia ihm auf die Schliche kommen würde. Eigentlich hatte er viel früher damit gerechnet, denn tatsächlich waren alle seine Opfer durch den Silberring an seiner Hand mit drei unverwechselbaren Kratzern gekennzeichnet. Auch Michael. Was Kimpel nicht wusste, war, dass zahlreiche Blutergüsse die Kratzer jeweils überlagerten, sodass sie nicht sichtbar waren. Auch in anderen Fällen war das Muster während der Obduktion aufgrund der vielen Blessuren nicht aufgefallen.

»Wollt ihr ein wenig an die frische Luft gehen? Deine Mutter und ich räumen in der Zwischenzeit den Tisch ab«, schlug Julias Vater plötzlich vor und riss sie aus ihren Gedanken.

Julia warf einen Blick auf die Uhr. »Ich fürchte, wir müssen schon los.«

Ulrich Schwarz nickte. »Dann bringe ich euch am besten zur Tür.«

Julia verabschiedete sich bei ihrer Mutter und hakte sich bei ihrem Vater ein.

»Wo ist das Geschenk?«, flüsterte sie neugierig, sobald sie außer Hörweite ihrer Mutter waren.

Ihr Vater grinste. »Seit sie weiß, dass Michaels Mörder im Gefängnis sitzt und nie wieder rauskommen wird, geht es ihr erstaunlicherweise besser. Es ist fast so, als ob sie endlich einen Schlussstrich ziehen könnte.« Ulrich küsste Julia auf die Wange. »Aber denke ja nicht, dass sie es weggeworfen hat. Es steht jetzt in seinem Zimmer.«

»Das sind gute Neuigkeiten.« Julia freute sich. »Wir sehen uns dann am Wochenende.« Sie wollte gehen, doch ihr Vater hielt sie fest.

»Er scheint mir der Richtige für dich zu sein«, raunte er ihr ins Ohr und deutete unauffällig auf Florian, der bereits am Wagen stand.

»Wie kommst du darauf?« Sie lächelte.

»Ich sehe es an deinem Blick. Jetzt geh schon und lass ihn nicht warten.« Ulrich Schwarz winkte Julia hinterher und wartete noch an der Haustür, bis sie eingestiegen war.

»Deine Eltern sind sehr nett«, sagte Florian und gab Gas. Er lenkte den Wagen auf die Hauptstraße. An der nächsten roten Ampel blickte er sie unverwandt an.

»Geht es dir gut? Du warst vorhin manchmal so abwesend.« Seine tiefblauen Augen schauten besorgt.

»Ja. Ich muss nur die ganze Zeit über Kimpel nachdenken. Er hätte mich doch damals gleich töten können, oder?«

Florian schüttelte den Kopf. »Ich denke, er war damals so überrascht, jemanden in Michaels Bett vorzufinden, dass er einfach abgehauen ist. Dafür hat er es dir auf seine Weise heimgezahlt, nachdem er beschlossen hatte, dich zu töten.«

»Aber er hat mich nicht getötet.«

»Nein. Er wollte sich Zeit lassen, wie mit Kim Wiesinger. Aber er hatte es fest geplant, spätestens seit du Kim obduziert hast. Er war davon überzeugt, dass du die Kratzer siehst. Und das hast du am Ende ja auch.«

»Warum hat er mit mir gespielt?«

»Du hast sein Ritual gestört. Er konnte in der Nacht nach Michaels Beerdigung nicht im Bett deines Bruders liegen. Das hat er dir nie verziehen. Ich habe die Videoaufnahmen gesehen, wie du nachts hochschreckst und Michaels Stimme hörst. Er hat es genossen, dich leiden zu sehen. In einem Tagebuch hat er seine Gedanken festgehalten.« Florian legte Julia die Hand auf den Arm. »Es tut mir leid, dass ich dir nicht geglaubt habe und dich zum Psychologen schicken wollte. Ich sollte dich besser kennen.«

»Ich habe selbst an mir gezweifelt. Am Ende habe ich die Anzeichen sogar ignoriert. Spätestens nach der Sache mit Michaels Auto habe ich mich jede Nacht mit Schlaftabletten zugedröhnt.« Julia lehnte den Kopf an Florians Schulter und flüsterte: »Ich habe geahnt, dass Hannelore das Spielzeugauto nicht vergessen hat.«

»Es stimmt. Er wollte dich in den Wahnsinn treiben. Deshalb hat er dir auch Michaels Foto auf die Flurkommode gelegt. Aber letztendlich ist es ihm nicht gelungen. Er war stinksauer auf dich, weil du ihm die Tour vermasselt hast.« Die Ampel sprang auf Grün und Florian legte die Hände wieder aufs Lenkrad.

Julia seufzte. Sie würde noch eine ganze Weile brauchen, bis sie das alles verarbeitet hätte.

»Ich fühle mich trotzdem viel besser, weil Michaels Mörder jetzt endlich gefasst ist.«

»Er wird seine Strafe bekommen. Kimpel wird den Rest seines Lebens im Gefängnis verbringen.«

Julia nickte. Unvermittelt ging ihr etwas völlig anderes durch den Kopf.

»Hast du das eigentlich ernst gemeint?«

»Was denn?«, fragte Florian und sah sie fragend an. Er steuerte den Wagen auf einen Parkplatz und stoppte. Sie waren ganz allein. Umringt von hohen Bäumen. Buntes Laub bedeckte den Asphalt. Julia konnte die Herbstluft trotz der geschlossenen Autofenster riechen. Sie kroch durch die Lüftungsanlage ins Wageninnere. Der wunderbare Duft ließ sie völlig vergessen, wo sie sich befanden.

»Du hast gesagt, ich bedeute dir alles«, antwortete sie und sah Florian in die Augen. Ein Kribbeln breitete sich über ihre Bauchdecke aus, als sie die Antwort in ihnen aufleuchten sah.

»Du bedeutest mir alles«, flüsterte Florian und beugte sich zu ihr hinüber. Als seine warmen Lippen auf ihre trafen, hörte die Welt auf, sich zu drehen. Julia fühlte etwas, was sie seit fünfzehn Jahren nicht mehr gespürt hatte: Unbeschwertheit.

ENDE

NACHWORT DER AUTORIN

Liebe Leserin, lieber Leser,

ich möchte mich ganz herzlich dafür bedanken, dass Sie meinen Roman gelesen haben. Ich hoffe, Ihnen hat die Lektüre gefallen und Sie hatten ein spannendes Leseerlebnis.

Die Figuren in meinem Buch sind übrigens frei erfunden. Ich möchte nicht ausschließen, dass der eine oder andere Charakterzug Ähnlichkeiten mit denen heute lebender Personen haben könnte, dies ist jedoch keinesfalls beabsichtigt.

Wenn Sie an weiteren Informationen über mich und meine Bücher interessiert sind, besuchen Sie doch einmal meine Homepage unter:

www.catherine-shepherd.com

und melden sich dort für den Newsletter an. Mit dem Newsletter erhalten Sie alle Neuigkeiten über anstehende Buchprojekte, Veranstaltungen und Gewinnspiele.

Facebook-Mitglieder sind herzlich willkommen, durch Klicken des Gefällt-mir-Buttons Fan zu werden:

www.facebook.com/Puzzlemoerder

Auf *Twitter* finden Sie mich unter **www.twitter.com/shepherd_tweets** und bei Instagram unter **autorin_catherine_shepherd**. Natürlich freue ich mich auch über Ihr Feedback zum Buch an meine E-Mail-Adresse:

kontakt@catherine-shepherd.com

Zum Abschluss habe ich noch eine persönliche Bitte an Sie. Wenn Ihnen dieses Buch gefallen hat, würde ich mich über eine kurze Rezension freuen. Keine Sorge, Sie brauchen hier keine »Romane« zu schreiben. Einige wenige Sätze reichen völlig aus.

Sollten Sie bei *Leserkanone*, *LovelyBooks* oder *Goodreads* aktiv sein, ist natürlich auch dort ein kleines Feedback sehr willkommen. Ich bedanke mich recht herzlich und hoffe, dass Sie auch meine anderen Romane lesen werden.

Ihre Catherine Shepherd

WEITERE TITEL VON CATHERINE SHEPHERD

DER PUZZLEMÖRDER VON ZONS: THRILLER

CATHERINE SHEPHERD, KAFEL VERLAG 2012

»Der Puzzlemörder von Zons« ist der erste Roman von Catherine Shepherd, direkt nach seiner Veröffentlichung erreichte er die Nr. 1 der deutschen Amazon-Bestsellerliste. Mit mittlerweile über 35.000 verkauften Exemplaren gehört der Thriller zu den E-Book-Bestsellern des Jahres 2012 bei Amazon. Auch die Taschenbuchausgabe erreichte im lokalen Buchhandel die Spitze der Bestsellerliste.

> »Der Mörder Dietrich Hellenbroich erinnert in seiner schaurigen Sammelwut an den Grenouille, die Hauptfigur aus Patrick Süskinds Bestseller ›Das Parfum‹. Die den Roman durchziehende Symbolik wiederum ähnelt den Dan-Brown-Bestsellern.«
>
> — Westdeutsche Zeitung

Zum Inhalt:

Eine Begegnung von Vergangenheit und Gegenwart, die Sie nicht vergessen werden ...

Zons 1495: Eine junge Frau wird geschändet und verstümmelt aufgefunden. Offensichtlich ist sie Opfer eines perversen Ritualmörders geworden. Eigentlich ist das kleine mittelalterliche Städtchen Zons, das genau zwischen Düsseldorf und Köln am Rhein liegt, immer ausgesprochen friedlich gewesen. Doch seitdem der Kölner Erzbischof Friedrich von Saarwerden dem Städtchen die Zollrechte verliehen hat, taucht immer mehr kriminelles Gesindel auf. Bastian Mühlenberg von der Zonser Stadtwache ist geschockt von der Brutalität des Mordes und verfolgt die Spur des Puzzlemörders – nicht ahnend, dass er selbst bereits in dessen Fokus geraten ist ...

Gegenwart: Die Journalismus-Studentin Emily kann ihr Glück kaum fassen! Sie darf eine ganze Artikelserie über die historischen Zonser Morde schreiben. Doch mit Beginn ihrer Recherchen scheint der mittelalterliche Puzzlemörder von Zons wieder lebendig zu werden, als eine brutal zugerichtete Frauenleiche in Zons aufgefunden wird. Kriminalkommissar Oliver Bergmann nimmt die Ermittlungen auf. Erst viel zu spät erkennt er den Zusammenhang mit der Vergangenheit. Verzweifelt versucht er, die Puzzleteile zusammenzufügen, doch der Täter ist immer einen Schritt voraus ...

»Der Autorin Catherine Shepherd gelingt es in ihrem Thriller meisterhaft, die Begegnung zwischen Historie und Gegenwart zu inszenieren. Ein packendes Werk, von der ersten bis zur letzten Minute!«

ERNTEZEIT: THRILLER

CATHERINE SHEPHERD, KAFEL VERLAG 2013

Der packende Nachfolger von Catherine Shepherd´s Bestseller »Der Puzzlemörder von Zons«:

Zons 1496: Während Bastian Mühlenberg von der Zonser Stadtwache auf der Spur eines uralten Schatzes ist, den der Erzbischof von Saarwerden bei Errichtung der Stadtmauern tief unter der Erde von Zons verborgen hat, treibt ein brutaler Mörder mit einer goldenen Sichel sein blutiges Spiel mit seinen Opfern. Scheinbar wahllos verschwinden »unbescholtene« Bürger und alles, was von ihnen übrig bleibt, sind ihre toten Zungen, die sichtbaren Zeichen ihrer Sünden. Drei silberne Schlüssel, behütet von Pfarrer Johannes und der St.-Sebastianus-Schützenbruderschaft, führen Bastian in ein verschlungenes Labyrinth unterhalb von Zons, wo ein düsteres Geheimnis auf ihn wartet ...

Gegenwart: Ein menschlicher Fußknochen wird in den Rheinauen von Zons gefunden. Kommissar Oliver Bergmann kann zunächst keine Leiche finden. Doch dann überschlagen sich die Ereignisse. Oliver verfängt sich in einem schier undurchdringbaren Netz aus Verdächtigen und Vermissten. Die nagelneue Salzsäureanlage im Chemiepark Dormagen gerät ebenso in sein Visier wie geldsüchtige Banker, eine goldene Mordwaffe und Gandhis »sieben Todsünden der Moderne«. Als die Journalismus-Studentin Emily und ihre beste Freundin Anna in ernsthafter Gefahr schweben, erkennt Oliver verzweifelt, dass ihm nicht mehr viel Zeit bleibt ...

»In ihrem zweiten Roman lässt Autorin Catherine Shepherd erneut Vergangenheit und Gegenwart zu einem atemberaubenden Thriller verschmelzen. Wem der »Puzzlemörder von Zons« gefallen hat, wird die neue Geschichte nicht mehr aus der Hand legen können. Shepherd führt Sie auf eine unglaublich spannende Reise!«

KALTER ZWILLING: THRILLER

CATHERINE SHEPHERD, KAFEL VERLAG 2013

Der dritte Thriller von Catherine Shepherd führt Sie in die Tiefen menschlicher Abgründe. Eine weitere Begegnung von Vergangenheit und Gegenwart, die Sie nicht vergessen werden.

Zons 1496: Ein schrecklicher Fluch beendet Elisas junges Leben, noch bevor sie ihre neugeborenen Zwillingssöhne in den Armen halten kann. Bastian Mühlenberg von der Zonser Stadtwache ahnt zunächst nichts von dem düsteren Familiengeheimnis, das auf den Brüdern lastet. Als der Schmied mit gefälschten Goldgulden zerstückelt vor der Stadtmauer aufgefunden und das friedliche Städtchen von einer neuen Mordserie erschüttert wird, nimmt Bastian Mühlenberg die Spur des Mörders auf. Stück für Stück wird er in eine unheilvolle Verschwörung hineingezogen, die das Leben seiner Familie bedroht …

Gegenwart: Der grausame Mord an einer Prostituierten führt Kommissar Oliver Bergmann zu seinem dritten großen Fall nach Zons. Offensichtlich ist der Mörder ein kaltblütiger Psychopath, der ein perverses Machtspiel mit seinen Opfern treibt. Währenddessen schreibt Journalismus-Studentin Emily unter Anleitung von Professor Morgenstern, dem Leiter einer psychiatrischen Klinik vor den Toren von Zons, eine Reportage über die menschlichen Abgründe psychopathischer Persönlichkeiten. Als ein Universitätsprofessor aus Köln, keine dreißig Kilometer von Zons entfernt, auf martialische Weise ermordet wird, meint Oliver Bergmann, ein Muster aus der Vergangenheit zu erkennen. Ein über fünfhundert Jahre alter Fluch scheint zu neuem Leben erwacht …

»*Kalter Zwilling* ist der dritte Zons-Krimi von Catherine Shepherd, der in atemberaubendem Tempo Vergangenheit und Gegenwart zu einer einzigen packenden Geschichte verschmelzen lässt. Fesselnd bis zur letzten Seite!«

Der Thriller wurde mit dem Indie-Autoren-Preis 2014 der Leipziger Buchmesse (Platz Nr. 2) ausgezeichnet.

AUF DEN FLÜGELN DER ANGST: THRILLER

CATHERINE SHEPHERD, KAFEL VERLAG 2014

Der vierte Thriller von Catherine Shepherd führt Sie auf einen trügerischen Pfad, auf dem nichts so ist, wie es scheint. Eine weitere Begegnung von Vergangenheit und Gegenwart, die Sie nicht mehr loslassen wird ...

Zons 1497: Bastian Mühlenberg von der Zonser Stadtwache steht vor einem Rätsel. Am Morgen nach dem Geburtstagsfest von Pfarrer Johannes schwimmt eine tote Frau im Burggraben. Vom Täter fehlt jede Spur. Als kurz darauf vor den Toren von Zons ein Bote brutal ermordet wird, beginnt eine atemlose Jagd. Bastian entdeckt ein Geheimnis hinter den Steinen der Stadtmauer. Eine geheimnisvolle dunkle Flüssigkeit führt ihn auf eine gefährliche Reise, denn auch der Mörder ist auf der Jagd nach dem teuflischen Elixier ...

Gegenwart: Die alleinerziehende junge Mutter Saskia nimmt an einer klinischen Studie teil. Doch statt der erhofften Befreiung von ihren Ängsten erlebt sie, wie sie sich von Tag zu Tag schlechter fühlt, und kann am Ende nicht mehr zwischen Wahn und Wirklichkeit unterscheiden. Während Saskia von unerklärlichen, grausamen Bildern verfolgt wird, ermittelt Kommissar Oliver Bergmann in einer neuen Mordserie. Ein Stadtrat wird in seiner Zonser Wohnung ertränkt, wenig später führt ein Anruf die Polizei zu einer weiteren Leiche. Die einzige Verbindung zwischen den Opfern ist eine seltene Droge in ihrem Blut. Obwohl alles auf ein männliches Täterprofil hindeutet, hat Oliver starke Zweifel. Erst im letzten Moment erkennt er den wahren Zusammenhang, der ihn Jahrhunderte zurück ins Mittelalter führt ...

TIEFSCHWARZE MELODIE: THRILLER

CATHERINE SHEPHERD, KAFEL VERLAG 2015

Mit ihrem fünften Roman lässt Catherine Shepherd Sie in die düstere Dimension der Musik eintauchen. Halten Sie sich fest, denn dieser Thriller wird Sie nicht wieder loslassen.

Zons 1497: Eine junge Novizin wird gekreuzigt in der Kirche aufgefunden. Stadtsoldat Bastian Mühlenberg entdeckt eine Rose ohne Blütenblätter bei der Leiche des Mädchens. Noch bevor er ihrem Mörder auf die Spur kommt, muss eine weitere Frau ihr Leben lassen. Wieder schmückt ein Pflanzensymbol den Körper der Toten. Bastian steht vor einem Rätsel. Bei seiner Jagd nach dem raffinierten Frauenmörder stößt er auf ein grausames Geheimnis, das von einer tiefschwarzen Melodie wachgerufen wird ...

Gegenwart: Oliver Bergmann ermittelt in einem neuen Fall.

Eine Frau wurde ans Bett gefesselt und brutal erstochen. In der Hand hält sie einen Notenzettel mit einer mittelalterlichen Melodie und zwei beunruhigenden Worten: »Fortsetzung folgt«. Der Kölner Musikprofessor Engelbert findet heraus, dass der Notenzettel nur ein kleines Stück der gesamten Komposition beinhaltet. Doch bevor die Ermittlungen richtig anlaufen, wird bereits eine zweite Frau ermordet - und wenn der Professor recht behält, war das noch lange nicht das letzte Opfer. Ein Wettlauf gegen die Zeit beginnt ...

»Tiefschwarze Melodie« ist ein temporeicher Thriller mit Spannung von der ersten bis zur letzten Seite.

SEELENBLIND: THRILLER

CATHERINE SHEPHERD, KAFEL VERLAG 2016

»Er glaubt, du hast ihn gesehen und jetzt ist er hinter dir her …« Catherine Shepherds neuer Thriller erlaubt Ihnen keine Atempause.

Gegenwart: Als Michelle in einem finsteren Loch aufwacht, liegen zwei Frauen neben ihr. Wie durch ein Wunder entkommt sie der Hölle ihres Entführers. Sie ist verletzt, doch obwohl die Ärzte ihr vollständige Genesung versichern, stimmt etwas ganz und gar nicht. Kommissar Oliver Bergmann benötigt ihre Zeugenaussage, weil sie die Einzige ist, die den skrupellosen Serientäter zu Gesicht bekommen hat. Aber der treibt längst sein grausames Katz- und Mausspiel. Wird Bergmann die Verbindung zur Vergangenheit entdecken und ihn rechtzeitig stoppen können?

Zons 1497: Eine Frau wird erdrosselt vor den Toren der Stadt aufgefunden. Die Bewohner des kleinen Städtchens Zons sind verstört, denn selten hat jemand ein derart grauenhaft zugerichtetes Opfer gesehen. Der Mörder hat der Toten bei lebendigem Leib die Augen zugenäht. Stadtsoldat Bastian Mühlenberg hat keine andere Spur außer einem geheimnisvollen Zwirn. Als auf der Jagd nach dem Serienmörder auch noch sein Freund Wernhart lebensgefährlich verletzt wird, ist Bastian ganz auf sich alleine gestellt ...

»Seelenblind« ist überraschend, angsteinflößend und fesselt bis zur letzten Seite.

TRÄNENTOD: THRILLER

CATHERINE SHEPHERD, KAFEL VERLAG 2017

Weine nicht, denn deine Tränen sind alles, was er will.

Gegenwart: Als eine junge Frau auf einer Party vor aller Augen tot zusammenbricht, beginnt ein Albtraum für ihre Mitbewohnerin Leonie. Hatte der Mörder es vielleicht von Anfang an auf sie abgesehen? Kommissar oliver Bergmann ermittelt auf Hochtouren. Nicht nur der Fall der jungen Frau, sondern auch ein seltsam inszenierter Doppelmord an zwei Liebespaaren macht ihm zu schaffen. Eine geheime Rezeptur aus dem Mittelalter führt Oliver auf die Spur des Serientäters. Doch schon verschwindet eine weitere Frau, und auch für Leonie läuft die Zeit ab.

Zons 1497: Ein Tuchhändler und seine Verlobte werden

ermordet aufgefunden. Beide sitzen am Tisch, den Blick starr aufeinander gerichtet. Selbst im Tod sehen sie sich noch in die Augen. Bastian Mühlenberg ist entsetzt. Was um alles in der Welt hat das zu bedeuten? Ein weiterer Mord führt ihn zu einem Geheimbund und der uralten Kunst der Alchemie. Doch wie hängen die Ereignisse zusammen? Ein rätselhaftes Buch lenkt ihn auf die Fährte des skrupellosen Serienmörders. Allerdings ist der längst mit seinem nächsten Opfer verschwunden ...

KRÄHENMUTTER: THRILLER

CATHERINE SHEPHERD, PIPER VERLAG 2016

Das Böse lauert immer hinter einer freundlichen Maske.

LKA-Ermittlerin Laura Kern steht vor einem Rätsel. Ein Kind wurde am helllichten Tag aus einem Supermarkt entführt, doch es gibt keine Lösegeldforderung. Auch die Eltern schweigen sich aus – stecken sie womöglich mit den Tätern unter einer Decke? Laura und ihr Partner Max kämpfen sich durch einen Strudel widersprüchlicher Zeugenaussagen, während ihnen das Innenministerium im Nacken sitzt. Doch dann verschwindet der Vater des Kindes. Und dem LKA läuft die Zeit davon ...

ENGELSSCHLAF: THRILLER

CATHERINE SHEPHERD, KAFEL VERLAG 2017

Er behütet deinen Schlaf. Doch gib acht, sonst wachst du nie wieder auf!

Die Nacht ist kühl in Berlin. Auf einer Parkbank liegt eine junge Frau, liebevoll auf ein Kissen gebettet. Sie atmet nicht mehr, hat keinen Puls. Der Totenschein ist bereits ausgestellt, aber als der Leichnam abtransportiert wird, erwacht die Frau plötzlich zum Leben. Alle sind erleichtert, doch Spezialermittlerin Laura Kern ahnt: Der Täter wird erneut zuschlagen. Und sie hat recht. Ein weiteres Opfer kann nur noch tot geborgen werden. Die Lage spitzt sich zu, denn schon wird die nächste Frau mit passendem Profil vermisst. Erst viel zu spät erkennt Laura, dass sie ein winziges Detail übersehen hat – und dass sie sich einem Täter gegenübersieht, der glaubt, den Tod besiegen zu können.

Catherine Shepherds neuer Thriller nimmt Sie mit in die perfide Gedankenwelt eines Killers, den Sie auf unheimliche Weise verstehen werden. Lassen Sie sich nicht vom Bösen entführen!

MOORESSCHWÄRZE: THRILLER

CATHERINE SHEPHERD, KAFEL VERLAG 2016

Manchmal ist es besser, auf die innere Stimme zu hören, bevor sich die Nacht unwiderruflich über die Sinne legt.

Julia Schwarz kennt sich aus mit dem Tod. Die Rechtsmedizinerin ist in ihrem Institut auch als Eislady bekannt. Nichts kann sie so schnell aus der Bahn werfen. Jedenfalls nicht, solange sie es schafft, ihre düstere Vergangenheit in Schach zu halten. Als Kriminalkommissar Florian Kessler sie zu einem Tatort in einem nahe gelegenen Moor ruft, sieht alles zunächst nach einem einfachen Fall aus. Aber dann verschwindet die Leiche und Julia macht sich auf die Suche nach dem toten Mädchen. Doch statt der Leiche stößt sie auf ein weiteres Opfer. Erst jetzt begreift Julia, dass sie es mit einem gefährlichen Serientäter zu tun hat, der einen perfiden Plan verfolgt. Ein sonderbares Tattoo auf dem Bauch der

Frauen scheint die einzige Verbindung zwischen den Fällen zu sein. Aber die Zeit läuft gegen Julia und sie ahnt nicht, dass sie selbst bereits viel zu tief in den Strudel des Bösen geraten ist.

Catherine Shepherds neuer Thriller ist dunkel, rasant und lässt Sie garantiert nicht mehr los!

ÜBER DIE AUTORIN

Die Autorin Catherine Shepherd (Künstlername) lebt mit ihrer Familie in Zons und wurde 1972 geboren. Nach Abschluss des Abiturs begann sie ein wirtschaftswissenschaftliches Studium und im Anschluss hieran arbeitete sie jahrelang bei einer großen deutschen Bank. Bereits in der Grundschule fing sie an, eigene Texte zu verfassen, und hat sich nun wieder auf ihre Leidenschaft besonnen.

Ihren ersten Bestseller-Thriller veröffentlichte sie im April 2012. Als E-Book erreichte »Der Puzzlemörder von Zons« schon nach kurzer Zeit die Nr. 1 der deutschen Amazon-Bestsellerliste. Es folgten weitere Kriminalromane, die alle Top-Platzierungen erzielten. Ihr drittes Buch mit dem Titel »Kalter Zwilling« gewann sogar Platz Nr. 2 des Indie-Autoren-Preises 2014 auf der Leipziger Buchmesse. Seitdem hat Catherine Shepherd die Zons-Thriller-Reihe fortgesetzt und zudem zwei weitere Reihen veröffentlicht.

Im November 2015 begann sie mit dem Titel »Krähenmutter« eine neue Reihe um die Berliner Spezialermittlerin Laura Kern (mittlerweile Piper Verlag) und ein Jahr später veröffentlichte sie »Mooresschwärze«, der Auftakt zur dritten Thriller-Reihe mit der Rechtsmedizinerin Julia Schwarz.

Mehr Informationen über Catherine Shepherd und ihre Romane finden sich auf ihrer Website:

www.catherine-shepherd.com